河出文庫

日輪の翼

中上健次

河出書房新社

日輪の翼◉目次

日輪の翼

Ⅰ　夏芙蓉―熊野

ブレーキの音と共に急に停まり、高いはしゃいだクラクションが二度鳴らされ、それっきりだった。薄暗い室内灯をつけた車内の床に敷いた蒲団《ふとん》に身を横たえていた女らは、何のために車が停まったのだろうと、耳を澄ました。何も聴えなかった。エンジンの低い音が間断なく地響のように鳴っていた。女といっても改造した冷凍トレーラーの車内にいるのは、一様に月のものが上り目もかすみ耳も遠くなってきはじめた齢《とし》ごろの者ばかりなので、若者らが改造して取りつけてくれた窓から外をのぞこうとする事もない。エンジンの音以外は何も聴えてこない。女らは蒲団に身を横たえたままだった。思い思いに、自分が深い海の底に沈んでいこうとしているとか、路地ごと空に飛んでいると思っていたが、車を運転する若者らが眠っておれと言った時に眠っていないと、皆と一緒に動く事も出来ず、夜と昼を取り違えるような事が起り、結局、他人に迷惑をかけ自分一人苦しむ事になると分かっていた。だが、蒲団に身をよこたえた女らの誰も本当に眠っている者はいなかった。

車が停ってから小一時間ほど経って、冷凍トレーラーの扉が開けられた。車内にこびりついていた魚のにおいが、扉が開けられて入ってきた風にかきたてられた。扉の戸口に立った若衆《わかいし》が、女ら皆、眠っているものと思い、眠りの邪魔しないように、押し殺した声で、「オバ」と言う。誰も返事をしなかった。「オバよ」若衆は言う。女の誰かが、路地ではついぞ耳にした事のなかった若衆のひ若さそのものが浮き出た不安げな声にくすりと笑い声を洩らした。「なんなら。夜這いしに来たみたいに」女の笑いを含んだ押し殺した声が言う。蒲団に身を横たえて耳を澄ましていた女ら何人も笑い声を洩らす。「オバ、大きな夏芙蓉《なつふよう》の木じゃ。いっつもここを通るたびに感心したんじゃけど、教えたろと思て車停めたんじゃ」

「魚のにおいしかせんわだ」

女の中で一等年嵩《としかさ》の女が身を起して言う。女らがまた笑い出すのに閉口したように、「魚積んどったトレーラーじゃから中におったら、においする」と小声でつぶやき、それから女らを起す事を決心したように言う。「もうちょっと行たら、ドライブインあるんじゃけど、降りて見てみやんかい？　オバら今まで見た事もなかったような大きな夏芙蓉じゃ。ここ通る人間の誰も知らんのじゃが、俺は分かるんじゃ。路地の山の上にあったもんと同じ夏芙蓉の木じゃから」

ひ若さそのものが浮いて出た若衆の言い方が女らの心を魅《ひ》いた。女らに、夏芙蓉を珍しく思う気持ちも有難がる気持ちもなかったし、ましてや路地の山の上にあった木と同じ物が、他所の土地の道路脇にあるという事に興味を持つ事などなかった。

女の一人が若衆に手を取られ抱えられるようにして降りた。若衆は続いて降りようとする女を、「待ってくれよ」と手でさえぎり、車の中に入れていた木でつくった階段を取り出して置く。車の中には元いた路地でオバと呼ばれていた年頃の女ばかり七人いた。七人のオバらが全て外に出終った頃に、冷凍トレーラーのはるか先を走っていたワゴン車がクラクションを鳴らしながらバックで戻ってくる。夏の終りだったが、空にかすかに白む黴候が出たばかりだったので空気は肌寒く、女らは互いに抱えあうようにしてしゃがみ込んだ。ワゴン車がトレーラーの前に来て停った。運転台の窓から若衆の一人が身をのぞかせ、「すぐそこじゃ」とどなる。女らの脇にいた若衆の一人が、ワゴン車の窓から身を乗り出した若衆に、「オバら起きてしもたんじゃ」と弁解するように言う。

大型冷凍トレーラーの運転台は運転を交替する別な若衆が仮眠しているので、静まりかえっていた。ワゴン車の方からは耳がつんざけるほどの勢いで音楽が流れ出て来た。ワゴン車の若衆は興味ないという素振をした。「そこのドライブインにおる」若衆がそう言うとワゴン車は走り出した。騒々しい音は急に遠ざかり、またエンジンの音が風にひびく。緘黙《しじま》がもどってくる。

一台通過する猛スピードの車を待ち、若衆が薄闇の中にたたずんだ女らを呼んだ。丁度停止した冷凍トレーラーの前に、ヘッドライトの灯りを受けて夏芙蓉の木が浮かびあがっていた。若衆は柵《さく》の向うの闇の中に、今まで眼にしたものの丁度三倍もの背丈で葉を茂らせあまつさえ花をつけた夏芙蓉の巨木をみつめ、女らが口々に、「巨《おお》きな木じゃね」「匂いが強いんじゃね」と言うのをただ聴いて黙り込んだ。

「わし、この花、匂いきついさかあんまり好かんの」女の一人がぽつりと言うと、まぜっかえすように年嵩の女が、「白粉《おしろい》、つけとったろ。髪にさしてイロのとこへ通っとったのに」と言う。

「好かんよ。この花。木のくせに人間みたいに白粉のにおいさせて」女の一人が、ぽつりとつぶやく。

「山の上じゃさか、寒いんじゃやだ。道、山の上、通っとるんじゃやだ」

「おうよ、山じゃやのに」年嵩の女がそう相槌をうち、ふと思いついたように若衆の腕を引いた。

「ツヨシ、オバらにあの花、取って来てくれんこ」若衆は腕に触れた手がなまあたたかいので鳥肌立ち、冷凍トレーラーのヘッドライトを囲んで立った自分らの異様さに気づいたように女の顔を見る。

「ツヨシよ、オバに、花、一つでええさか取って来てくれんこ?」

ツヨシはそういう声も顔もいままで見なれていたオバの一人なのに、見た事もなかった異様ななりをした老婆がそばにいて、馴れ馴れしい振る舞いを仕掛けているように視る。ツヨシは殊さら何も考えたくない、というように、「よっしゃ」ときっぱりとした口調で言い、高速道路の路肩から、金網をよじ登った。

ヘッドライトに浮かび上ったツヨシの姿は影絵のように、茂った夏芙蓉の梢に落ちた。

ツヨシは金網をむこうに越え手で身を支えながら猿のように茂った夏芙蓉の梢に飛び移ろうとする。その花の匂いがきらいだと言ったオバの一人が、「花だけ取ったらええんや」と言う。その脇から、「七つ、取れよ。オバら、七人おるんじゃど。わしらここまで来て喧嘩《けんか》するの、嫌やさか」と冗談とも本心ともつかない言葉がとぶ。ツヨシは無言のまま黒い影のように茂った梢を渡る。ツヨシの動く音が止った。風が白みかかった山々の方から吹き抜けると、木は風に訴えるように葉の密生した梢を鳴らす。風が止むと女らはその辺りの闇一帯に甘いとけるような花の匂いが漂っているのに気づいた。女らは黙り込んだ。ツヨシが金網の上から夏芙蓉の花を放ると、路肩に落ちたそれをひろいに行く。

金網をまたいでから飛び降りたツヨシを待ち受けるように女の一人が近寄り、「ここが境目なんかいね」と訊《き》く。

「境目と言うて何の境目じゃろ」ツヨシはヘッドライトの明りを避けて、高速道路のアスファルトの方に歩く。女もツヨシの後についた。

「走り出して間もないけど、こんなとこにおったら、オバら天の道、走って、山から山へ翔んで来た気するわだ」

ツヨシは夏芙蓉の葉や花の汁のついた手をこすりあわせて匂いをかぎ、両の手をズボンの尻でぬぐう。

「蒲団に寝て床に耳つけとったら、地面走っとるような音と違うど。外見てもまっ暗やし、オバら皆な空翔んどるんじゃわ、空翔んで、他所へ連れていてくれるんじゃわ、と言うとったん」

「ちょうど伊勢の高速に入ったんじゃよ」ツヨシは言う。

ヘッドライトの明りの輪の中から寄ってきた女が、「ここ、伊勢の山かん？」と訊く。伊勢なら一度来た事がある。女が言い出すと、空を翔んでこの山まで来たと言った女が、どうして伊勢に寄ったのか訊く。女はそれが自分をなじる言葉だと取ったのか、昔機織《はたお》りに行った帰りに寄ったのだ、伊勢にあった遊廓《ゆうかく》で働いていたのは別の女だと言い出す。女はヘッドライトの明りの輪の中にいて、夏芙蓉の花を髪に挿してはしゃいだ声を出す女を、「あのオバ」とあごをしゃくって教える。遊廓で働いていたという女は、もう一人の女の髪のほつれをなおしてやっていた。

冷凍トレーラーが物音一つない山の頂上を走る高速道路の上で、眠りを忘れた獣のようにたたずみ、エンジン音を立てていた。単調なエンジン音は山を渡る風のせいか、それとも山の際と山の際《みぎわ》をつないだような地形だから気圧が変化しているせいか、耳にしていると波立って、汀の潮騒の音が海から遠く離れた山の上を通る高速道路の上にこもっているように聴える。

ツヨシが合図すると、女らは不平一つ言わず、冷凍トレーラーの中に戻った。出発する時に打ち合わせたように、女らは冷凍トレーラーの中に入ると自分の割り当てられた場所に行って坐った。扉を閉め、車はすぐ発進した。女らは思い思いに蒲団にもぐり込んだり、坐ったりしながら、また冷凍トレーラーが、山から山にむかってかかった空の道なりに翔け上って飛行しはじめた、大きな声を出せば、想像も出来ないほど重いものが翼もなしに飛行する魔術が、破れる、というように声をひそめて空想ばなしをする。

走って十分ばかり経って車が停り、エンジンが切られた。扉が開いた。ツヨシがはしご台を取りつけた。

「どこなん？」女が訊いた。

「もう朝じゃさか、ここで飯食おと言うとる」ツヨシの言葉を聞いて女の一人がのろのろと蒲団から身を起し、「もう朝じゃと」とつぶやく。「朝じゃと言うてさっきから朝じゃだ」「御飯たべると言うても、わしらの食べるもの、ないし」奥で誰かが声を出す。

「言うなん」と圧《お》し殺した声で止める者がいる。止められて余計、不満が募《つの》ったように、「言うとかなんだら分からんやないの」と声が言い、その声の主の女がふらふらと立ちあがる。背丈に比して胸元あたりまであるずんどうのスカートをはいた女は、「わしら皆なで言うとるんやよ」と言い、扉口まで来て、ツヨシに向いあうようにしゃがむ。

「店屋物ばっかしじゃ、あきてくる。一回や二回じゃったら我慢も出来るけど、食べつけん物ばっかしじゃし、車で走るの若い者ばっかしじゃさか、油物ばっかり多いし。オバら、ナスビの煮つけたのとか、アジの煮つけたの、食べたいわだ」「ぜいたく言うな」

「店屋物ばっかしじゃ、反対に金いくらあっても足らんど。あんなとこで食う方がぜいたくやど」女はツヨシをさとすように言う。ツヨシは女の言葉に耳を貸さないというように、はしご台にのぼって身をせり出して冷凍トレーラーの扉を固定させる。

　ツヨシや他の若者にはそのドライブインが、路地を出てどれくらい走った高速道路の中途にあるのか、高速道路の入口から約何キロのところにあるのか、正確に分かっていたが、改造した冷凍トレーラーの中にただ荷物のように乗せられ、冷凍トレーラーそのものに身をまかせている女らには、そこはただ果てしなく伸びた道の中途、という以外、皆目見当がつかなかった。

　路地の中にも道は幾つもあったが、路地から外に出た途端、道は果てがなくなる、という事を女らは知っていた。女らは同行してくれる若者らに逆らわないよう今までもそうだったように、すっかり朝の白みが空をおおった外に出た。夏の終りの冷えた朝の空気が先ほどより一層肌寒さを感じさせ、女らは身を寄せあうようにして、駐車したトラックや自家用車の間を歩いていくツヨシの後に従《つ》いて歩いた。ツヨシが売店の前の広いゆったりと作った石段に来て立ちどまり、振り返って、「七人、おるかい？」と訊いた。ツヨシのすぐ後に従いていた女が振り返って見廻すと、肌寒いので冬物の黒いオーバーをはおった女が、「誰も落としたってないよ」と言う。「落ちたらエラいわだ。車で翔んで来たさかええようなもんじゃけど、昔みたいに歩いたりしたらエラいど」一人が言う。女らは笑う。

　石段を女らがのぼり切るのを待って、ツヨシは右手にある建物が便所だと教えた。

「オバら、車停ったうちに、行きたいと思わなんでも行とけよ」ツヨシの言葉をすぐまぜっ返す者が出てくる。「わしらそんな年やないのに」別の一人が言う。「ツヨシらと一緒に従いて来たんも、シシババとられるような眼にあう前に他所で知らん物見て、面白い物見よと来たんやのに。シシババとられるしかないんやったら、人に迷惑かけたないさか、このあたりでも放っとってもらうわ」

「何を言うとるんじゃ」ツヨシが思わぬ方向に話のひろがった女の言葉に閉口したようにさえぎる。女はかまわずにつづけた。

「わしらおまえらが黙っとっても、伊勢まいりもさせてくれる、瀬田の唐橋《からはし》も見せてくれると思てついて来とるんじゃさか。途中で死んでもかまんのじゃわ。わしら七人、人生わずか五十年と詠《うと》て来て心決まっとるんじゃさか」女が言うと、急に真顔になって耳をそばだてていた他の者らがそうだというように一様にうなずく。

「ここで飯食うんじゃさか、便所へ行て来たら、ここへ来いよ」ツヨシは女らを相手に出来ないと言うように、食堂の中に入った。

ツヨシが食券売場に立つと、すでに先にワゴン車で来て中に入って待っていたテツヤがツヨシを呼ぶ。振り返ると、窓際に坐っていたテツヤは手を振りここだと教える。その脇にマサオと、冷凍トレーラーの交替の運転手として乗り込んだ田中さんがいた。手を上げて合図しかかり、ツヨシはふと気づいて、食券を受けとってすぐ外に出た。案の定心配したように女らは人の出入りする方だけが便所だと思ったらしく、男用の方に入っていく。声を掛けて、ただそうとしたが、ツヨシはやめた。

ツヨシが朝食を食べ終る頃になって、七人の女らは食堂の中に入って来た。物を言わなくとも、思い思いに外套《がいとう》をはおったり半袖の服だったりする老婆らの一団は、人目を引くのか、食堂の真中のテーブルに陣取ったトラックの運転手らしい一団が顔を上げる。タオルを首にかけた男が、サンダルを脱いだ片足を椅子に立て膝をして楊子で歯をほじっている男に、女らをみてみろと言うように合図した。全体にベトナム人のような印象の男は楊子を口にくわえたまま手を離し、目に笑を浮かべて女らを追い、急に関心がなくなったように床にむかってくわえていた楊子をとばした。

女らはツヨシらの後のテーブルについた。「オバら、朝飯、どうする？」マサオが小声でツヨシの耳元で言う。ツヨシは飯をほおばったまま首を振った。

「オバ、オバ」と田中さんが呼びかけた。ツヨシはふと幻覚のように甘いねっとりと絡みつく夏芙蓉の花の匂いが漂っているのに気づいた。

「オバら朝飯食うんじゃったら、食券、買うてこ《こ》なあかんど」田中さんが言うと、ツヨシのすぐ後からミツノオバが、「さっきツヨシに言うたんやよ」と声を出す。ミツノオバは、「ねえツヨシ」と背を軽くたたく。「なんない？」田中さんがツヨシに訊く。ツヨシは箸《はし》を置き、茶を飲んでから、女らが今朝になって言い出した事を伝えた。ドライブインの食い物にうんざりした。冷凍トレーラーに乗り込む以前、まるでそこが道の果てのように今となっては見える路地の中で、女らが今までそうして来たように齢相応の食い物を食べたい。

「ドライブインで注文して作ってもらおと言うんかい？」田中さんが苦笑すると、ミツノオバは、「ちがう、ちがう」と気弱げな笑をつくって言ってから、テーブル一つ離れて話していてはラチがあかないと言うようにふらりと立ちあがる。ツヨシの隣に腰を下ろして、ミツノオバは、「自分らで煮炊きするわだ」と言う。「わしら上手に出来るんやもん」

ミツノオバは自分の言った事が、居あわせた四人の若衆らの思いもしなかった苦笑するしかない提案だったと気づいたようだった。それが心外だというように見た。冷凍トレーラーに乗り込んで以来、歯が二本、欠けてしまったと言って、口をあけ、「みてみ」と言った。歯が二本も欠けたというのも、出発前に改造して小窓を取りつけてくれていたが、冷凍トレーラーは中に入ると外の景色などまるっきり見えなかったからだった。ミツノオバは、エンジンの音とタイヤがアスファルトやコンクリートを踏む音だけを耳にし、そのうち、冷凍トレーラーが空を翔んでいると誰かが言い出した空想を本当の事として信じたのだった。決して墜落する事などないと分かっているのにひょっとすると冷凍トレーラーの重さで翔び続ける限界が来て墜落するのではないかと不安になり、いつのまにか力を入れて歯を噛《か》んでいる。

七人の女ら、誰もが不安だった。黙っていると、色々な妄想が湧いて出た。一緒に旅に出てくれる若衆らを信じているし、ひとたび冷凍トレーラーの中に荷物代わりに詰められて乗り込んでしまった以上、若衆らを信じなければ仕方がないと分かっているのに、ミツノオバは、若衆らに山の中かイオウの吹き出る穴ぐらの中にか、用のない者らここにおれ、と放り置かれるのではないかと思った。七人の女皆がそうされるのなら不安も怖しさも軽くなるが、一人だけならどうしよう。そう考えると空を翔ける音が一層耳につき、歯にますます力が加わり、女らが退屈をまぎらわせる為か不安をなだめる為か、後にして来た路地の話に相槌をうっている時にポロリと一個、またしばらくしてポロリと一個が欠けた。

「昨日も、わし、物よう食べなんだの」ミツノオバは言う。

そのミツノオバの話を真顔で聞いていたマサオが、「嘘《うそ》つけ。歯は前から抜けかかっとったのに」と言う。マサオはテツヤの前から地図を取り、それをテーブルの上に広げる。折りたたまれていた地図からバラバラと四角いチップが四つ落ちてくる。ステレオの針だと分かった。テツヤが口をとがらせ、「気ィつけよ」と言う。

「ひとつ、四千円もするのに」テツヤが一つ一つ針の先を確かめてポケットに入れはじめると、マサオがツヨシに暴露するように、「レコード屋に寄って俺がカセットをさがしまわっとる時、こいつ昔の癖出してケースの中に手を突っ込んで役に立ちもせんもの盗んだんじゃ」と言う。

「役に立つ」テツヤが言う。マサオはむきになったように声を出す。

「役に立つものか、レコード盤かかるもの、ワゴンの方にも、トレーラーの方にもないのに」

「一個千円でさばこと思たら、どこでも出来る」テツヤが言うとマサオは軽蔑しきった顔をする。

「いっつもお前の考えはそうじゃ。どうせ売りつけるのは、ツッパっとるお前の相棒の連中じゃ。一個千円でどうな、と売りに行て、金ないさかオートバイ貸すと言われたら喜んで借りて、乗り廻してぶつけて、また少年院じゃ」

「かまんやないか」テツヤが言うと、ミツノオバが、マサオにまぜっ返された仕返しをするように、「おうよ、かまんよ」と賛同する。

テツヤは呆気《あっけ》に取られた。ミツノオバはしてやった、と笑い、「盗っ人という悪い事したんじゃから、何盗ってもかまうもんか」と言う。「どうせ不良じゃろ。おまえらオバらに同情もなにもせんのに、面白半分で路地から従いて来たんじゃ。オバら車の中におってもおまらがチョロチョロと前になり後になりして、遊んどるの知っとる」

後のテーブルに居た女らの方から、マサオとテツヤの二人は女らがどんな風に暮らすのか見て、笑い物にしようとしているのだ、と声が届く。

ツヨシは後のテーブルから聴えてくる女らの総じて陽気なたわいもない話を耳にして、苛《いら》立《だ》たしくなった。茶を飲もうと思って、立って一等奥に歩いた。自動の茶汲《ちゃくみ》の機械のボタンを押してかごの中から湯呑みを取ってそれに受けた。外套を着込んだ女が、「お茶かん？」と訊き、ツヨシがうなずくと、「わしも飲も」と立ちあがる。女が一人立つと、次々と自分もお茶を飲みたかったところだと喉《のど》の渇《かわ》きを気づいたように女らが立ち、まるで餌《えさ》に群れる鳥のように機械の前に集まる。真中に陣取った運転手らが顔をあげてみていた。

ツヨシは茶の入った湯呑みを持って、奥の透明硝子《ガラス》のはめ込まれた窓に寄った。窓の外に広がっているのは、伊勢から鈴鹿《すずか》にかけて連なる山の風景だった。ツヨシはマサオやテツヤのように地図に頼らずとも、山々の重なり具合を見るだけで、そこがどこか当てる事が出来ると思った。日が遠くの山の際を光らせていた。日の光が路地の女らと若衆らの立ち寄ったドライブインのそこに当るのはすぐだと独りごちた。ツヨシは光っている山の際を見つめ、路地がその東の方に当ると思い、女らの言うように山から山へ道がつき、そこを冷凍トレーラーが駆け抜けて来たというのは本当かもしれないと考えた。

外套の女が同じように湯呑みを持ってツヨシの後に立った。ツヨシが外をみつめて立っているのを見て何を考えたのか、「オバら、放り出してもかまんのやど」と小声でつぶやく。振り返ると、女は柔かい笑を浮かべ、ツヨシの顔をみつめる。

「吾背《あぜ》ら、若いんじゃさか、なにもオバらの事で苦労する事、要らんのやさか。まだ食うに困る状態じゃないけど、伊勢でも京でも、どこでもかまんさか、そこにオバらを置いといてくれたら、オバら何でもして食ていくさか。あのオバだけやない、人に内緒にしてたんじゃけど、わしも十四の時に女郎に売られとったんじぇ」女は真顔で言う。廻りを素早く見廻しさらに声をひくめ、「金ないようになっても、昔みたいに袖引いたらええんや」と言う。

日の光が窓いっぱいにせり上ってきた頃、テツヤとマサオが食堂を出て行った。女らは誰も朝食の食券を買いに行こうとしなかった。「オバら腹減って来んか？」とツヨシが訊くと、「もうちょっとしてから、食べよと思て」と言う。女らは馴れない車の旅で酔ったとツヨシは思い、サンノオバに、「オバら、眠れなんだかい？」と訊いてみた。サンノオバは、女の一人が廻して来たヤカンを受け取って湯呑みに茶を注ぎ足し、「わしら、夜、寝やんようにしとるわけじゃないけど」と言う。「隣に寝たキクノオバと昔の事から今の事まで、二人で問わず語りしとったの」と言い、急に悪戯《いたずら》心が起きたように、「いっぺん聞いてみ。おまえらの知らんような事ばっかしじゃから」と言う。「どんな話か、いっぺん聞かせてもらわなあかんね」椅子に足を乗せて寝そべった姿の田中さんが気のなさそうな声で言う。

「どんな話ない？」ツヨシが訊いた。

「話すのはほんまの事じゃけど、こう遠に離れて来たら、どんどん嘘にみえて来るんじゃわ。わしら二人も嘘ついとるようになる。さっきも、車、曲がった時、わしらの持ってきた仏壇の中でバタバタ物倒れるの聴いて、蓮池《はすいけ》の話しとったんや」

キクノオバは、昔、路地にあった蓮池の話を言い出した。誰が見たわけでもないのに、それは誰もが自分が実際にその眼で確かめたというように思っている類の、年端もいかないツヨシでも知っているような話だった。小高い山の裏手に清水の湧き出る蓮の花の咲いた池があり、そこを他所から流れて来た二人づれが自分らの小屋を建てる場所と決めた。清水もあったし、小屋にするナラやブナの木もあった。その二人づれに子が出来た。路地で言われているのは、その子が尋常な子でなかったという事だった。手が三本あったとも四肢が獣のものだったとも言われたが、愛情が尋常でないその子一人に向くように二人は他に子供をつくらず、育てた。五つの齢にその子は池で水死した。

サンノオバはキクノオバに、「その子を育てるのにあの蓮池に次々、生れてきた子ら、沈《つ》け込んどったんやだ」と空想事を言った。キクノオバは空を翔けるような大型トレーラーの立てる響音を耳にしながら、「そうや、あそこにあった蓮池や」と言った。

キクノオバにそう言われると一層自分のつくり出した空想事が、路地に漂った味の濃い愉楽感と悲痛のようなものの原因だったように思い、サンノオバは、二人が味わった酷い試練を想い描き、涙を流す。

二人は獣のように生れついた宿命の子を育てる為に、次に生れた子もその次に生れた子も蓮池の泥の中に埋めて息を断った。蓮は美しい花を春になるたびに咲かせた。その子が死んでから二人は蓮池に湧いて出る清水を利用して廃馬のはいだ皮をなめす仕事をはじめた。

「蓮池、知っとるか?」サンノオバが訊いた。手で自分の脇をこすり汗のにおいをかいでみていた田中さんが、「オバ、おれらをいつの時代の生れじゃと思とるんなよ」と言い、ツヨシに、「オバらの頭の中、ぐちゃぐちゃになっとるんじゃ」と頭の上で指で渦巻をつくる。「ツヨシは二十になったばかしじゃ。やっと大型もトレーラーの運転免許も取れるようになったんじゃのに」

「蓮池があったと聴いた事あるけど」ツヨシは言った。

「綺麗《きれい》なもんじゃったど。わしかて今となったら誰がその池持って蓮を植えとったのか知らんけど、花どきになったら、他所におってもポーンポーンと音するの耳に聴える。子供ら蓮池で遊ばなんだね」サンノオバは言い、ふと、女の一人が食券売場の方に向うのを眼で追った。

　食券売場に身をのしかけるようにして、中にいる男に女が小声で話しかけ、振り返り陳列ケースの中を指差すのを見て、「朝ごはん、食べるんかいの?」とツヨシに訊く。ツヨシは席を立って女の方に歩き、「何欲しんない?」と訊いた。女は、「餅《もち》やだ」と言う。「何の餅ない?」食券売場の男は女の言う事が分からないと訊き返す。女は陳列ケースの方を指差し、売店で売っている伊勢名物の餅を買いたいと言った。その伊勢名物の餅を売っているのかと食券売場の男に通訳するように訊くと、男は難題をふっかけられて往生していたというように苦笑し、食堂にはない、売店にだけ置いていると言う。女らは金を出しあって箱入りの餅を三つ買い、ヤカンに茶を汲み直して、食べはじめた。

「伊勢参りも出来そうもないさか」と女の一人は言った。

「飯を食わんとそんなもの食べて、腹痛いと言うたり、胸つかえると言うても、俺ら車とめたらんど」

「痛《いと》なったら、痛なった時や」

「胃薬あるし、腹痛の薬あるし、リウマチの薬も、眼の薬もある。わしら他所の土地に行て生水を飲んでもかまんように、水を替える石も持って来とるんや。寺に行てすぐ御《ご》詠歌《えいか》出来るように、きみょうちょうらいの鉦《かね》も御本も持って来とるし」

「餅、のどにつかえさすな」田中さんは不機嫌な声で言う。

売店で買った伊勢の土産物の餅を食い、話し込む女らのはしゃいだ声を耳にしながらツヨシはふらりと立って外に出た。出発の時間が来たと思った女が、話の輪から一人するりと抜け出るように顔をあげてツヨシの姿を見た。ツヨシが植え込みを仕切るコンクリのへりに足を掛けて立ちどまると、女は、ただ山の空気を吸いたいから外へ出たのだと納得して、また、たわいもない話の中にもどる。

夜中走ったために弱った眼に朝の光は濃縮されたように眩《まば》ゆく痛いほどだった。窓の透きとおった硝子越しにドライブインの中の女らを見ると、女らは水槽に入れられた魚のようにみえた。ツヨシが見つめているのを知って、また顔を上げずに女の一人が自分のあごをこすった。女がしたようにあごをこすってみると、頬からあごにかけて無精髭が生えている。水面のように光る窓硝子に映った自分の顔をさがし、ふと髭面になっている自分を想い描いてみる。

広い駐車場の中に、トラックが二台、乗用車が一台、それにツヨシの運転してきた冷凍トレーラーとマサオらのワゴン車の五台が停っていた。耳元に潮鳴りのような音を立てる山風に混って、かすれ割れたロックの音が聴えていた。

駐車場にとまった冷凍トレーラーは離れてみると、乗用車やトラックと違い席と荷台が牽引棒《けんいんぼう》でつながっているので、子供の玩具のようにみえ、運送会社の名前とマークを塗りつぶした跡が、幾つものうろこのように映っていた。うろこにおおわれた冷凍トレーラーの腹が呼吸するように動いている。女らはツヨシが冷凍トレーラーを愛しくてたまらないように見つめているのをみていた。路地で幾つもの噂《うわさ》のあったツヨシにその大きな冷凍トレーラーはふさわしかった。もともと路地で噂されるものは信憑性のあるものなど千に一つあるかないか、という代物だった事を、女らの誰もが知っていて、噂を噂としてあえて疑わなかったので、ツヨシがおとなしい外見に似ず、刃鋼のような体をしている事、町のチンピラの車を冷凍トレーラーで幅寄せして進行の邪魔をし斬られたのに傷がたちどころに治癒した事を信じて疑わなかった。冷凍トレーラーをみているツヨシは光の中にいると、全身が輝いているようにみえた。

ツヨシが冷凍トレーラーに戻って、長く尾を引く吠えるようなクラクションを鳴らしたのを潮に、女らは食堂から外に出た。女らは食堂の中で話し込んでいた時とは打って変って、耳を澄まし黙り込み、一様に緊張した顔つきだった。だが、気持ちとは裏腹に体が機敏に動かずまだ白濁した眠りの中にいるように危っかしい足取りでドライブインの石段を降りかかる。女の一人が石段の上に立ったまま、「マツノオバ」と呼ぶ。女らの一等最初に立って石段を降りていたマツノオバがゆっくりと舞うように身を回転させると、石段の上に立った女が、便所の方を指さし、「あんた、行《い》とかんのかん？」と訊く。マツノオバは急に自分が小用が近かった事、車の中で小用の欲求に襲われ人知れず苦しんだ事を思い出して、「行とくよ」と言う。「わしも行くわ」と冬物の外套を着込んだサンノオバがはしゃいだ声を出し、石段の下まで降り切って振り返るミツノオバに、「あんた若いゆうても、男と違うさか、窓から飛ばす事は出来んぞ」と言う。「車、とめてもらうよ」ミツノオバは手を振って言い返す。

七人の女らが冷凍トレーラーの中に乗り込んでから、田中さんが扉を閉め、外からロックをかけた。冷凍トレーラーに開けた窓からサンノオバが顔をつき出して、ツヨシを呼んだ。ワゴン車の助手席に乗っていたマサオがサンノオバの声を聞いても知らんふりをし、「マサオ」とサンノオバが呼んでも、いかにも路地の中で名にし負う不良らしく、「なんなよ、もう小便したなったんかよ」と馬鹿にした声を出す。「なんにもしたないよ。ツヨシを呼んで欲しんやよ」「なにするんな」マサオは馬鹿にしきったように言う。「ツヨシに言うとかなんだらあかん事ある」サンノオバがそう言いかかった途端、車のエンジンが始動する音がした。サンノオバは窓から顔をつき出し、「ツヨシよ」と呼びながら、車体を手でたたいた。車は走り出した。

走り続ける車の中で、七人の老婆らはしばらく黙っていた。窓を開けたままにしても音がうるさいし、外をのぞこうにも人の上半身が入るくらいの小窓では何も見えないのに等しくそれで窓は閉めたままなので、外は朝だというのに車の中は裸電球のあかりしかなく、老婆らは夜の中を走り続けている気がする。車輪の立てる音、エンジンの音、車体がまきちらす風を切る音が入りまじり、ただごうごうと渦巻くのを耳にしつづけると、地面を走る車に乗っているのか、空を翔ける飛行機に乗っているのか分からなくなる。地面の上を走っているのか、地面の底を走っているのか、心もとなくなる。

車の壁に背をもたせかけ、足を投げ出して坐ったサンノオバが、ふと不安になったように、「あれら四人、わしら、どこへ連れて行くんないね」とつぶやく。

「伊勢やろ、一宮《いちのみや》やろ」ハツノオバが顔をあげる。

「伊勢へ連れて行てくれる、羽黒山にも巫女《いち》のおる青森にも連れてくれるというが、車の中におって音ばっかり聴いとったら、あれら四人、とんでもない悪者みたいな気する」

「ずしおうみたいに売りとばされると思うんかん」サンノオバがひやっひやっと鳥の鳴き声のようにはしゃいだ笑い声を立てる。

「こんな年寄りの身やったら潮汲みぐらいやったら出来るやろけど、もう男の物らよう受けつけん」

「何言うとるの。男らこの齢になったらあかんけど、女、大丈夫や」ハツノオバの言葉にサンノオバがまた鳥のような声で笑う。「売れもせんけど売りとばされたらその時やし、もううるさいと山の中で放り出されたらその時や」

「一人じゃったら厭《いや》やね。放り出されるんじゃったら、皆んな、二人か三人で組くもれよ。一人じゃったらさびしなって町にでも出て救けてもらおともがくんやろけど、二人やったら歌でもうたいもて死ねるかも分からん」ハツノオバが言って、山に放り置かれた老婆らが歌をうたっている姿を想像したようにクスリとわらい、「あれら、こんな事言うとるとまた怒る」と首をすくめる。

　話すのを止め口をつぐんだ途端、道路を走る車の音が否応なく老婆らの耳を聾《ろう》する。老婆の誰もが自分が走り続け翔びつづける巨大な物にしがみつき、ただ振り落されまいとしている気になる。音を耳にしつづけているとその巨大な物が四人の若衆らの男の力で出来あがっている気がして、ツヨシがどんな若衆であるのか、田中さんがどんな若衆だったのか、自然と話がはずみ、老婆の誰もツヨシや田中さんを詳しく知る者はいないのに、自分がまるで路地に一人居た産婆のオリュウノオバのように、ツヨシが女親の腹に身籠られる時から産道を通ってこの世に出てきた時まで眼にしていたように話す。それは七人の老婆らが暇にまかせて記憶していた事をつなぎあわせてつくり上げた話で、ああであったろうこうであったろうと意見がつけ加わったせいで、ツヨシの出生は、女親が体の小さな、従って子宮も小さな女だったので、生れた時は人間の子と思えない大きさだった事になった。

「このくらいじゃったわよ」とハツノオバが物を享《う》けるように手のひらをつくって言う。

「それほどじゃ生きていけんわだ」とサンノオバが言って両手で物を享ける形をつくる。

「わしのこの手で、米、五合入るかいね。もうちょっと大っきかったじゃろけど」サンノオバはそう言ってから自分の意見に得心したように、今、女らが頼りしがみついている若さの絶頂にいる男が、米五合をすこしばかり越えるかさしかない異様に小さな赤子として生れたと、眼の前にその赤ん坊がいるように言った。

女らはたちまち思い出した。人間の子とは思えないほど醜く皺《しわ》が寄って乳首をふくむのがやっとなのでそのままにしていると窒息死すると言い出し、女親が生んだ子を嫌がる素振りもしたので、女親の手から離して抱き取った。女親は赤子を手離してもよいと言った。それで余計不憫《ふびん》に思い、路地の女らで育てる事にした。オバの一人が与えた砂糖湯や牛乳をひたした布の先をもぞもぞと力弱く吸う。居あわせた女らは、赤子が、口を動かすたびに微かに砂糖湯も牛乳も減っていくのを見て、赤子が、当座は生きのびると安堵《あんど》したが、育ち切るかどうか心もとないと言い合った。

異様に小さな、醜い赤子を見て、若い女らは気色悪がったが、女らは自分の血のかかった子でもないのに気にし、何くれと世話をしに赤子が路地の中を転々とあっちに十日こっちに二十日と引き取られていく先の家へ寄った。女らは虫のような弱い生命力の子に冬の寒さはひとしおこたえるだろうとネルの肌着や着物を作って持っていった。名づけの日に、女らは知恵を出しあってツヨシと決めた。弱い子だから強い者に育って欲しいと言うだけでなく、一回でも乳を吸う事を止めれば、途端に動きが止り生命が消え失せるようなのに、強い力で女らを引きつけ、心配で居てもたってても居られない状態にさせるからだった。

「ツヨシは強い」女らは今さっきまで流しで洗い物をしてきた水の匂う手で赤子を抱い

てあやした。あやされて笑うと一層醜く虫じみて見えた。

　百日も経つとツヨシは人間の赤ん坊らしく成長した。女らは、育ち切る事に不安は抱かなかった。ツヨシをそうまでしたのは自分らだと誇らしげに思い、洗濯や拭き掃除の合間に日だまりで話し込む時は常時、脇に置いていた。たまに女らが外へ商いに行くとき、連れて行った。というのも、冷凍トレーラーの中に乗り合わせた七人の女らの過ごしたのは戦争や大震災のあった時代で女らは家に居て安穏としているわけにいかず、働いた。

　どう話しても、ツヨシに赤いチャンチャンコを着せたのは誰か分からない。ツヨシを行商に連れ出し、外でも面白い顔をしていると人気を得たのか、「栄養足らんのやろ?」と言われ同情されて売り上げが増えたのか、女らはしきりにツヨシを外に連れ出した。「背負うても、軽いさか苦にならんの」ハツノオバが思い出しわらいをする。女らの誰もが認めるとおり、ツヨシとチャンチャンコの取り合わせはおかしかった。人間まがいに猿にチャンチャンコを着せ烏帽子《えぼし》を被せる猿廻しがいたが、人間のツヨシがその時、猿まがいだった。チャンチャンコを着たツヨシに、「ほれ、むいてみ」と若衆が蜜柑《みかん》を一つ渡すと、手で持つには余るので落としてしまう。「小っさいのやらなあくかよ」女が若衆に言い、わざわざ自分で小さい蜜柑を選《よ》り出して、「はい」と渡す。両手で受け取ったツヨシの姿を見て女らも、その事を思いついた若衆らも笑い入った。あまり大声で笑うものだから、幼いツヨシはおびえたように両手を使って持った小蜜柑を、まるで大人の知恵があってその蜜柑も持ちかねるほど重いのだと装うようにポトリと落とす。

ツヨシは成長するに従って皮をむくように変っていったのだった。マツノオバは、一宮へ嫁いだ娘のお産の世話をしに一年ほど路地をあけて戻ってきて、中学を卒業する間際のツヨシを見、その変りように心底、驚いた。赤いチャンチャンコ着せられ蜜柑を持っていた面影は気配もなく、そこに居るのは声変りして、凶《まが》まがしいような男の荒くれが体の方々に骨のように突き立っていると映る若衆の姿だった。

「オバ、どこへ行て来たんない。天王寺かい善光寺かい？」ツヨシはもうすっかり路地の若衆の口調をわがものとして、隙《すき》をみせればからかいの種にしてやろうというように言う。マツノオバはその手に乗らないというように、「一宮に行て来たんやよ。オバの娘もおるさか」と言う。ツヨシは眩しげに見るマツノオバの視線を気づいてそれをはねのけるように、「一宮に何あるんない？　彼氏でもおるんかい？」と訊く。マツノオバはくすりと笑う。

車がブレーキを踏み、ゆっくりとスピードを落としはじめたのが音で分かった。コサノオバが、「また、停るんかいの」とつぶやき、身を起す。停る寸前で車はノロノロと走り、ゆっくりと右にカーブを切りつづけ、ふと、停る。外から扉を開ける気配はなかった。

「どこないの？」サンノオバが言った。

冷凍トレーラーの中で七人の老婆らは耳を澄ましたがエンジンの音に邪魔され何も聴

えなかった。はっきりしているのは、急に、鳥が高い空から低いところに降りたような緩んだエンジンの音だった。幾ら耳をそばだてても外の様子が分からないので、最前のように話をしていようとマツノオバが、ありありと思い出した事を演ずるようにくすりと笑いをもらす。

「一人前の若衆のように訊くんや。おうよ、わし言うたん。織姫と彦星は七夕の夜に一年に一ぺんの逢瀬楽しむが、わしらのは五十年にいっぺんや。五十年が一年やァ」「五十でもあんたエラいわだ」ミツノオバが言う。「わしら年期あけてからいっぺんも行てない、もう湖どんなんやったか、瀬田の唐橋どんなんやったか忘れた。歌の文句はええけど、つらい事しかないさか――」

「一宮に紡績に行たの、わしらの齢で六人おったんやァ。わし、ハツノオバ」とマツノオバは指をおる。「スエ、ナミノ、トリ、ミツノ。六人のうちで生きとるの、わしとハツノオバだけ。ハツノオバもこの前、一宮へ行て来たんかい？」

「わし、行かなんだ、一宮へ連れてもらえたら、六十年ぶりぐらいや。それにマツノオバと違《ちご》て好きな彼氏おらなんださかの。わし、織姫やけど彦星がおらなんださか」

ハツノオバの話を折るように、サンノオバが、手を上げて窓を外からたたいていると教えた。窓のすぐ下にリウマチが痛むのか蒲団を足に巻きつけて坐っていたキクノオバがのろのろと立ちあがり、鍵《かぎ》をあけかかる。さして力が要るものでないのに、鍵はあかない。「よう開けんよ。コササン」と中で一等若い老婆を呼ぶ。「なんな、よう開けんの」とコサノオバは立ってキクノオバの脇に寄り、片手をのばしキクノオバの手にそえるようにしてあける。窓はパタンと音をたてて開き、いままで話をしてきたツヨシの顔がぬっとあらわれる。それが赤いチャンチャンコを着せられ猿扱いされた話の子とは思えない異人との混血のような整った顔立ちだった。老婆らの何人かが声を立てて笑うと、「またある事ない事、人のケツの毛まで数えあげたみたいに、言うとったんじゃ」と言う。

「ここどこなん？」

「どこでもない道の上。ぐるっと方向変えたんじゃ。方向変えたら、高速道路の職員ら、一旦出て入り直せと言うさか、喧嘩しとったんじゃ。金払えと言い腐る」

「ほんまに。どこへ行くんな？」奇妙な相槌を打ってコサノオバが訊く。

「田中さんと話したんじゃけど、何も先を急ぐ事ないと思て、オバら言うとったさか伊勢へ戻る」

「なんなん、伊勢へ走っとったんと違うんかん？」

「じゃから伊勢行く」ツヨシはそう言って、背後からマサオが呼ぶのに、今、行く、とどなり、老婆らにそれ以上の説明は無用だというように窓を閉めた。

鍵を必ず掛けろと言われていた通り、「なんな、分からん事して」とコサノオバは不平を言いながら力のないキクノオバに代わって鍵を閉め、自分の蒲団を置いた場所にもどる。冷凍トレーラーの中は、窓を閉めると、羽根を休めて木にとまった鳥の呼吸音のような床から震動と共に伝わってくるエンジンの音だけになった。
　間もなく冷凍トレーラーは、山から山に向って翔びはじめる。山から山に向ってつい
た道を翔びつづけているというのに、老婆らが思い出して話しはじめると、そこは路地
になる。冷凍トレーラーの中にいる老婆らの誰もが同じ思いを味わっていたように、
「わしら自分の足で歩くんでなしに坐っとるだけで、伊勢へ行たり一宮へ行たり歌の文
句の場所に見に行たりするんやさか」と一人が小声でつぶやくとうなずく。
　サンノオバが、「キツネに化《ばか》されて、あっちこっち見せたると連れられとる気するよ」
と言う。
「ババを七人もいっぺんにようだますもんか」
「そうやけど、ツヨシや田中さんらが化されたら、わしらも結局、化されるわだ」サン
ノオバは言う。「路地の山の上をツヨシらとグルグル廻っとった言う事になって路地の
若衆らに見つけやれて、オバ、オバら頭に葉っぱ乗せて何しとるんな、と救け起された
りしたら末代までの恥や」
「いややの」キクノオバが静かな口調で言う。
「朝早うから神社へ行て、わしら熊野から来たんやと頼んで、チリトリやホウキ持って
掃除の奉仕をしとるつもりが、ススキの花持って山の肥溜めのとこ掃いとったり、コサ
ノオバ、ええ湯かげんかい？　と温泉に入ろうとするつもりが、肥溜めの中につかっと
るコサノオバに訊いとる具合やったり」

サンノオバの言葉を皆は笑ったが、コサノオバはむくれてふくれっ面をした。

「サンノオバ、ちゃんと掛け湯して入れよ」コサノオバがぶっきら棒に言う。老婆らは笑い入る。

「やっぱし温泉は湯の花の匂い、強いんじゃねェ。おおよ、熱いくらいの湯じゃだ、早よ御詠歌の練習やめて、キクノオバもマツノオバもヨソノオバも温泉に入ったらええのに。コサノオバ、湯の花、ようけ浮いとるねェ、怒られたら怒られた時やさか、帰りに集めてもろて行こらよ。ええ土産になるわ」サンノオバは湯の花を手ですくう真似をする。ほれ、こんなに、と手ですくいあげた湯の花を見せようとした時、長く尾を引いた冷凍トレーラーのクラクションと伴走のワゴン車の勢いのよい高い音のクラクションが続けて鳴り、車が動きはじめる。サンノオバが黙ると笑っていた老婆らの顔から笑が砂に吸い込まれる水のように消える。

車は速度を上げていた。単調な緩んだエンジンの音が、気圧の違う高みに舞い上り続けるために緊張度を高めるように、切迫した強い音に変る。車体に当る風と道路を噛むタイヤの音がエンジンの音に重なり、老婆らの耳を聾し、馬鹿げた想像を広げてはしゃいでいた老婆らの気持ちを呑み込む。サンノオバは理由の分からない不安で胸が圧し潰される気がしたし、笑ってばかりいたヨソノオバは大きな人智を越えたものの力で体をわしづかみにされて振り廻されているような畏《おそろ》しさを感じた。心の中で、大きなものの前にひれ伏している気になって、声に出さず胸の中で一節ずつ気持ちを託すように御詠歌をうたった。

車が走り続けていると、自分らが後にした路地の姿がありありと見えてくる。老婆らはまた誰言うとはなしに、山のふもと、清水のわき出る池のそばに小屋掛けした路地の開闢《かいびゃく》の祖に当る二人づれを眼のあたりにしているように話し出す。最初の子が清水のわき出る池で不幸な事になってから、二人は業苦から解き放たれたような気になって、新たに子供をつくった。池のそばを避けて、山の中腹の雑木を払って小屋を移し、子供らにも自分らにも池に近寄る事を禁じ、小屋からわざわざ池をはずれるように道さえつけた。それが今も残っている青年会館の脇から山をジグザグにのぼるような形につけた道だった。老婆らは山の中腹にたった一軒、小屋を掛けて住む夫婦と子供らを想像し、口ぐちに、「さみしかったやろねェ」「えらかったやろねェ」とつぶやく。

「何を食べたんやろ、手つかずのままやったら木が生い茂っとるやろし、夫婦で働いても草ら一雨受けたら生え出して地面おおうやろし」

「昔は焼いた、と聴いたで」サンノオバが言う。

「焼いた言うても、あんた、小屋あるのに」ハツノオバが言う。

「誰から耳にしたんか忘れたけど、その人、えらい頭のええ人じゃったらしい。最初、小屋の周囲の草も木も刈り取っといての、風が池の方から上へ吹き上る時に、池の方から火つけて、下の方も山の方も焼いて平らにしたんや、と聞いた」サンノオバが言うと、ハツノオバは皆に意見を確かめるように、

「焼いたんかいの？　焼いたりせんと毎日こつこつ木切って草抜いて、芋植えられるような畑つくって行たんかいの？」と訊く。

サンノオバが笑い出し、これが決定的な証拠だというように、「ハツノイネ、わし、どう考えても路地をつくった人、そんなに働き者やと思わん」と言う。老婆らが笑うと、「わしも山焼いて路地つくったという話聴いた時、まさか、そんな嘘みたいな、と思たけど、路地に昔から名残しとる男らおるじゃろ、その名を順ぐりにたどってみた。今の時代じゃったら、まァ、ツヨシじゃわい、三好、ヒデ、トメ、又之丞、キチノスケ。あの男はたいしたもんじゃったと言うの数えてみたら、馬喰《ばくろう》か、博奕打《ばくちう》ちか、そんな者じゃわ。中本の一統のような色恋にたけただけの女に吸いついとる無精者じゃないけど、こつこつ草刈ったり木切ったりして住めるとこ広げて行くような者おらん。イチかバチか、丁か半か、そんな事ばっかりしとる者ばかりじゃだ。路地をつくった人の血が枝分かれして博奕で鳴らしたヒデにもトメにも流れとるなら、言うてみたらその人、ヒデやトメやキチノスケの血かためて飴《あめ》みたいに煮つめたような人じゃわ。博奕打ちの手本のような人じゃろし、ひょっとすると無精者の手本のような人かもしれん」サンノオバがハツノオバを説得するように言うと、コサノオバが「つらい先祖様じゃね」とぶっきら棒に言う。「博奕打ちと無精者の手本のような人じゃったら、人に言えもせん」

「わしら騒ぎ好きなんも、路地の立ち退きで金もろて、その金で物見遊山に出てパーッと使て、後は野となれ山となれ、と思とるのも、その人が、火つけてパッと草木もやして路地を開いたさかやの」

「アホの血が出て来たんやだ」ヨソノオバが小声でつぶやく。

「わし、厭」ハツノオバが身を振る。「アホな、何でもパーッとやってしまう人が、池のそばのクリ林もナラ林も、山に生えとるシイの木もいっぺんに焼いたんやろが、路地の山、昔からぎょうさん、鳥や獣棲んどるの知っとるかん？　蛇もおったし、虫もおった。火つけて草木燃やしたら、皆な死んでしまう」ハツノオバはそう言ってからふと涙ぐみ、指で涙をぬぐって顔を上げ、「そうやろねェ、いつか分からん昔、路地開く時、そんな酷い事生き物にしたんじゃろねェ」と言う。「あんたら知っとるかいの、わしらが車に乗る前の日、山を大きな鉄のつめで削り取っとる玉置《たまき》の井戸の裏手で、尾っぽを木の枝にかけてキツネぶら下って死んどったんや。血が口から垂れて削った赤土の上に垂れとる。昔あの山で人がよう化される言うたのはこのキツネが正体やったんやな、と思て、傷ひとつないさか毛皮につかえると言うとる人夫らに、山の主やど、そんな事したらたたられるどと言うたったんや。わざわざ新たにたたらいでも、アホな人のおかげでたたられとったんや」

「タヌキもあの山におると聞いた」世迷い言のようにキクノオバが足をさすりながら言う。

「アホな人は、火つけてそんなのどっさり殺してしもたんやねェ」ハツノオバはつぶやく。

池の周りも山も炎で焼いて開いて、それで小屋が二つに増え三つに増え、路地がじょじょに出来ていく。路地開闢のアホな人の血に、他から渡ってきた者の血が混じり合い、最後には路地は隙間なく家が立ち、終に池をさえ埋め立てて住むような場所になった。そこを人一人が通れるほどの道、二人が擦れ違える道、荷車が通れる道、涼台《すずみだい》を置き、いつも誰かが坐ってある事ない事をしゃべっていた天地《てんち》の辻《つじ》と言われた場所に集まる三つの道が網の目のように走る。車の中にいて、耳を聾する音を聞きながら老婆らは、そのアホな人から始まった路地が、道の鬱血《うっけつ》のようなところだったと思った。鬱血した道であろうと、太い流れのよい動脈であろうと、道である事に変りはない。道の果てはどうなっているのだろうかと考えた。女らの一人は道の果てまで来て、冷凍トレーラーが本当に空に翔けあがるのを想像したし、或る者は四方を海に囲まれた日本だから果てまで来て海の中へ乗っている人間もろとも沈み込む姿を想い描いた。

Ⅱ　神の嫁—伊勢

伊勢の町中を廻りやっとツヨシが冷凍トレーラーを止めたのは、伊勢神宮の内宮《ないくう》からも外宮《げくう》からもはるかに離れ集落が遠くに見える田圃《たんぼ》の中の空地だった。その空地は一目で、工場用地か建て売り分譲の為に田圃を埋めたてたが、金繰りが悪くなったのか方針に大幅な変更があったかして途中で放り投げたと分かる程だった。赤い栄養分の少い土がでこぼこに盛られ、その上に威勢の悪いチガヤやヨモギがところどころ根を降ろしている。

ブレーキを引き、エンジンを切ろうとすると、伴走のワゴン車が近づき、マサオが体をつき出して冷凍トレーラーの運転台のツヨシに、「こんなとこで停めんと、神社の前で停めたらええのに」と言う。ツヨシは黙ったまま、冷凍トレーラーの荷台を指さしてから、エンジンを切り、眠り込んでいた田中さんを起した。

「もう着いたんかい」

「眠ってばっかしじゃね」

ツヨシはシャツを後の仮眠台の上から取って運転席からとびおりた。

「どしてこんなとこで停めるんな」マサオがカーステレオのヴォリュームを落としながら言う。ツヨシはまた冷凍トレーラーの荷台を指さした。

「なんなよ?」マサオが訊く。ツヨシは答えのように欠伸《あくび》をひとつやり、長い時間ハンドルを握っていたためなまった体に活を入れるように胸をそらして腕を廻し、冷凍トレーラーの荷台の方に歩いていく。

マサオがワゴン車を降りて後に従いた。ツヨシは後を従いて来たマサオを振り返ってから弾みをつけるように荷台の足かけ台に飛び乗り、手のひらでタンタンと二度たたき、「長い間揺られとったら豚でも車酔いするんじゃ」と言って、扉のカンヌキをはずし、手でぶら下るようにして扉を開ける。

電球一本だけ引き込んだ暗い室内にいた老婆らが、日の光の外を眩しげに見ていた。ツヨシは扉を固定し、車の中からはしご台を取り出し、下に置く。地面そのものがデコボコなのではしご台はななめに傾《かし》いでいた。「ななめじゃ危い」ツヨシはいったんはしご台を脇にどけ、足で地面を平らにしようと盛り上った土を削る。

「こうせなんだらオバら倒れ落ちる」ツヨシは平らにした土の上で足踏みする。足踏みしながら、老婆らが蒲団や枕をかたづけてよろよろと立ちあがるのを見て、「伊勢に来たんじゃ、オバら言うとった伊勢じゃ」と言い、改めてはしご台を固定する。

「鉦《かね》持って行かいでもええかいの」

「怒られるじゃろねェ」老婆らが思案しているというように言い、年少の者に頼る声で、

「神社で御詠歌したりしたら怒られるじゃろねェ」と訊く。

「分からんな」ツヨシは言う。「はよ、車から降りて、どうせオバらの中で何人も小便たまっとるのおるじゃろから、田圃の向うの喫茶店まで、ワゴン車で送ってもらうさかね」

「喫茶店の前で降ろしたらよかったのに」マサオがまた不平を言う。ツヨシは笑う。

「喫茶店の前らで、こんな大きなの停められるもんか。車から降りるだけで一時間もかかりそうなノロノロした年寄りばかりじゃのに」

老婆らの先頭を切ってサンノオバがはしご台を降りる。地面に足をおろして立ってから、外の日の眩しさに立ち眩《くら》みしたように眼をつぶり、それから大きく息を吸い込み、「ああ、伊勢じゃ伊勢じゃ」と声を出す。サンノオバははしご台を使って次々降りて来る老婆らを見ていてふと心の昂《たかぶ》りがよみがえったように、「キクノイネ、足悪いんじゃさか気をつけよよ」と危っかしい足取りの老婆に声を掛ける。

「ツヨシもマサオもおおきに。わしよりも誰よりもキクノイネが伊勢へ来たかったんじゃ。あのイネの子知っとるかい？」

「タケオアニかい？　知らん」

「毒飲んで死んだ子じゃが、キクノイネ言うのに、いっつも伊勢へ参りに連れたるわよ、と言うとったらしいんやと。夢に出て来て、母さん、俺は何を親不孝したと言うても伊勢へ参りに連れたらなんだのが親不孝の事ないと思うんじゃと言うたらしいんやわ」

ツヨシはキクノオバをみつめる。キクノオバはツヨシと眼が合うと笑をつくり、真剣な顔になってはしご台をいざるように降り、リウマチのせいで痛む右足を軽くかばいながら歩いてくる。

「伊勢へ着いたねェ」と感慨深げにサンノオバが言うと、キクノオバはやっとツヨシの前までたどりついたと肩で息をする。

「小水をじっと我慢しとったの」

「なんなん。涙でも流してタケオの事でも言うかと思たらそんな事言うんかん」サンノオバは苦笑する。

ツヨシは手を上げてワゴン車の方を教え、「トレーラーここに置いとくんじゃ。休憩するの、むこうじゃさか、便所へ行きたい者は先にワゴンに乗って、マサオに送ってもらえよ」と言う。

老婆らがかたまってワゴン車の方に歩き出すと、「わしも行くわ」サンノオバが言う。一どきにワゴン車に乗れないとマサオが老婆らを制し、冷凍トレーラーの助手席から降りた田中さんがそれをみてワゴン車をのぞき込み、車に乗ったままのテツヤに、「われ、降りよ」とどなる。

「前に三人、後に四人」

「きついわだ」

「見えとるとこ走るだけじゃ」田中さんは言い、思いついたように空地の草の茂みの方に寄り、チャックをあけて小便しはじめる。

「喫茶店の前に停めたらよかったのに」マサオがまた言うのにツヨシは苦笑して、ただ早く路地のオバらの集団を喫茶店まで運んで来いと手を振った。マサオはふくれっ面のままワゴン車に乗り込み、走らせる。

冷凍トレーラーを伊勢に向って走らせはじめてすぐにツヨシは助手席にいた田中さんと、伊勢での行動の打ち合わせをしたのだった。着いたなら何日でもそこに停車していられるような空地を見つける。というのも、古くから格式のある神社だったから警察の目も警備員の目も四方八方に光っている。案の定、便所の設備のついた大型観光バスの停った駐車場に入ろうとすると警備員がとんで来て、トレーラーやトラックの駐車場ではない、参拝者用のものだから出て行ってくれ、と言われ、参拝に来たのだ、と言うと、トラックの運ちゃんらはいつもそう言う、と相手にしない。大型冷凍トレーラーの荷台に積み込まれた荷は魚ではない、熊野から伊勢参りにやって来た信心厚い老婆らだと言いたかったが、運転手をやっていたツヨシには、一言でもそれを言えば、何が起るか充分分かっていた。警察が呼ばれ、ボックスの中に人間を積んでいる事、ボックスを改造している事、それに冷凍トレーラーそのものが誰の持ち物でもなく運送会社から無断で借用し塗装し直したものである事が露見し、確実にツヨシと田中さんは逮捕され、冷凍トレーラーは取りあげられ、七人の老婆らは保護される。運が悪ければツヨシと田中さんは七人の老婆らをかどわかした罪にも問われるかもしれない。

神社の警備員の威たけだかな制止に腹立ちながら、人目につかない空地を求めて、伊勢の市内をうろついた。私鉄の駅前で、昔、惚れた少女によく似た女をみつけ、声を掛けられる距離だったので、「すまんけどサッカー場かラグビー場教えてくれんかい？」と訊くと、女は大型冷凍トレーラーをみておどろき、運転席を振りあおぎ愛想笑いした。ツヨシが冷凍トレーラーを運転する類のジジムサい男ではなく爽《さわ》やかな若者だと気づいて安堵したように、舌っ足らずに聴える声で、サッカー場もラグビー場もないが、体育館なら外宮から朝熊山の方へ走ったあたりにあると言った。その舌っ足らずの物言いが可愛く、一人で冷凍トレーラーを運転しているなら確実に物にしていると思うと急に気分が軽くなり、ツヨシは伊勢でいい事が続出しそうな気がして、そのいい事が何なのか正体をみきわめるまで居続けようと決心して、自分のこの鋼鉄のお宝を収めてくれる穴ぼこを捜すのだと独りごちながら車を走らせた。真っすぐの道を鋼鉄のお宝はいきり立ったように直進する。カーブでは蛇のように頭から入り胴をくねらせて曲がる。

老婆らを運んだワゴン車がもどり、マサオが、「あのオバら、ムチャクチャ言うとるど」と顔をつき出して言う。ワゴン車の後の座席に田中さんが乗り、その後部にテツヤも気を利《き》かしたように続いて乗りこむので、ツヨシがいつもテツヤが乗っている助手席に乗り込むと、マサオがこらえかねたように、「羞《はず》かしい」と唾を吐く。「何しましょか？　と店の女が言うても、便所、使わしてくれたらええ、とだけ言う。俺が、何ど注文せえ、と言うと、コサノオバ、飲みたないさか飲まん、とにらみつけるんじゃ。ケチするな、と言うたら、ここでドンチャン騒ぎしよかと言うんか、と怒るんじゃ」

色づいた穂がついた田の切れたところで三叉路になり喫茶店はその角にあった。老婆らは席に坐る事もせず、そこが屋根をつけて人が坐るように出来た喫茶店ではなく広場の変種にすぎないのだと、ボンヤリとたたずんでいるように、壁に貼った仔猫の写真に眼をやり、本棚の上に置いた若い娘向けの雑誌をめくり、一人が便所から出てくると、一人が、「使わしてよォ」と声を掛けて入れ替わりに中に入る。喫茶店の女はあきれ返ってうんざりしたという声で、「はーい」と返す。

「オバら何しとるんな」マサオが言う。田中さんがツヨシの後で笑い入る。ツヨシはまず喫茶店の女に詫び、「熊野の山奥で、喫茶店も入る事知らんと暮らしとったさかの」と弁解し、喫茶店の中でたたずんでいられると思っている老婆らを席に坐らせ、しばらく伊勢にとどまるので、車に乗らないから水物を制限する事も要らないと教えた。マサオに文句を言ったコサノオバは、「やれよォ」と大仰に便所の心配をせずにおられるのに安堵したと言い、自分から進んで、目の悪いふりをする老婆らの代りに唯一人、ひらがな、カタカナが辛うじて読める者として、たどたどしくメニューを読みあげる。

「熊野から伊勢参りに来たの？」女は老婆らの振る舞いを奇異に感じる気持ちをかくし切れないふうに、若衆ら四人だけで坐った席に体をむけた。

「熊野の田舎者じゃ」

「わしら天の道、翔んで来たんやで。いうたら天女や」振り返ってサンノオバが安堵した気持ちの出た声で言う。「わし、天の川の織姫やし、天女」

「わしも」キクノオバが言う。「岸和田へ行っとったし」

「そうか、それでキクノオバ、空翔ぶの得手やけど、歩くの得手悪りんや」サンノオバが合わせるとキクノオバは、「右足、リウマチで悪りんや」と、一向に老婆の方にふりむかない女の後姿に、訴えるような顔をする。女は老婆らの言葉を耳にする度に、気色悪さが昂じて来る顔をし、老婆らのテーブルに熱いミルクを運び、若衆ら四人のテーブルにコーヒーを運んで、そのまま老婆らを視界から遮断するように背をむける。若衆ら四人をみているか、顔をあげて天井の文様を見ている。若衆ら四人は今の日本ならどこでもいる者の印象だったが、老婆らは服装や髪型からしてどことなく奇異な感じがつきまとい、それがしかも、一緒に動いてきたツヨシらでもとまどうようなありえない事を話している。老婆らの話を綜合すれば、老婆らは娘時代から夜空に顕《あら》われる銀河の彼方に住み、毎日毎日機《はた》を織って絹や綿の屑を吸って暮らし、そのうち病疾にかかり、じめじめしたところなのでリウマチにかかって歩く事に支障をきたし、それで天の道を翔けて一度おがみたいと思い続けていた伊勢の神さまの元に来た。空を翔びながら苦痛だったのは、天女の体内から排泄《はいせつ》される物だった。それは朽ちて滅びてしまう天女の宿命のように、自分が腐って溶けてしまうのではないか、破裂して臭い霧になって飛散してしまうのではないか、と不安にさせた。今、喫茶店に着いて、しばらく伊勢を動かないと耳にして、「やれよォ」と安堵した。しかし、女の眼には、七人の老婆らはお伽話《とぎばなし》で想像する天女の姿とほど遠かった。乞食とまで言わなくとも七人の粗末ななりの老婆らが養老院から脱け出して、類が類を呼んで集団化したようなチグハグな姿だったし、それに年寄り特有の潤いも張りもない皺だらけの肌の気色悪さが加わり、この上なく貧弱な醜い人間の群のように見えた。

老婆らはズルズルと音を立ててミルクを飲む。熱いものだから吹く。ツヨシにはおかしく聴えたが、女は気色悪さが倍加する。

「熊野というの、熊がようさん出るんですかァ」

女は突拍子もなく田中さんに訊く。田中さんは飲もうとしたコーヒーを噴きそうになり、カップをあわてて置き、唇を手でぬぐって、「どっさりおるんじゃ。わしら、子供の時から、足柄山《あしがらやま》の金太郎みたいに熊と相撲取って、これみたいに傷ひとつ出来ん、体になるんじゃ」と冗談を言う。

「男は熊じゃし、女は天女じゃわい。のォ」柔かい高い声で、サンノオバが言う。

「四人とも歌手に似てる」女はやっと笑い、四人の歌手の名を上げ、四人を見くらべて、よく見れば四人とも互いに似ていると言う。

「アホな人の血じゃさか」コサノオバが言う。ツヨシがそのアホな人とは誰だと聞くと、路地の中で昔から博奕打ちの荒くれとして名のある男の名を挙げ、それの先祖だと言った。そのアホな人はコツコツと働いて茂みを切り開いたのでなく、擦火《マッチ》一本で博奕で大勝ちするように焼き払って路地の元をつくった。

「それでじゃ」田中さんが突然ツヨシの肩に手を掛け身をのり出して体をよじり老婆らに言った。「火つけする者おる、火、つけて、根こそぎ消す者来る、と言うて昔から消防団の訓練ばっかししたの」

「さァよ」老婆らは言う。「なんにしてもアホな人の血が、いずれ一滴か二滴まじっとるんじゃさか」

「仕事はあかんけど女たぶらかすのうまい」

老婆の言葉に何を思ったのか、女の首すじのあたりからあからみがのぼり広がるのを見て、田中さんがツヨシの肩にかけた手を動かして、見てみろと合図した。

駐車場の真中にある大きな栴檀《せんだん》の木の脇に寄りそうようにワゴン車を停めると、遠くから神社の警備員が、他所へ移動しろと言うように手を払ったが、ツヨシは相手にしなかった。エンジンを切って、ワゴン車の運転台から飛び降り、すぐ後方に廻り込んで引戸式のドアをあけた。喫茶店の中とは打って変って黙りこくった老婆らは、路地にいた頃から想像しつづけた神宮に今、来たと気遅れしたように、ツヨシの言葉を待っている。「降りよよ。ここから歩くんじゃど」ツヨシが言うと、やっと得心したように腰をかがめ、ドアの端を持って体を支えながら降りる。

警備員が手を払うように振りながら歩いてくるので、ツヨシがその警備員の方に歩きかかると、キクノオバが、「わしら道具、おろさなんだら」と言う。「後にしようらよ」

サンノオバが言う。ふと老婆らが伊勢神宮の社の前で鉦をたたいて御詠歌をうたう計画をしているのだろうか、と気になり、「何するんない」とツヨシが訊いた。そのツヨシの注意を引こうとして、歩いて来る警備員が笛を鋭く鳴らす。ツヨシが振り返ると、「そこに置いたら、他の車が出られなくなるだろが」と警備員がどなる。ツヨシは警備員を無視した。駐車場に降り立ったキクノオバとサンノオバが、ワゴン車の後に廻り、まだ中に乗ったままの老婆に道具を持てと言っている。ワゴン車の中の老婆が外からの指図を分からずうろうろすると、らちがあかないように、「ツヨシよ、道具とってくれこ」と言う。「何ない」ツヨシがワゴン車の中をのぞき込むと、風呂敷包みやダンボールの中に混じった白い布袋を指差す。一瞬に、ツヨシは老婆らが伊勢神宮で何をしようとしているのか了解し、苦笑した。

ツヨシはワゴン車のハッチをあけた。鍵穴のボタンを押すとハッチバック方式のドアが開くのだと初めて気づいたように、外で指図していた老婆も中にいた老婆も、「ああ」と感嘆の声を出す。白い真新しい布袋が七つ。老婆らは路地の中で、その布袋を、車で旅する際の最大の準備のようにぬいつづけたのだった。ぬいながら行く先々がどんなところか、空想しつづけた。布袋には誰が書いたのか持ち主をあかすように墨で小さく名が書いてあった。もとより路地の老婆らは字が読めない。コサノオバにしても流暢《りゅうちょう》に読み下せるわけではない。サン、マツ、キク、と書いた文字の下に、墨で点が打たれている。点の数と形で、それが誰のものか老婆らは理解する。

マツ、キク、コサノ、と字を読みあげかかると傍に来た警備員が、「他の参拝者の迷惑になるから、移動させなさい」と命令口調に言う。ツヨシは顔を上げ、警備員を見た。警備員は一瞬、ひるんだようだった。ツヨシは警備員の警告に取り合わないというように、白い布袋の束をワゴン車の外に抱え出し、名を読みあげて配りはじめた。「何、やっている」警備員は言う。七つの布袋を七人の老婆らに配って、「他に出す物ないな?」と老婆らに確かめてドアを閉め、警備員に、「この婆さんら、奉仕しようとるんじゃ」と言う。

白いかさのある布袋の形を見て警備員も一瞬にして、その中に何が入っているのか、老婆らが何をしようとしているのか、気づいたようだった。白い布袋の中には、真新しい竹ほうきが入っている。老婆らは柄の先まですっぽり納まる白い布袋をぬいながら、自分らではき浄めた伊勢の清々《すがすが》しい神社に参る姿を空想したし、天皇陛下のおられる皇居を伏し拝む姿を想像したのだった。

その老婆らが熱病にかかったように語り明かした空想は、若いツヨシにも田中さんにも、さらにはるかに齢若いマサオらにも理解しがたい事だった。「参るだけでええんじゃのに、掃除を何でしたいんじゃろ」ツヨシが訊くと、老婆らは口をそろえて、「わしら御詠歌しとるのも一緒じゃだ」と言う。なお分からないと訊くと、サンノオバは、わざわざツヨシを青年会館の奥の仏壇まで連れてゆき、「仏さんに参らせてもらうのに、花しおれかかとったら、水かえたり、新しのと取りかえたりするじゃろがい。誰も、しおれかかった花そのままにしたり、腐った御飯《オッパン》サン、みてみんふりして参らせん。竹ほうきで掃除したいと言うのも一緒や」と言う。ツヨシは老婆らの物言いにただ苦笑し、冷凍トレーラーで路地の外へ連れて行く約束をしたのだから、やりたいようにやればよいと、それ以上訊かなかった。

方々から、そんな老婆らがやって来たのを眼にしている警備員なら、路地の老婆らの気持ちを分かるだろうとツヨシは思った。しかし警備員は、あきらかに当惑していた。「困るなァ」とつぶやいた。竹ほうきの入った白い布袋を抱えた老婆らを見廻してから、「車、とりあえず動かしなさいよ。それからそれ持ったまま、中に入れませんからね」と言い、キクノオバにむかって一つ頭を下げて、布袋を受け取り、巾着状のひもをひらく。「竹ほうきやよ」キクノオバは言う。警備員は竹の柄だけを見て納《しま》い、布袋をキクノオバに返す。

駐車場から一台、車が出て空いたところに、警備員の指示どおりワゴン車を入れ、一緒に警備室まで来いと言われる通り、ツヨシは従いていった。警備員の制止を振り切って、老婆らに、伊勢の神宮の中で、心ゆくまで掃除をさせる事も考えたが、路地の中や、路地のある熊野の町ならいざ知らず、他の土地では、強引にやって出る答ははなから分かっていた。玉砂利の社の中を竹ほうきで一掃、二掃するかしないかのうちに、老婆らはたちまち追い払われるし、警備室にひっ立てられ、そのうち、老婆ら七人が、冷凍トレーラーの荷台に蒲団を持ち込んで熊野からやってきた事、冷凍トレーラーが改造されている事、冷凍トレーラーが盗難車である事が判明する。何もかも許されていない不法の事だった。運転席のツヨシは主犯格で、田中さんは相棒格で逮捕されるし、七人の老婆らにも難が及ぶかもしれない。難が及ばずとも、ツヨシと田中さんの二人に身を預けた形で路地から出て来た老婆らが途方に暮れることは分かっていた。

ツヨシは警備室で四人ほど集まった警備員から、日本の国民の皆が皆、大事と思う伊勢神宮に奉仕したいという気は充分に分かるが、ゴミ一つなく汚れてもないところを掃除するのは、他の参拝者に迷惑かかるだけだから、と諭されながら、七人の老婆らが路上に放り出され、オロオロする姿を思い描いた。

ツヨシは老婆らの心のうちを何となく分かった。親の代から住んでいた路地が立ちのきになり、立ちのき料がふところに入ったのを潮に、昔から名を聞いていたところを廻る、神社や皇居には奉仕をし、寺では練習しつづけていた御詠歌をやる、という目論見《もくろみ》だったが、老婆の誰も、路地に帰りつく事を考えている者はなかった。ツヨシが、カーブを切った時に危いという理由で冷凍トレーラーの中には、それぞれの蒲団と衣類それにどうしてもそばから離せないという小さな仏壇しか持ち込んではいけないと禁止したし、伴走のワゴン車の持ち主のマサオは、後の荷物入れに納る程度の荷物だけと制限したので、長旅だというのに老婆らはそれぞれ風呂敷包み二個程度の物しか持っていなかった。後は七輪、炭、ナベ、茶わん、はしの類、ビニール袋に入った米。それに竹ほうきの布袋を加えれば、荷物入れは天井までいっぱいになった。

ツヨシは途方に暮れる老婆らの顔を思い浮かべながら警備室の中で頭を下げた。ワゴン車の前で白い布袋を抱えてはしゃいでいる老婆らの方に歩き、老婆らの前まで来てから、「あかん、今日は、参るだけじゃ」と言い、ワゴン車のハッチを開ける。「明日、また交渉する」不平を鳴らす老婆らの手から竹ほうきの入った白い布袋を取り、荷物の上に積みあげた。

老婆らは手ぶらのままでは熊野から来て伊勢の神社に参るには心もとないようだった。神社の前を流れる川にかかった橋の前に来て、やっと所在をみつけたように一人が手をあわせると、全員がそれに合わせる。その手のあわせ方が、柏手うつやり方ではなく仏に祈るやり方なのを見て、ツヨシが苦笑すると田中さんが、「ちょっとぐらい掃除させてもかまんじゃろに」と警備室の前を通りかかりながら言う。

「みてみよ。信心深いもんじゃ。あのオバらの他に、誰も橋にまで手あわせとるの、おらんど」

「信心だけは誰にも負けん」

橋の下を流れる川からわき上って来た風に老婆らの髪が乱れ、スカートの裾がめくれかかる。川ぞいに遠くまで続く森の樹々の方から、神がいるという神社の静けさと、昼の光そのもののざわめきが、一団になって手をあわせる老婆らの周りに相反する流れの渦のようにかたまっている気がして、ツヨシは老婆らの気持ちを想い描く。ツヨシが厄介なものをしょい込んだ事は、参拝者らの迷惑ぶりを見れば明らかだった。橋のたもとで橋にむかって祈りながら固まって立った老婆らを、ひきも切らず社へむかったり社から引き返したりする参拝の者らはよけている。ツヨシは老婆らに何も言わず自由にさせておくつもりだったので、田中さんに合図して、先に立って橋を渡り、社の中を参拝の道順の標示の通り歩いた。敷きつめられた玉砂利を踏むと音が立ち、ツヨシは、その音から、冷凍トレーラーに積み込んだ氷づめの魚を入れた発泡スチロールの箱と箱がこすれて立つ音を想像した。

角を曲がりかかって振り返って、はるか後にふらふらした一様に覚つかない足取りで歩いてくる老婆らを見た。ツヨシは笑った。

「田中さん、あのオバら、あこがれの場所に来て、うきうきして雲の上におるような気分じゃ」

「俺も信心深い方じゃが、あのオバらにかなわん」

田中さんはふと悪戯を思いついたように、傍を歩いている他の参拝客に気づかれないように腕をつき出して素早く、雌握りをつくり、すぐほどいて、「後でいこらい」と言う。

「マサオら、もうあの女を口説いとるど。腹の上に乗っとるかもしれん」

「俺は行かんのじゃ」ツヨシが言う。「どのくらいそんな事せんともつのか試してみよと思とるんじゃ。トルコもどこも赤いネオンのついとるとこは近寄らんとおろと思う」

「もつもんか」田中さんはツヨシが冗談を言ったというように笑う。

ツヨシは立ちどまり、また振り返って、まるで流れの底に溜った木の葉屑のように最前とほとんど同じ位置を歩いている老婆らを見る。不思議な気持ちだった。老婆らの気持ちに合わせて、次々としてきた事が、無届欠勤とか冷凍トレーラーの窃盗とか車体改造とか、ろくでもない事に該当するのに、老婆らの姿を見、振る舞いをみていると、ごく自然な事のような気がする。泉がわき出ているから水を呑んだとか、日が当っているから濡れた衣服を干して乾かしたとか、誰も自分のやった事を非難する者などいない類の事だというような気がする。

しかし心のどこかに、罪を犯したという気持ちはあった。伝手《つて》を頼って、塗料を細かい霧にして吹きつけるエアスプレーを借り受け、車体に書かれていた運送会社の名を消した、その機械の手ごたえや塗料を溶いたシンナーのにおいが心のどこかに罪のような塊となってあったが、しかし老婆らを見ていると、それも、共同井戸の中をのぞき込んで下の水に自分の姿が映っているのを確かめ、それっきりふたをし忘れたとか、小鳥を取るわなを仕掛けたのに見にゆかず、何ヵ月もたって突然思い出して行ってみたとか、昔の甘やかでなつかしい記憶と変らなく思えた。その事より、路地から出る事も知らなかった老婆らが、日を浴びて、伊勢の神の籠る社の中を歩いているという事の方が、ツヨシにはとてつもなく愉快な事のように思えた。路地の若衆の誰も出来なかった事を自分がやっている気もした。

「オバ」ツヨシは声を出した。「先に行くど」

ツヨシは、そのくらいの声では老婆らの耳に届きそうにないと分かっているのに声を掛け、田中さんに合図して、玉砂利の参道を神社にむけて歩き出す。神社の前に来て、参拝客に混じって石段を上り、サイセンも入れず田中さんと並んで柏手を打って拝んでから、石段の脇に立ち、老婆らがやってくるのを待った。二人の若衆が石段の脇に所在なく立ち、何を話すでもなくボンヤリと参拝客らを見ていると、二人の所作や体から発散するものが伊勢の神に祈りに来た参拝客らと大きく違ってみえるのか、眼が合うと眼をそらした。

男の足でなら十分も歩けば行きつけるところを、七人の老婆らは、舞いを舞って神社の参道の両脇に繁茂した樹木の霊の一つ一つに語りかけ慰藉《いしゃ》するように、トロトロと歩き、ツヨシと田中さんが待ち受けているところまで、小一時間かけている。

冷凍トレーラーの中での小一時間なら運転席と助手席に乗った二人は、カーラジオをかけ、生々しいエロ漫画をめくりながら、二人が体験した事を穴場の情報交換するように話すだけでたちまち潰れる。しかし伊勢の神宮の中では勝手が違った。眼の前には、何百万、何千万の人間らにあがめたてまつられる神の住む社があるのだった。田中さんが坐り、ツヨシが背をもたせかけている石段の石も神のものだし、周りを取り囲んだ森も神のものだった。冷凍トレーラーの中で退屈しのぎにやる女の話も、神に周りを取り囲まれていてははばかられる。

ツヨシは何度も欠伸を繰り返した。夜中、ツヨシが運転していたので、欠伸をするたびに体がだるくなり、そのうちに体がムズムズする。徹夜で運転すると神経が昂り、一回でも二回でも抜かなくては眠れもしない状態になるが、神に周りを取り囲まれていては、自慰をして抜くどころか女の事すら考えても罪になる気がする。罪だと思うと余計、女の事が眼に浮かび、ツヨシは意を決して神になだめてもらうように勃起した股間を神の石垣に押しつける。

欠伸をしながら田中さんがみてニヤリと笑い、「トルコへ行かんと言うて、神さんを孕《はら》ますと思うんかい」と言う。「後でオバら置いといて、トルコへ行こらい」

「直にこすりつけたら、冷たて気持ちええんじゃろが」とツヨシが冗談めかしてズボンのジッパーを下げかかると、「おそろしよォ」とおどけた声を出す。

「路地で何人も悪《わる》おるが、神さんの石垣の穴でやってみよかという奴、おらん。石垣の穴で、神さんいかすんかい？」

「おおよ、俺じゃったら、出来る」ツヨシは芝居じみた声で言う。

「ここの神さん、男と違うんかい？」

「何でもかまうか。トルコの女らとするより、神さんとする方がええど」

石垣に腹を圧しつけ股間を押しつけたツヨシを後からサンノオバがたたき、「ツヨシら、神社に来て参ったかァ」と普段とまるで違う高く澄んだ清らかな少女のような声で訊く。ただ年を取りすぎているので、サンノオバがふざけて他人の声音《こわね》を真似たような気がし、ツヨシは、田中さんと交していたやりとりの延長のように、「神さん、孕ましたろか、と言うとったんじゃ」と言う。

サンノオバは一瞬、うろたえた。険しい声で、「何、言うんな」とつぶやき、「吾背《あぜ》ら、参ったんか、わざわざ来たんやさか、オバらのように参っといてもええど」と言う。サンノオバの横にいたキクノオバが後のハツノオバにささやき、そのささやき声を耳にした七人の老婆の一等端にいたコサノオバが、「こんなとこへ来たら、誰がアホで誰が賢いかよう分かるの」とツヨシと田中さんにむかって敵意がむき出しになった顔で言う。そのコサノオバの言葉にせきを切られたように、「神さん孕ますら言うてアホの言う事じゃだ」「どんなに自慢しとるか知らんけど」「腐ってとける」と口々になじる。

憤然としたサンノオバが二人の若衆など相手に出来ないというように顔をそむけて、石段をのぼりはじめると、残りの老婆らは「バチ当り」「たたるわ」となじりながら石段を舞いを舞うようにゆっくりとのぼり出す。ツヨシと田中さんを、三人の老婆が触った。三人の老婆に肩を触られてしばらくたってからツヨシも田中さんも、老婆らが触ったのではなく、力を加えずその近辺にいる神にみせるだけのために儀礼のように冒瀆《ぼうとく》する言葉を吐いたツヨシと田中さんをぶったのだと気づいた。ツヨシは社殿に向って石段をのろのろ登ってゆく老婆らの後姿を見ながら、老婆らが確実に、伊勢の神宮の中に入った時から神の姿を見ているのだと思った。神の石垣の穴でも森の樹木の中でも、精をまけば、神が孕む。ツヨシはそう考え、まるで好きな女と暗がりの中に滑り込んだように、体が熱を帯びて脈打ち息苦しくなる。背をもたせかけた石垣が生物のようにひくひく動いている気がしたし、あたりをおおうような森が日を受けて一層緑に輝き、ぐるぐると渦巻きをつくって微かに揺れうごめく気がする。ツヨシは不思議な気でいっぱいだった。超常的な事などはなから信じてなかったが、神がそこにいて、ツヨシに気をうごかしていると思った。

七人の老婆らは仏に祈るような手つきで祈り終えても、社殿の中をのぞき込んだり、よろよろした足取りで脇に廻って手をあわせたりして、石段を下りてくる気配はなかった。石段の脇の石垣にいて、社殿の周りにたたずむ老婆を見ていると、熊野の路地から来た老婆らが、神殿の中に座す神に向って何を語りかけているか、ボンヤリと想像出来る気がした。後にして来た熊野の路地の中で、老婆らは長い時間歩くなどという事はない。山に仕切られたそこは蓮池を埋めたて広げたといっても、端から端までは眼と鼻の先で、狭いところに精緻な玩具のように家が並び、細い道がついていた。その狭い路地から外へ出る事など滅多になかった老婆らには、伊勢の神宮は、途轍《とてつ》もなく広い豊かな神の敷地だった。

神さん、一人で住んどるんかん？　ぎょうさん、おるんかん？　老婆らはそう訊ね、それから、相手は貴い人だと気づいて、失礼にならないように言葉をさがし心の中で、やれよー、と溜息をつく。

足が弱っとるのはキクノオバだけと違う。わたしらも足、弱っとる。若衆らに連れてもろて、天の道でも翔んでこなんだら、仲々来れん。足、強なるかいの？　玉砂利踏んださか強してくれるわ。

いつまでも社殿にたむろする老婆らのささやき交す声を、ツヨシは耳に聴いているような気がし、風が神の住む森を渡ってゆき音が立つたびに、神の住む森の中に実のところ、七人の老婆らとよく似た、しかしまだ潤《うるお》いのある肌と黒い髪をした若い天女らがかくれ、老婆らがよろよろ歩き、ささやき交すたびにくすくす笑っている気がした。その自分の想像を同じように昼の光に呆けたように石垣に坐ったまま、参拝客の行きかう参道を見ている田中さんに伝えたいと思ったが、それを声に出すと、神の森に住む天女が、空に翔び立って逃げてゆく。

老婆らが一団になって石段をおりかかって、それまで生欠伸ばかり繰り返していた田中さんが急に気がせいたように舌うちし、「かなわんなァ」と言った。田中さんは石垣から弾みをつけて飛び降りた。

「これからあのトロトロにつきあわされるんじゃったら、今日は俺、明日はおまえというように、日にち区切って四人で廻さな、あかんな」

「四人で一日交替かい？」

田中さんは笑い、「われわれ、犬みたいじゃけどの」と言う。「シェパードが羊追うたり、牛追うたりするようなもんじゃ」

「神社に連れてきて中に放り込んどいたら、オバら信心深いさか、神さん相手にして一日中でも退屈せんとおるじゃろけどの」ツヨシが言うと田中さんが見てみろと無言で合図する。

ノロノロと普通の参拝客の三分の一ほどの速度で、足の悪いキクノオバを真中にしてかばうように一群になって降りてくるので、帰ろうとする客もこれから参拝しようとする客も道を塞がれ、石段のそこだけ事故が起って人だかりがしてでもいるように、妙にきなくさくみえる。

「オバ、戻るど」思わずツヨシは声を掛けた。道を塞がれて階段ののぼりはなに立ちどまった男の一人が振り返る。その参拝客の中から、「ツヨシよい」と窮して救けを求める老婆のまるで鳥の鳴き声のような声がした。

ツヨシは人をかきわけて石段をのぼった。老婆らの前に立って「どしたんない？」と訊いた。コサノオバがいきなりぶっきら棒に、「負うたらんし」と言う。

「キクノオバ、どうにも身動きとれんほど足、うずいてきたんやと」ハツノオバがつぶやく。

「歩く事なかったさか、うずいて、動かんようになってきた」キクノオバは言ってから、手をひいていたサンノオバが体をずらすように動くと、「動かんといてと言うとるやろ」とまた鳥の鳴き声のような声を出してなじるように言う。サンノオバはなじられて心外だと言うように口をとがらせる。

「筋がどうどなったんや。ちょっと休んどったらなおるやろが」ツヨシはキクノオバの前に立った。体を少し動かすと重心がずれて新たに足が痛むというキクノオバを老婆らは長い事かけてツヨシの背に負わせた。

ツヨシがキクノオバを背負って神宮の橋を渡って外に出、気を利かして田中さんが駐車場から引き出した、ワゴン車の座席にキクノオバをひとまず坐らせた。

「重かったじゃろがい」キクノオバが痛む足をさすりながら訊いた。ツヨシは答えず、一群になってノロノロと歩いてくる老婆らを見て舌うちした。

「オバ、足、治さなんだら、明日は来れんど」田中さんがツヨシの不満に同調するように言った。キクノオバは身を屈め、足をさすりながら、「歩いた事なかったさか、筋がつったんやァ」とくぐもった声で言う。キクノオバは二人の若衆に非難されているようで心外でならないと、顔をあげた。

「路地から出て歩きもせなんださか、こうなったけど、伊勢で神さんの土、踏んだんやァ。悪かった足も、明日になったら治る」ツヨシがワゴン車の助手席に乗ると、田中さんがエンジンを空ぶかしさせ、舞うように歩いて丁度橋にさしかかった老婆らをせかせるように、クラクションを二つたて続けに鳴らす。

稔《みの》った稲畑の方から風が吹く度に稲の穂の波音が響き、最初、老婆らはその音が、昔、路地の裏山の切れたあたりから広がった田の風景を想い出させると言っていたが、光が色づきはじめ、どうかした加減で、まだ四時を廻ったばかりなのに夜のような風景にみえる時、気味が悪いと言い出した。

稲の茂った田の向うに伊勢の山があり、その山の方からやってくる風の音を、老婆らは何度も何度も耳にしてはじめて、路地の裏山の切れたあたりにあった田が路地の誰のものでもなく、路地の者らをそこに閉じ込めた町の者らの所有で、稲藁《いなわら》を二、三本抜く事はおろか、近道に田の畦《あぜ》を通る事すら禁じられたところだったと思い出したのか、心の底に澱《よど》んでいた不安につき動かされるように、冷凍トレーラーもワゴン車もそこに停めて大丈夫か、自分らも空地にたむろしていて追い出される事ないのか、と言い出した。その言い方もツヨシや田中さんに訊くのでなく、互いに心の中にわき上った気持ちを述べあうという様子だった。老婆らには冷凍トレーラーに乗り込む前から、一切が不法で、大丈夫だと安心していられる事などない旅だ、と言い渡していた。

田中さんが手に入れてきたスポーツ新聞の広告欄を丁寧に調べ、伊勢のピンクキャバレーやサロンをさがし、ツヨシが運転台からボストンバッグを取り出し、着替えを出している脇で、老婆らは、まるでわいて出る風そのものに震えて音をたてるというように、「かまんのかいネー」「われら、こんなとこにおりくさって、出ていけーと頭の髪《たぶさ》つかんで放られたんや」と何時の事を言っているのか聞く方が混乱する口調で言う。その声を耳にしながら当座の衣類を選り分け、小さな洗面道具入れにすぐ使う下着を入れ、ジャンパーをはおり、ワゴン車の運転席に洗面道具入れを置くと、中に坐って二人へッドホーンを両耳にあて笑っていたマサオとテツヤがけげんな顔をする。

「風呂行くんじゃ」ツヨシは言った。マサオがヘッドホーンをはずして、「面白い漫才やっとったさか」と言って訊き返す。

「体、洗ろとかなんだら、女とさあ行こかと思ても、気遅れするじゃろ」ツヨシは振り返って、「田中さん、風呂へ行く用意せえよ」と声を掛け、冷凍トレーラーの後で固まって話しつづけている老婆らに、ワゴン車で風呂屋をさがしに行くから準備をしろと伝えた。「わし、ええわ」と言う老婆と、「風呂に入ったらぬくもるさか」という意見の老婆の二手にわかれる。

「女じゃったら、わざわざ風呂行かいでもトルコじゃったら、一挙両得じゃ」

「コサノオバらと同じで風呂行かんのかい？」ツヨシが言うと、コサノオバがつかつかと歩いてきて、「飯どうするんな」と言う。

「若衆ら何でも食べられるさか、ええけど、オバらミルクと土産物の餅しか食べてない。茶粥《オカイサン》つくるんや。車に乗ってから、ずっと食べてないさか、食べたいわだ」

「風呂へ行かんのかい？」

「風呂は明日でも、あさってでもかまんよ。七輪も炭も、ナベもカマも、米も持って来とるんや。おまえらに放り出されても、しばらくは生きていけるようにオカイサンの道具持って来とるんや。水だけあったらええんやから」

「水、どこにあるんない？」

「もろて来たらええんや。水ぐらい、くれる」コサノオバの背後からサンノオバが、路地で朝夕食べていたオカイサンを食べられるというのでうきうきするという口調で、「水くれんとこもあるどォ」と半畳を入れる。そのサンノオバの声に苛立ったようにマサオが突然、「難かし事言わんと、喫茶店で焼メシでも食《く》たらええのに。水、誰が汲むんなよ」とどなる。コサノオバは一瞬、気遅れしたようにツヨシの顔をみ、「吾背《あぜ》らやだ」と言う。

「オバら、皆な六十越えとるんじぇ。もう棺桶に足片一方突っ込んどるようになってから、あそこ、出て来たんやのに。オバら、もう他の食い物、よう受けつけんのやから」後からサンノオバが涙声で、「コサノオバー、言うなんヨー」と歌うように声を掛ける。すすり泣きの声がした。ツヨシは老婆らが単にオカイサンをつくる事だけでなく飯やオカズの煮炊《にた》きを禁じられたと思い、浮いた気持ちが一気に苦しみに変ったのだと気づいて、田中さんに、いままで禁じていた物の煮炊きを許すかどうか、相談した。

「炊かしたれよ」と田中さんは言った。「オバら、車に乗って外へ出て来ただけで大仕事じゃし、伊勢へ来た、諏訪へ行くとはしゃいでも、犬みたいなもんじゃ。自分らの味のするオカイサンでも食わなんだら、落ちつかんのじゃ。有難いというのが、腹に落ちんのじゃ」

ツヨシはすんなりと同意する田中さんの物分かりのよさに不満だった。物の煮炊きには火と水がつきものだが、その火と水で厄介な事が次々と起って来るのははっきりしていた。その厄介な事の例を挙げてその時はどう決着をつけるのか訊いてみたかったが、スポーツ新聞の広告欄から伊勢のトルコの名を選び出し、もう股間をムズムズさせ脹れさせている田中さんをみて、あきらめ、ツヨシは老婆らに答えるかわりに、マサオにむかって、「風呂、行く前に、水汲んで来たれ」と言う。

「やっぱしな、これやからな」マサオは言う。助手席のテツヤはまだヘッドホーンをつけて漫才を聞き笑い入っている。マサオは乱暴にテツヤのヘッドホーンを取る。

「水、汲みに行くんじゃと、水」マサオは言う。ツヨシはコサノオバにオカイサンをつくる分の水を汲むバケツをマサオらに渡せと無言であごで教え、冷凍トレーラーの運転台に坐り、これみよがしにムズムズする股間をみせびらかすように足を広げた田中さんに、「ええとこ見つかったかい?」と訊く。

「ええとこはおまえの方が知っとるじゃろよ」

「大っきいわだ」

「おうよ、アニにはかないもせんけどの」

田中さんは顔を上げ、半畳を返していたツヨシが笑いもしないで傍に立っているのを見て、ツヨシの体から鋭く固い人の緩んだとこを打ちくだくようなものがあらわれ出てそれが自分を狙っていた事を気づいたように笑を消す。ツヨシは運転台の取手に手をかけて獣がしなやかにとびあがるように運転台に乗り、田中さんの股間をまたいで運転席に並んで坐った。一瞬、幻影のように体につけた香油がツヨシの鼻先に流れ消える。

「田中さん、今日、トルコへ行かいでも、俺の女、紹介したるわい」ツヨシにとがめられたような気になった田中さんが物を言おうとして、水を汲みに行くワゴン車が動き出したので、ふとツヨシの呪縛から抜け出たように眼をそらす。

ワゴン車が戻って来た時伊勢の空は真赤に焼けただれたような夕焼けだった。昼間の喫茶店へ行ってもらって来たというバケツ二はいの水が着くと、老婆らの喜びようは常軌を逸しかねないほどで、「よかったワー、これでオカイサン食べられるヨー」「生き返るよ」と口々に言う言葉を聞いていると、オカイサンが、路地の何から何までをつくっていたようにみえてくる。老婆らはワゴン車から降ろした二個の七輪を冷凍トレーラーのそばに運び、ゴミ用の黒いポリ袋の中から炭を貴重品のように取り出し、火を起しにかかる。水をナベになみなみとはり、もうひとつの空のバケツに米を入れ、水でとぎはじめる。刻々と日暮れはじめていた。どうしても風呂に入って温まりたいという足の悪いキクノオバと四人の若衆がワゴン車に乗り込み、発進させる頃になって、老婆らは周りが人の顔すら定かに見えないたそがれに落ち込んでいるのを気づいたように、ハツノオバが、「ツヨシよい。夜になってしもたわよ」と言う。ツヨシは苦笑した。ツヨシはワゴン車を降りて、無言のまま歩き、冷凍トレーラーの運転台にとびのって、スモールライトをつけ、昔、夜、走るたびにつけていたトラック野郎の意気を示す赤や緑の飾りのランプをつけた。老婆らは手品を見せられたようにどよめき、「綺麗やねェ」「光っとるんやねェ」と、つぶやいた。

若衆ら四人と足の悪いキクノオバが風呂に出かけてから老婆らは冷凍トレーラーのスモールライトがついた一等明るい運転台の前に七輪を運び、ナベを運んだ。茶袋に茶をつめて湯の中に入れ、せんじ薬のようになるまで濃く茶を出し、それから米を入れた。

夏の終りだったが遮るもののない原っぱだったので、熾《おこ》った炭と湯気のたつオカイサンのナベがあるといっても肌寒かった。それに腰かける椅子もなかった。それで、老婆らの中の一等齢若いコサノオバが立って車の中に入り、薄い毛布を七つ取り出し、それをそれぞれ地面に敷き、あまった部分をひざに掛けた。

「こうしたら、野っ原でも暮らせるわ」毛布を下に敷く方法を発明したコサノオバがぽつりとつぶやく。

「そうやよ。何にも人間、生きていくのに、大層なもの要るかして。お星さん、みえるし、草のにおいも土のにおいもするし、コオロギ鳴いてくれるし」

「寒い事ないし」マツノオバが言う。

「伊勢でも熊野でもコオロギというもんはコロコロ鳴くんやの」サンノオバが感心したというように声をつくると、老婆らは一斉に笑い入る。老婆らは伊勢の神宮がどんなに神々しかったか話し出した。老婆らには、若衆らが腹立った神社の警備の職員まで他と違った威厳があり、それもこれも神につかえ畏れる信仰心のたまものにみえる。神宮の橋に手を合わせて一歩中に入った途端、玉砂利は白玉のようにあくまでも白く、足で踏むといままで耳にした事のない清《すが》やかな音楽のように響く。神社の森の梢の一枚一枚が濃い緑、淡い緑、柔い緑、剛《つよ》い緑に輝き出し、万物の中に神がいて小指ほどのされいな葉まで神と一緒にいる愉楽にうちふるえている。

「わし、その小さい葉を一枚、欲しかったん」ハツノオバが言う。「手をこう、のばしたんやァ。ちぎったらちぎれるやろけど、やめた」

「わし、取ってきた」ミツノオバが言うと、一同驚く。

「せっかく来たんやし、明日、来れるかどうか分からんし、伊勢の神さん、わしら熊野から来たんやさか、一枚お守りに葉っぱくれよ、と言うて、ちぎったった」

「あんた、バチ当るで」ハツノオバが言う。

「わしもそう思たけど、考えてみたら熊野の路地に生れて住んで、バチ言うたら何が悪りんか知らんけど理由もなしにバチ受け続けたようなもんやと心で言うて、やい伊勢の神さん、ことさらバチ当てるんやったら当ててみくされ、と言うて、ぷちんと葉っぱちぎったった」

「そんなんやったら伊勢まいりしてもあかんわだ」ハツノオバが言うと、サンノオバが恐しい秘め事をうちあけるように声をひそめ、「あんたら聞いた事ないかァ、本当は伊勢の神さんより熊野の神さんの方が偉い、言うて」と言う。

　老婆らは首を振る。サンノオバが怖しい事を言い出すのをそらそうとするようにコサノオバが、身を起してしゃがんで七輪にかかったナベのふたをあけ、しゃもじでかき廻して、「もうちょっとや」とつぶやく。

「昔から伊勢の神さんと熊野の神さんは仲悪りて喧嘩したらしい。今日、キクノオバ足痛なったの、伊勢の神さんがこの七人ら、熊野の神さんの女らじゃ、参りに来るのはええけど、一つこらしめたる、とキクノオバの足をつねり上げたんかも分からん」

「そんなァ」と思わずハツノオバが声を立てた。

またしゃもじでナベの中をかき廻しはじめたコサノオバが、「わしらその通り七人とも熊野の女やけど、そんな神さん同士の事で、人間のわしらがとばっちり受けたらかなわん」とつぶやく。コサノオバはそう言って、七人のそばに置いてあった布袋から紙づつみを取り出し、中をあけ、なめてから、オカイサンの中に入れようとする。

「何？」サンノオバが訊いた。

「塩」コサノオバが言った。あわてたようにサンノオバが、「あかんのや」と言った。「オカイサンに塩入れる人おるけど、わしら代々、ヒエやアワのオカイサンの時から塩入れへんさか、塩のオカイサン、口にするだけで鳥肌立つんや」

「そう言うてもオカイサン、塩入れるもん」コサノオバが言う。

「あかんよ」サンノオバが言う。コサノオバはサンノオバの制止にむくれたように、「塩入れたらよう食べんと言うの、誰と誰？」と訊く。

スモールライトと車体の飾りの明りにいる老婆らの中から何人も、「わしもあかん」という声がした。コサノオバは苛立ったように、「誰？」と訊いた。サンノオバ、ヨソノオバ、ハツノオバ、ミツノオバと四人まで名前を言った。おとなしい居るのか居ないのか分からないマツノオバが黙っているので、コサノオバが、「マツノオバはどっちな？」とますます苛立った口調で訊くと、サンノオバが、「マツサンはコササンと同じ天満《てんま》から片親が来たんやないの」と言う。コサノオバはそう言われてかんしゃくを起したように、塩を地面にぶちまけた。サンノオバが勝ちほこったように、「もったいないわだ」と言う。

「もともとわしら路地やし、キクノオバやハツノオバらの片親奈良やったり三重から来たりしたけど、あそこらもオカイサンに塩入れたりせんのや」サンノオバの言葉が終るのを待ち受けていたように、コサノオバが、「熊野の女や言うても、こんだけ違とるんやさか、伊勢の神さんからいっしょくたにされていけずされたらかなわん」とふくれっ面がありありと出た声で言う。

塩の入っていないオカイサンを分配し、昆布のつくだ煮や梅干のおかずで食い終った頃、風呂に向っていたワゴン車が戻った。ツヨシは戻るなり冷凍トレーラーの運転台にとびのり、エンジンをかけ、明るいヘッドライトをつける。七輪を中に車座に坐った老婆らは皆、眩しくてたまらない。スモールライトと飾りの薄明りだけで充分だと不平を言ったが、ツヨシは、「薄暗いとこでオバら物食うのみとったら怖気ふるう」と言って消そうとしなかった。

「そんなんやったらブンブン言う音、とめてくれ」コサノオバが言うと、ツヨシは駄目だと手をふって、湯上りのにおいのするキクノオバの手を引いて車座の前に来てキクノオバを坐らせる。

「オバらもう車の中に入って寝てくれるかい？　それじゃったら明りも消せるしエンジンも切れるが、そうでないんじゃったら、明りつけたままエンジン切ったら、この図体の大きいのは、明日、動かんようになる」

コサノオバがキクノオバにオカイサンをよそった。明るいヘッドライトに照らし出されてコサノオバの手の動きが大きな影になって地面に広がる。

ふと思いついて、コサノオバが、「明日、もう他所へ行くん？」と訊いた。オカイサンにはしをつけかけたキクノオバが、若衆に連れられて一緒に風呂へ行き、自分一人、秘密を訊き出したように、「ツヨシら、女、もう出来たんや。その女にあきるまで何日でもここに居ると言うんや」と機嫌のよい声で言う。

「オバらに伊勢参りさせるつもりと違て、自分らの伊勢参りか」サンノオバがとぼけた口調で言う。

「風呂入っとっても、大きな声で四人、騒いどるんや。オバ、と男湯の方から呼ぶの。皆な聴いとるのに、女というのは、長いのがええのか太いのがええのか、オバ、どっちなよ。わし、知らん顔した」

ズルズルと音たててオカイサンをかき込むキクノオバにヤキモチを焼いたようにサンノオバが、「教えたったらよかったのに」とぶっきら棒に言う。

「わざと言うんやのに」キクノオバが言う。ワゴン車の方から音楽が流れてきた。「ツヨシや田中さんらの話らにまともに相手にしとったら、どんな羞かし目にあうか分からんし、第一、足、痛い。湯の中でじっとしゃがんで、今日みたいな足手まといにならんように神さんにも仏さんにも祈っとった」キクノオバはそう言ってからまたオカイサンを音たてて食べる。ヘッドライトに浮きあがった物食うキクノオバの姿は、老婆らの眼にも異様な、さながら山奥に住むヤマンバの姿のように映り、眼をそむけたくなる。サンノオバがいきなり立ちあがった。

「どしたん？」とハツノオバが訊いた。

「あれ」サンノオバが照明の届かない伊勢の神宮の反対方向をあごで教え、まるで暗闇に吸い込まれてゆくようにふらふらと歩いていく。キクノオバがオカイサンを食べ終り、コサノオバが食器を受けとりバケツの水につけた時に、サンノオバが、「わし、外でしたの久し振りや」と戻ってきて元の場所に坐り、「コオロギ、わしの音きいたら余計鳴いた」とつぶやく。コサノオバが先ほどのしっぺ返しをするように、「馬の尿《いばり》じゃとでも間違《まちご》たんじゃわい」と言う。

ツヨシと田中さんが服を着替えてやって来て、これから若衆四人で伊勢の町へ遊びに出かけるから、老婆らに車に戻れと言った。「ほうほ、オバらも連れて欲しわだ」コサノオバがからかうと、田中さんが本気にしたように、「何にも面白い事ないんじゃ」と弁解にかかる。コサノオバが苦笑する。

「いまさら若衆の後ついて、邪魔しに行こと思わんよ。オバら、伊勢の神社みせてくれるだけでええ。わしらこれから、御詠歌となえもて眠って、明日の朝、早うから掃除に行きたいんやから」

「明日も神宮へ行くんかよ」

「おうよ。わしら信心の仲間やさか、神さんや仏さんの事以外にあるかよ。伊勢におる限り神宮へ行て、身を粉にして奉仕して拝ませてもろて。それからや、自分らの事、考えるの。店屋へ行て、煮つける魚買うたり、野菜買うたりして、オバらの口に合うようなものつくる」コサノオバが言うと脇からサンノオバが、「明日、朝から神宮へ送ってほしの」と言う。

「何時ごろない？」ツヨシが訊いた。

「夜が明ける頃やァ」

「追い出されるど」田中さんが言うと、サンノオバはヘッドライトの明りの中で、それこそ信仰する者の誇りだと胸をそらすように、「わしらほど神さんにつかえたいという気で来た者など誰もおらせん」と言う。「追い出されても、たたき出されても、伊勢の神さん、熊野の路地から来たわしらが仕えて掃き清めて奉仕して、神さんらしい力持つんや、と信じて、便所でも橋でも駐車場でも清める」サンノオバはそう言いながら、伊勢の神さんに恩を売る為に奉仕するのではなく、神さんの力にすがる為に奉仕するのだと胸が昂り締めつけられ、果汁のように涙を流した。伊勢にいると山から山へ架《かか》った道のむこうの路地が一層高い山の上、天の高みにあるようにみえた。そこに長く住んでいたので、他所の路地ではない低いところでの生きる方法を知らなかった。老婆らは熊野の天の高みから伊勢の神の元にひれふし、奉仕しすがりに来たのだった。

ツヨシが冷凍トレーラーのライトを全て消した。暗闇がいちどきに襲った。虫の声が一層強くすだき、草や土のにおいが濃く闇の中にただよった。その闇の中をワゴン車の点《つ》けたヘッドライトが照らし出した。冷凍トレーラーの荷台の扉口にむかって自分の使った毛布を持って歩きながら、サンノオバは、冷凍トレーラーを停めた暗闇の原っぱが路地と同じ天の高みにあるのだと思った。冷凍トレーラーは、翼を折り畳んで休んだ金具の鳥のように見えた。薄明りのついた荷台の中に入ると、板張りの床に敷きつめたゴザのままでは尻が痛くなるので、すぐに各々、自分の蒲団を敷き、その上に坐って足が冷えないように毛布をかけた。車の中は、扉を密閉していなくとも、木の空洞《うつほ》のようにほんのりと暖い。

＊

老婆らは誰も伊勢ではじめた冷凍トレーラー暮らしを悪く言わなかった。年長のサンノオバから一等齢若いコサノオバまでむしろ、熊野から来て伊勢という神の居る土地に居つづける事が出来るのも、ここにあきたり居つづける事が出来なければ次に移動できるのも、大きな車輪でしっかり土を踏んでとまった冷凍トレーラーのおかげだと思い感謝し、そのうち自分らが冷凍トレーラーの腹に身籠られた子のように思えてくる。一晩、伊勢の空地に停った動かない冷凍トレーラーの中に眠って、二重にも三重にも神の暖い加護につつまれている愉悦のまま、老婆らの空想は次々とわいた。走っている車の中で床に耳をつけ寝ていると、冷凍トレーラーは怖しい鉄の夜叉鬼人《やしゃきじん》で、鉄の男の性の中におさえこまれただ抗う事も出来ずされるがままになっているしかないと思うが、エンジンを切って停ると、冷凍トレーラーはたちまちやさしい女の性に変り、車の中がほの暖い女の子宮のような気がする。老婆らはその車の空洞から出て伊勢の神宮の森の中に入り、神に精を受け、また空洞の子宮にもどり愉悦の眠りを眠りつづける。

明け方にほど近い頃、ミツノオバが蒲団から起きあがり、寒気を避ける為、風呂敷包みの中からコートを取り出してはおって、扉を開けて外に出ようとした。「もう行くん？」サンノオバが神宮の奉仕に行く準備をするのか？　と訊くと、「あれ」と言う。ミツノオバはよろめいて落ちないように、床に手をつき、木のはしご段を後足に降りる。外はまだ暗いままだった。しばらくたって、クラクションの音がし、若衆の声が飛びかい、犬の吠える声がした。またしばらく間があり、扉が開かれ、ツヨシが闇の中に立って、「オバ」と老婆らに若さの浮いて出たような声で呼びかける。「もう朝になるど、今から準備して車で行たら、丁度、夜が明けてくる頃になる」

老婆らはそのツヨシの声を耳にして、眠っていたのではなく横になって声を掛けてくれるのを待っていたのだというように一斉に起き出した。そのツヨシの後から外へ小用に立っていたミツノオバが姿をみせ、木の台をのぼって車の中に立ち、蒲団を折り畳みはじめたサンノオバに、「犬、この裾にくわえついて、振り廻すんや」とコートの裾を手に取り、首を振る。

「ツヨシに救けてもらわなんだら、犬にひきずり廻されて噛《か》まれて怪我しとる」ミツノオバはコートを脱ぎ、犬に噛みつかれ振り廻されて破れ目が出来ていないか確かめ、ふと思いついたように、「夜、外へ出る時、気をつけなんだら、犬に噛みつかれてエライ怪我する」とつぶやき、犬に襲われる老婆らの姿をありありと描いたように、「伊勢の神さんに奉仕に来て一人減っても何の為に奉仕するか分からんようになる」と言う。

蒲団をたたみ終え、コートまで着て身支度をしたキクノオバが車の上りかまちに当る扉口に坐り、後に立ったツヨシに、風呂に入り、嘘のように脹《は》れの引いた足を見せていた。ツヨシはまるで小さな哀れな生き物を見るような眼で訴えるような口調で物を言うキクノオバをみ、そうしてやれば痛みが完治するというようにキクノオバの足をつかむ。靴下を脱げばもっとよく分かると、キクノオバは何枚も重ねてはいた靴下を脱ぎ、素足になる。ツヨシはその足を手ですっぽり包むように持ち、脹れが本当に引いたのか、痛みが消えたのか分かりもしないのに、「本当じゃね」と言う。

老婆の誰しも、キクノオバが一人だけ若衆らに連れられて風呂に行き、たわいもない隠語のように交されるあけすけな性の話を一人耳にし、四十も五十も齢の差があるというのに自分がツヨシらの相手になる女に生れ変ったような気になっていると思った。確かにツヨシには他の誰も持っていないような男の性の魅力のようなものがあった。夜気に立ち、支度に手間どる老婆らに苦情も言わずじっと待っている姿から、老婆らが眠っていた夜に出かけていって組み敷いてきた女らの喜悦が陽炎《かげろう》のようにその体の周りに立つ気がしたし、あわてず、じれず女に火がまわるまで待って喜悦を味わせる男の性の自信がみえる。サンノオバは人より先に立って車から降り、ツヨシに、「伊勢にええ娘おったかい?」とからかった。ツヨシはからかいだと分かるというように、「おうよ」と言い、サンノオバの背に手を当てワゴン車のドアを開けた。

　サンノオバが乗り込もうとした時、冷凍トレーラーの運転台のドアが開き、「こんなん、いや」と叫ぶように言って若い女が飛び出して来た。若い女は地面にとびおり、一瞬あたりを見廻し、微かに白んだ空のあかりでそこにツヨシがいる事を知って、「助けて」と走り寄る。「クソ」とどなる声が運転台の方からした。サンノオバは立ちすくんだ。冷凍トレーラーの運転台は、ツヨシと田中さんの二人以外、マサオもテツヤも乗る事を禁じられていたのを知っていたので、そこから若い女が飛び出して来たのをのみ込めず、「クソッ。ツヨシにさせて」と田中さんのものとわかる声が流れ出てくる冷凍トレーラーの運転台をみつめた。

　若い女にしがみつかれたツヨシは最前、サンノオバにしたように、女の背に腕を当て、だだをこねる女をなだめるように女のはだけた胸を直してやりながら、「最初からの約束じゃろ」と言う。「いや」女は言う。「友だち、部屋にもどってきて追い出されたさか、あれの番になって、トラックに来たんじゃろ」「いや」女は言う。

　かたくなに首をふりつづける女をなおツヨシはなだめつづけようとした。ワゴン車の前にサンノオバが立ち、冷凍トレーラーの後部からさして寒くはないのにコートをはおった異様な姿の老婆らが降りてくるのをツヨシはみて、老婆らの視線から女をかばうように空地の中にかたまった暗がりの方へ連れていこうとすると、若い女は、その空地にツヨシと田中さんの二人だけ居たのではないと初めて知ったように立ちつくし、白みがみえはじめた空地に降りたつ老婆らを見る。今度はツヨシが女の眼から老婆らをかくすように廻り込んで立ち、「行こら」と言うと、声が辛うじて出たというように、「気色悪りい」とつぶやく。

サンノオバは自分らの事を言われた気がしなかった。しかしツヨシは若い女が、白んで来た夜の空地に次々冷凍トレーラーのボックスから降り立つ老婆らをさして言ったとすぐ分かり、無頼に居直るように、「さっき俺に合わせて腰、使とったやないか。田中さんがはよさしてくれと言うたら、俺のしゃぶってからじゃと言うて、音させとったやないか」と言い、若い女を運転台の方に連れていこうとする。

運転台の下に来て、ツヨシは、「おい、田中。ど変態じゃと自分で言うた女じゃさか、やり殺してもかまわん」とどなる。サンノオバはツヨシの口汚い言い方は、あきらかに女から老婆をかくしてしまおうとして悪ぶっての事だと分かった。女はツヨシに体を持ちあげられ、運転台におしあげられ、そこからのびてきた田中さんの裸の腕に抱えられながら、「気色悪り」と言い続けた。

ワゴン車の運転台に坐り、老婆全員乗り込んだのを確認してからツヨシは発進させ、田中さんと若い女の納まった冷凍トレーラーの運転台の前を通りかかってクラクションを一つ鳴らした。

隣りの助手席に坐って黙ったままのサンノオバに弁解するように、伊勢の町でツヨシが女を引っかけたのではなく、女に引っかけられたのだと言った。女はツヨシが田中さんとの二人連れだと知ると、部屋を二人で借りているから来ないか、と誘い、ツヨシが女と、田中さんが女の友達、という組み合わせを頭の中でつくり、部屋に行くと、友だちがいない。それでしばらくして、最初にツヨシが相手をする、その後、手早く田中さんが相手をするという段取りをつけ、田中さんに他所で遊んで来てもらい事を行った。女はツヨシにのぼせ上り、田中さんがもどってもツヨシを放そうとせず、そのうち、友だちがもどってきた。友だちと女の押し問答があり、部屋を追われそれならワゴン車の中でやろうと田中さんが言い出したが、夜の明ける時がせまっていた。

ワゴン車で老婆らを神宮まで運ぶ必要があるので、ワゴン車でいったん空地に行った。丁度、草むらにしゃがんでいたミツノオバのコートを犬がくわえ、獲物を狩り出すようにミツノオバを振り廻していた。女のスカートの下に手を入れ股の間をまさぐろうとしていた田中さんは気づかなかったが、ツヨシと女が気づき、ツヨシが犬を追った。声も立てず犬に振り廻されていたミツノオバをみて、女は人間でないものをみたように衝撃を受け、田中さんが体をまさぐろうとする度に手を払いはじめた。女は冷凍トレーラーの運転台に乗り込む事を厭がったのだった。

「好きで、骨の髄から男が好きな娘じゃさか、あの車の周りに、オバらの雌の匂いかいで、気色悪りがったんじゃろの」ツヨシが言うと、おとなしいマツノオバがコートのえり首を指で撫ぜるようにして立てながら、「気色悪がられてもしようあるかして」と透明な声でつぶやく。「どして?」コサノオバが訊く。マツノオバは黙ったきりだった。

ワゴン車が四つ辻を廻り、神宮の森に沿って一直線の道路を走り出す頃になって、マツノオバは、やっとコサノオバの疑問に答える気になったように、「みんな立ちのきになった時に養老院に入ったのに、わたしらこんな風に仲間組んで逃げだしたんやさか」と言う。コサノオバはその考え方に大いに不満だというように、「ほうほ」と小馬鹿にした相槌をうつ。

「あの男もあかん男じゃ」とハツノオバが言うとそれが一等納得できるよい答えだというように老婆らは押し殺した笑いをつくる。

伊勢神宮の前に着いた時、空はすっかり白んでいた。老婆の誰もが皆、心の昂りをおさえきれない様子だった。ワゴン車の中で一人が手をあわせはじめると、次々とそれにならった。ツヨシが運転席から降りてドアを開けるのを待ちかねるように外に出て、ワゴン車の後部から自分だけの墨の目印のついた真新しい布袋を取り出す。サンノオバは白い布袋をはずした竹ほうきを持って立って、胸の昂りを鎮めるように一つ大きく息を吸い込んだ。朝の冷えた空気と共に、胸の中に、それまでの人生で溜った体毒を洗い浄めてくれる神の霊が入り込んだようで、そのまま吐き出すのがもったいないと静かに息を継いだ。白木の丸太を組んだ橋の前に立って、まだ軽く足をひきずるキクノオバとヨソノオバ、それにハツノオバが、サンノオバに歩調をあわせるように待ち、ヨソノオバが、「日、登ってくると、参拝の人おおなるさか、奥の方からやってしまおれよ」と、まるで路地の会館の掃除でもするように言う。

「ずっと遠いんや。わしらの足で歩いとったら、奥まで行きつく先に、日のぼってしまうわい」サンノオバは年長者らしく言い、率先して川にかかった橋に手をあわせる。

何もかもがしっとり落ちついてみえた。橋の中ほどに立つと、清水をたたえた川が神宮の森の梢でかくされたあたりに、白い綿のような朝霧が流れている。サンノオバは、ふとそれが神の使ったへその緒のように思え、今、自分の眼で、夜の中から新しく生れ変ったばかりの神の住む森を見させてもらっているのかもしれないと思え、その思いつきの畏しさに鳥肌立ち、足がすくんだ。神の森の梢は一枚一枚の葉が朝霧の粒を含んで、生れたばかりの鳥のように赤むけになっている。鴉《からす》が危険を知らせるように鳴き交い、見も知らぬ緋色《ひいろ》の鳥が翔び交っていた。ゆっくりと森の梢が揺れ、神も神の森も生れたばかりだから赤むけの肌が痛くてしようがないのだと、老婆らに訴えはじめたように鳴り響く。サンノオバは心の中で手をあわせ、熊野の路地から竹ほうきを白い布袋に入れて持って掃除に来たのは、単に掃除に来たのではなく、日々生れ変って新しくなり永久に居つづける神と神の森のその痛みを撫ぜるように掃き浄めにも来たのだと思い、心の中でどうかはしためとして昔のようにそばに一時でもおいて下さいと祈る。そうやって橋を渡り荒々しく音が立たぬように静かに玉砂利を踏んで、大きな長い回廊のような神殿にむかう道をすすみながら、自分らが生れながら神のはしためだった気がする。一等奥の神の住まう神殿に日がのぼるまでにとうてい行きつけない事は分かっていたので、サンノオバは、一緒に歩いてきたヨソノオバとハツノオバに言って、丁度、角になっているあたりから、掃き出す事にした。

元々、マツノオバ、コサノオバ、ミツノオバは、入口付近を掃く事にしていたので、サンノオバらの中間に入っていた足の悪いキクノオバは、サンノオバらが竹ほうきをふるいはじめると、二つの群の中間に立って、「サンノオバ、待ってよう」と手をあげ、びっこを引きながら小走りにやってくる。

「あんた、遅れとるさかやないの」ハツノオバが待ってなどいられないというように言う。キクノオバが泣き顔でやってくるのを見て、ヨソノオバがあきれ返ったように、

「キクさん、ここへ来いでも、そこで掃いたらええんやないの」と言う。

サンノオバは竹ほうきで玉砂利を掃きはじめて、ますます、昔、自分は、直に眼を開けてみると神々しさで潰れてしまいそうな尊い神に仕え、ぬかずき、神が日々新しく生れ変るたびに感じる痛みを慰藉し、新しく生れるたびに微かに作り出す穢《よご》れといえないほどの穢れをその身に帯びて世話をしていた女だった気がし、そうやって身を粉にして働き続けていると、神が神殿から抜け出し、耳元に来て、サン、よくやった、と声を掛けてくれる気がした。サンノオバは驚いて立ちすくみ、尊い御言葉を夢幻か、と疑うようなバチ当りの事をしている自分を想像して涙を浮かべた。玉砂利にゴミのかけらも見当らなかったが、サンノオバは、石のひとつひとつに神の霊気が宿っているように思い、

静かに撫ぜるように掃いた。

入口の方で、「サンノオバよー」と名前を呼ぶ声がしたので屈めた身を起し、涙でくもった眼をぬぐい、体中にじいんと響く震動の波のようなものがおさまるのを待って、眼をこらすと、コサノオバらのそばに立った若い警備員が手まねきしている。

「あかんのやわ」キクノオバが言う。

「何であかんのなよ」サンノオバが言う。若い警備員がまた手まねきした。サンノオバはふと警備員の立った横の大きな樟《くす》の木が登りはじめた日の光を浴びているのをみた。先ほどまで痛みだったものが時が経って愉悦に変ったように、光を爆《は》ぜながら揺れた。葉の茂みが輝きを増し、全体が光の帯のようになって揺れた。

「キクノオバ」とサンノオバは、息をひそめながら言った。「あの木、光りきっとると思わんかい？」

「どこよ」キクノオバは訝《いぶか》しげに訊く。サンノオバはその光がキクノオバにはみえていないのだと気づき、輝きつづける樟の木をみつめながら、「あそこ」と世迷い言のようにつぶやいた。

サンノオバはノロノロと警備員の方に歩き出した。若い警備員はサンノオバが傍の樟の木を見あげてばかりいるのを怪訝《けげん》に思ったように見て、何事もないと言うように、七人の老婆らを警備員の詰め所に連れて行った。そこで竹ほうきを預っておくと取りあげ、七神宮内で清掃奉仕するのは受けつけていない、するなら外でやれと説教した。七人の老婆ら誰も説教など聞いていなかった。老婆らは警備員の詰め所ごしに、観光バスの添乗員に連れられた年寄りらの参拝客の一団が通りすぎるのを見つめて、差し障りない限り毎日、日課にして参拝に来、清掃奉仕に来る自分らの方がはるかに、伊勢参りにふさわしく、信心深いと誇る。警備員がどこの旅館に泊っているのかと訊くと、「つい、そこや」と曖昧《あいまい》にして答えた。

若い警備員は不審がった。老婆らは機嫌よくその不審がりようを笑った。警備員が毎日見なれている伊勢参りにふさわしい晴れ晴れしい服装をしたものは老婆の中にいないし、夏の終りにふさわしくない季節はずれの防寒コートを一様にはおっているし、第一、顔にも体にも長旅で全体に、どんよりと薄汚れた印象がある。若い警備員は老婆らが早々に日課の参拝に行くか、預った竹ほうきを取りかえして、神宮の外へ出て欲しいふうだった。

老婆らは迷惑げな若い警備員に頓着せずに茶を飲み、そこが一等よい休憩所だというようにソファに坐り込んで、心弾ませて、伊勢の神宮をその手で掃除して奉仕した喜びを語りあった。竹ほうきの一掃きが自分の一生の思い出となると思うと、苦しいともつらいとも思わない。

京都の方から来たという観光バスの添乗員が顔を出し、駐車場に迷っていると言って若い警備員を呼び出したので、急に、嘘のように老婆らだけそこにいる事に心もとなくなった。朝食を食べてこなかった事も思い出した。外でまた伊勢名物の餅を食べて腹ごしらえしてから、参拝に出かけようと、コサノオバが言い出した。

「塩入りの餅らないで」サンノオバが、塩入りのオカイサンに話をからめて、冗談を言った。コサノオバがむくれるのをみてから、七人の老婆の一等の年長であり、神をありありと見た自信をみせつけるように、「行こかん」と率先して立ちあがり、先に立って白木の橋を渡る。その橋からの景色に、もう朝のような神のいる徴候はなかった。ただ空にあふれた日を集中して受けているように森が白っぽかった。

　歩いてすぐの神宮の脇の店の奥に赤い毛氈《もうせん》を敷いた茶店があった。そこに若い女と母親らしい年寄りが腰かけているのをみて、「あそこで食べれるんや」とコサノオバが言い、物事の呑み込みの早い一等若い老婆だと言うように先に立って中に入った。緋毛氈の上に並べた卓が四人並べばいっぱいになるほどの小さなものだったので、老婆らは、「マツノオバ、ここ」とか、「ヨソノオバ、こっちへおいでよ」とそれぞれウマの合う者を呼びあって二手に分かれた。

　老婆らが坐ってしばらくたって、店の女が老婆らの方に来て、「十時にならな、ここ開けしませんねん」と断りを言った。

「今、何時やろ」

「まだ、一時間ほどありますけど」店の女は言う。

「なんな、まだ八時かん」サンノオバが言うとコサノオバがサンノオバの数の勘定の下手さかげんを弱味としてみつけたように、「サンノオバ、今、八時半や」と言う。今度はサンノオバがふくれっ面をする。

「待ってもええけど」ハツノオバが言うと、店の女はあきらかに迷惑するという顔で、「掃除もまだしてないし、工場の方からまだ餅届いてないし」と言い、休むのなら喫茶店が開いているから、と土産物屋の並んだ通りを指差す。

「あかん、あかん」サンノオバが率先して手を振った。

「わたしら年寄りは喫茶店、むかん。音、うるさいし、それに、あんなとこで物らよう食べん」

店員は苦笑し、それ以上取り合ってもしょうがないというように、「開店十時ですからね」と言いおいて、土産物を並べた別棟の店の中に入っていく。

「待つかん?」とキクノオバが訊き、「待とれ」とハツノオバが答えた。

老婆らは顔をみあわせて所在なくただ空の卓を前に坐っていた。老婆の誰もが、伊勢に来て、神宮に参拝する為に受ける試練のように思え、店の女が不親切だとか、他をあたれば同じような餅を食べさせる茶店があるとも考えつかない。そのうち、マツノオバが、小声でコサノオバに耳うちし、コサノオバとマツノオバが、二人ふらふらと立ちあがる。

「どこへ行くん」足の痛みを感じているキクノオバがそこから移動したくないために抗うように訊く。

「マツノオバ、隣の店でなんど、記念になるために買うというの」

「ちょこっと小さい、安いやつ、欲しと思て」

マツノオバは靴をはきながら羞らうように小声で言うと、ハツノオバが空の卓を前にして無為に待たされている事に初めて気づき、不満が吹き出たように、「そんなんやったら、わしも買いに行くわ」と言って立ちあがる。立ちあがりざま、コートの中のスカートが長いのでたくしあげ、サンノオバに「のう」と相槌を求める。

「伊勢に着いたら幾ら幾らの土産買うてと金を余分にわけて来たんやさか、土産物、買いに行く暇あるんやったら、行くよ。孫、鉄砲欲し言うてたし、出る前に買うといたってもよかったけど、土産にした方がええやろと思たんやさか」

「わしら、誰もおらんし」サンノオバが言う。キクノオバが悪い方の足をかばうように卓に手をついて身を起し、立ちあがる。

「キクノオバ、どこへ行くんな？」サンノオバが訊く。

「わしも孫になんど、買うたろ、と思て」

サンノオバがフンと鼻を鳴らす。サンノオバは立ちあがらなかった。サンノオバは立ちたくなかった。神の住む森の中から朝飯を食べに出て来て、神の指示のように七人並んで坐れる餅を食べさせる茶店をみつけて入り、緋毛氈の上に坐った以上、稲の実をついて出来た餅を頂かない限り、神霊に触れた尊い事が薄められ、なんとはしたない女だと神から軽蔑され見棄てられてしまう。サンノオバはそう思った。そう思ってみると、それぞれ真新しい平底の靴をはいてふらふらとことさら年寄りじみた身のこなしで立って別棟の土産物売場に入っていこうとする四人の体から、ヒョイヒョイと青白い光の輪のようなものが抜け出て、消えている。それは、神の僕《しもべ》として掃除したから神が与えてくれた神霊の加護だ。サンノオバは鳥肌立った。神が自分らの事ばかり考えてすぐ神の事を忘れてしまう老婆らから、付与した加護を取り上げている。

　サンノオバは、もう一つの卓に坐ったミツノオバとヨソノオバに、「神さん、よう知っとるんやねェ」とつぶやく。ミツノオバとヨソノオバはサンノオバが何を言い出すのだろうと疑うようにみる。

「あのオバら、嫁にも孫にも嫌われどおしで、キクノオバやハツノオバら、路地の家立ち退《の》いた金、まるまるようもらわんと、嫁らにピンハネされて、伊勢に幾ら、諏訪に幾らと紙につつんでふりわけされてきたんやのに。キクノオバら、ずっと、こぼしつづけとった。孫に土産買うんでなしに、ただ待つの厭やさか、ブラブラしに行たんやァ」

「今、使《つこ》てしもたら、後ないのに」ミツノオバが言うとヨソノオバが言う。

「マツノオバ、一宮で娘に小遣いもらお思とるさか、気が大っきいんや」

「のう、わしら何にも欲しもんない、神さんのそばにおったら、ええんや。何にもこの齢になって欲しもんない」サンノオバはそう言って、自分の体にぼうっと浮遊しているような青白い神霊の加護を感じ、こころもち胸をしめつけられるのを感じながら、ボンヤリと、その昔、女郎に出て男衆にのしかかられた苦しさを思い出し、今日を境にして何もかも浄められ、自分がただ神のみを男としてつかえるキヨラカな女に戻った気がし、自分が本来は尊い女人の魂の生れ変りだったのではないかと考える。この上なく尊い御人が、雨戸を蹴やぶり押し入った熊野の乱暴者に汚され、それがもとで神につかえる女人の身から追われ、最後はボロ屑のようになって行き倒れる。女人の霊は山河をうろついたのだった。どこの山も受け入れてくれず、霊になっても放浪《さまよ》い、最後、どんづまりの熊野にやって来、熊野の一等低い路地の裏山に来る。どこをどうさぐっても木馬引《きんまひ》きや皮張りの血しか出て来ない者らの腹にサンノオバとなって宿ったのは、その女人の霊が実のところ、サンノオバ、七十四歳の折りに、結界を成していた路地の裏山が破られ、帰り道を求めてさまよい出ると何百年も何千年も前に予知していたからだった。サンノオバはボンヤリと日が光り、わき立っている外をみつめて考えた。苦しかった、とサンノオバの体の中にいる女人の霊が言わすようにつぶやいた。サンノオバは涙を一滴流した。ミツノオバとヨソノオバが驚いた顔でサンノオバをみ、サンノオバが、女人の霊の苦難の旅と重なった自分の昔、女郎にも出た暮らしを思い出し、こらえかねて顔を悲しみにくしゃくしゃにすると、ミツノオバとヨソノオバについた霊も、共に響きあうように二人も涙を流す。

「誰なんやろねェ、わしと一緒に来たの、どんな人なんやろねェ」サンノオバは溜息をつくようにつぶやく。「のう、ミツさん、ヨソさん。あそこの山から、ようけ、出ていったやろねェ」ミツノオバが言葉を分からないというふうに顔をみつめ、それから、「いっぺん、来てみたいと思てたんやァ」とつぶやく。

緋毛氈の端に坐っていた若い女が立って、土産物売場の方に行き、土瓶《どびん》と湯呑み茶碗を持ってもどって来、まず自分と母親と覚しい老婆に茶を汲んでから、「お茶、飲まれますかァ」とサンノオバの卓に来て湯呑みに三つ汲む。

「さっきのオバさんたち、何かあったみたい」若い女はつぶやいた。

「何ど？」とサンノオバが訊くと、若い女は関わりたくないというように、「さあ」と首を傾《かし》げて、「どうぞ」と土瓶を持って自分らの卓の方に行く。

「キクノオバ、転《こか》ったんかいね」ヨソノオバが立ちあがりかかる。

「ヨソさん、何でもないわ。あんた立ったりしたら、霊が困る」

「転ったら、えらい事や」ヨソノオバが言う。「まだ、わしら、神社の掃除、終えてないんや。参ってもないし。まだ途中や。わしら神社におる時だけでも神さんの事、考えよ」

そうこうするうちに、コサノオバが、茶店と屋根つづきになった土産物売場の方からではなく、日の光のわき立つ往来の方から、「サンノオバ、つらいわよー」と顔をしかめて入って来て、物を言おうとしてすぐ脇に若い女とその母親らしい二人づれがいるのに気づいて口を閉ざし、サンノオバのそばにやってくる。サンノオバも、ミツノオバもヨソノオバも、コサノオバのひそひそ声に耳を傾けた。思わず三人とも、「ほんまかよ」と声を立てた。

土産物売場へ餅を食べられる時間まで孫の為にと言って土産物を見に行って、コサノオバもマツノオバもキクノオバも、ハツノオバも、そこに自分らが期待するような土産物が並んでいない事に気づいた。センベイもまんじゅうも冷凍トレーラーを運転する若衆らに日程をまかせっきりなので日もちするかどうか心もとなかったので買わず、後は貝でつくった景色や真珠を散らばせた人形で、それも一つ食指が動かず、通りに並んだ別の土産物屋に行ってみようと外に出た。

土産物屋の並びに、朝から開いているスーパーマーケットがあった。そのスーパーマーケットで、何か買おうと、キクノオバが言った。コサノオバはキクノオバも味な事を言うと思った。というのも、ツヨシに伊勢の神宮の前までむかえに来てもらって、冷凍トレーラーまで戻ってからすぐに、飯を炊き、オカイサンを炊き、オカズをつくらなくてはならない。オカイサンの菜にする程度の佃煮や梅干なら路地から出る時に持ち込んで来たが、昼や夜のオカズの分は何も用意がない。用意がなければ若衆に頼んで車を運転してもらって買出しに行かなければならない事は決っていたし、若衆にせかされながら品物を選ぶようになる事は分かっている。買出しに当てるにはたっぷり時間がある、それはよいと賛成し、四人でスーパーマーケットの中に入った。

若い頃、魚市場で働いていたのをみこまれ、キクノオバからコサノオバは、夜、食べる煮つけ用の魚を選んでくれないか、と頼まれた。金はたてかえて払い、後でツヨシが預っている醵出《きょしゅつ》しあった旅費の中から払い戻してもらう、キクノオバはそう言った。

まだ客のないスーパーマーケットの中で、コサノオバは、魚売り場に直行し、メバル、珍しいオコゼ、カケノイオをみつけ、さすがに伊勢だ、神に奉納する魚をスーパーマーケットで売っていると、キクノオバらに教えてやろうと乾物品の方に立っている三人の方に向って、思わず声を呑んだ。キクノオバが、カレーの箱を三つ、コートの内ポケットに入れていた。コサノオバが後に立っている事も気づかず、キクノオバは、無言で、それ、それ、それ、と指で合図して、マツノオバとハツノオバに乾しいたけの袋を取らせ、素早く手に受け取り、それをスカートの中に入れる。キクノオバのスカートの腰廻りはゴムになっていてのびちぢみするし、リウマチには冷えが大敵と称してやはりゴムの腰廻りになった毛糸の下穿《したば》きを何枚もはいているので、カツオブシの袋から、ハルサメまで少々かさばろうとも収まる。それだけではなくキクノオバはまるでコートを着てまるまると肥ったリウマチの老婆が歩きかねて乾物品のコーナーにしばしたたずんでいるという姿で、マツノオバとハツノオバを指揮して、野菜売場の方からタマネギを三個、ジャガイモを二個、キャベツを一個持ってこさせ、さすがに、キャベツは下穿きに入れるにも腹の中に入れるにも大きすぎるとあきらめて手に持ち、リウマチで歩きかねる肥った老婆がキャベツを一個トロトロとレジまで持って運ぶふりをして歩く。マツノオバもハツノオバも手に何一つ持たぬまま、素知らぬふりをしてレジを通り抜けようとした。言わなくてもよいのに、「何にも買う物、なかったァ」とマツノオバが小声で言った。レジの女が首を傾げた。キクノオバがやっとレジに来て、キャベツ一個を差し出した。レジの女は、又首を傾げた。キクノオバが片足に負担がかからないように身をゆすりながら動くたびに、セロファンの音が立つのだった。

レジの女が、「あのー」と不審の声を立ててからスーパーマーケットの男子店員が呼ばれ、コートの内側をみせてくれと言われる間に、マツノオバもハツノオバも店の外に出た。騒ぎはそれから起った。店内に居て一部始終を目撃したコサノオバは最初から観念していたし、下穿きや腹の中に品物を入れてなくとも足が痛んで動きの取れないキクノオバは初めから悪い事はひとつもしていない風につっ立ったまま、後になって椅子に坐ったまま、問題はなかったのだが、七十にはまだ年のあるマツノオバとハツノオバが、サンノオバらのいる茶店とは反対の方向に逃げ、女店員から、「どろぼう」と声を荒げられた。

コサノオバは店員らから、リウマチのキクノオバを利用した老婆らの万引集団の一人と目され、警察を呼ぶまで椅子におとなしく坐っていろと叱りつけられながら、同じように夏の終りに足首がかくれるほどの防寒コートを着たマツノオバとハツノオバが伊勢の昔ながらの街道筋を小走りに逃げていくのをみて、妙なおかしさにとらわれた。「何、笑ってる」と男子店員が眼をむいて気色ばみ、それでもコサノオバの笑いがおさまらないと、身体の不自由なものを使った性悪な老婆らの万引集団だと決めつける。コサノオバはサンノオバに小声で話しながら、今さっき店員らから受けた侮辱を思い出したように、「わしがキクノオバに何したと言うんよ」と憤然として口をとがらせる。

「キクノオバもトボけるの上手なんや。自分がおとなしマツノオバとハツノオバに、あれもこれもと指図したのに、足痛いんやァ、と泣くの。店員が何、訊いても、足、リウマチで痛いんやァ」

「二人、つかまったんかん？」

「つかまっとるの、キクノオバだけ。わし、いややもん。魚、ちゃんと、金払ろたし、それで何でわしが引きとめやれんならん、万引したの、この人らやから、と言うたの。それでも、わしが二人を連れもどして来たる、と言い出すまで、あれら離してくれへん」

「キクノオバ、そこにおるの」サンノオバが訊くと、コサノオバは身を起し、光のあふれる往来の方を教えて、「あそこで足痛い、リウマチやと言うとる」と言う。

サンノオバには信じられない事だった。いままで路地の中で、三人の誰に万引癖があると耳にした事もない。三人は路地の年寄り同士というより、神や仏の有難さを説きあう御詠歌の仲間だった。しかも、たとえ三人に万引癖があっても、伊勢に参りに来て、いまさっきまで神の僕として穢れのない浄らかな気持ちに清掃奉仕していたのだ。サンノオバは、ふと最前、四人の後姿から青白い光の輪がヒュッヒュッと飛んでしまっていたのを思い出し、伊勢の神が言う事をきかない熊野の女をこらしめる為にそんな悪さをしでかさせているのだと思いつき、もっと怖しい罰が待ち受けている気がした。

そのサンノオバの予感は的中した。最初コサノオバが、一人でマツノオバとハツノオバをさがして、小走りにかけて逃げた街道筋を調べたが見つからず、仕方なしに、サンノオバは餅に手をつけたばかりだったが、ひだるくてしょうがない時に食おうと紙にくるんでもらって懐に納い、総員で茶店を出て、それぞれが落ち合う場所を神社の前と決めて、二人をさがしに出た。

　キクノオバは依然として人質のように三人が万引を働いたスーパーマーケットの中にいたので、後の四人が、二手に分かれた。サンノオバはミツノオバと組をくみ、あらゆる種類の店屋を一軒ずつのぞき、裏に空地があるなら廻り込み、大どぶがあるなら、足を滑らせて落ち込み這いあがれずもがいているのではないかとのぞき込んだ。サンノオバとミツノオバの二人、わいて出るのは、不吉な空想ばかりだった。金網があるなら、そこに二人が張りつけ状にひっかかっているのではないか、用水池があるなら、そこで浮いているのではないか。

　昼近くになって足が棒になり、ミツノオバがひだる神がついたように腹をすかしきってしまったのでおこりのように体が震え、仕方なく、二人は空地の土管にしゃがみ込んで懐に納ってあった餅を食べた。

　土管のむこうが原っぱになっていた。子供が一人、土管のこちら側をのぞき込み、餅を手づかみで食う二人をみて、おそろしいものを見たように悲鳴をあげた。歩きつづけていたので髪はザンバラ、歯の抜けた口で餅を手でおさえながら食っている姿は、子供でなくとも怖い。

　昼になって神社の前に来て立っているとツヨシがワゴン車でやってきた。ワゴン車の助手席に、朝の女とは違う毛の赤い女が乗っていて、老婆らをみて眼をそむけた。

「オバら、神さんと楽しんどるかい」

そう言うツヨシをサンノオバは呼び、いまさっき起った一部始終を伝えた。

「よっしゃ、俺がキクノオバを放してもらう」ツヨシはそう言い、女を乗せたまま、茶店の通りに向かう。ツヨシはそのスーパーマーケットでどう交渉したのか、ほどなく助手席に赤毛の女を、後部座席に万引の主犯キクノオバを乗せて戻って来た。

キクノオバはサンノオバの顔を見るなり、

「えらいとこや、リウマチ痛いさか、冷房で足が冷えきって痛むんやァ」と言う。

「キクノオバ、どしたんよ」

ミツノオバが非をとがめるように言うと、キクノオバはツヨシに、「ちょっと開けて」とドアを開けてくれと頼む。ドアが外から開けられると、キクノオバは足が両方とも動かなくなったようにいざって座席を降り、「マツノオバとハツノオバが分からんのやて」と訊く。

「分かる、分かる。心配いらん」

ツヨシがかたわらの赤毛の女のひざに手を置き、言う。赤毛の女が小馬鹿にしたようにキクノオバをみて笑い、「面白いなァ」と言う。「リウマチやったら疑われんと済むと思たんやろか、面白いなァ」

「今日の晩は靴下ひざの上まではいて寝やなんだら、明日動かれん」

キクノオバが言うと、赤毛の女はくすくす笑い、ツヨシに、「あんたらどこから来たの？」と訊く。

ツヨシは取り合わないと言うように、「コサノオバとヨソノオバがもどって来るまでここ動くなよ」と言うと、赤毛の女はまぜっ返すように、「まだ秋でもないのにコート着て、あんたらの仲間四人もこの伊勢の中、うろうろしとるの？」とサンノオバに訊く。「朝夕、冷えるさか」とサンノオバは女に弁解するように言葉を返して、ふと我に返ったように腹立ち、「若いもんのようにカッコだけかもて、薄着らして風邪ひいたらかなわん」とつぶやく。

昼をはるかすぎてコサノオバとヨソノオバがもどり、さらに小一時間すぎてワゴン車でツヨシと赤毛の女がもどった。誰も万引をみとがめられて逃げ出したマツノオバとハツノオバの二人づれが見つからないと首を振り、それなら事故がない限り、小遣いに使う金をいくらか持っているのだから食う事に困る事ないし、タクシーで空地の冷凍トレーラーに戻る事も出来ると言って、ひとまず清掃奉仕も取りやめ、ワゴン車に乗り込んで帰る事にした。老婆らは黙り込んでいた。

赤毛の女は口調から最前、ツヨシに拾われたらしい、と分かった。赤毛の女はツヨシが冷凍トレーラーの運転手であり、冷凍トレーラーに老婆らを積み込んで日本の名所旧蹟を次々と廻っていく事に興味があるというように、「何屯ぐらい？」「どうしてこんな年寄りと旅するようになったの？」と問いツヨシは、返答に窮する。サンノオバはその返答に窮するツヨシをみて、こんなに手間暇かかるのなら旅は続けられないと言い出す気がしてハラハラする。冷凍トレーラーの置いてある空地に来て老婆らを降ろすと、今いちどみてくる、とツヨシは赤毛の女だけを乗せたまま来た道をひき返した。

マツノオバとハツノオバの二人は夜になっても帰ってこなかった。「どしたんないねェ」「悪い事したと思とるんかいね」と心配する声が続出した。長い夕暮のうちに煮つけた魚をオカズに飯を食べたので、日が落ちるとすぐに点けた冷凍トレーラーの車体の色とりどりの満艦飾《まんかんしょく》の照明とスモールライトはむしろ、スーパーマーケットから逃げ出したまま行方が分からないマツノオバとハツノオバへのものだった。老婆らは、ツヨシが調達して来た箱を横にして座ぶとんを敷いてそれぞれ路地にいた頃と変わらない姿で坐り、稲穂の稔る田んぼを伝って、同じ路地のアホな人の血を引いたマツノオバとハツノオバの声が伝わってこないか、と耳をすました。

「あの人ら、伊勢の町の中で面白がって方々のぞいて、真夜中になって若衆みたいに戻ってくるつもりやで」コサノオバがワゴン車の中に乗り込んだマサオにツヨシが話しかけているのをみながら言う。

ツヨシが老婆らの方に歩いてくると、「田中さんは？」と訊く。ツヨシは明りの届く範囲まで来て、黙って女のところに行っていると小指を上げ、ふと感じ入ったように、「四人共、女、漁るのにいそがし」とつぶやく。

マサオの運転するワゴン車が猛スピードで出てゆく。ツヨシが冷凍トレーラーのドアを開け、エンジンをかける。ドアを閉める音が立つ。一瞬、空地の闇にこもっていた虫の声が止まり、しばらくして響きはじめる。老婆らはエンジン音にまじって立つ虫の鳴き声に耳を澄ました。

サンノオバが思いついたように、「キクノオバ、段取り言うたんやろ。どこで待ち合うと言うたの」と訊く。キクノオバは車の飾りの明りを受けて身動きしなかった。そのキクノオバにむかって、老婆らの中から非難の声が相ついだ。足がリウマチにかかっている事を自慢の種にし、ツヨシに甘えたり特別扱いされたがるから、他人も自分に同情してくれると錯覚して、人より動きの鈍い体を逆手にとって他人をだませると思って万引する。キクノオバは聞いていないようだった。ただ、「足痛いさか」と一言を繰り返した。サンノオバは、ふと、万引も裏山の結界を取り払われた為に自由になった霊の仕業なのかもしれないと考えた。熊野の一等低い山に尊い襤褸《らんる》の女人の霊が来るなら、盗人の女の霊が居ついても不思議はない。

ワゴン車が戻って来て、運転席からマサオが顔を出し、冷凍トレーラーの周りに老婆らが五人固まって坐っているのがまるで眼に入らないように、「アニ」と声を掛ける。返事がないので、クラクションを二度鳴らす。やっとツヨシは気づいたようだった。運転台のドアをあけると同時に冷凍トレーラーのエンジンを切り、明りを消した。老婆らが、「ああ」と声を上げると、ツヨシは、また明りだけをつけ直し、運転台の上から、「これからちょっと行くんじゃ。夜、遅なるさか、それまで明りつけとくわけにいかん」

と言う。

「どこへ行くんなよ」ヨソノオバが言う。

「化粧のにおいのするとこじゃわい」コサノオバがからかう。

「明りつけといたらバッテリ上って動くにも動かれん。車、動かなんだら、次の土地へ行けんど」

不意に老婆らは、若衆らがもうすでに次の土地へ行く事を考えている、と思って不安になり、黙り込む。ツヨシがその沈黙をみて、明りをまた消し、運転台からとびおりようとする。サンノオバは立ちあがった。夜の闇の中をワゴン車の明りの方に歩くツヨシに、サンノオバは、「ツヨシよ」と自分でも鳥肌の立つ、身に取り憑《つ》いた霊の出したような声で呼びかけ、闇の中にたちどまったツヨシの背丈が急にのびたように思いながら寄り、「あのオバら二人、夜になったら戻って来るど」と言う。夜、もどって来る老婆らは、目印の明りがなければ、近くまで来ていても気づかず、どんどん先に歩き、思ってもみない原っぱに迷い込み、行き暮れるか、野良犬に襲われるか、どぶにはまり込むかしてしまう。自然に声が震え霊が予知するように悪い空想を言うと、ツヨシは一瞬、考えるように動かず、それから急ぎ足で運転台にむかい、ドアを開け、とびのって、満艦飾の照明だけつける。ワゴン車が走り出してから、老婆らは車の中からそれぞれの毛布を運び、ひざをすっぽりおおった。マツノオバとハツノオバがもどったらすぐにでも食べられるように七輪の残り火にほんの少し炭をつぎ足し、オカイサンをかけた。

老婆らの話は尽きなかった。老婆の誰も、これから車の中に閉ざされたまま、何日も何日もただ食って寝てという暮らしをするのだと覚悟を決めたなら暇つぶしの話ぐらい幾つもあった。考えてみれば、路地でも同じような事をやっていたのだった。立ちのきが決ってから破れ目を補修しなくなった青年会館の奥で、御詠歌の練習に一人集まり二人集まりする間、老婆らは、それが嘘か本当か、詮議する事もなく見聞きした事を話したし、路地の三叉路、天地の辻で、夏は日陰に、冬は日溜りに台を移動して、話しあった。冷気を含んだ稲の匂いのする風が、赤や青の飾りの照明に浮き上った老婆らを越えて、空地の向うの稲の田んぼに渡ってゆく。風が強く吹くと、空地一帯で渦巻き状になるのか、周囲の田の稲がジャラジャラと一斉になり、老婆らはその昔、路地の者らが出喰したと言う龍とか天狗とか、そんな異界の物が、老婆らのすぐそばにいる気になる。

マツノオバとハツノオバが見つかったのは、それから二日後だった。ツヨシが、老婆五人を早朝の神宮に送り届け、昼きっかりに神宮の橋の前に迎えに来ると念を押してから、田中さんやマサオらがその晩泊った宿に行った。まだ寝込んでいた三人をたたき起し朝飯を食いにいこうと乗せ、「女、さがしてウロツキまわっとったさか」と朦朧《もうろう》とした田中さんの眼をさまさせる為に、伊勢から鳥羽まで走ったのだった。水族館脇の大きなホテルのレストランなら早起きする観光客相手に早朝から開いているだろうと、ふざけてまだ眠ったままだと歩こうとしない田中さんの尻をマサオとテツヤに押させ、ホテルの中に入ると、マツノオバとハツノオバが、ホテルの浴衣姿で土産物売場に入ろうとしている。ハツノオバはツヨシの顔を見て驚き、自分の顔を両手でかくそうとしたが、マツノオバはきょとんとしている。

「オバ」ツヨシが言うと、ハツノオバは顔を伏せ、後手にマツノオバを突つき、土産物売場の飾り棚にかくれるようにして歩み去ろうとする。ツヨシの後からホテルに入ってきた田中さんは眠ったふりをして閉じた薄目で、マツノオバをみつけ、驚いたのか、「マツノオバじゃだ」と声をあげる。子供のように田中さんを後から支え押していたマサオとテツヤが、「オバら、ここでも万引しとるんか」と言う。

田中さんが二人の声を封じるより先に、飾り棚の陰に身を避けていたハツノオバが顔を出し、「こんなとこで人聞きの悪い事、言うてくれるな。万引らせえへんよ」となじる。怒りのあらわになったハツノオバのその口調にツヨシは腹だち、「オバら、二人だけでこんなとこで何しとるんな?」と言う。

ハツノオバはとげとげしい眼でツヨシをみて、唇をわななかせ、一瞬、声を荒げようとして声を呑み込み、思わぬ低い声でつぶやくように、「そんなんやったら、おまえら、なんなん? 自分らだけ、ええ目しとるやないか。自分らばっかり都合のええ物、食て、勝手に自分らで休憩して」

「俺ら、オバをさがしにここまで来たんじゃからな」田中さんが嘘をついた。

ツヨシは老婆二人に本気になって怒っても仕方がないと思い、ハツノオバが物陰に身を隠しながらいきなり挑戦的になるのも、旅の世話をする四人に叱りつけられると思ってのおびえからだと考え、路地の老婆らに分かるような口調で、「叱《おこ》らせんどォ」と言う。

「オバら、何しようと俺ら叱らせんのじゃ。叱るんじゃったら、はじめから、年取ってお姫さまみたいになっとるオバら七人も連れて、出て来やせん」

口数の少ないマツノオバが我が意を得たというように、「叱れるかよ」と澄んだ少女のような声で言い、飾り棚の陰にいたハツノオバを呼び、「もういっぺん風呂行てこうれ」と手を差し出す。

「オバ、そこの食堂へ行かんかい？」ツヨシが言う。マツノオバは、ツヨシの上げた腕を眼で伝い上るように見て土産物売場の斜め前のレストランを見た。丁度、扉を押して浴衣姿の男が入っていく。マツノオバが、「ハツノオバ、センザキさん、入っていたわ」とつぶやく。

「もう知らんよ、あんなジジ」ハツノオバが言う。マツノオバは、レストランの入口をみつづけている。田中さんがセンザキという年老いた男の入っていったレストランの入口を見るマツノオバの熱っぽいまなざしに気づいたように、「オバらの彼氏かい？」と訊く。マツノオバは黙っている。ツヨシは田中さんとマサオら二人に合図して先にレストランへ行かすと、マツノオバが従いてゆく。

「オバ、マツノオバがセンザキさんのおる食堂へ行たど。オバの方は行かんでもええんか?」

「あんな好かんジジ」ハツノオバが言い、それでも気がかりなのか、外に出て、丁度、レストランの扉を押して入っていくマツノオバをみ、「風呂へ行かんの」と呼びかける。マツノオバは振り返らなかった。ツヨシが笑うと、やっとこわばりが氷解したように、ハツノオバは、「もう帰ろかと言うとったとこや」とぽつりとつぶやく。

「どこへ?」そう訊くツヨシの顔をみあげ、

「どこへて、どこよ?」と訊き、わらう。

「オバらにどこがあると言うんな。路地に帰って子供の家にでも行たら、せめて一月でも二月でも他所に行て来たらええのにと小突き廻される。オバら、行くとこ、どこにあるんな」

ハツノオバがあまりに愉しげに笑うので釣られて笑い、「さては、浮気して来たんじゃな」とからかった。ハツノオバは頬を赧《あか》らめた。

レストランの海の見える窓際にそれぞれマツノオバとハツノオバを奥に入れて男は二人ずつ別れて坐って、二人が万引をしたとあらぬ疑いを受け、泥棒と往来でののしられたので逃げ出したのだと言い訳を聞いた。

「万引したんと違うんか」とマサオが声を出す。丁度、向かいの席だったので、

「われじゃろ、万引したのは」とツヨシはマサオの向うずねを足で蹴った。マサオは痛みに顔をしかめ、それを笑っていたテツヤの頭をポカリとやり、「犯人はわれじゃの

に」と声を荒げる。

二人は、そのまま小走りに歩きつづけ、いつの間にか駅に出て、その場で電車に乗って、鳥羽に降りた。鳥羽で水族館を見て過ごし、そこに来ていた観光団の一人、センザキさんに声を掛けられた。センザキさんに事情を説明し、金ももっていると言って観光団の泊っているホテルの部屋を取ってもらい、次の日は観光団について島めぐりや海女のショーをみ、真珠の加工場をみた。これ以上、外にいると金がなくなると思い、二人とも内心、夜にでも伊勢にもどろうと思っていた。

ツヨシも三人の若衆も、マツノオバとハツノオバに、残された老婆らが心配して一晩中、眠らず待っていた事を言ってやりたかった。今も行方をくらました二人の身を案じていて神宮にでかけて結局は警備員にみつかり制止される清掃奉仕をしながら神に祈り、社殿に参るたびに二人の無事をつけ加える。

「オバ、もう伊勢にあきたんじゃ」

ツヨシが訊くと、

「掃除するのもええけど、しんどいわだ」とハツノオバが答える。ツヨシの席の奥に坐っていたマツノオバが立って、レストランの一等奥のテーブルを四つ合わせて並べた団体客用の席に坐ったセンザキさんの方に行ったので、ツヨシはハツノオバと差し向かいになる。ハツノオバは照れたようにツヨシを見て、「今朝も送ってきたんかん?」と訊く。

飯を食っている間にハツノオバは着替えにレストランの外に出た。

「マツノオバ、着替えて来いよ」と田中さんが声を掛けると、センザキさんと向い合って坐り話していたマツノオバが、手まねきする。テツヤに、「呼んどるさか、行て来い」とツヨシが言うと、テツヤは、「いらんわ。クソババァ」と顔を上げず、飯をほおばる。ツヨシは頭をこづいた。

「女の一人もよう引っかけんくせに、今度、あてごたらんど」

ツヨシが言うと、マサオが、「行て来い」と言う。「われの為に、女、何人逃がした」

テツヤは口に飯をほおばったまま箸を置き、センザキさんの一言二言に笑い入っているマツノオバの方に歩く。センザキさんはマツノオバの脇に立ったテツヤに頭を下げ、見つめているツヨシらの方に顔をむけ頭を下げる。ツヨシらは会釈を返したが、テツヤはつっ立ったままついに頭一つ下げず席に戻り、ほおばっていた飯をやっとのみ込んだと茶をすすり、「あのクソババァ、俺の事を、孫じゃと言う。アニら、孫の連れじゃと」と言う。


ワゴン車に乗り込んでから、神社に行ってサンノオバらに合流するのは厭だ、とハツノオバが言い出した。それで空地の冷凍トレーラーに戻ると、二人の老婆らはすぐに、「風通し悪いさか」と、蒲団がかびと魚くさいと、冷凍トレーラーの中から七人分の蒲団を運び出し、草の茂みの上に並べて次々と干しはじめた。田中さんは、「オバら、そんなに大々的にやったら、トレーラーに人、住んどるとバレるど」と言うが、二人は聴かなかった。

　ワゴン車の中でマサオとテツヤがロックを流していた。

　田中さんが冷凍トレーラーの運転台に乗り、燃料のガソリンと軽油の支払い伝票をめくって計算し、二人で最初算出した燃料費の二倍分かかっていると声を出した。

「主にワゴン車じゃろ」

　冷凍トレーラーの車体にもたれて煙草を吸っていたツヨシが言うと、運転台の上で着替えるためにズボンを脱ごうとベルトの音をさせながら、「ツヨシが、車使てやりまくっとるさか」と田中さんが言う。

「金、足らんようになったら、女つかまえてかせがす事じゃの」

　二人の老婆は蒲団を干し終えて一段落したというのに、さらに、地面にビニール袋をかぶせてひとまとめにして置いた家財道具の中から、水汲み用のバケツを二個取り出して、空地から民家のみえる山の方に道を歩き出した。テツヤがツヨシにバケツを持って歩いていくと目で合図して教えた。田中さんが運転台の上から、「オバらどこへ行くんな、水汲みに行くんじゃったら遠いさか車に乗せてもらえ」と言ったが、老婆ら二人はふりむかない。田中さんがツヨシを呼ぶので、「ええんじゃ、いかしたれ」とツヨシは答える。

　田の中を歩いていく老婆らをみつめながら、自分の感じている不安より、もっと濃い不安を老婆らが抱いていると思う。

　ワゴン車の中いっぱいに響き、外にもれ出るロックの調子のよいリズムを耳にしながら、二十二歳のツヨシは、路地の中で生きた他の若衆もこんなつかみどころのない不安に時に捕えられたのだろうか、と思う。ツヨシは、その不安は、自分だけのものだと思った。何しろ自分の物ではない冷凍トレーラーを改造して、路地を後にしてきた。冷凍トレーラーに乗せた七人の老婆にも、ツヨシにも、路地から遠ざかる道はあるが、路地に帰りつく道はないと覚悟している。眼を転じてみれば冷凍トレーラーで行くところ、すべて純無垢の路地になった。ツヨシが訊こうと田中さんが訊こうと、七人の老婆らは、誰でも、自分らがその目でみていたように雑木の茂った山とすそ野と清水のわき出る池だったところが切り展かれて路地になる過程を語ってくれるし、さらに優しくし、好かれでもしたら、絶えず棒引きのつまはじきされる者でも由緒ある人の落し種にでもなって、寄ってたかって化粧を施されて、女など放って置かない男気たっぷりの美丈夫に仕立てあげてくれる。ツヨシは自分が、随分以前から、路地の女、主にオバらに声を掛けるとか物をもってやるとかささいな功徳を施したおかげで名の残った男らの仲間になっている事を知っていた。

　ロックの音と共に空地に光がわいて出るように見えた。犬が老婆らの歩いていった方向からやって来て音に釣られるように空地に入ってきた。ふと見ると道を子供が駆けてくる。犬が尻尾を振り、身をよじって挨拶をするように近寄る。子供の飼っている犬だと分かった。子供が犬を追って空地に来るとも考えた。ツヨシは、一瞬、老婆らが空地につくりあげた路地のようなものが壊されると思い足元にすり寄った犬を蹴った。驚きと痛みで悲鳴を上げ、犬は草むらに干した老婆らの蒲団の上を踏んで稲の稔った田の中に走り込み、悲鳴を上げ続けながら稲の中を走った。遠くで子供が立ちどまり、空地の方をみつめた。

マサオとテツヤが所在なさをまぎらせる為に相撲をやりはじめたのを見て、ツヨシはワゴン車に乗り、老婆らがバケツを持って出かけた方に車を走らせた。少年が立ちどまった辺りに来て車を停め、わざわざ助手席に移って窓から空地をのぞいた。ツヨシは眼を疑った。草むらに並べて干した蒲団が、そこから大きなテントを拡げたようにもみえるし、暗い溝のように濁った水にみえ、それに冷凍トレーラーが浮いているとみえる。

ワゴン車が農道を渡り切り、山のすそのにかたまった民家のあたりを超低速で進みながらさがすと、マツノオバとハツノオバが一軒の家から空のバケツを持って出てくる。

「オバよ、どした？」ツヨシが声を掛けると、ハツノオバが腹立ってならないようにバケツを逆にして底をポンと叩き、「まあ、このあたりの家は、ドいじくねが悪りて、ドケチじゃわよ」と言い、いままで三軒の家に丁寧に頼んで水を分けてくれと言ったが、あかんと断わられたと言う。

「この家ら、何に使うんな、あそこの空地に住みついた人らか、と何から何まで根掘り葉掘り訊くのに、水は他所でもろて呉れと言うや」ハツノオバが言うとマツノオバが透き通った声で歌うように、「そうやんで、いじくね悪かったら、塩水になるでと言ったった」と言う。

「あのアマ、そうマツノオバが言うたら、今日《きょうび》、そんなんやったら水道局に言うわ、と言うて、市役所へでも言うて空地に水道つけてもらいなあれと笑うんや。伊勢の人間もたいがい、意地悪いど。神さん、そばにおるさか、増長しとるんやァ」

ツヨシは事の最初から分かっていたと、「そうかい」と相槌を打っただけで老婆ら二人の腹立ちに同調せず、黙って車のドアを開け、水を汲みに行くから乗れと言った。二人が乗り込んでから、「他のオバら、喫茶店に汲みに行くんじゃ」と言う。

老婆らが水を汲んでいる間、客のいない喫茶店で、店の女と、夜会う約束をした。外水道で水を汲み終わり、濡れた手でドアを押して入って来た老婆らがツヨシに物を言いかかると、女は気色悪くてかなわない顔をした。伊勢に着いた日に老婆らが立ち寄って訳の分からぬ事をしたのを覚えているので、水の飛沫《しぶき》のかかった老婆らを女は一層気色悪く思うのか、身を避けるように棚の雑誌を整える。

老婆らはバケツ二杯の水を使って米をとぎ、ナベに水を張って用意し、七輪に火をおこしてその上にかけ、茶袋に茶を入れてわきたった湯に入れ、まず茶を濃く出す。次に米を入れる。その手順を踏む老婆らの身のこなしをみているだけで、ツヨシは、万引で逃げて鳥羽で勝手に観光客に紛れていた事の罪悪感から少しずつマツノオバもハツノオバも解かれていくのを分かった。止められているのに勝手に清掃奉仕し神社に参り、早朝から真昼までたっぷりと神のそばに居る心の漲《みなぎ》りを味っているサンノオバらと同じ状態になる。

昼をすこしすぎ、オカイサンが炊きあがって、マツノオバとハツノオバに仲間を迎えに行くように命じられて、神社の前に行った。サンノオバはツヨシの顔をみるなり、「キクノオバ、またリウマチで足腫れて痛なったと言うんや」と言い、ツヨシにキクノオバを橋の向う側のたもとから連れて来てくれ、と言った。

仕方がない、と橋を渡るとキクノオバがらんかんに背をもたせかけてしゃがんでいる。ツヨシは神にすまないと詫びてしょげ返ったような姿のキクノオバを見て、マツノオバとハツノオバの二人の行方が分からなくなって一等苦しんだのは、万引の共犯のキクノオバだと思い、誰よりも早く伝えてやろうと、「オバ、マツノオバとハツノオバが見つかったど」と言う。

キクノオバは顔を上げ、「怪我してなかったか？」と訊く。

「怪我らしとるものか、あのオバら鳥羽まで行っとった」

キクノオバはその言葉を聴いてふっと笑を浮かべたようだった。ツヨシは手を引いてキクノオバを一旦立ちあがらせ、自分は前にしゃがみ肩をつき出して、「キクノオバ、手を掛けよ」と言って立ち上った。それが本当にキクノオバの重さなのか、それとも着込んだ衣類や抱え込んだリウマチの痛みの重さか分からないほどの拍子抜けする体重だった。

ワゴン車の中で、キクノオバは物も言わず、ただリウマチで腫れた足が痛いと撫ぜているだけだった。空地にもどれば老婆らは何もかも分かるはずだとツヨシは黙り、普段よりスピードを上げて、遠廻りして水をもらいに行って断られた山のふもとの民家を廻り込んで、空地まで続いた農道に出た。蒲団が干してあった。老婆らが車から降りきってから、冷凍トレーラーの中からハツノオバが出て来て、「サンノオバ、わしら他所へおったんやァ」と脈絡なしに言う。老婆らは振り返り、コサノオバが、「誰が蒲団、干しとるんやろと思たら、オバやったんか」と言う。「マツノオバは？」「マツノオバ、水もらいに行ていじわるされて、疲れたと言うて寝とる」

ツヨシは苦笑した。ハツノオバはただ事実を省略して言っただけだが、案の定、老婆らは集団からはぐれてしまって空地にたどりつく為に、土地の者らからあらゆる意地悪をされてきたと誤解した。老婆らの中で一等若いコサノオバが、「つらかったやろねェ、訳分からん他所の土地で捜し出してもらわな帰って来れんわねェ」と涙声を出すと、残りの老婆らは取り囲み、えらかったやろ、腹も減ったやろと口々に言って涙ぐむ。何人かが、「マツノオバよおい」ともう一人の話の中心を呼びはじめる。「寝かしたりなァれ。水ももらえんと、やっとたどりついたんやさか」年長らしくサンノオバが、洟れてくる涙を掌でぬぐいながらたしなめる。ハツノオバとマツノオバの苦難は老婆らにしてみれば自分の姿だった。キクノオバは泣いているハツノオバを取り囲んだ老婆らの輪から一つはずれるように、痛い方の足をかばって身を傾けて立ち、涙で顔を濡らしていた。

Ⅲ　織姫——一宮

二人の老婆が群を離れ、また舞い戻ってからも老婆らの日課は、伊勢へ着いた日の翌日からとまるで変らなかった。違う事と言えば、神宮の森全体の警備に当っている二、三人の警備員と顔見知りになり、追っても追っても竹ほうきを持って清掃に来る老婆らが驚くほどの宗教心と神への奉仕の熱意を持っていると辟易《へきえき》され、参拝客で参道がこみあうまで止めにかからなくなった事だった。

昼になるとツヨシが迎えに行き、空地にもどって老婆らは自分らで煮炊きした昼飯を食い、ボンヤリと空地に置いた木の箱に腰を下ろして時を過ごすか、冷凍トレーラーの中に入って嘘か本当か、あったのかなかったのか定かでない話をする。そのうち、何人も金縛りになり、誰か、空地の向うからやって来て冷凍トレーラーの中に入ってこようとすると言い出した。田中さんもマサオらも老婆らの話をまともに相手にしていなかった。サンノオバが、「毎日毎日やァ」と言うと、マツノオバが、「わしもそうや」とうなずくので田中さんが、「あの鳥羽のセンザキさんかよ」とからかう。マツノオバが怒りを含んだ顔で、違うと言うように見ると、サンノオバが、冷凍トレーラーの中で夜毎眠る七人の老婆の代表だと言うように、「オバらをたずねて伊勢の神さんが来るんや」と言う。神宮の森の方から、稔った稲穂をかきわけて空地にやって来て、冷凍トレーラーの閉ざした扉の前に立つ。老婆らは七人、眠ったまま金縛りになり、肌を触られ息が首筋にかかるようで愉悦のように苦しさにもがく。サンノオバ一人、泣いたのだった。というのも神が恋しいと森の奥の社から訊ねてくるのは、老婆らについた女人の霊のためだった。老婆らの誰一人として肌や髪に女人の色艶のある者はいない。神は閨《ねや》までやって来て、人違いだと失望して帰っていく。

若衆らが空地にまでたずねてくるもの好きな神だと笑うと、サンノオバは真顔になって、「おまえら、夜も昼もここにおらんと他所で遊んどるさか分からんのじゃよ」と言い、腕をまくり、「ほれ」とアザを見せる。ツヨシはどうしたと訊いた。

「神さんに手ごめにされたんかい?」

「神さんそうしてくれるんじゃったら、わしら、喜んで応えるんやけど」サンノオバは微笑んでから、「子供らに、女乞食じゃと言うて石ぶつけられた」と言う。

それが伊勢ではっきり気づいた悪い徴候のはじめだった。夕方、水を汲む当番だというヨソノオバを乗せて喫茶店に水をもらいに行ったマサオとテツヤが、「あかん」と戻ってきた。「喫茶店で水、くれん」ツヨシがマサオに、「女に変な事を言うたんじゃろ」と訊くと、女ではなく、男が二人いた、と言う。ツヨシはヨソノオバを車から降ろして、代わりに乗り込んだ。乗り込んだツヨシに、マサオが、「話の分かる奴、連れて来いと言うとった」と言う。警察か、保健所だ、とツヨシは思い、走り出したワゴン車を停めて田中さんに、「話こじれたらどうせ、トレーラー調べに来る。すぐ動き出せるように準備してくれ」と窓から顔をつき出してどなった。袋の中から炭を出して七輪に入れたり、ジャガイモの皮をむいたり手分けしてトロトロと夕飯の準備に入っていた老婆らはその言葉を聞き留め、急に警察が来たとでも言うように立ちあがり、「片づけて」とか、「もう行くんやと」と言いながら、右往左往しだした。キクノオバが人のように素早く動けない自分の身の不自由さに苛立ったように、「つらいよ、つらいよ」とナベを持ったまま、声をあげて泣く。動き出したワゴン車の窓からツヨシは振り返って、あわてて停めてくれと命じ、丁度、サンノオバが泣きつづけるキクノオバを抱えて、まるで冷凍トレーラーがこの時になって立ち顕われた鋼鉄の神だとひれ伏して祈るように大きな車輪の下に二人で泣き崩れるのをみた。ツヨシは胸がせつなくなった。せめて冷凍トレーラーが自分のものであってくれさえしたら、警察にも保健所にもあわてる事はなかった。ワゴン車を運転するマサオとテツヤに、なるたけ遠く冷凍トレーラーは伊勢から離れろと伝え、喫茶店の手前でワゴン車を降りてそこから歩いた。

ツヨシが喫茶店のドアに立ってから、ワゴン車は切り返し、クラクションを一つ鳴らして空地の方へ向う。喫茶店の中にいた二人の男は、ツヨシの顔をみるなり、空地に長期間、冷凍トレーラーを停められたら困る、と言い、水も便所もないところで、病人が出たらどうするのか、と訊いた。話し口調からツヨシの怖れていた警察官でも保健所員でもないと判断して、じっと不安げに見ている女にジュースを頼み、「彼女と逢引するのに都合ええさか、あそこに停めてしもた」とてれ笑いをつくりながら言う。「しょっちゅう、伊勢から魚出したり、伊勢へ荷物積んで来とるんやけど、彼女とじっくりつきあいたいと思て」

「幾つだ?」

ツヨシはいかにもまだ思慮の足らない年齢の若者だというように、「二十二」と言い、「彼女連れて、他所の土地でトラックの運ちゃん、やろかな、と思うけど、彼女がうんと言わん」とデタラメをつけ加える。女はまっ赤になって、物言いたげにツヨシをみつめ、眼があうと手をふり、口を閉ざせと言う。その女のあわてようが面白く、「彼女、何回も俺が抜身でやったさか孕んどるかもしれん」と言うと、男の一人が我慢ならんと言うように見て、「出てゆけ」とどなる。「どこの馬の骨とも分からん奴が」ツヨシは立ちあがる。そのままドアを開けて外に出ようとすると男はいきなりツヨシの首筋をつかむ。ツヨシが手で払うと、男はもんどりうって椅子に倒れる。女が悲鳴を上げた。男が椅子から起きあがりながら、「馬の骨らが。乞食みたいにウロウロしくさって」と言いつづける。ドアを開け外に出、ツヨシが深呼吸した。女が泣きながら従いて出てくるのを察知して、ツヨシは女との愁嘆場を演じたいために来たのではないと空地とは反対の方向へ走り出した。走りつづけながら角を曲り、一直線に走って角を曲ると、早朝、毎日、老婆らを神宮までワゴン車で送った道に出る。走って神宮の前に出ると、丁度、空が朱に染まり薄暗くなった中で満艦飾の赤や青の照明をつけた冷凍トレーラーが停っていた。できるだけ遠くへ伊勢から離れろとマサオらに伝えたのに、と舌うちしたが、ツヨシは、神宮の森を威圧するように停った冷凍トレーラーがそこにいて馬の骨の自分を迎えてくれるのも悪くないと独りごち、そのまま弾みをつけて運転台に駆け上った。

田中さんから運転をかわったツヨシは、冷凍トレーラーの中に納まった七人の老婆らに、伊勢を離れるという合図のクラクションを鳴らして発進させた。裸電球一つの冷凍トレーラーが揺れた。老婆らは風を切るように走り出す車体の響きを耳にして身を寄せあった。

風を切る音は増々高まった。高まり切らないうちに、まだ冷凍トレーラーが空を翔ける事に馴れていないのか、車体の床を伝ってあえぐような音が混じる。サンノオバもヨソノオバも目をつぶっていた。誰もが、毎朝出かけて清掃し拝んだ伊勢の神の事を心に思っていたが、言葉にすると、何もかも神威のようなものが消えてしまう気がする。

そのうち、キクノオバが泣き出した。ハツノオバが、「泣くなん。これで気持ち済んだやろ」となだめ、身をよじって折りたたんだコートの中からチリ紙を取り出し、キクノオバに渡す。

「キクノオバ、ツヨシが負おうてくれて、子供の代わりしてくれたがい」

コサノオバが涙ぐんで言う。キクノオバはひざにかけた毛布の上にあるチリ紙を取り、涙をぬぐい、鼻をぬぐって、「わし、死んだあの子、おる気したの」と言う。「伊勢の神さまも何も有難いと思わんけど、あの子、あそこにおる気したから、墓掃除するつもりで毎日みんなと行たの」

　サンノオバは眼をあける。車の音を耳にして伊勢に参拝した自分を考えていると、子供の事も孫の事も気にならず、自分が路地の裏山が破られたからさまよい出た女人の霊のような気がしてやっと神の元に来たのに、その尊い神に追われてまた放浪して他所の土地に流れていく運命だと悲しくなる。

　ツヨシが車の中の老婆らの気の沈みようを察知したように、伊勢自動車道から東名阪に入ったすぐのサービス・エリアに車を入れた。後から来たマサオの運転するワゴン車に冷凍トレーラーの後部を照らさせ、扉をあけ、台を降ろして設置した。

「オバら休憩するんじゃったら降りてやれよ。飯、炊くんじゃったら、水もあるし、便所もある」ツヨシはそう言った。

「もうここまで警察、来やへんかい？」コサノオバがまっ先に降りてからツヨシに訊く。

「来やへん」ツヨシが言うと、「どのあたり？」と訊く。

「もう一宮じゃ。まっすぐ行て降りたら一宮じゃ」

「マツノオバ、一宮やと」

　コサノオバは振り返って次々ワゴン車のヘッドライトに照らされて降りる老婆らに言うと、マツノオバが、「皆なわしの娘とこへ来たらええわ。交替で洗濯機廻したらええわ」と声をあげ、それが老婆らの何を安堵させたのか、口々につく溜息がどよめきのように起る。

　老婆らは伊勢の空地に居るより高速道路のサービス・エリアの方が似合い、一人一人が生き返ったようだった。便所があり、使っても後から後から出てくる水があり、さらにそこはボタンを押せば金を入れずとも茶の出てくる機械が置いてあるし明りがある。金を使えば飲物や食い物の自動販売機がある。老婆らは空地では聞かれなかった歓声をあげて水を流せば汚物の流れる便所に行って用を足し、それが終ると七輪を取り出して火を起したり、洗車用の水道で米をとぎ、水を張ってオカイサンと飯をつくりにかかり惣菜をつくりにかかる。ツヨシと並んで自動販売機からハンバーガーを買った通過客が老婆らの自炊をみて、「こりゃいいや」と感心したように言う。

　ヘッドライトを消してエンジンを切りワゴン車から降りてきたマサオが、火をつけ終った炭の入った七輪に手をかざす老婆をみて、「あんなん、キャンプする時、便利やねェ」と感心したように言う。こりゃいいやと言った男が、ツヨシに、どこへ行くのか？と訊いた。一宮で降りる、と言おうとしてツヨシは、男とどんな関わりあいになるかもしれないと思って高速道路の終点の名古屋まで行くと答えた。

　老婆らが飯を食い終り、便所を出たり入ったりする動きが一段落してから、ツヨシは今一度、ワゴン車のヘッドライトを点けさせ、足元を照らして老婆らを冷凍トレーラーの中に納め、そのまま運転台に横になって眠った。

朝の八時にツヨシは冷凍トレーラーのエンジンをかけ高速道路を走り、蟹江で降りて下の道を通って二度道に迷ってなんとか一宮の競輪場横の空地に車を停めた時は、九時半を過ぎていた。空地の裏手に葦《あし》の茂ったドブ川と放置した荒れた田が続き、その向うのぼうっと霧とも煤煙ともつかぬ中に回教寺院のような屋根のモーテルがみえる。田中さんは運転台の後の小さな身を横たえるだけが精いっぱいの仮眠ベッドで寝込んでいるので、ツヨシは一人外に出て、冷凍トレーラーの荷台の扉を開けにかかると、白い物が視界の縁を横切って次々と飛来する。眼をこらしてそれが、荒れた田んぼに舞い降りた白サギの群だ、と分かった。

老婆らは、すでに起きて服を着て外から扉を開けるのを待ち受けているようだった。老婆らは冷凍トレーラーから降りるや否や、ところどころ枯れ草のまじった耕していない荒れた田に降りて餌をさがし、思いついたように低く宙を旋回しまた舞い降りる白サギの群をみつけ、「綺麗やねェ」と口々に言う。ツヨシも老婆らも、その群れる白サギが一宮での滞在の幸先のよさを明かす徴《しるし》のように思えた。というのも、ハツノオバとマツノオバが昔、紡績の女工に来たのがここだったし、さらにマツノオバの一等上の娘が紡績工場主の息子に嫁ぎ、今は子供を三人も育て裕福に暮らしている。マツノオバが旅の計画を練る時ぜひ競輪場のそばの娘の家に寄ってくれと言ったものだから、老婆らは端《はな》からマツノオバの娘の世話になる気持ちだったし、ツヨシの方も世話にならずとも知りあいがいるというだけで、何となく心強い。

老婆らが騒ぎ、マツノオバもハツノオバも言うので、取りあえずマツノオバの娘の家に行ってみる事にした。その空地から娘の家までの道は分からないが、競輪場の近辺にある『ワコー』という喫茶店に行き、原田という紡績工場か、スミコという名前を出せば、店の人でも客でも家に連れて行ってくれる。眠り込んでいる田中さんをそのままにし、ワゴン車から降りようとしないマサオとテツヤに、田中さんがめざめたら『ワコー』に来い、と言い、老婆らを連れて歩く事にした。

光が射した日中だったので老婆らは伊勢で常時身にまとっていた防寒コートを車に置いて来たし、服装は熊野の路地を出る時新調したものばかりだから、他人に冷凍トレーラーで移動して来た老婆らだと映るわけでないのに、ひとたび歩きはじめると人目をひく。歩道を歩いていてすれ違った者らは必ず振り返ったし、信号待ちしている車からは窓ごしにのぞき込む。横断歩道を渡りかかり、キクノオバが半分も歩かないところで信号が黄色になると、信号待ちの車の運転手らが、まるでキクノオバに代って悲鳴を発するようにクラクションを鳴らす。ツヨシはあわててキクノオバのもとにもどって背負い、何人もの通りがかりの人に見られながら車の波の中を横切って渡る。

家の前の歩道に水をまいている女から道を訊いた。喫茶店『ワコー』の看板が見えて、ツヨシがその看板に『ワコー』と書いてあると教えると、それまで黙っていたのは業苦を耐えていたのだと言うように、まず、サンノオバが、「やれよお」と大仰な安堵の声を出し、ミツノオバが、「いっぺんも来た事ないけど、路地の人間、ひとりでもおると思たら、何となしに安気になるの」と言って、取ってつけたようにキクノオバに近寄り、足を引きずり痛みに耐えて眼にうっすらと涙を浮かべたキクノオバの腕を取って体を支える。

マツノオバは店の前に立ち、透明硝子をはめ込んだ窓から中をのぞき、「ここや、ここや」と、浮き足だって中に入る。七人の老婆の一等後から、足の悪いキクノオバの体を後から支えるようにしてツヨシは店の中に入り、『ワコー』が、普通の喫茶店ではない妙な感じを受けた。先に入った六人は奥のテーブルに坐っている。いまさっき起き出したバーづとめの女や、仕事の合い間に食い逃がした朝飯を食う男らの他は、盛りを過ぎた女ばかりだった。町中を歩くだけで人目を引いた老婆らは『ワコー』の中で、目立たない。

席が全て塞がっていると思案していると、競輪新聞を一心に見ている男と差し向いに坐った若い女が、「婆ちゃんら、ここへ来や」と、スパゲティーを口にほおばったまま手まねきする。キクノオバはツヨシに勧められもしないのに、足をひきずりながら女の席に歩き、女がスパゲティーの皿を持って体をずらした脇に坐る。女はツヨシにも、「ハンサムな兄ちゃん、坐りゃあせ」と競輪新聞を読む男の脇を指さす。ツヨシが席に坐りかかると、横の席から五十すぎの女が、「テキさんは、ハンサムな男ばかり食っとるでよ。わたしが席あけとっても、先に取られるで、いかんわ」と言葉を掛け、ツヨシが言葉のどぎつさに振り返るとそれを待ち受けていたように、「どこのホストクラブの者？」とからかう。ツヨシがどぎまぎすると、スパゲティーを食べていた女が、唇についたソースを指先でぬぐい、それを紙ナプキンにこすりつけ、「ホストクラブじゃない。俳優だわ」と言い、なあ、とツヨシに冗談の応酬だから加担しろ、と言うように見る。

前掛けを掛けたマスターが水を運び、注文を取りに来る。ツヨシがコーヒーを頼み、「オバら、何する？」と振り返って訊くと、マスターが、「ホットミルク、ぬるめにして？」と老婆らに訊く。マツノオバが率先して、「それ、するわ」と言うと、口々に、「それ」と言う。

マスターがカウンターにもどってから、マツノオバがふらふらと立ちあがり、カウンターの方にゆく。マツノオバは原田スミコに連絡を取ってもらえないかと言った。女は、「スミコ、スーコの事？」と五十すぎの女に訊く。五十すぎの女がうなずくと、女は、「スーコ、さっき出ていったばかりだわ」とカウンターをのぞき込んでいるマツノオバに言い、低い衝立ての向うに坐った四十女に、「なあ」と訊く。五十女は笑を浮かべ、「昼までにもういっぺん来るが。スーコの予定では」と言ってふと言葉を呑み込むように黙る。「待った方がええじゃろか？」ツヨシが衝立ての向うの女に訊いた。四十女は、「だいたい、あと三十分したら、第二回のおでましになるのと違う」と言う。マツノオバは心もとないふうに席にもどった。それからまた言葉の応酬になった。

「だいたい皆な、第一回のおでましが顔だけ洗って眼もあけてない状態でくるから、マスター、射落せないのだわ」「見まちがうから」マスターがカウンターの中で言う。スパゲティーの女が、「自信あるぅ」と声を掛ける。一拍、間を置いて、「俺も」とツヨシの隣に坐って競輪新聞を読んでいた男が顔を上げ、相の手を入れる。女は男の顔を見て、「ポストクラブのような顔して」と噴き出す。男は口をあける。「何?」と女は訊く。「ポストだから、稼いだ金、入れるのにちょうどいいわ」女は笑い入り、「どうせチャリンコに消えるのに」と言う。女らの言葉の応酬を耳にして気がほぐされるのか、ツヨシも七人の老婆らも、いつになるか分からないマツノオバの娘の第二回目のお出ましを待つ事が一向に苦にならなかった。居あわせた客の誰も店に入った途端から、老婆らをたちまち自分らと変らない無駄口をたたきあう仲間にしてしまったように、こだわりなく話しかけ、そのうち、ハツノオバが、「中部織糸というの知らん、もう五十年にもなるけど、わし十四の時から十八までそこにおった」と言い出す。

ハツノオバと話を交していた女が思い出そうとして首を傾げると、はるか向うの便所の扉のそばに坐っていた老婆が立ちあがり、「わたしも働いてた」と言う。その老婆は、伝票一つ持って、「窪山さん、ちょっとここと代ってちょう」と声を掛け、ハツノオバの後の席に坐る。それまで黙ってただ痛む足を撫ぜるだけだったキクノオバが、隣の若い女に、「皆なはじめは紡績やなァ」とつぶやく。女は、「オバアチャンも?」と訊き返した。キクノオバは、「おうよ」と相槌をうち、思い出した事を言おうとして口をもぐもぐさせて黙る。「織姫ばかりで」女が言う。「毎晩、七夕みたいなもんだがや。彦星一人でいいのに、そっちなんかどっさりいて、それで困ってるんだわ」五十すぎの女がまぜっ返しにかかる。

マツノオバの娘スミコは一時間ほどして『ワコー』に現われた。そこにマツノオバや路地の老婆らがいるのを見て大仰に驚き、方々から化粧して出なおして来た事に、「眼鼻を買ってきた」とか、「気楽なものだ」とからかう言葉が飛ぶと、スミコはマツノオバを指さし、「これに、もう一つが混じって、わたしが出来とるに」と応える。スミコは羞かしいから、すぐ出ようとマツノオバを促した。「オバら連れていかんならんのに」とマツノオバが言うと、「散らかっとるで、一緒に片づけてから呼びに来る」とマツノオバの手を引き、外へ出かかろうとして、「すぐ片づけて来るさか、待ってて」と老婆らに言う。

十分たってスミコが呼びに来たのだった。足の悪いキクノオバを残し、老婆らは出かけ、ツヨシも立ちあがろうとして、女に呼びとめられ、坐り直した。女は目で素早く合図した。

さらに十分ほど経ってツヨシはキクノオバを連れて『ワコー』を出た。『ワコー』の前の通りをキクノオバの手を引いてノロノロ歩き、大通りに交差するところで待っていると、女が出て来て、左右を見てから、ツヨシにむかって手招きして反対の方向に一人歩き出す。二百メートルほど歩いた角の古いマンションの前で立ちどまり、女が二人に見てみろと言うように上を指さす。女はそのまま歩き去ろうとして、ふと心が変ったようにツヨシが手を引くキクノオバの方に戻って来て、「スーコもわたしも織姫だわァ」

と言い、面白い事を言ったようにけたけた笑う。

「上に住んどるんだわ。上《うわ》の空」

古いコンクリートの地肌をさらしたマンションの中ほどの一等上の部屋から物が落ちて壊れた。窓からスミコが顔を出し、下に女とキクノオバらがいるのをみて、「狭いから軒に置いたら、こぼれ落ちた」と弁解する。

「熊野から来た織姫と彦星、忘れとるでよ」女が言うと、スミコが、「キクノオバさんも来とったの」と初めて気づいたと声を出し、ツヨシに、「なア、兄ちゃん、五階の十九号」と声を掛ける。キクノオバはふうっと溜息をついた。その溜息を五階から聞き取ったようにスミコが、表にエレベーターがあるとつけ加える。

そうやって老婆らはマツノオバの娘のマンションに都合五日、泊った。伊勢とはまるで違う生活だった。毎日、早朝から起きて神社へ清掃奉仕に出かけ、神に祈り、神社の中で昼まですごした伊勢とはうって変って、まず一仕事として朝食にオカイサンを炊き、それから『ワコー』に行った。女や男の狎《な》れ合った言葉のとびかう妙に安堵させる中で、見も知らない客と、昔の紡績の思い出から、この間の伊勢の事まで、おもむくままに話した。

マツノオバの娘のスミコは、難を避けるように老婆らがいる間、マンションに戻って来なかったし、『ワコー』にも顔を出さなかった。老婆らの誰も、娘の生活がマツノオバの言っていた事と違うと気づいていたが口にしなかった。

伊勢での暮しから考えればスミコのマンションは天国のようなものだった。高速道路のサービス・エリアと較べても大きく違う。洗濯も出来るし、ガスをひねるだけであきるほど風呂につかれる。老婆らは伊勢で着たものを洗って納い、秋物の服を着て、『ワコー』に出かけ、「衣更えで、見違えるな」というマスターのからかいを受ける頃になると、話し相手をそれぞれみつけて、席もバラバラに取っている。一宮で老婆らは何一つ苦がないようにみえた。むしろ、老婆らを土地から土地へ輸送する役のツヨシや田中さんの方が、大きな冷凍トレーラーを抱えているだけ不如意がつきまとった。伊勢でなら、冷凍トレーラーは老婆らの長期の伊勢参りの宿として空地に固定し、動かないものとあきらめもついたが、老婆らがマツノオバの娘の部屋に移った一宮では、冷凍トレーラーは、動く車としてツヨシや田中さんにまといつく。「女、引っかけるのに、車いるから」とマサオらのワゴン車を貸せと言っても、マサオもテツヤも伊勢とは違って、「アニらの、大っきいの、ある」とニヤニヤ笑いながら冷凍トレーラーを指差し、応じない。田中さんと二人、めかし込んだ姿で冷凍トレーラーに乗り、あわよくば女を引っかけて冷凍トレーラーに引っぱり込むのかホテルに行くのか思案がつかないまま出かけ、最後のつめで迫力を欠いて逃がしてしまう。

ツヨシと田中さんは三日続けて、冷凍トレーラーの運転台と仮眠ベッドで眠った。冷凍トレーラーを『ワコー』の前の道路にとめていたので、七時に競輪場に来る客を見越して店を開けたマスターが苦情を言いに来て、中に眠っていたのが、七人の老婆と一緒に熊野から来た若衆だと気づいて驚いたようにドアを叩く。ツヨシがドアを開けると「男くさいなァ」と声を出す。

「男同士でやっとった」とツヨシが冗談を言うと、ふと、仮眠ベッドで着のみ着のまま眠っている田中さんの顔をみて、「どうした？」と言う。ツヨシは振り返った。田中さんの顔が火照っていた。ツヨシが手を額に当てると、田中さんは目ざめ、起きあがり、「夢みとったよ」と言う。

「ディスコの二階の外階段からおりていこと思たら、おまえが俺を蹴りとばして、俺はゴミ溜めの中に落ちるんじゃ」「風邪引いてるんだわ」マスターが言う。薬をやるからと田中さんを降ろし、マスターは冷凍トレーラーを裏の空地にとめて来いとツヨシに言って、店の中に入ってゆく。

最初の日にスパゲティーを食べていた女が通りからやってくるのがサイドミラーに映っていた。女は『ワコー』の看板の前でツヨシを待っていた。ツヨシが傍に立つと、酒気と化粧品の匂いのする体をツヨシに押しつけ、まだ酔っているように腕をからめ、「なァ、兄ちゃん、あんなにオバさんらが居すわったら、織姫の商売上ったりだわ」と言い、ツヨシの頭を抱え、耳をかせと言う。耳に唇を近づけると、女は「あのね」と言いかかり、舌でペロリとなめる。ツヨシが驚いて身を引くと、「なあ、わたしのポストになる？」と訊き、意味がわからないと言うツヨシの腕に腕を巻きつけてその手を尻にまわし、もう一方の手で股間を押え、指で性器をなぞり、「これやからァ、織姫のタエコと言うの」と言う。ツヨシは尻と股間でもぞもぞ動かす女の指を押え、「織姫というのトルコか?」と訊く。「トルコ?」女は笑い入り、「わたしら素人だわ、玄人よりもっとインビだわ」と言って、『ワコー』の中に入れとツヨシの体を押す。

田中さんは『ワコー』のマスターの用意した毛布をかぶり、一等奥のカウンター寄りの席にうずくまるように坐っていた。テーブルの上に薬と水が置かれていた。カウンターの中にいたマスターがモーニング・サービス用の卵をゆでるために湯をわかしながら、田中さんに薬を勧めても、このままじっとしていれば治ると言って飲まない、と言う。ツヨシは田中さんの脇に坐った。

「田中さん、薬飲まなんだら治らんど」とツヨシが錠剤を手に取って、体をゆさぶると、椅子のソファの上にひざを立て毛布の中に顔をうずめたまま、「おまえ、飲め」とこもった声で言う。織姫のタエコと名乗った女はキョトンとした顔でツヨシをみ、不意に思いついてツヨシが錠剤を飲むと、火がついたように笑い、ツヨシの手を取って自分のスカートの上に置き、「こんなポストに心ゆくまで貢いでみたいなァ」と言う。

「ハンサムで、優しそうで、強そうで、なんかまだ目の奥に冷たいきれいなもの残っているようで」

「一宮のホストじゃあきたらんかね」マスターが言う。

「あきたらん、あきたらん」織姫のタエコが言う。タエコがふと気づいたように、「マスター、飲み直しするから、ビールちょう」とカウンターに行き、ビール二本にグラスを三個持って来て、それにつぎ、一口飲んでから、「今、わかった、マスター、昔、ホストクラブにいたから、ヤキモチ焼いとるんだわ」と言う。

「誰に？」

「この二人に」

タエコの言葉にマスターは苦笑する。その苦笑をみて、「私に」とタエコが言い出す。

「一度も織姫と遊ばないで、客の世話だけするのは、ホストの時代についた癖が残ってるんだわ」そう言うとタエコは耳を貸せとツヨシの首に腕をからめ、耳に口をつけ物言いかかって笑い出し、耳をペロリとなめる。ツヨシが身をそらすと、マスターが、「たわけた事言って」と言い、酔ったタエコに釣られたように、カウンターからグラスを一つ持って来て、前に坐り、ツヨシにビールをついでくれと言う。

ツヨシは話の中からぼんやりと、『ワコー』の女客の何人かで売春グループをつくっているのを察した。マツノオバの娘のスミコも、そばにいるタエコもその一人だった。酔いのぶり返したタエコが、しつこくホストクラブの男をなぶるように体のいたるところを触る。

マスターはビールを飲みながら、辟易しているツヨシに、暗に、老婆らが何も気づかないうちに、一宮を引き上げ、次の土地へ動いたほうがよいと勧めた。それが明らかになって苦しむのは路地の老婆らだった。日に何度か『ワコー』に顔を出し、女らの言葉の応酬の中でコーヒーを飲んでボンヤリしたり、あれこれ先々を思案したり、マスターの合図する客と顔をあわせたりして金を稼ぐのはスミコだけではなかった。繊維不況は慢性化し、町工場程度の規模が集中していた一宮では、機械を廻す分だけ赤字が累積し、次々倒産して、女工らは職を失った。スミコの嫁ぎ先もその例にもれなかった。老婆らが泊り込んでいる部屋は、スミコが何人かの女と借りたホテル代を浮かせる為の部屋で、老婆らが一日でも長くいると、その分、後でツケが廻る。

マスターの話を聞いていたのか、たまらなくなったように田中さんが顔を上げ、いきなり、目の前のテーブルに置いてあった泡の消えたビールを飲み干す。「オバら、伊勢で精進するみたいに、おがんで来たんじゃのに」と言い、不意に吐き気に襲われたようにあわてて毛布を払って立ちあがる。田中さんはディスコへ女を漁りに行ったためかし込んだ姿のままだった。

ツヨシは立つ事も苦痛のような田中さんを抱えてホテルの部屋に入ると、すぐにベッドに寝かせた。タエコはショルダーバッグをルームランプの台におき、ブラウスをはずしながら、二人が惚れぼれするようないい男だと言った。田中さんが目を閉じるので、ツヨシは、もう一つのベッドの毛布をはがして二枚、上にかけてやると、頭からもぐり込む。

「もし、この人、出来るんだったら、二人相手にしてもいいよ」タエコは言い、振り返って毛布を被り込んだ田中さんを見て、「薬、飲んだらいいのに」とつぶやく。

ツヨシはタエコをみながら服を脱いだ。タエコはツヨシにみつめられて恥るように、ブラウスの次に、腰廻りにまといついたスカートをはずし、さらに世迷い言をつぶやきつづけるように田中さんをみて、「薬一錠でも飲んでおいたらはやい。ちゃんとマスターからもらって来たんだわ」とルームランプの台に置いたショルダーバッグの中から薬の小瓶を取り出す。ツヨシはシュミーズ姿のタエコを引き寄せ、毛布をかぶり込んで寝た田中さんへの気づかいのように手に持ってラベルの効能書を読みはじめた薬の小瓶を取り上げてランプ台に置く。

タエコは、口づけをすると舌を使い、ツヨシがまさぐるより先に手で股間をまさぐり、もう一つの空いたベッドによこたわろうとするツヨシを押しとどめる。タエコが耳元で、「なあ、病人に悪いから風呂場に行こ」と言う。怪訝な顔をするツヨシの手を取り、物をしゃべるなと唇に指をあてて合図し、風呂場のドアを開ける。

西洋風の風呂桶と、便器洗面器のついた風呂場のドアの正面に張った硝子に、シュミーズ姿のタエコと、下穿き一つのツヨシがうつったのをみてタエコはニヤリとわらい、振り返って、「お婆ちゃんら、マンションの風呂場に敷いたビニールのマットに坐るだけだけど、本当はわたしとスーコの仕事場あすこなんだわ」と言い、ツヨシの顔を両手ではさむ。

「若いんねえ、ハンサムなんねェ」

「トルコをやってくれるんかい」

タエコはツヨシの顔中にわざとらしく、「ああ、若いの好き」と呻くようにつぶやきながらキスの雨ふらせ、シュミーズ姿のままひざまずき、胸を口づけし、腹を口づけし、勃起した性器の為に下に下がった下穿きからふさふさとあふれる黒く硬い陰毛の茂みに唇をつけ、歯で噛む。腰をつき出すと、タエコの鼻腔のあたりを下から下穿きをかぶった性器がつきあげる。ツヨシが笑うと、タエコが、またわざとらしく呻くような声を出し、性器が自分の喉首を突く刀だというように首をのけぞらせる。

タエコはタイルの床にひざまずいたまま、ツヨシの下穿きを取り払い、股を広げて立ったツヨシの腰をかき抱き、かさと長さのあるツヨシの性器を喉の中にすっぽり納めようとするように含んだ。ツヨシは鏡にうつった自分の顔をみつめ、タエコが唇とあごと喉を使って動きはじめたのを感じながら、「トルコがこれかい？」と訊いた。言葉が風呂場の中ではねかえり、素人売春のテクニックの下手さを嘲るような響きを聞き取ったように、タエコは頭を振る。鏡に映ったタエコの髪が揺れる。「待って」とタエコは濡れたような声で言った。唾液で濡れた性器が照明で光るのをかくすようにタエコは手でつかみ、ゆっくりと身を起してから笑をうかべ、「初めて美しい男の人と会ったと思ったから身を入れてしまったんだわ」と言い、ちょんと性器の先をたたき、「待っていてちょう」と軽口をたたいて、湯舟にせんをして湯を張りはじめる。

湯が体をひたひたにすると、狭い湯舟の中で、タエコは身をもみしだくようにして、自分の乳房や股間に泡立てた石鹸《せっけん》でツヨシの体を洗い、それではらちがあかないというように、乳房と乳房の谷間にホテル用の石鹸で泡を立て、片手で両の乳房をおさえて穴をつくり仰向けになったツヨシの体にまたがって、勃起した性器をはさみ、乳房をこすりつける。なにしろ狭い湯舟だった。タエコの披露するテクニックのどれひとつ、いままで運転手時代に経験してきたトルコ嬢の上を行くものはなく燃え上るような愉悦を味わえないので、ツヨシはタエコをひき寄せて、「あんまり、そうされても感じんのじゃ、オメコさせたらええ」とつぶやく。タエコは悲しげな顔をした。

「せまいんだわ」

「ベッドでやろらい、外に広いベッドがあるんじゃさか」

ツヨシが起きあがりかかると、タエコはそこを攻略すれば男は簡単に白い粘液を吹き出しておとなしく鎮ると思い込んだように性器をつかみ、口に咥《くわ》えようと顔を寄せる。ツヨシはタエコにかまわず、立ちあがろうとして、タエコの口が性器と陰囊にまといつくのを知って股を開いて中腰になり、体についた泡を洗い落とす為にシャワーをかぶる。妙な姿勢だった。股を開いたツヨシの性器と陰囊の下に坐って身を起したタエコの顔があり、肩から尻や陰囊を伝って流れ落ちるシャワーの湯を口で受ける。タエコは尻の穴をこすり、指を一本入れようとしてツヨシが身をよじってさけると次に陰囊をつかむ。

シャワーをし終ってからツヨシは、「今度は、オ姫サマの番じゃ」と立たして、乳房を両の手でつかみ揉み、たるみのみえる腰や腹を手でなぜてやると、「やさしいねェ、なァ、ほんとにわたしのポストになってくれてもいいよ」と上ずった声で言う。「入れて欲しい。早く入れて欲しい」その露骨な言い方をツヨシが笑うと、「いや。商売で、このホテルに来たのと違うんだから」とすねて身を振る。

「俺は客のつもりじゃ。ホストじゃったら、こんな事せん」

「お金、どうでもいいわ」

タエコの言葉をツヨシはまともに聞いていなかった。タオル掛けにひっかけた下穿きを手に持ち、毛布を頭からかぶって寝ているとは言え田中さんの手前、勃起した性器をかくすように腰にバスタオルを巻いて先に風呂場から出て、ツヨシはベッドに上った。タエコが身に何もつけず出てきてベッドの脇に立ち、田中さんをみる。ツヨシが、「来いよ」と促すと、「眠ってるの？」とツヨシに小声で訊き、ツヨシが身をずらした脇にやってくる。タエコは股間を洗ったばかりなのに濡らしていた。そうやる事が男の一等喜ぶ事だというように膝を立てて性器がゆっくりと中におし入りつけ根まで深々と入るのを待ち受けていたように声を出し、動きはじめると足を絡める。タエコのたてる声につられて、隣のベッドの田中さんが毛布をはねのけ、起きあがるのをツヨシは知っていたが、田中さんにことさら弁解しなくとも、ツヨシの気持ちを分かってくれると思って何も言わず、盲いた女のように眼を瞑《つぶ》って声を立て思いついたようにツヨシの唇を吸い下と上で同時に行かすようにツヨシが舌を差し入れ巻いてこすると痺《しび》れたように唇を離し、声を立てるタエコとの行為に没入したふりをした。

田中さんがさっき二人のいた風呂場に入り、水道をひねっている音がした。それからタエコの昂りに煽られてツヨシの体に渦のように昂りが広がりはじめるのを気づいて身をねじるように動き出して、ふと、ツヨシの後に、上半身裸の田中さんが立っているのに気づいた。ツヨシが動きをゆるめ、熱でほてり、全身赧《あか》らんだ田中さんにみせるように、タエコの足を手で広げ、体の奥まで深くつながった二人の体のあわせ目をみせてゆっくり動くと、田中さんはベッドに手をついてしゃがみ、片方の手を差しのべてタエコの女陰の花弁を指でひらき、指の腹でこする。それから筋と血管の浮きでたツヨシの性器の根元をさわる。ツヨシは動きをゆるめ、思いつめたように熱で浮かれた顔でみつめる田中さんの意に沿うように、少し腰を引くと、田中さんは根元をはかるように指を廻す。

「替ろかい?」ツヨシは訊いた。

「ええんじゃ」田中さんは手を引きながら言い、体を起してツヨシをみる。まるでツヨシを初めてみたという顔だった。どうしたのだ、とツヨシが訊くより先に、タエコがうるんだ眼をあけて田中さんをみて、「二人、いっしょでもいいよ」と言う。

その言葉に促され、まるで儀式のようにゆっくりとズボンを取って田中さんは裸になった。性器は勃起していなかった。性器に集中する熱が体中に散ったように、傍に来ただけで田中さんの体から熱が伝わった。ツヨシがタエコの上から身を動かすと、それを待っていたようにタエコは起き直し、田中さんの股間に顔をうずめ、しゃぶる。田中さんの性器に熱が集まり脹《ふく》らみはじめるのが、タエコの舌の音で分かった。

「ほら」とタエコは口を離して言う。

「おうよ」とツヨシが言う。田中さんが微かに笑を浮かべる。タエコが田中さんの性器をまた口に入れようとする。

「田中さん、これ、さしとったらいつまでもやりつづけとる」

ツヨシが言うと、田中さんは熱でほてった顔で、「おまえのやっとるの知りながら寝とったら、俺一人、皆なに置いていかれる気するんじゃ」と、タエコのするがままにさせ、タエコの髪を撫ぜ上げながら言う。「尻べべやった仲じゃのに」ツヨシが冗談を言い、脇から、「ほら、もう一本」とタエコにつき出す。タエコは顔を上げて眼に笑いをつくり、田中さんのを離し、ツヨシの物に音たてて口づけし、二本いっしょに口に含もうとして試み、一本含んだまま大きく口をあけるが一本入れようとすると、そのたびに一本、口から飛び出してしまう。タエコは笑い入る。そのうち、ツヨシが、「二本いっぺんにあそこに入るかい」と訊いた。「さあ？」とタエコは答え、「上よりもうちょっと下の方が開くけど」と言い、自分の言葉がいかにも好きものらしい言い方だと爆《は》ぜるように笑う。田中さんがツヨシに言われるより先に優位を取ろうとするように、「ツヨシ、下になれよ」と言う。「俺の方が上手じゃ」ツヨシが逆うと、田中さんは、急に、ムカッ腹が立ったように、「人が病気で唸《うな》っとるとこでやって」と言い、タエコに、「これ、おれが下になどなっとったら、何してくるか分からん」と言い、ツヨシを押し倒せという。ツヨシは笑う。「田中さん、俺にケツ、掘られると心配しとるんじゃ」タエコがへーッと真顔で驚いたという顔をつくる。ツヨシがそのタエコの体をかかえ、乳房を撫ぜ髪に顔を埋めて倒れ、下から女陰に入れる。タエコは声を上げる。田中さんはベッドから降りて立った。田中さんがツヨシのそろえた両足を引きずってベッドの下方に下げ、タエコの位置を合わそうとする。ツヨシはタエコを上に乗せたまま胸に抱えた。「ツヨシ、もうちょっと抜け」と田中さんがタエコの女陰とツヨシの性器の間に指を入れながら言う。田中さんの手がツヨシの陰嚢をもみしだき、「べたべたになっとる」とつぶやいてから、ゆっくりと、すでにツヨシの性器で充分にふさがったタエコの女陰に、熱でほてった石のような性器を入れはじめる。タエコはひときわ大きく呻き、「もう駄目」とつぶやいてツヨシに限度を伝えるように胸の上で首を振る。「痛い事ないか」ツヨシが訊く。タエコは田中さんがまだ中に入れつづけているというように、まるで初めて男を知る女のように、「駄目、駄目」と言いつづける。

タエコを真中にはさんで眠り、ツヨシと田中さんは金は要らないというタエコにそれでは気がすまないからと一人二万円ずつ払った。ホテルを抜け出て、『ワコー』にもどるというタエコと別れ、まだ熱が引かずふらつくという田中さんと一緒にツヨシは冷凍トレーラーにもどった。冷凍トレーラーの運転台に乗って、田中さんがふと思い出したように両の手で丸をつくり、「あの女、このくらいの大きさのもの入れたんじゃから」とつぶやく。「ええ女じゃ」

冷凍トレーラーの運転台に乗り、ツヨシは老婆らをスミコのマンションから連れ出すかどうしようかとボンヤリと考えた。いつまでもマツノオバの娘のスミコに世話になりっぱなしには出来ないし、そのマンションがスミコとタエコの売春の為の部屋ならなおさら、なるたけ早く連れ出さなくてはならない。しかし風呂があり、水があり、便所があり、ひねれば火のつくガス器具がある部屋と較べれば冷凍トレーラーの不如意さは話にならなかった。だから一日でも長く老婆らを快適な暮しの中に置いてやりたい。ツヨシにはふんぎりがつかなかった。

田中さんの熱はその夜になってもひかなかった。夕方になってスミコが駐車場の中に停った冷凍トレーラーに『ワコー』のマスターとタエコに聞いたとやって来て、田中さんに、マンションで寝ろと言った。明りもつけられない冷凍トレーラーの運転台に寝ていては病気がいつまでたっても治らない。

田中さんは、『ワコー』のマスターから事情を聴いたから老婆らだけでも迷惑をかけているのに自分まで世話になれないと言って渋ると、スミコは、突然、「何言うとるや」と蓮《はす》っ葉《ぱ》な口調になる。

「あのゼゲンがきいた風な事言うわ、人の上前はねとるのに」

そう言ってから、昼間の気の善さそうな印象とはまるで違うというように運転台の足掛けにのぼり、開けた窓から身を乗り出して仮眠用の毛布をすっぽりかぶって背をまるめて坐った田中さんにいまにもつかみかかる口調で、「何にも知らんの、あんたらだけやないの」と言う。

「路地におる頃から、うちの母さん、わたしがこんな事して子供らを食わせとるの知ってる。うちの母さんの連らも、わたしが何しとるかとっくに知っとる」スミコはまくしたて勢いに乗って、「ハツノオバ……」と言い出し、ツヨシが、「何な、ハツノオバどしたんな」と妙な予感にとらわれて訊くと、スミコは黙り、ふと路地の言葉を思い出したように、「われら、言うとおりにせなんだら、バシまくるど」と言って、運転台のドアを開け、自分は後向きに地面にとびおりる。すっかり暗くなった駐車場の中に響いたスミコのとびおりる音が、路地の者だけが知る親密さを思い出させる。

スミコの後を従いて、ツヨシは悪寒がとまらなくなったという田中さんを連れて老婆らの身を寄せたマンションに行った。マンションのエレベーターの乗降口に行く角に白粉花の植った小さな花壇があった。老婆が一人ノロノロとした仕種でその花壇に身を擦《こす》りつけるようにして、花の木に手をのばしていた。エレベーターの乗降口の方から洩れてくる照明にすかしてみて、やっとそれが足の悪いキクノオバだと分かった。

「オバ、何しとるんな」

ツヨシが訊くと、花壇のへりに手をかけ、身を支え、ゆっくりと振り返り、「アニかよ」とつぶやく。キクノオバは、へりに手をかけ、いきなり足の片方に重心がかからないように体をねじり、一方の手に持ったチリ紙をみせる。おりしも風が吹いた。チリ紙がふわりと手の上から蝶がとび立つように浮いた。キクノオバは未練げに、ああと声をあげた。ツヨシがそのチリ紙を素早くつかみ、「何ない?」と訊いてから眺めて、それが変哲もない白いチリ紙だと渡しにかかるとキクノオバは要らないと首を振る。

「わしら、伊勢の原っぱ出る頃から、草でも木でも、葉っぱやら種やら集めとこれ、と言いおうとるの。サンノオバら伊勢の神社の中から何枚も神さんの落ち葉、ひろてきとる。わし、そんなん知らんさか、神さんの葉、一枚ちぎってきただけや」

「何ない？　その草の葉っぱかい？」ツヨシがじれたように訊くとキクノオバは笑う。

「アニら、あかんもんじゃねえ、これ草と違う白粉花ャァ」

ツヨシが黙ると、スミコがわらい出す。

「ハツノオバの具合、ちょっともようならん。ぜいぜい言うて、時々土気色になって薬飲んだり水飲んだりしたらなおるが」

キクノオバはツヨシの後について体を毛布でおおうように被った田中さんに、「吾背も悪いんじゃやてねェ」と訊く。

「ハツノオバも具合悪いんかい」

ツヨシが訊くと、ふっと厭な事を思い出したように目をそらしてから、「風に種を取られたよォ。今朝から考えとってやっと苦労してあつめたのに」とつぶやく。

エレベーターが一階に下りてきてドアが開く。スミコに手をひかれエレベーターに乗り込んでから、急に心が軽くなったようにキクノオバは種を取っておく事の効用について話しはじめた。種を取っておけばすぐに蒔《ま》かなくとも、何年もの後に蒔いて、花や姿形の同じ物をたのしむ事が出来る。保存がよければ何年も後に、孫、ひ孫の種と保存した種親が一緒に芽を出して成長し咲くのを見る事も出来る。

エレベーターの中でキクノオバの言うハツノオバの病気を考えていた。スミコが借りたマンションの部屋はエレベーターの二つ隣りだった。中に入ると、狭い玄関の脇に、老婆らが冷凍トレーラーから降ろして運び込んだ衣類や日用品の入ってかさばった風呂敷包みが積み上げられていた。仕切り戸の向うからサンノオバがひょいと顔を出し、ツヨシを見て、「アニら、病気になったんじゃてね」と言う。「おうよ」とツヨシは言い、壁にもたれかかっている田中さんの体を支え、部屋の中に入る。六畳二間ほどの一等奥にベッドがあり、誰も使う者がないらしくその上に大きなヌイグルミやクッションカバーが置かれている。ベッドをのぞいて、老婆らは下の絨緞が見えないほど蒲団を敷きつめ、それぞれが位置を取り決めているのか蒲団の上に坐っている。私物を坐ったひざに抱えていたり、或る者は風呂敷を広げ、小さな種からゴミを選《よ》っている。ハツノオバはその老婆らの蒲団が自然につくる輪の中にいて、首元まで掛け蒲団をかぶっていた。妙に老婆らの光景はおかしかった。マンションの部屋の中は板張りの床にウレタンのクッションの入ったござを敷いた冷凍トレーラーの中の光景と変らなかった。

「この兄さんも風邪ひいて悪いから、今晩からこの部屋に泊めたってね」

スミコは言って、かまわずに老婆らの蒲団を踏んで歩いてベッドに行き、上に乗ったガラクタを手早くかたづける。

「ニイちゃん、このベッドに寝」

スミコは田中さんに言う。田中さんがベッドの方へ歩きかかって倒れかかり、丁度、ヨソノオバがゴミを選っていた風呂敷包みの種の上を踏んでしまった。あたりに種が散らばり、風呂敷包みの中から端切れをぬい合わせた布のかたまりがツヨシの足元の方に飛び出す。

「なにしいんなよ」

ヨソノオバはしゃがれ声を出す。

「せっかく集めてええのだけ選っとったのに」

田中さんがベッドにたどりついて素早く蒲団の中にもぐり込むのをみて、ツヨシが、「何ない」と足元の布袋を拾いあげようとすると、ヨソノオバがあわてて、布袋をひったくる。

「お手玉《じゃみ》をつくっとるんじゃよ」

ヨソノオバは布袋を自分のひざに置いてから、散った種をかき集め、風呂敷の中に入れる。

「何ない？」とツヨシは一粒種を拾いあげた。自分の蒲団に痛む足を投げ出して坐ったキクノオバが、「白粉の種やよ」と言う。マツノオバが、「白粉の種」とつぶやく。

「のう、白粉の種やのにのう。スーパーの道の並びにも混じったまだらの白粉花あったし、工場の前にも、競輪場のとこにも、どこにでも一宮は白粉花あったさか、ハツノオバやヨソノオバらが種、集めたんや」

「お手玉にするんや言うたの、ハツノオバやけど」サンノオバがつぶやく。

「嘘言うて、またスーパーの方へ行たんやわ」コサノオバが言うと、「嘘やない。ヨソノオバ、上手に端切れつないでぬうたやないの」とマツノオバがヨソノオバを指さす。

ツヨシは老婆らが何を諍《いさか》っているのか分からなかった。スミコがレモンと蜂蜜を溶かした湯を田中さんにつくるついでにツヨシにもつくってくれたので、甘い湯の入った熱いカップを持ってキクノオバとサンノオバの蒲団の切れ目の絨緞に坐ると、ゼイゼイ息をしながら寝ているハツノオバをサンノオバが指して、「アホやわ」とつぶやく。ハツノオバとマツノオバとヨソノオバの三人、一宮に来て、空地や花壇に植っている白粉花の種を採集する事に熱中しだした。『ワコー』の行きかえりや、群になって近所の神社や寺にまいりにいったり、まだ動いている紡績工場をのぞきに行ったりする折に採るだけだが、そのうち、ハツノオバが一人、二晩つづけて夜おそくまで、外にいてもどってこなかった。二晩目の夜に皆で、どこへ行っていたと訊くと、ハツノオバはポケットからいっぱい白粉花の種をだし、割って中から粉を取り、「塗ったら白粉や」と言って、種を取りがてら歩き廻っていて、誰か声を掛けてくれるものはないか、と待っていたと言う。

「白粉花の種、顔に塗って化粧のかわりにして、男の客取ろとしたけど、誰も声掛けてくれなんだと言うの」サンノオバはこらえきれないようにくつくつ笑う。

「誰も声掛けてくれるか」ツヨシが言うと、キクノオバが、「それが、何しとるんなと声掛けた男おったんやと」と言う。

「わし、こうこうで熊野から来て、伊勢で何もかも路用使《つこ》てしもたさか、と言うたら、男が、そんなんやったらおれが買《こ》うたりたいけど、あいにく金がないと言うて、行たらしい」

「ハツノオバ、金、ないんか？」ツヨシが訊くと、キクノオバがうなずく。

「伊勢で落としたんや、と」キクノオバはハツノオバが嘘をついていると言いたいような素振りだった。

　妙におかしかった。ハツノオバにもサンノオバにもキクノオバにも、タエコのように、かさのある二本の性器を一度に呑み込むような弾力のある柔かくて強い女陰があるのは確かだったが、今となってはそれは少女のものよりももろく体の中心部にあいた小さな穴にすぎないはずだった。その小さな穴を顔に白粉を塗っただけで売りに出せる道理がない。しかもその白粉たるや、キツネが化けるしかないような白粉花の種の粉。

　ツヨシが相手にしないと笑っていると、サンノオバが事の真実を言うように、「ツヨシよ、まだわしらが皆なで出した路用あるじゃろ」と言う。出発前に集めてツヨシが預った老婆ら七人分の路用は冷凍トレーラーが動きつづける限りはある。手持ちの金がなくとも、自炊したり食堂に入ったりして食う事も心配いらないと言うと、サンノオバは溜息つくように、「ハツノオバ、金なかったらもう仲間に入っとられんと思て、一人だけ脱けよと思たんやわァ」とつぶやく。

　その前の夜、外に立っていて夜風に当って体を悪くして、今日になって、老婆らが

『ワコー』に出かけている間に、ハツノオバは一人で自分の足で昔働いた工場跡の方へ歩き、道が分からなくなってただしゃがみ込んでいたのだった。ハツノオバはゼイゼイ息をしていた。通りをトラックが通りかかるたびに、ツヨシの乗った冷凍トレーラーかもしれないと運転台を見つめ、その度に失望した。ハツノオバは通りの騒音を聴きながら、一人で脱けようとしてわざと道に迷った気がして目を閉じた。

サンノオバの話を聴いているツヨシは風呂場から出てきたスミコが外へ出ようと靴をはいているのをみて立ちあがり、入口の扉を開けて外に出たスミコを追った。エレベーターの前で振り返ったスミコに、「姐《イネ》」と路地の中にいるように呼びかけ、「遊ばんかい?」と言う。

どんな態度を取ってよいのかとまどったようにスミコはツヨシをみ、ふっと目の奥に笑をわかせたと思うと、「要らんよ」と路地の女のように答える。

「母さんも来とるし、病人もおるのに、路地の男らと要らんわ。遊びたいんやったら、タエコと遊びなァれ」

「もう済んだ」

ツヨシが言うと、丁度上ってきて開いたエレベーターに目をやり、「へえ。手が早いんやねェ」と言い、エレベーターに入る。後につきながら、ツヨシはズボンのポケットをさぐった。ホテル代とタエコに払った金の残りが二万、ツヨシは、「薬、買うたってくれ」と手渡した。

『ワコー』の方に行くというスミコと別れ、冷凍トレーラーにもどり、運転台の中でこれから出かける夜の町で何があるか分からないと下着を着替え、ジャンパーに着替えているとワゴン車がやって来てクラクションをけたたましく鳴らした。ツヨシは運転台から飛び降りマサオに、「どこへ行く？」と訊く。「別に」とマサオは答え、助手席に乗り込んだツヨシに逆に、「どこへ行く」と訊く。別に。ツヨシは無言のままつぶやく。

朝、ツヨシが辛気くさい喫茶店だと渋るマサオやテツヤを連れて『ワコー』の中に入っていくと、一晩、老婆らのそばのベッドで眠って体調を取りもどしたのか、すでに田中さんが来ていて、『ワコー』のマスターと話していた。『ワコー』のマスターはツヨシら三人を見ると立ちあがり、カウンターの中に入って、「色男の若いホストが三人来た」と声を掛ける。ツヨシの後でマサオが、「クソッ」と不満を言い、テツヤが、「他の店へ行こか」と小声で言う。そのテツヤのすぐ脇の席でモーニング・サービスについたゆで卵をむいていた五十女が、「他の店へ行ってもこんなに女おらんがね」と言う。「代わりに若い娘がおるでよ」ななめ横の若い男が言うと、何が面白いのか周りが爆笑する。その爆笑に一層嫌気がさしたようにマサオがくるりと背をむけ、テツヤを突つき、外へ出ようと合図するのをみて、ツヨシは首筋をつかまえた。

「ここにおれ、おらなんだら、秘密をバクロするど」

ツヨシが言うと、マサオが小声で、「俺らの秘密言うんじゃったら、俺らもアニの秘密しゃべったる」と言う。

マスターが聞き耳をたてていたのか、「秘密があるのか」と声を出し、丁度店に入って来たタエコに、「この若いハンサムなホストの持っとる秘密は何?」と訊く。「ああ、あれ二本持っとるんだわ」タエコは言って、田中さんの横に坐り、田中さんの膝をぽんと叩いて笑を送り、ツヨシの手を引いて前の座席が空いていると合図し、「もうなァ、これからマスターになど迫らないわ。並の男などで満足出来ないわ。十年もつよ、十年」ツヨシは苦笑する。マサオとテツヤを奥に坐らせてから腰を下ろし、「昨夜、中部紡績の女と会《お》うて寮まで行て、このアホが黙っとったらやらせてもらえるのにゴタゴタ言うて、寮監にみつかって追い出された」とテツヤの頭を撫ぜると、タエコが、「かわいいなァ」と小馬鹿にした言い方をする。テツヤは口をとがらせる。ツヨシにしか聞きとれない小声で「ブス」とつぶやく。

競輪場に来た男らが入ってきて、窓際の席を取った。その中に客になった男がいたらしくタエコは手を振り、モーニング・サービスについた半分のバナナを食いながら、「今日の織姫の予感では、22、33、44のゾロ目」と声を掛け、気のよさそうな男が、「幾ら好きだからと言って、バナナ咥えたまま、言うな」と切り返す。笑いの渦が起り、タエコはほんのりと顔を赧らめる。

「マスター、あんな事、言う」

タエコはバナナをもぐもぐやりながら言う。「何もかも内緒にしてくれると言うから従《つ》いていったのに、非道《ひど》い」

　マサオとテツヤが小声でささやきあって相談が出来たのか、あっという間にパン二枚、卵、バナナ半分のモーニング・サービスを食い、コーヒーを飲み干し、繁華街のレコード店でロックの新曲をさがしに行くと立ちあがった。その時ドアが開き、スミコが入ってき、タエコがここだというように手を振ると、「タエちゃーん」と涙を顔にあふれさせ、ころがるように近づく。立ちあがったタエコのスカートすそに、コーヒーがこぼれる。タエコは一瞬スカートに目をやり、スミコの様子にせかされたように、「どうしたの」と身を起すとスミコは悲鳴のような声をあげてすがりつき、「早よ、行て、みんな、行て」と声を嗄《か》らせて言う。ツヨシも田中さんもスミコのそれだけの言葉から何が進行しているのか察知して立ちあがった。

「行て、行て」というスミコを胸に抱きとめたタエコが、「はっきり言ってくれなんだら分からんがね」と体をゆすっているのをみながら、『ワコー』を出て老婆らのマンションにむかって駆けた。エレベーターの入口でマツノオバが花壇に背を押しつけて立ち、疾走して来た四人の若衆らをキョトンとした顔で見てツヨシが訊くより先に、「わし、医者、来てくれるの待っとけとサンノオバに言われたさか、待っとるん」と言い、ツヨシらがエレベーターに乗り込むと、「わし、それ一人でよう動かさんさかね」と声を上げる。ドアを閉めようとして、四人の内の一等齢下のテツヤに、マツノオバと一緒に下に居て医者が来たら上って来いとツヨシは命じる。テツヤは重っ苦しい事から一人解放されたように素直にエレベーターの外に出る。

エレベーターは一等上の五階まで音を立てながら昇る。一瞬、ハツノオバが五階の高みから天に翔け上るのだとツヨシは思う。エレベーターを降りて、開け放された部屋のドアの前に立つと、朝になってまださほど時間が経っていないから日が直に部屋に射し込んで明るいと分かっているのに、まるでこの世ならざる事が起ったように、老婆らのすすり泣きやつぶやきの聴える奥の部屋が明るく輝いている気がして、ツヨシは立ちどまり息をととのえ、中に入っていく。

三人の若衆が部屋をのぞくと、横になったハツノオバの周りにいた老婆らが身を起し、ハツノオバの頬に手をおいてぶつぶつ話しかけていたサンノオバが、「アニよォ、見たてくれよォ」と悲鳴のような声をあげる。「オレが朝出てくる時、何ともなかったのに」田中さんが涙声でつぶやく。「見たてくれよォ。一人でもようさん見たてくれよォ」サンノオバはハツノオバの頬を触りつづけていた両の手をどう始末してよいのか分からないように両手をあげたまま震わせ、ツヨシが、「死んだのか」と訊くと、「オバら知らんよ、オバら分からんよ」と声を震わせる。痛む足を投げ出したまま坐ったキクノオバが涙を指でえぐり取るようにぬぐい、うつむいたまま、「死んだんやァ」と言う。かたわらにいたコサノオバ、ミツノオバ、ヨソノオバがすすり泣く。

「はよ、見たてくれ」というコサノオバにせかされて、死んだというハツノオバの顔をのぞいた。老斑の出ていた皮膚は土化していたし、唇にもあごにも血の流れている徴はない。ただ見る者の眼の位置によるのか、外からの日が横たわったハツノオバの頭の先まで届いているので色艶の悪いネズミ色にちかかった髪が明るく光り、今、ハツノオバの全身に籠っていた魂が頭部に集まり抜け出てゆく瞬間のように見える。

「ハツノオバ、ハツノオバよォ」田中さんが涙声で呼んだ。ツヨシの背後に身をかくすようにいたマサオが、不意に嘔吐が込み上った音をたてて口をおさえ、あわてて立ちあがり、風呂場の方へ駆け込む。「どしたんなよォ、ハツノオバァ」田中さんが言うと、キクノオバが足をさすりながら、「死んだんやァ」と涙声でつぶやく。そのキクノオバの涙声でつぶやく声を耳にして、ツヨシは涙を流した。サンノオバがハツノオバの顔をのぞき込んだまま涙を流すツヨシに、「おおきに。オバ、ハツノオバに代って礼言う。伊勢の神さんに参ったし、一宮にも来た」と両手を重ねてつき、深々と頭を下げる。「ハツノオバ、そう思とる。オバらそう思とる。日輪さん追うて走るみたいにここに来て、ハツノオバ、もう一宮離れたない」サンノオバは言葉を詰らせる。

スミコとタエコが外で医者を待っていたマツノオバと入って来て、入れかわりのようにツヨシがハツノオバの脇から立ちあがるとコサノオバがツヨシを玄関口に呼び、路地にむかって電話なり電報なりで連絡を取るのかと訊いた。連絡がどうつくのか、見当がつかないがとりあえず連絡をつけると言うと、コサノオバは自分の子や親戚の者に知らせたくないと言った。

「オバらこれから京の西陣にも行くし、東京の皇居にも行かんならん。路地からわしらを引き取りに来てみ」

ツヨシはムカッ腹が立った。

「他所へ行けるかどうか、分かるものか。ハツノオバが死んだばっかしじゃのに、これから葬式もせんならん」

そのツヨシの声を聞きつけて、キクノオバが痛む足をかばいながら立ちあがり、伝い歩きして玄関口に出てきて、「ツヨシよォ」と言い、振りむきその危っかしい足取りを救うように腕を支えると、キクノオバはツヨシの耳元に顔を寄せてささやきかける口調で、

「オバら車に乗り込んだ時から七人、何回も何回も死んだら葬式せいでもええ、みんな丈夫やったら骨にしてもらうだけでええと誓いおうとるんやァ。ハツノオバも焼いてもらうだけでええ、と言うとったし、わしに、キクノオバの方がはよ死ぬさか、骨にして、方々みせたるわよ、と言うとったんやさかね」

「路地にも連絡せんでもええんや」

風呂場の中にまだマサオがいるのか、嘔吐の声が聞えた。

「ツヨシ、もういっぺん、ハツノオバの顔、みてみよよ」とコサノオバが言う。

「ハツノオバ、ええ顔しとるど。白粉花の粉塗って、町に立ったの本当かどうか知らんけど、朝起きて、オカイサンの時間になっても物も言わんさか見に行たら、ええ夢見て眠ったまますみたいに死んどったんじゃわ。言うとおりにしたらなんだら」

「連絡したらなんだらかわいそうじゃ」

「どこへよ？　それでのうても立ちのきの話出てからも誰もおらなんだのに、残っとったオバらがおまえの車で外へ出て来たんじゃのに」

それからツヨシと田中さん、それに老婆らを預ったスミコの三人が医者の検視や警察への応答、それにハツノオバの火葬につきあった。まる二日の間、まるで忌物を避けるようにマサオとテツヤはマンションにも『ワコー』にも近づかず、ツヨシが運転台で寝につく頃、冷凍トレーラーの周りに来て一宮の繁華街で手に入れたロックの新曲のカセットをかけ、顔を出したツヨシに、いつ一宮を出るのだと訊いた。その二人に代わって、タエコが老婆らの居るマンションに顔を出し、慰めた。ハツノオバの死後三日目に台風が来て、ツヨシも田中さんも一宮を出る潮時だと考えたが、タエコに、「初七日ぐらいここに居てやらにゃあ」と言われ、ふんぎりがつかなかった。老婆らは五階の部屋で御詠歌をやった。

『ワコー』に行くとマスターが、「一宮に居たら、二人共、だんだん元気がなくなるみたいだわ」とからかい、ツヨシが、「女らの毒気にあてられる」と返すと、何を思いついたのかマスターが、「うちの、織姫やってる女らが火の玉みたと言うんだわ」と言う。ハツノオバが死ぬ早朝、火の玉が『ワコー』の周りをとんでいた。女客が、「マスターに惚れとった火の玉だから、のぞきに来たのと違う」と言うと笑う。

初七日にあと一日早かったが、ツヨシは、今、マンションの五階に行ってきて老婆らのよもやま話を聞いてきたばかりだというタエコに、昼にでも一宮を出て、高速道路に入る、と決心をうちあけた。タエコは大粒の涙を流した。他の客やマスターがみて呆気《あっけ》に取られているのに気づいたように涙をぬぐい、「お婆ちゃんら、口では元気にしゃべってるけど、疲れてるよ」と言い、「どこへ行くの?」と訊く。「すぐ近くやったらわたしも従いていく」タエコはふといつものきわどい冗談を思いついたように、「なァ、マスター、そうそうこんだけのハンサム居れへんなァ」と言う。「二本ついとるとこに魅かれたんじゃ」田中さんが言うと、タエコは、「それもある」と振り返って、田中さんをみて、ツヨシの腕をつかみ、「何かこのまま放っておくと心配なんよ」と心ぼそげにつぶやく。

Ⅳ　白鳥—諏訪

明りのあるうち、雨が小降りになった頃に出発すると決めて、ツヨシと田中さん、それにタエコとマツノオバの娘のスミコが、マンションの五階の部屋から老婆らの荷物を冷凍トレーラーの荷台の中に運び込んだ。老婆らの荷物はわずかばかりだったので、荷運びはすぐ終った。一等最後に死んだハツノオバの使っていた毛布、掛け蒲団、敷き蒲団を運び、衣類の入った包み、どれもガラクタとしか思えない物の入った風呂敷包みを運び、骨の入った白木の木箱を運んだ。

ツヨシやスミコらが冷凍トレーラーに行っている間に、部屋に残った老婆らは、ハツノオバの蒲団を持ちあげたおり敷きつめた絨毯にバラバラと散った正露丸のような白粉花の種を集めて、チリ紙に取ってオヒネリを作った。サンノオバは、そのオヒネリをくるぶしがかくれるほど長いスカートのポケットに納った。ヨソノオバがそれをみとがめるように、「ハツノオバの種やで」と言うのでサンノオバは、「どこぞへ蒔いたろと思うんや」と言う。

「お手玉《じゃみ》つくって遊ぶより、ハツノオバの物やさか、景色のええとこへ来たら一粒、名所に来たら一粒と蒔いたるんや。そしたら春になったら、わしらの行く日本中であっちこっちで芽出て、ハツノオバ、やれ嬉しいよ、ここにも、あそこにもわしの霊魂のおれる花咲いとるよと言うよ」

「霊魂というの何よ」キクノオバが訊く。

「タマシイよ」とサンノオバが言うとキクノオバはすぐ分かったというように、「ああ」と声を出してうなずき、ふと奇異な事を思いついたというように顔を上げる。

「タマシイも地面で死んだりしたら高いとこへよう飛び出さんけど、ハツノオバ、高い五階で死んだんじゃさか高う飛べるやろねェ」とキクノオバは言って、「わしらどっちでもええけど」と独り言をつぶやく。

マツノオバが小さな冷蔵庫を開けた。中にはマンションの部屋を尋ねた客にスミコやタエコが出すオシボリが六本と、ビールが入っているだけだった。マツノオバはバタンと閉め、それからふと気づいたように、「オカイサンのナベ、忘れていくとこやった」と声を出し、ガスコンロの上にかかったナベを玄関口に運ぶ。

昼近くになって降っていた雨が止み、雲が切れ、薄日がさした。低い家並の向うに見える雲が真白に輝き、それが凍りついた雪の海原のようにみえる。その雪の海原に後光のように日が降っている。「綺麗やねェ」と老婆らは口々に声を出した。

冷凍トレーラーに乗り込み、いざ一宮を離れるとなって誰が言うともなしにハツノオバの話になって、六人とも涙を流した。ツヨシと田中さんの二人にほれたというタエコが、別れがたいから従いていくと老婆らに愛嬌を振りまいて冷凍トレーラーの運転台に乗り込んだが、荷台の扉がぴたりと外から閉ざされてしっかりロックをかけられると、七人いた老婆が六人に減ったというさみしさはどうしようもなくなる。各々、ただ涙を流し黙り込んだ。

扉を閉ざされてしまうと、外で何が起っていても分からない。小一時間ほど停ったまま動き出す気配がないので、コサノオバが小窓をあけてのぞいた。老婆らが乗り込んだ時なかったワゴン車が来て、マサオがツヨシからオカイサン用のナベを持たされている。マサオはワゴン車の荷物入れにそれを放り込んだ。それから冷凍トレーラーが悲しげに糸を引いて消えるクラクションを一つ鳴らした。それが出発の合図だった。冷凍トレーラーは鉄の軋《きし》む音をたてて動き出し、丁度、立ちあがりかかったところだったミツノオバが足をすくわれたように倒れ、蒲団を敷きつめた床の上をコロコロと転がる。誰も笑う者もいないし、同情する者もなかった。足を撫ぜながら、キクノオバが思いついたように、「風呂入れてよかったわァ」と言う。

「わし、三回ぐらいハツノオバと風呂一緒に入って、下の洗い場に敷いとったの、つるつる滑るさか手引いてもろた」

「ハツノオバ、風呂入って、夜、歩いたんじゃわ」コサノオバが言う。「わしら若いけど風呂入ったらすぐ蒲団に入っとった」

サンノオバがカーブを曲がってからスピードを上げはじめた冷凍トレーラーの音を聞

くように顔をむけ、「もう空を翔んどる音になってきた」とつぶやく。

老婆らはまた黙り込んだ。空をなるたけ速く翔んでも欲しかった。クラクションがまた鳴らされ、スピードが急激に落ち、冷凍トレーラーは停った。コサノオバが荷台の中の澱《よど》んだ黙り込んだ雰囲気に風を通すように立って小窓を開け、のぞき、すぐ閉める。「どこ?」とミツノオバが訊いた。「まだ一宮やろ」マツノオバが言う。マツノオバの声に何を思い出したのかキクノオバが手をのばして風呂敷包みを取り、中から毛糸のカーディガンを取り出して羽織る。冬物の厚いコートを膝にかけた毛布の上に置き、「一宮言うて、冬はえらい寒いとこらしいわだ」と言う。

「ハツノオバも寒なると知っとるんじゃさか、外へ行くんやったら温ぅして行たらよかったんやァ」

そういうキクノオバにコサノオバが、「ほんとに、体売ろと思たんかいの」と訊く。サンノオバが年長者らしく、「アホよ」とコサノオバに言う。

「ハツノオバ、金もないし足手まといになるし、皆から離れるんやったらここがええんやと、家出したんや。わしやて、そうするよ。この年になると、死ぬの、おそろし事ないど」

サンノオバは冗談を言った気だった。一人くすっと笑をたてたが、老婆の誰も笑わないし、言葉を返してくる者もいない。

クラクションをまた鳴らした。その響きの消えないうちに冷凍トレーラーが動き出す。

何回も鳴らすのはいままでなかった事なので、「なに？」とキクノオバが訊くと、「高速道路を走ると言うとるんや」とコサノオバが言う。

エンジンの音とタイヤの音が響き、そのうち、車体に打ち当る風の音が何もかもをかき消す。老婆らは黙り、いま大きな鉄のウロコを持つ蛇が空に舞い上り風を切って天の道をつき進んでいる気配に固唾を呑んでいた。最高度の速さに達して一定すると車内には風の音だけが響き、そうすると地面にいた先ほどまでの澱んだ空気が払われ、六人の老婆ら全部がハツノオバの浮遊する霊魂と同じ高さにいる気がして楽になる。老婆らは白木の箱に収まった骨のハツノオバがそこにいるような気になり、路地がなにしろ人に言うにも羞かしいアホな人の切り開いたところだったから、そのアホな人の直系の老婆らが熱出して死のうと野垂れ死にしようとしようのない事だと笑いあった。年寄りになると水骨が立っても死ぬ苦しみを味わうし、餅のかけら、飴玉《あめだま》一つで息をつまらせて死ぬ。若い時分には何でもなかった敷居を跨《また》ぎそこねて頭を打って死ぬし、風呂場でのぼせておぼれ死ぬ。

そのうち誰言うともなしに路地の者らの血の根元、アホな人が齢を取ってどんな死に方をして数奇としか言いようのない一生を閉じたのかという話になった。「けつまずいて死んだんと違うか」とコサノオバが言うと、キクノオバが、「わしみたいに足、悪なって、動けんようになったんやろ」と言う。結局、話が落ちついたのは、アホな人はアホな人らしく雑木の茂みを擦《す》り火一つで燃やし開いたような性格だから齢取っても老いの自覚などなく、若衆《わかいし》と賭けをして一升瓶の飲みっくらをするとか、大石をかつぎあげる競争をするとか、最近になっても路地の青年会館のあたりでみられたたわいもない賭けをして死んだのだろうとなった。路地には、ふつふつとアホな人のアホな血がわいていた。いたるところにあった日だまりがそのアホな血のわく所だった。世帯を持ち乳呑み児を抱え、亭主としても男親としても男としても汗水たらして働かなければならない時なのに、若衆は、朋輩の若衆と顔を合わすなり、日だまりの石に尻をおろし、ほんのちょっと何でもない話を交すうちに、日だまりにわいて出たアホな血にとらえられ、「今日、食う米あるさか、明日の事は明日考えたらええわ」と働きに行くのを止める。「オイ、博奕しようら」「オオ、しようら」話はすぐまとまって、若衆二人、次に路地の角を曲がってくるのが男か女か、丁か半か賭け、そのうちに、木の叉《また》が丁か半か、とまでなる。

アホな血は路地の初めから終りまで脈々と流れ、いつの時でも結局は悲痛と悲しみをもたらすから、話していると空気がまた重く澱んでくる。博奕に凝りすぎた男らは博奕は色より一分濃いと言って、朋輩の集団をつくっていたが嬶に逃げられたたし、中の一人と諍いを起した男は、朋輩らからよってたかって殴られ札を張るにも利き腕も別の腕も使えないほどになり、それで世をはかなんだのか、毒を飲んで果てた。博奕の朋輩らは悪いことをしたと反省するどころか、「ほうほ、博奕したても両の腕使えんと言うんじゃったら、口でくわえてでもしたらええのに」と通夜や葬儀で悲嘆にくれている女らの前で言ったのだった。考えてみれば、その男が言っているのではなく、血そのものが言っているとしか思えないアホな言葉だった。

冷凍トレーラーの切る風の音を耳にし、空高く翔ぶような車体の揺れを味わっていて、そのうち老婆の何人もうつらうつらと居眠りをはじめた。伊勢でハツノオバと一緒に行動したマツノオバと、一宮で一緒にお手玉にする白粉花の種を採りに行ったヨソノオバの二人が、心に思う事が山ほどあるというように声をひそめてボソボソしゃべる。キクノオバはそれが耳障りだというように、「寝とかなんだら、知らんよ」と言い、痛い方の足を上になるように身を変える。

一宮から高速に乗ってから二時間、冷凍トレーラーの荷台の扉が外から開けられて、老婆らは六人ことごとく眠り込んでいた事、冷凍トレーラーが動いているのではなく、停っているのだという事、そこが名も聴いた事もないサービス・エリアだという事に気づいた。サンノオバは思わず、「なんなよ、ツヨシ。こんなとこへ連れてきて」と枕から頭を起したまま声を荒げた。眠っていた他の老婆らも、サンノオバの荒げた声に含まれた不安やおびえを聞きとめ、急に若衆らに不信を抱いたように、「こんなとこ知らんわだ」「どこへ連れていくんな」と口々になじる。

ツヨシは、明るい日射しの中に立って扉を両手でおしあけたまま、昏《くら》い目で物も言わず老婆らを見つめる。

「休憩、休憩」とタエコがツヨシの後から顔をみせた。

「何しとるの、休憩だがや」タエコが言うと、ツヨシがやっと顔に笑をつくってタエコに老婆らをみてみろと合図し、「オバら、寝呆《ねぼ》けて、俺が人買いにでも売り飛ばすような事、言う」と教える。タエコが、「おバアちゃんらァ」と楽しげにけたたましく笑い出すと、ツヨシは笑を消した。老婆らをみつめたまま博奕打ちのように顔を動かして下にペッと唾を吐き、「よう見抜いた。これから人買いに引き渡すんじゃ」と言う。サンノオバはもうそれがツヨシの芝居だと分かっていた。「さあ、出よ」ツヨシが声荒げて言うと、キクノオバが、「わし、足悪りのにィ」と小声で一人抜けするように言う。

「足ぐらい悪てもかまんのじゃ」

「何にも出来んわだ、家におってもここにおっても」

キクノオバが涙声になりはじめたので、サンノオバが、「嘘じゃよ。からかうだけやのに」と自分から率先して立ちあがり、ツヨシがつけたはしご台を降りる。タエコがそこがエナというところだと教えた。老婆はだまされている気がした。

ワゴン車に乗ってきたマサオとテツヤが田中さんと歩調を合わせて石段の上のレストランに向う。その後をツヨシとタエコが振り返りながら従いていく。しかしひとかたまりになって老婆らは互いの顔を確かめ合い、昼寝をする前に話した路地のアホな人の血筋の博奕打ちらと、それぞれが眠ってみた夢と、今とが入り混じって、何が本当なのかわからず、ボンヤリとたたずんでいる。六人のボンヤリとした老婆の責任者のように、サンノオバが、「わしら、あそこへ行かな」と隣を指さす。

老婆は一群になって公衆便所にむかった。便所の床のタイルが濡れていると、マツノオバが足の悪いキクノオバの体を支えた。公衆便所の中で他の老婆らはこらえかねていたように次々ドアをあけて中に入る。足を滑らさないようにゆっくり歩くキクノオバと親切心を出したマツノオバが残されると、「早よ、歩け」とかんしゃくを起してマツノオバが背を突く。キクノオバが前のめりに倒れかかって、「なんなァ」と悲鳴のような声をあげる。「わざとゆっくり歩かいでも、持っとるんやから、早よ歩け」マツノオバがまた背をぽんと叩く。悲鳴をあげ、足が一歩前にでも出たら奈落の底に転落するというように体をグラグラ前後に揺すり、「怖しよォ」と言う。閉じていたドアを開け、しゃがんだままコサノオバが、「何して遊んどるんな」と声を出す。マツノオバが、「わし、もう洩れてしまうくらいやのに、キクノオバ、離してくれんの」と言い、キクノオバがしっかりつかんだ服のそで口を力を込めて離しにかかる。マツノオバは空いているドアに駆け込む。閉めたドアの向うから、「やれよォ」とマツノオバの声がする。水で濡れた床に一人残されたキクノオバが悲鳴をあげ、誰も助けてくれないと知ると、「あんたらの性根は見えとるんやァ」と涙声で言い、手早く用を済ませて出てきたコサノオバが手を貸そうかと言っても拒み、用足しもしないまま外へ出てゆく。

しばらく老婆らは便所の中で、手を洗ったり顔を洗ったり櫛《くし》で髪をときつけたりして外に出た。「オバよお、サンノオバよお」とさっきとは打って変った上機嫌な声が石段の下から聞えてくる。青っぽい上着を着て髪にネッカチーフをかぶった女と、黒っぽい大きなスカートに袋のようなものを抱えた女が傍に立ち、キクノオバのさし示す指に合わせてこちらを向き、眼が合うと二人共会釈をする。会釈を返すと、「サンノオバ、ハツノオバやァ」とまた声がする。サンノオバもミツノオバも、ヨソノオバもコサノオバも、いまさっき小競り合いしたマツノオバも、一瞬息が詰るほど驚いたらしく、互いに顔を見合わせた。「ハツノオバじゃと」とサンノオバが言うと、「死んどるのにィ。そう言うて、わしを脅するんや」とマツノオバが言う。火葬されてから部屋でキクノオバはハツノオバが居ると言いつづけた。三人が腰掛けた石段の日だまりにむかって歩き、降りきらないうちに、老婆らは、青い上衣を着た五十女がレストランの下働きの女で、もう一人はズダ袋を抱えた大柄の浮浪者風の女だと気づいた。

「人を驚かすな。誰がハツノオバなよ」サンノオバが言うと、キクノオバは浮浪者風の女の腕に触り、「よう似とるんやァ。ハツノオバやァ」と言う。

「随分、遠いところから来られたんだってねェ」下働きの女が言うと、キクノオバは、

「遠いんかいの?」と訊く。老婆らが前に立って日を遮るのを防ぐように手で払うしぐさをやり、「遠てもあんまり感じんの。わしら、車で動いとるさか」と言い、老婆らに、二人の女ともいつかは伊勢や熊野に詣《もう》でてみたいと思っているのだと言った。下働きの女は、「仕事暇になるか、ツアーがあったら」と言い加える。「いいとこなんだろうねエ」ズダ袋を抱えた方が言う。「もうじき紅葉が始まるからさ、ここも働いていても気分よくなるけど、寒いからね。伊勢も熊野も暖《あった》かいだろうね」下働きの女が言うと、ズ

ダ袋の方が、「いいとこだろうねェ」とまた言う。

　時間が三時を廻り、休憩が終りだと言って下働きの女はレストランの方へ向って歩いて行きはじめた。ふと立ちどまって、「ヨシさん、金土日はいるから、ここにいるならいつでもおいでよ」と言い、見守る老婆らに頭を下げ、「せいぜい楽しんで」と笑をつくり、石段をのぼっていった。ヨシさんと呼ばれたズダ袋持ちは、「どこも行き場がないよ」と小声で言う。キクノオバがけげんな顔をしているのを見てヨシは、「どこをネグラの渡り鳥」と鼻歌をうたい、「見せてやろうか」と言い、ズダ袋を膝の上で抱え直し口を広げる。

「ほら、櫛と。口紅。まだ新品だよ。フーテンのタケノコ族のトッポイのが落としたの、さっとガメてやった。これは、ビニール」ヨシはニヤリとわらい、唾を指につけ、丁寧に折り畳んだしばらく使っていない為に貼りついてしまったのをめくってから、「の、雨合羽」と言う。

「雨、降ると濡れてしまうから、要るだろう。それから、ほら、これだ、これはマッチ。一度、濡れてしまってから乾いたやつ。火はちゃんとつくんだ。それから、ほら、ほら出たよ」ヨシは不気味な生物をでもズダ袋の中から取り出すように黒いボールの先に管が二本つき、一本は時計のようなもののついた小箱につながり一本はゴム布のようなものについた計器を取り出す。

「これはね、親切にしてもらった人にお礼の為に計ってやる血圧測定器だ。あたしが親切にしてやった礼に頂いたんだから、親切な人にだけ計ってやる」ヨシが口上のように言うと、老婆らはどっと笑う。

「後は服だから見せてもつまらない。だから、これは大事だから、きちんと片づけて一等最初に納う。それから雨合羽。おっといけない、マッチも大事」老婆らがまた笑うと、ヨシは前にたれかかる藁髪《わらがみ》を上にかきあげる。

「ここは駄目だけど諏訪まで行くと、そこのサービスは、上りと下りの車線、行ったり来たり出来るのさ。だから、車に乗っけてもらえれば、東京へでも名古屋にでも好きなところへ行ける。談合坂て知ってる。東京のそばのサービス。あそこもあっちへ行ったりこっちへ行ったりするのに便利だね。もっともあそこで降りないで東京の方へ越えちゃったら、もう元には戻れない。高速道路から降りて、元の東京の浮浪者に舞い戻って、不良中学生に殴り殺されるのがオチだね。あたしはだからせいぜい談合坂までで車から降りちゃう。橋渡って下り車線に入ったら、またしばらくは高速道路暮らしなんだから」

老婆らはヨシの言う歯切れのよい東京弁をほとんど聞き取れなかった。聞き取れたとしても、何を言っているのか分からない。東京という言葉を分かるにしても、談合坂もサービスも何の事だか分からない。サンノオバだけでなくキクノオバも、一等齢若いコサノオバも、ダンゴをソバ粉とまぶして、と食い物の事を言っていると思い、ヨシが腹をすかせてそれをまぎらわせる為に口上まがいにしゃべっているのだと思った。

「オカイサン、食うんやったら、後でつくったるけど」コサノオバが言うと、ヨシは、

「オカイサン?」と訊き返す。

「オカイサンよ」コサノオバは言い、手で茶をすすりかき込む真似をした。

レストランの窓からタエコが冷凍トレーラーをみて、「あれ」と声を立てた。「お婆ちゃんたち、何人居た?」

ハツノオバが一宮で姿を消したので六人に決まっていると言うと、タエコは真顔になり悪寒が走るように身をすくめる。タエコはしばらく向いに坐った田中さんの顔を見る。田中さんはツヨシに内緒で仲よくしようと信号を送るように膝《ひざ》でタエコの膝を突ついている。タエコが膝を横に坐ったツヨシの膝に重ねるように押しつけると、田中さんは間違えてツヨシの膝を突いてしまう。バツ悪げな顔になる田中さんから視線をそらして外を見、冷凍トレーラーの廻りに男が二人立ち、運転台をのぞいたり、荷台をのぞいたりするのをみて、タエコはツヨシに教えた。

ツヨシが立ちあがると、田中さんも、マサオらも立つ。ツヨシは石段を降りながら、荷台をのぞき込んでいる男ら二人に、「何ない?」と訊いた。男の一人が振り返り、日を背にしたツヨシを眩しげにみて、「違法じゃないのか」と言う。「何が違法ない?」ツヨシは男らにむかって歩いた。男らはその顔形から警察や道路公団の人間ではなくツヨシと同じ運転を職業とするものだと分かった。議論を長びかせるつもりはなかった。男ら二人に理窟を許し、ここが違反だ、ここが改造されていると指摘されれば、公団の職員や警察が呼ばれ、その冷凍トレーラーがかつて働いていた運送会社からの無断借用、無断改造、いや盗難の代物だということがたちまち露呈してしまう。腕力に自信はあった。ただ時間をかけずに相手をたたき潰し、物一つ言うことにすらおびえるというところまで持っていかなければ、ただ人だかりがし、余計、ツヨシの悪事が露呈する危険があった。

男が、「トレーラーの中に、何人もごちゃごちゃ乗っとるなァ、何人居るんだ」と数えはじめた。「七人もいる」心の中で数えまちがいだと思い、「違法だなァ、板なんか張って」とツヨシの方に近寄るのをみて、一瞬、今だ、と正確に我流の拳法で鼻の骨をくだく一撃を食わす時だと思ったが、七人から六人に減ったのが七人に増えている数字の奇妙さにとらわれ、手が出なかった。

「気をつけろよ、検問されたら一発だ」男が、助手らしいもう一人の男を呼び、「行こ、行こ」とレストランの方に歩いていく。男がふと振り返り、「山梨の方に入らない方がいいぜ。検問される」と言う。ツヨシはうなずいた。

男ら二人と入れ違いに田中さんとマサオ、テツヤの三人がレストランを出てき、タエコが一等後から、一人、皆の注視を受けているのを知ってそうするように、髪を手でおしながら踊りでもするように降りてきて、ツヨシの胸に身を擦りよせ、「なァ、わたしがかせぐで心配せんでええわ」と言う。ツヨシが腕力で男らをねじ伏せると決心し殴るため激しく緊張していたのをタエコは、金の心配をしていると誤解したのだと思った。ふと冗談のように、「あの男らも、中に七人おると言うとった」と言うと、タエコは、

「ハツノオバさん?」と身をすくめる。

ツヨシも田中さんもタエコも、一人増えたのがハツノオバでもハツノオバの亡霊でもなくキクノオバが呼び込んだヨシという名の女浮浪者だと知り、あいた口が塞がらなかった。ヨシは、高速道路のサービス・エリアにひょんな事で迷い込んで以降、東京と名古屋間のサービス・エリアに巣食っている。東京と名古屋の間は二本、東名と中央の二つの高速道路があるが、ヨシは、その二つの高速が名古屋の小牧近辺でつながっているのをよい事に、ヒッチハイクを繰り返してサービス・エリア間を行ったり来たりして暮らしている。ヨシは諏訪神社に行くと老婆らから聞きつけ、そのすぐ手前の諏訪湖サービス・エリアまで乗せていって欲しいと言った。諏訪湖サービス・エリアまではここから約二時間かかり、丁度老婆らに夕飯の準備をさせる頃だから乗ってもよい、と言うと、ヨシはキクノオバに、「よかった」と言い、諏訪湖サービス・エリアで旧知の職員を何人も紹介すると言った。ツヨシは荷台の扉を閉め、ロックした。田中さんが笑った。

「キクノオバの連じゃ」田中さんが言う。

ツヨシが冷凍トレーラーを発進させようとした時、ワゴン車からマサオが降りて助手席に移り、テツヤが運転席に乗り、ハンドルを握るのがみえた。運転に気をつけろと注意するつもりで動きざま、クラクションを鳴らすと、ワゴン車はいきなりカーレースかラリーのように飛び出し、加速し続ける冷凍トレーラーの前をわざとおどけるように左右に車体を振って駆け抜けてゆく。しばらくするとワゴン車は飛ばしすぎた距離をちぢめるようにトロトロと走っていて、冷凍トレーラーが追い抜きにかかると、急に目覚めたように猛スピードを出す。またしばらく行くとスピードを極端に落としたワゴン車が見える。追い抜きにかかるとまた猛スピードを出す。一時間ほどその繰り返しだった。ツヨシが苦笑し、「あいつら俺をからかいに来とるんじゃ」と言うと、田中さんが、「われら、まじめに走れ」とどなる。聞えそうもない距離から叫んだのでタエコは笑い入り、それからはるか先にいたワゴン車がどんどんスピードを落として冷凍トレーラーとの差がちぢまるのを見て、「声、聞えたんやろか」と訊く。一定の法定速度で走っている冷凍トレーラーがワゴン車を追い抜くという時にタエコが田中さんの真似をして手をまるめ、「もっとはやく、走れ」とどなる。ワゴン車はタエコに煽られるのに厭気がさしたようにどんどんスピードを落とす。

三キロほど差が開いた頃、対向車線の車の何台かが擦れ違いざまヘッドライトを点滅して合図した。用心を重ねてスピードを落とすと案の定、カーブの曲がりはなでレーダーを使ってスピード違反を検挙するネズミ取りをやっている。ワゴン車に伝える方法はなかった。「あれら、引っかかるで」田中さんが言う。

レーダーの前を通過して、しばらくして猛スピードでカーブを曲がってくるワゴン車がサイドミラーに映った。「おっ」とツヨシが声を出すと田中さんが助手席から身をのり出す。遠目には工事作業員と見誤る雨合羽を着た警察官が、前に飛び出して停止を命じる旗を振っている。ワゴン車は前に飛び出したその警察官をハンドルで避けて身を振り、停車せず走り続ける。警察官の赤い旗がワゴン車に接触したらしく、旗が宙を飛び、対向車線との間のフェンスに当り落ちる。

「やったァ」と田中さんが声をあげた。二人の男の真中に挟まれたタエコが、「やった？」と訊き直し、「みせて、みせて」と田中さんに身をおおいかぶせるように助手席の窓から顔をつき出す。「警官、はねたか？」ツヨシが訊くと、「いや、大丈夫じゃ」と田中さんが答える。ワゴン車は猛スピードで走ってくる。ネズミ取り現場の路肩に置いてあったパトカーの赤ランプが点灯しはじめ、ワゴン車が先を行く冷凍トレーラーを追い越しかかった頃、サイレンを鳴らして走行車線に入った。

「アホな奴らじゃ」とつぶやき前をみると、追い越したワゴン車が冷凍トレーラーに合図をするのか、それともサイレンを鳴らし追いかけ始めたパトカーを挑発しようとするのか、大きくジグザグに蛇行する。スピードを落としウィンカーを出し、こころ持ち左に車体を寄せて道を譲る合図をすると冷凍トレーラーの脇を蛇行を繰り返すワゴン車を追うパトカーがけたたましくサイレンの音を響かせ、追い抜く。

「行け、行け、逃げやァ」タエコがツヨシの膝を叩いて運転台中に響き渡る大声でどなる。

「無駄な抵抗じゃ」田中さんがつぶやく。

「無駄じゃないわ。面白い」

タエコは昂ぶってキラキラ光る眼で見て、体がうずうずすると言うように、田中さんに席を代われと言って運転台の上で身を屈めて立ち、田中さんがもたもたするのでワゴン車とパトカーが見えなくなってしまうと、まだるっこしがって、窓に手をかけ顔を突き出し、「がんばってえ」とどなる。

ほどなく女浮浪者のヨシと約束した諏訪湖サービス・エリアに入った。何台もとまったトラックや冷凍車に並べて、身をかくすように駐車した。田中さんが先に降りて、冷凍トレーラーの荷台の扉を開けに行く。運転台から降りかかったタエコが、「従いてきても邪魔にならなかったァ」と訊く。「俺をポストにして、稼いで貢いでくれるんじゃろ」ツヨシが苦笑すると、「何でもいいんだわ。邪魔すると悪いけど」とタエコは言ってから、考える振りをし決断したというように、ショルダーバッグの中から携帯用のティッシュを取り出し、中をめくって、ティッシュの形に折り畳んだ一万円札を四枚取り出す。

「はい、御布施」とツヨシの手に握らせる。

「何ない」

ツヨシが訊くと、「あんたらの金だわ。面白そうだから」と言う。

「あんたもあの田中さんも、インランだがね。インランが他で金払っておバアちゃんらが客さがしとるの、ムジュンしとるんだわ。私がここに入れれば、おバアちゃんらが客さがさなくても、わたしが稼いでお布施を包みゃあいい」ツヨシはタエコの妙な論法に噴き出す。タエコはつられて笑い、ツヨシの首に髪をこすりつけ、「年寄りが、若いイイ男とあっちこっち行っとると聞くと、気にかかるんだわ」と内にこもった声で言う。

　ワゴン車がパトカーに追われて戻ってこないので、無料の休憩所に入って、日がかげりをみせはじめた諏訪湖を眺めたまま老婆らは所在なげに坐っていた。女浮浪者のヨシは用事があるとレストランの裏口へ入ったきり出てこなかった。サービス・エリアの水道を利用して米をとぐにも、米もナベもワゴン車の中に納っている。七輪、炭。スミコの部屋に買い溜めしていた南瓜《かぼちゃ》、ナス、小松菜。煮豆、佃煮、何もかもワゴン車に乗せていた。ツヨシを見てサンノオバもミツノオバも不安を訴えるような顔をするので、レストランで一回ぐらい飯を食べればよいと言うと、サンノオバが、「そんなもんじゃない」と怒る。

　タエコが老婆らに無料サービスのお茶を配ってまわり、「すぐ戻ってくるわ」と慰め、それからサンノオバの横に自分の分の茶を持って坐り、そこから一望出来る湖を見て、「綺麗だねェ」と声を上げる。「なあ、二人共、おいでよ」タエコはツヨシと田中さんを呼ぶ。「お日様で波がチリチリ光っとるんだわ。一宮がずっと雨だったのに、ここはお日様が照っとったんだわ」

　ツヨシが自分で湯呑みに無料サービスの機械から茶を汲み、老婆らが陣取ったベンチに行くと、タエコが、「諏訪はいいねェ」と言う。「知っとった、昔、ここも一宮と言っとったんだわ。一宮が尾張の一宮ならここは信濃の一宮」タエコの言葉に老婆らは、昼に発ってきた一宮がまったく違う姿形で眼の前に現われたようにとまどう。サンノオバは、「まだ一宮かん」とつぶやいた。マツノオバの娘のスミコのマンションの部屋から見た氷りついた海の景色のような雲はこの諏訪の湖と日の光の照り返しか、と思ったのだった。老婆らの誰も、尾張一宮から信濃一宮まで道がどのようにのびているのか見当がつかない。ただ、一宮ともう一つの一宮をつなぐ冷凍トレーラーがあり、その中で繰り返した熊野の路地の話とヨシの披露した高速道路の話がある。サンノオバは日を撥ねる湖を見つめ、一宮と諏訪が上下に合わせ鏡になっている気がした。一宮で降った雨が流れ込んで諏訪の湖に溜り、諏訪からしたたった水が一宮で雨になる。そう思うと、路地から一緒に老婆らだけの旅に出て一宮で死んだハツノオバが一層自分らのそばにいる気がし、サンノオバは、たとえ生身でない霊魂だろうと熱い湯茶を欲しがっているはずだと気づき、立って機械から一杯お茶を汲む。その茶の入った湯呑みを、一等見晴らしのよいテーブルに置くと、タエコが、「ああ、あのおバアさん、喜ぶわ」と言う。

日が暮れ切るまで老婆らは無料休憩所に坐っていた。日暮れて闇に沈みはじめる湖をみつめ、そのうち出たり入ったりする客を眺め、夫婦が連れた子供をあやしたり、同じ齢ごろの老婆らに声を掛ける。マツノオバが年寄りの男に声を掛けられたとヨソノオバに言い、二人でわざわざ車のそばまで見に出かけて、「ボケとるジイさんや」と悪口を言いながら帰ってくる。

ワゴン車は戻ってこなかった。

「捕まって、二人共、油しぼられとるんじゃ」田中さんの言葉を踏切りにしてツヨシは、今日中にワゴン車が戻ってくる事はない。夕食をレストランで取るしかないと説得した。老婆らは不満でならないように声を出し、キクノオバが、「ヨシさんに頼んで道具、借りてもろたらええ」と言い出すと、たちまち賛同する。老婆らは女浮浪者のヨシの入っていったレストランの裏口に一かたまりになって向った。ツヨシと田中さんがあきれて、レストランに入っていく。タエコはどっちに従こうかと迷いキクノオバを先頭にしてトロトロ歩く老婆らの一群の方につき、裏口の前に立つ。

キクノオバが裏口のドアを開けて、中にいた下働きの女に、「ヨシさん、おらん」と声を掛けた。下働きの女は裏口に立った老婆らをみて驚き、丁度大鍋から湯をすくって別の鍋に移しかえていた女を無言で突つく。女は裏口をみて、「まァ」と声を立てる。「ヨシさん、こんなに沢山、仲間、連れてきて」下働きの女は、人がよさそうに顔をしかめ、「一人ぐらいなら何とかなるけど、そんなに沢山、駄目よォ」とゆっくり首を振る。老婆らの後に立ったタエコは笑い入った。

ワゴン車が戻って来たのは、次の日の昼を過ぎてからだった。タエコが目敏《めざと》く見つけ、誰に言うよりも先に、食い馴れない物を厭々レストランで食べた老婆らに教えてやるように、「おバアちゃーん」と声を立てる。老婆らは全体に意気消沈したように群がってただ朝からボンヤリ湖をみつめている。タエコがまた声を出して老婆らを呼ぶ。コサノオバがゆっくり振り返り、タエコの指さす方を見る。ワゴン車の中から、カウボーイハットを被ったマサオとテツヤが降りる。コサノオバがサンノオバを突つき、サンノオバが振り返ると、他の老婆も気づいたのか、一斉に立ちあがり、ワゴン車の方に歩き出す。

老婆らは生き返ったようだった。手分けして炊事道具を日のよく当る風の吹きつけない駐車場の山の脇に運ぶと老婆らはそこから水のある公衆便所まで何往復もした。ナベを便所の水で洗い、水を汲み、米をとぎ、南瓜やナスを洗う。南瓜は煮干しで煮るし、ナスはスミコがビニールに包んでくれた油揚で煮る。煮物の匂いがその一角に漂う。サービス・エリアを利用する客の何人もが、広い駐車場の隅で煮炊きをはじめた老婆らをけげんな顔でみた。一様に、昼夜兼用、夏冬兼用という黒ずんだ上っぱりやコートやくるぶしまでのスカートをはいているので、遠目には浮浪者の集団のようにみえる。浮浪者らでなければ、餌をあさる大きな鴉《からす》のようで、それが、食い物を前にして陽気に昂ぶった老婆特有の声で笑ったり冗談を言ったりするのだ。

マサオとテツヤは老婆らを見て絶望だと言った。パトカーに追われて、結局、甲府近くまで走って逃げたが逮捕され、一晩ブタ箱にとめられ戻ってきてみると、老婆らがいる。「絶望も無理ないわい」とツヨシが、マサオの被った帽子を取って被ると、タエコがツヨシの頭から帽子を取ってマサオに返しながら、「おバアちゃんら年寄りだから、しょうがないんだわ」と言う。路地の中にいて、その齢まで他の風に当る事など夢にも思っていなかった。老婆らは食い馴れた物を食っていないと、自分が自分でないような気がする。レストランのメニューに時折り煮魚だとか、ケンチン汁だとか入っているが、それらは皆、若向けで、油っこく口に合わない。老婆らが求めている物は、若衆から見ればことごとく脂っけの抜けた粗末な食い物にすぎなかった。

諏訪湖は間近で見ると波立ち、荒れていた。ツヨシが冷凍トレーラーから老婆らを降ろす時に、汀《みぎわ》に近づくなと注意を与えておいたので老婆らは釣りをする子供らのはるか後に立って湖面をみていた。一人紛れ込んだヨシはツヨシの言う事をきかなくてもよい、というように子供のバケツの中をのぞき込み、バケツをひょいとまたぎ、野球帽を被った少年の脇に立ち、身を屈めて湖水につけていたビクを引きあげる。野球帽の少年は、制止しようとして、それが藁髪《わらがみ》の女浮浪者だと気づいたように声を呑む。ヨシは身を起し、ズダ袋を抱え直し、「クチボソだっ」と言う。釣竿を握った野球帽の少年は、違うというように口を結ぶ。

「キクさん、白鳥だよ」ヨシが湖の真中を行く大きな白鳥の形の遊覧船を指さす。「いいねェ、あの船。いつ見ても。だけどスイスイ動いているようだけど、酔うんだって」ヨシは湖に突き出した短い突堤の先まで行ってからスタスタと戻り、突堤から駐車場に跳び移る。少年が小鮒《こぶな》を釣り上げると、また突堤に渡り、針からはずしているのをみて、「クチボソかっ」と言う。少年はむっとして、無言のままにらんだ。ヨシは少年にかまわないというように振り返って、「キクさん、冬になると、ここは湖が凍って、御神渡りがあるんだって」と言う。「何？」キクノオバが訊くと、「凍った湖に、諏訪の神様の歩いた足跡がつくんだって」と言い、神様と聞いて老婆らの眼の色が変ったというように上の手と下の手を指差し、「あっちからこっちに渡り、こっちからあっちへ渡ってるのさ」と老婆らの立った方にもどる。「こうやってあんたらのようにつれてくれるのならいいけど、下は、横浜だって東京だって恐いからね。骨がボキッて鳴るの遠くまで耳に聞えたって言うのだから。中学生ら、体が大きくなったのにやる事ないから、わたしらプータロを狙うのさ。下へ降りたら、恐いね。この諏訪でも一緒。ボキッ」

少年がヨシにからかわれたように餌のついた針を投げようとして止め、ねめつける。

「あっちへ行ったりこっちへ行ったりするの神様ぐらいだよ。下に降りてつかまったら、ボキッだからね」

先ほどまで湖の真中にあった白鳥の遊覧船が湖の向う岸に移っていた。風で波が起り、飛沫《しぶき》が雨粒のように飛んでいた。サンノオバが風で乱れた髪を撫ぜつけ、コートの前をかき合わせ、「寒なって来た、神さんの姿見たいけど、風邪引くの、怖し」と老婆らを促して車の中に入ろうと言う。老婆らが冷凍トレーラーに向って歩きはじめると、ヨシは一人、途方に暮れたようにズダ袋を抱え辺りを見廻した。キクノオバが呼ぶと、やっと自分の居場所をみつけたように歩いてキクノオバの手をひく。

諏訪の湖沿いの道をたどり、道を下社の方に向うと道の真中を掘りくり返している。その工事の柵《さく》と残りの道幅がツヨシの勘では車体すれすれだった。工事人夫が旗を振って停車させるのでツヨシは田中さんに降りてもらい、左の柵を少し動かしてもらうと、人夫が走り寄ってきて、「勝手にいじりやがって」と棒切れでいきなり荷台の腹を叩く。棒切れで外から叩いても中にいる老婆らには断熱材のせいで小石が当ったほどにも響かないと分かっていたが、ムカッ腹が立ち、「待て」とどなった。ツヨシはドアを開けて飛び降りた。運転台の上でタエコが、「やれ」という声とも悲鳴ともつかない声をあげた。そのツヨシめがけて、人夫は棒切れで殴りかかる。肩に当り、棒は二つに折れた。一瞬、足で顔面を蹴った。人夫はもんどり打ってひっくり返り、側溝の中に倒れ込んだ。旗を振って車を停めた人夫が、信じられない事が起ったように二人を見て、倒れた人夫を起しにかかる。人夫は一瞬、気絶していたように起きあがり、頭を振り、鼻から吹き出る血を手でぬぐう。手についた血をズボンの尻でぬぐい、いきなり突進してくる。ツヨシは右手で顔面をとらえようとした。腕が動かず、逆に相手に二発、顔面に浴びた。倒れかかったその弾みを利用して辛うじて左フックを浴びせた。のけぞったところを蹴った。人夫が再度、ひっくり返って、旗振りの人夫が起しにかかった時になってやっと喧嘩に気づいたように、田中さんと人夫頭がやって来て、血だらけの二人をみてあっけにとられる。人夫頭は、「何をバタバタしてるのだと思ったら」と言い、人夫に、「何が理由だ」と威圧するように訊く。人夫はうなだれ鼻血をポタポタ垂らしているだけだった。田中さんがツヨシに、「どうした?」と訊く。ツヨシも黙っていた。理由がない喧嘩なら両成敗だと人夫頭がいい、ツヨシに代って運転席に坐った田中さんに、何もなかった事にして通っていってくれと言う。田中さんは黙ってうなずき、冷凍トレーラーを発進させ人夫頭が自分の手で柵を取った道を通り、ウィンカーを角の電柱にこすりつけそうにスレスレで曲がる。

裸になって右肩を調べるツヨシをみて、タエコは二人とも軍鶏《しゃも》のようだったと笑いつづけた。「あの男、何したの」タエコが訊いて、ツヨシは、人夫が最初、棒切れで冷凍トレーラーの荷台を叩いたからだと思い出し、「諏訪のうろつく神さんは荒っぽい奴じゃ」と言う。タエコはそれで何を分かったのか、「ふうん」とうなずき、ツヨシの腕を上げたり降ろしたりし、「強う握って」と自分の手を差し出す。握ると、「もっと強う」と言い、力を入れると、「痛い」と顔をしかめる。「何ない、看護婦サンみたいに」「看護婦だわ」タエコは間髪を入れずに言って、ツヨシの二の腕にまではみ出たわき毛を指で撫ぜ、抜こうとする。体に腕を廻して抱き寄せ唇を寄せると唇を吸い、ツヨシが左手をスカートの下に入れると、「もうひとりの熊野の神さん、叱る」と手を払う。

諏訪の下社から上社まで狭い旧道を通り、上社に来て神社のすぐ脇にある駐車場に田中さんは冷凍トレーラーを停めた。ツヨシは、右肩にもろに棒切れの一撃を受け、タエコの見立ての通り骨に異常がないにせよ、腕が動かない。それで田中さんに老婆らの乗った荷台の扉をあけるのを頼み、タエコを引っ張って仮眠ベッドに入り、のぞかれないようにカーテンを閉めた。二人で狭いベッドで素裸で折り重なった。タエコに風呂も泡立つ石鹼もない状態で、泡踊りをやってもらう。ドアが開き、「アニ」とマサオの声がした。誰もおらん。どこに行たんな。マサオとテツヤの声がする。くすりとタエコがわらい声を出すと、マサオがいままでじっとカーテンの向うの仮眠ベッドの様子をうかがっていたのだというように、「クソッ」とどなり、勢いよくドアを閉める。

老婆らは、奥に二本正面に二本あるという御柱をのぞき込むようにして確かめ、正面に立てられた御柱を仰いで手を合わせ、それから各々、御柱に手を触れ、こすり、その手を頭に当てたり眼に当てたり胸に当てたりして、その柱にどんな由来があるのか分からぬまま祈り、神の加護が自分に及ぶよう、神が自分を嫌わぬように念じた。その祈り方も念じ方も、老婆らにしてみれば誰かがしはじめた我流を見習っての事だったので心もとなかったが、空の高みに突き立つような木の御柱が素朴にただ立っているのだから素直に心から祈る老婆らの願いをききとめてくれるようで、日溜りにたたずみながら、御柱の素朴さをほめあった。ほめあっていると、老婆の中にぼんやりと、凍りついた湖の上を渡ってゆく神の姿が見えてくる。

「天から丸太放り出して力競べしたんかいね」とミツノオバは、路地の空地で無精者らが暇潰しに大石の放りっこをしていたのを思い出して言ったし、コサノオバは昔、熊野では、メジロやウグイスの鳴き競べをした時、丸太を立てて綱を張り、そこに籠をかけた事を思い出し、「鳥の声らも好きやったやろね」と言う。

タエコが最初、運転台から降り、ツヨシが続いて飛び降りて何食わぬ顔で、田中さんらがたむろする日だまりに行くと、ひどい顔になっとると田中さんが眼をそらす。顔を見て来い、と言うので、そこから老婆らがいる社務所の脇に歩いた。そこには口を漱《すす》いだり手を洗ったりする水をたたえた大きな石があった。ツヨシは水に顔を映し、ひしゃくで水をすくい手で受け腫れて熱をもった眼窩《がんか》や頬を神の水で冷やし、残りを飲んだ。

そのツヨシの後姿を見て、老婆らが殊勝な事をしていると思ったのか、「ツヨシよい」と弾んだ明るい声で呼んだ。もう一度、神の水をすくい、手に受けて腫れたところに当て、「おうさ」と無頼者のように答えて顔を上げると、老婆らは声を飲んだ。一瞬、ツヨシも神罰を受け、顔が二目と見られないように変形してしまったように、畏れを感じた。「何ない、オバ？」ツヨシは言う。老婆らは、ツヨシが神の水で顔を濡らして赤紫に内出血した顔になったとでもいうように見る。

冷凍トレーラーを停めたのが神社の駐車場だったのでそこで老婆らに物の煮炊きをさせるわけにもいかないし、どうせ長居出来る訳がないから、と言って、ツヨシから運転を代った田中さんは元の湖の北端の夏場キャンプ場に使う空地に移動した。そこが老婆らの諏訪での暮しの拠点だし、ワゴン車で移動する若衆らの母船のようなものだった。老婆らは、伊勢とも一宮の生活とも違う静かな諏訪の暮しに心から満足しているようだった。もともとがキャンプ場だったから、空地内に水汲み場もあるし便所もある。

到着二日目に四人がかりで、まず運転台から荷台全体に張りめぐらしていた満艦飾の照明の配線をほぐし、それを公衆便所まで張って、老婆らの洗濯物を干すロープ代りにした。次に、荷台車に四本足を取りつけ、地面に固定し、冷凍トレーラーから頭部の運転車を分離した。老婆らは感心してみていただけだが、タエコが老婆らを荷台ごと置き去りにするのかと不安がった。

「こうしたら、いちいちバアさんらを連れていかいでも動けるし、俺らにワゴン車取り上げられるマサオのかんしゃくもおさまる」ツヨシは弁解し、タエコが不満がくすぶっているように、「運転台を取ってしまったら夜になるとまっ暗になる」と言うので、思いついてタエコが御布施だと返してよこした金でバッテリを二個買い、それを並列してつなげて威力を増し、荷台内の照明と物干しロープにした満艦飾用の照明をつなげ、老婆の誰にでも両方つけたり消したりする事が出来るようスイッチを二個つけた。スイッチをつけてみて、タエコはやっと納得した。

老婆らは、朝、起きると、公衆便所を出たり入ったりして用を足したり顔を洗ったりしてしばらくして自分らの気に入ったオカズをつくり、オカイサンをつくり朝食を取る。ヨシは老婆らの朝食は口に合わないらしく、決まって外に出かける。後かたづけをし終り、それぞれ六人が六人、洗濯したり、お手玉をぬったり、蒲団を干したりし終えた頃、ヨシが戻る。昼の準備まで七人でぼんやりと湖をながめ、まるで白昼に見る幻のように湖面を渡ってゆく大きな白鳥の遊覧船をみたり、思いついた事を話して過ごす。

昼のかたづけをしてからも、夕食のかたづけをしてからも、老婆らは湖をみている。湖はみあきなかった。朝の湖と昼の湖とでは違い、夕方と日が沈んでからとでは大きく違った。風の強い日は波立ったし、曇った日は晴れ上った日とは違い、湖の景色に妙な悲しみが漂った。サンノオバはその湖を見るたびに、ハツノオバを思い出し、誰に言うともなしに諏訪の神様がアホな人の血を受けた女の一生を悲しんで下さっているのだと語りかける。サンノオバは湖面をみつめていると諏訪の神様が眼に浮かんでくる気がした。

いつもくもり日は湖面は青からただ白っぽく変化しそれが不思議な事の起る予兆のようだった。その時、ヨシが繰り返し同じ事を聴かされて話にあきたように老婆らから離れ、釣りをする子供らの方に行った。灰色の鳥が何羽も水面に群れていた。マツノオバが自分の分からあらかじめ取っておいた飯粒を洗濯物のロープの脇の地面にまいた。すぐ雀が廻りの木の枝や公衆便所の屋根に集まり、外に台を出して坐った老婆らが危害を加えないか様子を見るように、離れて地面に降り、地面を跳んで飯粒をくわえ、とび上る。くもり日は雀のさえずりが響いて耳につく。ヨシが釣りをする子供のそばから、老婆らに向って大声で叫んだ。老婆らはノロノロと振り向いた。ヨシは灰色の鳥の群を指差していた。五十羽ほどいる小さな灰色の鳥が美しく光ってみえた。空にかかった雲がその灰色の鳥の群のあたりだけ破け、日が射していた。ヨシがまた早口の東京弁で叫んだ。その叫び声に驚いたように灰色の鳥の群が次々と翔び立ち、一瞬、日の直接の光と厚い雲でさえぎられた曇り日の境目で鳥が純白の鳥に変った。

サンノオバは眼を疑った。次々と翔びあがる小鳥の群が、翔び上りながらこれ以上の白はないというくらい白く変り、短い笛のような鳴き声を交しながら翔ぶ。サンノオバはチーチーと鳴き交して翔びじょじょに高みに昇ってゆく鳥の姿を眼で追い、眼が効かなくなってからは鳴き声に耳をそばだてた。声も届かなくなって耳にこびりついた鳴き声を幻のように思い出しながら、諏訪の神様が自分の前にあらわれたと思う。その事をサンノオバは誰にも言わなかった。

　昼のかたづけをすまして外に出した台に坐りある事ない事を話していると、他所で過ごしてきたツヨシらが老婆らの様子をみにやってくる。一宮から加わってすっかりツヨシらの仲間になったようなタエコは、言葉まで路地なまりになって、「オバら、ワコーにおるみたいだわ」と声を掛ける。自分が手助けしてやらなければ何一つしゃんと出来ないと言うように、「このままだったら乾かないわ」と老婆らが洗って干した洗濯物を皺《しわ》をのばして広げ、重なりあってしまうところは、はずして別にかける。タエコは老婆らの寝泊りする荷台をのぞき、蒲団が敷きぱなしにしてあるなら、中に上って折り畳み、湿っ気た蒲団をみつけると、「誰の？」と訊き、老婆の同意も得ないで外に持ち出して干す。「ほら、これで夜、気持ちよく寝られる」

　乗ってきた玩具のような冷凍トレーラーの運転席にもたれてタエコの働きぶりをみていたツヨシが、まだ右腕が痛むのか左手で撫ぜながら、「トルコでも出来る」と軽口を叩くと、タエコはふん、と鼻で吹き、「トルコなんて知らんなァ」と老婆に相槌を求める。それから老婆らに向って暴露するように、「昨夜からあの二人、トルコのハシゴをやってきて、ふらふらしてる」と言う。

　三人は、折をみて、老婆らの一人か二人連れて繁華街に買物に行く。主に食料の買い出しだったが、稀には、洗濯バサミ、石鹸、小さな軽い金のオロシという雑貨が入っている時もあった。その空地についてすぐに、老婆らの足で歩いて十分の距離に銭湯がある事を見つけていたので、誰に頼らずとも毎日でも風呂は入れた。

何一つ不自由のない、それがそのまま路地の暮しだといってよい諏訪の生活だった。風の音が常時、耳についた。湖の周辺や湖水に群れる鳥の声が気づけばいつでも響いていた。日だまりで、まるで一日中、日の番をしているように坐り、そのうち老婆らは、自分らが諏訪の神の怒りで天を翔ぶ車が二つに折れて壊れ、仕方なく足止めを食って湖のそばで日の加減を見ている者のように思えてくる。

日が薄日になりはじめたので、サンノオバとミツノオバが二人で分担して洗濯物を取り込みはじめた。満艦飾の照明のつく物干しロープに干した者は取り入れ易かったが、一等若いコサノオバが、空地の中の立ち木の梢に干した物は、サンノオバでは取れず、ミツノオバが棒でつついて取った。その立ち木の向うの湖に出来たこぶのような池で釣りをしていた子供らが、口々にどなり、石を投げ、棒切れを振り廻していた。洗濯物を持ったミツノオバがサンノオバに声をかけた。子供が池の端から打たれて肉をみせた蛇の尻尾をつまみあげた。蛇は痛みと恐さと怒りでクルクルと身をよじり、子供の腕に巻きつこうとする。あわてて地面に放り出し、石を投げ、別の子が、這って池の方に逃げようとするところを棒で打つ。蛇は胴への一撃に苦痛のあまり大きく口をあけ、クエッと声を立てる。

「鬼の子じゃら」ミツノオバがまだ殴りつけようとする子供に言う。子供は殴りつけかかって蛇が胴からちぎれかかっているのをみて、「ほれ」とミツノオバの方に弾いてよこす。

「鬼じゃら。何もせんものを、こがいにして。口も腐るわ、手も腐るわ」

蛇はミツノオバの足元でくねる。ピクリとも動かなくなり、サンノオバが言い出して、二人で穴を掘って死骸をうずめた。

その子供らのした酷い振る舞いを他の老婆に話したが、ツヨシらに言うには忌事ではばかられると思って若衆らの誰にも言わなかった。だから、次の日の朝になって空地にやってきたツヨシが、何の気なしに池の方に行き、振り返り、「オバら、蛇じゃ」と声を出した時、サンノオバは心の底から驚いた。「おお、蛇じゃだ」と田中さんが池の中をのぞき込む。タエコが悲鳴をあげる。「何、これ、蛇やないのォ」タエコは池の中をのぞき込んで、身震いし、田中さんの体にしがみつく。ツヨシはそのタエコの耳元で何かつぶやき、ニヤニヤわらってから、子供らが放り置いていた棒を取り、身をのり出し、蛇の一匹を棒に乗せて池から上げてみせ、「うじゃうじゃおるんじゃ」と、また蛇を池の中に放り込む。もう一度、蛇を棒ですくいあげようとするツヨシに、「ツヨシよい。殺してくれるな」とサンノオバは涙を流して哀願するように言った。そのサンノオバの涙をみて、「何ない？」と棒を持ったまま大股で歩いてくる。蛇を酷くいたぶって殺した子供が急に大きくなったような気がし、向うから歩いてくるのが路地の美丈夫の血がありありと出たツヨシだと分かっているのに、手に持った棒で殴殺される気がする。サンノオバは力が抜け、ただツヨシよい、と声を出す。けげんな顔のツヨシにキクノオバが、

「昨日、ハツノオバのような蛇が出てきたんやァ」と一部始終を説明した。

　老婆らは交替に池に行き群がった蛇を見て、殺された蛇がクエッとあげた悲鳴に呼ばれてそれだけの数の蛇が集まったのだと言い合った。しかし蛇が一夜でどこから集まったのか分からない。「呼ぶ声があるんじゃねェ」とミツノオバが言うとマツノオバが、「蛇は集まるんやよ」と言う。

　ツヨシは、「気色悪り事ないか？」と老婆らに訊いた。「他所へ移ってもええんじゃど。トレーラーたたんで元の車にするの訳ないんじゃ」「他所て、どこな？」コサノオバが訊く。ツヨシは「さあ」と首を振り、どこでもと答える。「怖し事、ないよ」とサンノオバが言った。「この齢になって蛇ら怖しものか」サンノオバは繰り返す。

　ツヨシを注視する老婆らの眼をみてツヨシは心の中で諏訪を離れる時が来たのを感じたのだった。実際に出発する時になって老婆らに言えばよいと、ツヨシはそれ以上言わなかったが、タエコは気づいたのか、ツヨシが黙り込んだまま冷凍トレーラーの運転車を運転して諏訪到着以来やり続けているビリヤードのあるビルに向かうと、景気づけをやるように、「雄琴でかせぐでよ」と肩をたたく。

「今日、二人共、賭点あげて、持っとる金、みんなつぎ込んで勝負したらいいわ。若い男の二人ぐらい心いくまで遊ばさにゃあ、ポストやってもらっとる織姫が泣く。雄琴へ行って、百万や二百万、前借りは訳ないんだわ」

　タエコの言葉を取って田中さんが、「雄琴か」と独りごち、エンジンを切って運転台を降りようとするツヨシに、「雄琴へ行く前に毎晩、俺ら二人が予行演習かねてトルコの客じゃ」と言う。タエコは陽気に、「死ぬ、死ぬと夜言うて毎晩、腕、磨いとるがね。もう専門家だがね」と『ワコー』の中でのように言葉を返すが、ツヨシは黙っている。

運転台を降りた田中さんがビルの階段をのぼり、その後をタエコが従いていくのをみて、ツヨシはふと、湖のそばのキャンプ場に車座になって居眠りでもやっているようにトロトロと話したり繕いものをしたりしている老婆らが皆が皆、路地でツヨシの母親がわりだった事に気づいた。ハツノオバもそうだった。キクノオバが言うようにハツノオバが蛇となって一宮から諏訪に現われ出たなら、その呼ぶ声に姿を現わした蛇の群は、ハツノオバと変らない者だしハツノオバと気脈を通じた老婆らと変らない。ツヨシはそう考え、諏訪に来てタエコの金で取ったホテルで三つ巴になったり、新たな女を入れて四つ巴になってからみあった自分らも蛇のようだったと思う。

階段を昇りきりビリヤードの店のドアを開け、スティックを持った革ジャンパーの男が二人、ツヨシを待ちかねていたように、「おう」と声を出すのを見て、一瞬、幻覚のように蛇の世界に自分が飛び込んだ気がする。

居合わせたのはいかつい大男ばかりだった。

「今日は点の単価あげるって？」男の一人が訊く。店の奥のカウンターの中に居た男が、壁際に並べた椅子に坐ってショルダーバッグを膝に置いて中から煙草を取り出しているタエコを見て、「昨日、ダーツでしこたま稼いだから気が大きいんだ」と言う。タエコは煙草に火をつけ、煙を吐いてから、「はした金だわ」と、火のついた煙草を用がなくなったというようにツヨシに渡す。ツヨシはそれを立っていってカウンターの灰皿で消した。

「お姫様が雄琴のトルコに行くと自分で言い出したんじゃ。物分かりええんじゃから」ツヨシが言うと、男はにやりと笑う。「俺だって、もしツヨシさんが俺を連れてくれて貢げと言うなら、トルコへ出てもいいよ」

「男がトルコへ出るんかい?」ツヨシが訊くと、タエコが椅子から立ちあがり、「あんたがこの人、口説いていかんわ」とツヨシの脇に来てから、自分の持ち物だと誇示するように首っ玉に腕を巻きつける。ツヨシが男にウィンクすると、タエコは、「あッ、かくれてウィンクした」と言う。タエコは振り返り、丁度ゲームをはじめる前にスティックの先にチョークを塗っている田中さんに、ツヨシを指さし、「男三人もおるのに、まだ他の男、引っかけよとしている」と暴露するように声をつくって言う。

金を賭けてゲームを始める前なので、気持ちを散らしたくないというように田中さんはタエコの言葉を無視した。田中さんは二人の革ジャンパーの男に無言で一等先に玉を突くと合図して台にかまえた。突くと玉は四方に飛ぶ。

「この店に来た時からこの男がウズウズしとったの分かるんじゃ。俺と一緒にトレーラーに乗って方々に行きたい」

ツヨシが言うと、突然、タエコは笑い入り、「わたしがサービスするというのになびかないんだから、ここの人、同性愛だわ」と言う。

「俺と田中とがかい？」とツヨシが訊くと、やっと緊張がほぐれたように、田中さんがかまえながら、「路地のアホの血が入り混じっとるし、切っても切れん仲じゃ」と言う。

電話が鳴り、カウンターの男が受話器を取って一言二言話し、受話器の相手に勧められたのか手をのばしてテレビをつけた。丁度ニュースの時間で、殺人事件の被害者の顔写真が二枚大写しになったところだった。事件は深夜の盛り場で起っていた。二人は何ものかに鈍器で殴殺された。「知らないよ」と男は受話器の向うの相手に言い、相手がしゃべるのに相槌をうち、電話を切る。男はツヨシが訊きもしないのに、小指を立ててみせ、女か男か分からないが恋人からの電話だと教える。

「あんな変なジジイなんか知るものか」男は子供っぽい口調で言い、ツヨシの首に腕を巻きつけ取りすがったままのタエコをみて、「やめろよ」と言う。

「男の人と一緒じゃなかったら一歩も入れてないんだからね。ここは女装してきたってたたき出すんだからね。皆なハードな奴ばかり集まってるんだからな」

「へえ、ヤキモチ焼くの」タエコは言う。

「ヤキモチじゃない。商売されると汚れると言うんだよ」

男が声を変えて言うとタエコは煽られたように、「何が汚れるの。ヘンタイだわ」と言い、わざとツヨシの顔に唇をつけ、股間を触る。「股間がむずむず動く。ほら」タエコは言う。「あんたなんかに貸してやんないわ」

ホテルの部屋で何もかも反対にやった。普段ならタエコが乳首でやるところをツヨシは性器でやった。まじめにやればやるほど滑稽《こっけい》になったが、タエコは、全国いたるところにあるトルコがもし女用ならそんな事では金を払わないと言い、「まだまだ」と言う。起きあがって膝を立てて大きく開き、自分の指で花弁を開いて顕わになった核に、ツヨシの性器を当てて震動を送れと言う。突く。つるりと滑り落ちたふうにそのすぐ下に口を開いた女陰にツヨシのものが入り込もうとすると、「駄目」とタエコは言って腰を引き、また最前と同じように桃色のボタンのような核をこすらせ、わざとらしく、「ああ、いい」と声を出す。タエコが下に寝て、その乳首を性器でころころと転がすふうに体を動かし動きの激しさに汗みずくになっているところに、酔って二人の男に抱えられるように入ってきた田中さんが、大声で、「何しとる?」と訊く。田中さんの他に男が二人いるのをみてタエコは悲鳴をあげ、あわててシーツで体をおおった。「毎晩、毎晩——」あきれかえったように田中さんは手を払うように振って、椅子に坐り、男らに、「俺ら、ずっとこんな事しとる」と言い、それからジャンパーのポケットからくしゃくしゃの千円札をわしづかみにしてテーブルの上に放り出す。「いくらある?」田中さんは訊く。

「十万」

男の一人が低い声で答える。ツヨシは裸のまま、田中さんの脇に立った男らに、「何ない?」と言った。「俺ら男、要らんのじゃ」

「田中さんが酔ってしまったし、行こうと言うから」

男の一人はボソボソと言った。

「連に入れたれよ。今日は、俺の言うこと、聴くというんじゃ。タエコの客、連れて来た」

田中さんが言い、またジャンパーのポケットに手を突っ込み、皺《しわ》だらけの千円札をわしづかみにして取り出す。

「ざまみくされ、一点千円にあげたら、大勝じゃ。ツヨシ、これら、本当は百万も負けとったんじゃ。途中から単価ひとつ切り下げたんじゃが、もし俺が負けとったら、車、俺らから取り上げとるとこじゃったんじゃ」

「車て、トレーラーかい？」

ツヨシが訊くと、田中さんは愉快げに手を打ち、「百万の勝負したんじゃから」と言い、声を立てて笑う。

「こいつら女にあかんさか、女を信用せんと言う。タエコが雄琴で稼ぐというても、金、見るまで信用せん、信用出来るのは物じゃと言うて、トレーラーで払えと言う。おまえらが行てから単価上げて、三十万まで俺は負けたんじゃ。よし、トレーラー賭けたるとやったんじゃ」

「お前のトレーラーじゃない」

ツヨシが不満げに言うと、「そうじゃから、俺はツヨシに殺される覚悟でやったんじゃ。百万」と田中さんは何がおかしいのか笑い入って笑いだけでは足りないというように足で床をバタバタ踏み鳴らす。

「百万、勝ったの？」

タエコがツヨシに訊く。苦り切ったままツヨシがうなずくと、「うわあ」と声を上げ、身をかくしていたシーツをはねとばす。

「百万、勝った」

「トレーラーまで賭けて百万勝ったのに、何んで十万ない？」

ツヨシが訊くと、男二人は眼を伏せる。

「このアホが負けたら、オバらの大事なトレーラー取り上げるつもりじゃったのに、何で十万ない」

ツヨシが言うとタエコはやっと自分が素裸のままで男に見られている事に気づいたようにツヨシの後に身をかくし、「そうだわ、汚い事やって」と言う。田中さんはケタケタ笑う。ジャンパーの両ポケットをさぐり、一枚出て来た千円札をまるめ、そばに立った男の頭めがけて投げる。千円札の弾丸は頭に当るとはねてベッドの上に届く。田中さんは勢いづいて机の上の紙屑のような千円札の山を両手で持ち上げ、雪の球でも作るようにまるめ、それをもう一人の男の頭に投げる。千円札の雪球は男に当る前にほぐれバラバラと男の足元に落ちる。

「お金に、いかんわ」

タエコが言う。男ら二人がツヨシの言い出す無理難題を待ち受けているように見ていた。男の一人は、ツヨシの肩に残った殴打の跡をみつめている。ふとツヨシは自分が打たれ傷を受けクエッと声を上げて死んだ蛇そのもののような気がし、男ら二人に傷口をさらすと危い目にあうと思い、「おまえら二人、分かっとるんじゃさか、俺は逃がさん」と言い、男ら二人に残りの金を用意して店で待っていろと帰らせた。

男ら二人が帰ると、タエコは素裸のまま立ちあがって、床に散った紙屑のような千円札をかき集めてベッドの上に置き、「手伝ってちょう」とツヨシに言い皺をのばしはじめた。タエコがベッドの上で女陰をかくして正座するので、ツヨシがその股間に皺だらけの千円札を置いてやると、「お金に悪戯するとバチが当るでよ」とのばしにかかる。タエコののばした千円札に今度は唾をつけて乳首に貼りつけると、タエコは顔を上げ、股間に置いたのもツヨシがふざけてやった事だと気づいたように千円札を取ってツヨシを見つめ、「いかんわ」とつぶやく。タエコはツヨシの心の中をのぞくようにみつめつづけた。ツヨシが昏い眼をしていてタエコにうつしていくのか、タエコがツヨシにうつし、それにまたタエコがうつるのか、二人、ベッドの上でさっきまで普段とさかさまのトルコ遊びをやっていた事が罪のように思えてくる。タエコは立ちあがる。一瞬、タエコの内股の奥深くが濡れているのが見える。タエコは壁のサイドデスクのひき出しを開け、中から洗濯物を入れる袋を取り出し、皺くちゃのままの千円札を入れる。

田中さんは椅子に深く腰かけ朦朧とした眼でタエコの動きをみていた。そのうち田中さんは軽いいびきをかいて眠りはじめた。毛布をかけてやろうと言うタエコをツヨシは止め、そのまま引き寄せて組みしき、田中さんが戻って来るまでやっていた痴態の順序をすっかり忘れたように、ひたすら自分だけの高みにのぼろうと腰を使い、タエコが果てるのにあわせて、全力疾走するように行こうとする。

爆発する寸前で、ドアがけたたましくノックされた。爆発が遅れ、ノックの音で田中さんが眼をさまし明りを落した室内にとまどったように、「ツヨシ」と名を呼ぶのにツヨシは答えない。ドアがノックされつづける。「開けたれ」とタエコの上でツヨシはどなった。田中さんはやっと自分がどこにいるのか正気づいたように立ってドアを開ける。外から入ってきたテツヤが、「早よ開けよ」と田中さんに不平を言い、逆にこづかれたらしく、すぐ、「痛い」とテツヤの声がする。部屋のスイッチがつけられた。

「あっ」と声が立った。タエコは今、息ができない。ツヨシにしがみつき、ツヨシが今の今の為に打ちつける性器を待ち受けている。爆発の瞬間、思わず声が出た。タエコをかかえたまま荒い息をついているとマサオがベッドの端に立ち、「どいらいね」と言う。「腕ぐらいの、食い込んで行くんやさかね」とマサオは興奮した声で言う。

「何じゃ、見世物じゃないど」

ツヨシは言って、タエコにまだ入ったまま後手で毛布を取り、二人の上におおった。入口にいたテツヤが、「アニら、やってばっかし」と声を立てた。

田中さんが今何時だとテツヤに訊いた。「三時」とテツヤが答えると、田中さんは、いつの間にか眠っていた、とひとりごち、ふと二人に起された事に気づいたように、

「何な、こんな時間に」と声を荒げる。

「雨ふっとる。どしゃぶり」テツヤが言う。「雨?」田中さんが言う。「大雨。暴風《しけ》」テツヤが言う。

テツヤの声に、ふとツヨシは老婆らの居る湖に面したキャンプ場を思い出し、あわてて起き上ろうとした。動いたはずみにタエコの中からツヨシの放った粘液が流れ出すのが分かり、ツヨシは腕をのばして手さぐりでティッシュの箱を取ろうとした。ティッシュの箱は見当らず、仕方なしにシーツをたぐり寄せた。

「キャンプ場へ行って、諏訪、出る準備するど」ツヨシはタエコに言い、身を起すと、タエコはノロノロと起きあがる。「ほれ、ボケとらんと」とタエコの額をこづくと、「イくと、しばらくボケとるんだわ」とタエコは言い、そばにマサオがいて食い入るような眼で裸の自分を見つめているのに気づいたというように、「羞かしい」と手で乳房をかくす。

ホテルの窓から外をのぞいた時はさして心配もしなかったが、玄関を出て、二手に別れて冷凍トレーラーの運転車とワゴン車に乗り込み、キャンプ場に向って夜の道を走りはじめて雨が大粒なのを知り、不安になった。「すぐ荷台、トレーラーに取り付けな、あかんな」田中さんの声を耳にして、ツヨシは老婆らが水にさらわれているのではないかと悪い想像をした。

運転車とワゴン車のヘッドライトで照らすと、今しがた池の方からあふれ出して来たばかりだと証すように、キャンプ場の中を緩い曲線を描いて水のおおった地面が光った。冷凍トレーラーの運転車をキャンプ場に入れ、脚をつけて固定した老婆らの寝起きする荷台の方へ行こうとし、先廻りしたワゴン車が照らし出した荷台を見て、ツヨシも田中さんもタエコも声をあげた。荷台の扉が開きっぱなしになり、雨滴が入り込む中に誰も居ない。

ツヨシはあわてて運転台から飛び降りた。湖から直接吹きつける風と大粒の雨で立つ事も困難なほどだった。満艦飾の明りをつけるコードがひきちぎれそうな勢いでたわみ宙に浮いていた。ツヨシは荷台の中をのぞいて誰も居ないのを再度確かめ、それ以上雨が吹きつける事がないように扉を閉めた。

「おらんか?」田中さんが運転席の中からどなった。ツヨシは手を振り、ふと、老婆らが雨風にさらわれ湖にでもはまり込んだのではないかと思い、ワゴン車に合図して湖の汀を照らさせた。

「オバ」ツヨシは蛇の群れた池に来て、まるで底に沈んでいるように呼ぶ。池からあふれた水はその辺りが幾分低くなっているところなのか、足のくるぶしまで浸した。ワゴン車にもう少し近寄れと合図するが、ワゴン車は拒むようにクラクションを鳴らしたきりで近寄らない。池をのぞき込んでいると、運転車がクラクションを鳴らした。運転車は首をふったので、ヘッドライトの光が公衆便所を照らし出す。

運転台から田中さんが飛びおりた。ツヨシは顔に小石のように直接当る雨滴を避けて公衆便所に行く。ツヨシが運転車の照明が窓から入り込みほのあかるい公衆便所の中に、一歩遅れて入っていくと、透明ビニールの雨合羽を着込んだヨシがそこに居て田中さんと話している。ヨシはひょいと田中さんの脇から顔を見せ、「おっ、来たね」と声を出す。田中さんが女性用の便所の戸を指さす。

「ここにおるんかい？」

ツヨシが訊くとヨシは、便所の戸をたたき、「キクさん、もういいよ」と言い、隣の便所の戸をドンドンとたたき、「サンチャン、もういいよ」と言う。

そのヨシの言い方に、ツヨシは苦笑する。ヨシの呼びかけに一等初めに出て来たのがそのサンノオバだった。一段床より高くなった便所から出て男用の小便器が並んだそこに外と変りない突風が吹くというように顔をしかめ、サンノオバは、後から出てくるマツノオバやヨソノオバに、「えらい雨じゃわ」と運転車の照明に浮き上った雨をみてみろと言う。隣の便所からミツノオバ、コサノオバ、キクノオバが出て来る。

「もう大丈夫だ。風が少々きつくたって、若い人が来てくれたから平っちゃらだ。サンチャン、もう泣く事、要らないからね」

「泣いたんかい？」

ツヨシが訊くと、「開けた戸から雨風吹き込んでくるし、泣かいでかよ」とサンノオバが言う。

誰も依頼しないのにマサオが率先してワゴン車を公衆便所の入口につけた。老婆らがそのワゴン車に乗り込み、キャンプ場から難をさける為に一本向うの通りに退避させる頃、池の方から広がり始めていた水はキャンプ場全域をおおっていた。

冷凍トレーラーの運転車は田中さんが降りて誘導し、ツヨシが運転してバックし、切り離されていた荷台と運転席を繋げた。今度は一層激しくなった雨の中に降りて、二人がかりで洗濯用のロープに使った満艦飾の照明のコードをはずして、荷台につけ直した。タエコが運転台から指さして声を出し、言葉は聴きとれなかったが指さした所に水中に沈んでしまいそうな七輪が置かれているのをみつけて、ツヨシは持って運転台に上った。「もう一つは中に納っとるんやろか」タエコが言うので田中さんに七輪をさがしてくれと言う。子供が水遊びするようにひざのあたりまで来た水の中を足でかきまわし、「ないど」と言う。「荷台の中、見てくれ」ツヨシが言うと田中さんは、素直にうなずき、荷台の方にゆく。しばらくして、「ある、ある」と田中さんは走ってきて、運転台に飛び乗る。ツヨシと田中さんの二人、雨で全身濡れねずみだった。ふと不安になってツヨシは、「ワゴンの方に六人、おったな?」と訊いた。田中さんが、「七人」と言う。ツヨシは冷凍トレーラーを発進させた。

キャンプ場の敷地はおさまりそうもない雨で水びたしになっているので、冷凍トレーラーが動き出すと滝のような音が立つ。水がはねとぶ。田中さんが助手席の窓からのぞき、「おっ、水上スキーじゃ」と言うので、タエコがつられてのぞこうとして、濡れねずみの田中さんに触わり悲鳴を上げ、笑い入る。その笑い声にツヨシがつられ、キャンプ場の中を冷凍トレーラーで円を描くようにグルグル廻る。タエコは水がはねとぶといって声を上げて笑う。冷凍トレーラーは水の中で一人、自分の尾を咥《くわ》えようとグルグル廻って遊んでいる蛇だ、ツヨシはそう思った。冷凍トレーラーそのものが二つに分離したものが元にもどったと喜んでいるようにもみえた。

キャンプ場から出た道に水は広がっていた。ツヨシは冷凍トレーラーを運転してワゴン車の停った一本向うの道に出て冷凍トレーラーを停め、田中さんと二人、濡れた服を脱ぎ、着替えた。シャツを着ているとワゴン車が近寄り、「アニ」とマサオが呼ぶ。「オバら、もういっぺん湖、見たいと言うんやけど」「みせたれ」ツヨシが言うとマサオはいつになく素直に、「よっしゃ」と言い、ワゴン車を湖の方に走らせる。

「どしたんないね」とツヨシは言った。田中さんは老婆らの事を言ったと思って、「湖の神さんにでも参ろというんかいね」と言い、ツヨシが不審げに雨の中を走ってゆくワゴン車のテールランプをみていると、「マサオらかい?」と訊き直す。

「あれら、高速道路使て、甲府まで遊びに行っとる。甲府の方へサッカー見に行たと言うとった」

「サッカーか」

ツヨシは窓硝子に顔を映し、タエコのヘアブラシで髪をときつけにかかる。髪は随分のびていた。タエコが肩ごしに窓硝子に映ったツヨシの顔をのぞき込み、「ヘアバンドしたら?」と言う。「ヘアバンド」ツヨシが言うと、タエコは雨で濡れたツヨシの髪をぴったりとときつけ、「ちょっと待って」と仮眠ベッドに身を入れ、毛糸の長いドレスをひき出し、その腰の部分から毛糸の紐《ひも》を抜く。「ハサミ、ハサミ」と呟いて、タエコは今一度仮眠ベッドに身を乗り出しボストンバッグの中から化粧道具を出し、中からカミソリを取り出す。

「雄琴へ行ったら、こんな毛糸のドレスなんか何枚も買えるで、切ったっておしくないんだわ」タエコはカミソリで紐を二つに断ち切ろうとして端をツヨシに持たせる。

「何本でも咥えたるで、ヤキモチ焼かんでちょうね。一月もいれば、一日十万として三百万だわね。二月いれば六百万だわ」タエコは紐を切るのに弁解しているようだった。

「さあ、出来た」タエコは紐を二つ持ち、一本をツヨシの髪に当て、一本を田中さんに、「はい」と渡す。「何ない？」田中さんは言う。「織姫の贈り物だがね。雄琴で身を粉にして彦星の為に金を稼ぐ証しだがね」田中さんは渋々紐を受け取る。タエコはツヨシの髪に紐を巻き、ゆわえる。窓硝子にインディアンの若衆のようなツヨシが映った。

ほどなく湖の方の空が白んだ。冷凍トレーラーを動かして湖の方に向った。風がおさまらなかったが雨は止んだ。キャンプ場の手前の道路に出る角でワゴン車が停り、六人の老婆らとヨシが外に出て、風で波立つ湖をみていた。風が吹くたびにキャンプ場をのみ込んで道路にまでおし寄せてきた水が波立った。

老婆らが避難していた公衆便所は建物の三分の一ほど水につかっていた。その公衆便所がなければキャンプ場がどこなのか見当がつかない。

冷凍トレーラーを停め、ツヨシが運転台から降りると、防寒コートの襟を立てたサンノオバが、ツヨシの脇にやってきて、「オバら暴風になるの、知っとったんじぇ」と言う。

「キクノオバ、朝からずっとリウマチうずくと言うし、わしらもみんな久しぶりに血の道悪りなったし」

「えらい風じゃ」

「もう行くんか？」サンノオバが訊くので、ツヨシはうなずく。ツヨシのそばにキクノオバがふらふらと歩いてきて、「どこの神さんにも追い出されるんやァ」と言う。その時、ヨシが「サンチャン、ほら、ほら」と湖水の波を指さす。「あそこだけが特別に盛り上って波打つんだ。ほら、下からグァッと盛り上って、ドンと散る。言ったとおりじゃないか」ヨシは湖の真中を指さし、波が動くに合わせて指を動かし、波が自分らの足元まで来たというように見て、「ほら」と言う。老婆の何人もがヨシの手品にかかったように、「ああ」と声を出す。

高速道路の諏訪湖サービス・エリアで休憩するからと言って老婆らをワゴン車に乗せて、冷凍トレーラーの運転台に乗り込もうとするツヨシを、ワゴン車の窓から顔を突き出して、「アニ」とマサオが呼んだ。ツヨシが立ち止り振り返ると、マサオが降り、続いてテツヤが手にカウボーイハットを二つ持って降りて来る。

二人が緊張した面持ちなので悪い予感がしたが、ツヨシはことさら乱暴な口調で、

「なんない？」と訊く。マサオはツヨシの方に歩き出し、不意に止って後をついてくるテツヤを待ち、二個のカウボーイハットを受け取ってから、「アニらに、これやる」と言って歩いてくる。「さっきタエコからハチマキ、もろたんじゃ」ツヨシが額の毛の生えぎわに巻いた毛糸の紐のヘアバンドを教えると、「これの方がカッコええ」と言う。マサオの手からカウボーイハットを受け取り、運転台のドアをあけ、一つを田中さんに投げてやると、中から、「何でくれるんない？」と田中さんが訊く。「俺ら、もうここから別れて他所へ行く」マサオは言った。運転台から田中さんが、「何をえ」と声を荒げる。ツヨシは予期していた気がして驚かなかった。

「アニらと一緒に行きたいけど、アニら、ここからすぐ東京へ行かんじゃろ。俺ら、東京へ行く。晴海でオートショウやっとるし、何人も見にゆくさか」

マサオの言葉を聴いて、運転台から田中さんが、「こいつら、暴走族の連中と打ち合わせしたんじゃ」と言う。テツヤが顔をしかめ、「アニらと一緒に行きたいけど」とつぶやく。「一緒に行きたいんじゃったら来いよ」と言って運転台から田中さんが、下に降りる。田中さんはマサオを見て物を言おうとし、声を呑み込む。しばらくマサオをみつめてから田中さんは小声で言う。「車の中の荷物どうするんな。オバらと一緒に荷台の中に入れたら、カーブ切った時転がってケガするど」その田中さんの言葉にテツヤが何を思ったのか、顔をしかめて涙を流し、「帽子、そうじゃから二人にやったのに」とつぶやく。「帽子ら、要らん。どうせ盗んできたか人のを取り上げてきたんじゃろし。

俺らじゃない。ワゴン車、要るのは、オバらじゃ」田中さんが言うとテッヤは声を立てて泣く。マサオが小声で、「泣くな」とテッヤを叱る。「アニ、俺ら出発する時から、途中で離れる、いつでも離れてもええという約束で従いて来たんやさかね」マサオがツヨシに言う。ツヨシはうなずく。田中さんが駄々をこねるというふうに、「さびしいわだ」と言う。

タエコが運転台から、一人明るい口調で、「ボクら、行こ、行こ」と高速道路の方を指さして手を振った。「しゃかりきに稼ぐから、雄琴で楽しい事、どっさり待ってるがね。ネオンが一晩中キラキラ輝いとるんだわ」「俺らトルコよりディスコへ行きたい」マサオが言うとタエコは、「そのディスコもどっさりあるんだわ」と間髪を入れずに言う。

「まんだ二人は、女の子と数こなしてないでしょう。この二人の色男みたいに、女の子が何したら喜ぶか、また自分もどんな事が好きなのか、はっきり知らんでしょう。男の人でも色々あるんだがね。乳房にホットドッグみたいにはさむの好きな人とか、お尻をなめられるの好きな人とか、いっぱいあるんだわ。雄琴で教えたるでよ。たっぷり習ったらいいわ」ツヨシと田中さんの二人、タエコの言葉に苦笑する。「冗談でなしに、本当に、習えばいいわ。わたしが二人のトルコ代、もってあげるでぇ」「一緒に来たらトルコに毎日、行けるど」ツヨシが言うと、タエコは、「トルコへ入って、すぐピュッと出してしまって、ハイ、オシマイ、だから、雄琴より東京の方へ行きたいと言うんだわ」と言う。

マサオは屈辱を受けたというふうにふくれっ面をした。その顔を見て、ツヨシは決心した。マサオとテツヤに、ワゴン車の荷物入れに入っている老婆らの炊事道具や清掃奉仕用の竹ほうきを、冷凍トレーラーの仮眠ベッドに移し替えろと言った。

「行かないのォ」タエコは失望がありあり出た顔をした。マサオとテツヤが一行からはずれる事を老婆らには内緒にしておくと、四人の路地の若衆とタエコで誓い、ワゴン車に乗り込んで出発を待っていた老婆らを降ろし、冷凍トレーラーの荷台に移動させる事にした。老婆らは冷凍トレーラーの荷台に入る事を渋った。

降り出した雨の中で老婆らが冷凍トレーラーの扉を閉める事が出来ないまま、ヨシの誘導で公衆便所に避難したので、吹き込んだ雨で荷台の床が濡れ、蒲団が濡れていた。誰の眼にも、何もかも濡れた中に老婆を積み込み、唐橋のある瀬田、その昔、キクノオバらの働いた紡績のあった西陣、不夜城のトルコのある雄琴に向って出発するには無理がありすぎると分かっていた。老婆らは、「ビショビショやァ」と声をそろえて不平を言い、老婆らの中で一等若いコサノオバが、「向うの車に乗っとったのに。こんなとこに乗っとったら、皆な病気になる」と言い出した。

田中さんが苦情にたまりかねてワゴン車のマサオにせめて冷凍トレーラーの荷台の床が乾くまでワゴン車で伴走してくれないか、と頼みに行った。マサオとテツヤは、最早、駄目だと言った。

「ビリヤードの金で蒲団を沢山買い込んで床に敷けばいいんだわ」とタエコが思いつき、今度はツヨシがマサオに頼み、ワゴン車を借りてタエコと諏訪の繁華街の蒲団屋をさがしに出かけた。まだ閉ったままの店を起し、敷蒲団を七枚、毛布を七枚、掛け蒲団を七枚、仕入れ、さらに床に敷きつめる為にマットレスを五枚買った。タエコが勧めるので、ツヨシはついでに老婆らにマフラーを買った。

冷凍トレーラーの床に敷いていた水を吸い込んだゴザをはがしてマットレスを敷きつめ、中に畳んであった毛布や蒲団を日を干すのに都合のよい場所がみつかるまでと仮眠ベッドの中に入れた。老婆らは真新しいマットレスの上に坐り、「ふわふわしとる」「これで転っても痛ない」と機嫌のよい声を出し、ツヨシらの見ている前で蒲団を広げ、柄を見せて次々と持ち主を決め、さっそく敷きつめる。六人の老婆らは一組あまった蒲団を雨合羽を着たままのヨシに与え、「お客さん用や」とはしゃぎ、余り金で買った七本のマフラーを分配する。ヨシは老婆らからマフラーを贈られ、「うれしいよ」と子供のように眼を輝かした。田中さんが小声で、「おれがビリヤードでかせいだんじゃど」とつぶやく。ツヨシが黙って田中さんの尻を蹴りとばす。

老婆らの巣づくりのような動きが一段落したのをみとどけてから、「高速に乗って、諏訪湖で飯食うさか」と説明してから、扉を閉め、ロックをかけた。ワゴン車に乗ったまま、マサオとテツヤがのぞいていた。三人が冷凍トレーラーの運転台に乗るのを待ち受けていてマサオが手を振り、クラクションを鳴らし、走り出す。冷凍トレーラーは後についた。川ぞいの道を走り、しばらくして高速の入口に出る。ワゴン車は先に中に入って止った。右に東京、左に名古屋と標識が出ている。ワゴン車はどちらへ行こうかとまどっているようだった。冷凍トレーラーは続いて中に入り、ウィンカーを名古屋の方向に出すと、ワゴン車が東京の方向に出し、クラクションを三度鳴らす。ツヨシも三度、冷凍トレーラーのクラクションを鳴らして答えた。

V　曼珠沙華—天の道

諏訪湖サービス・エリアで浮浪者のヨシは冷凍トレーラーから降りるなり、「出発の時、どうせゴタゴタしちまうだろうから挨拶しとく」と言って、ツヨシと田中さんとタエコの三人に深々と頭を下げた。「有難うございました、それからマフラーも有難うございました」と言い、また伝法な口調に戻って、「なんせ、高速道路に巣食った浮浪者だから、とっくに紙袋の中に納っちまったけど。サービスに寄ったら、浮浪者のヨシ、どこにいると訊いておくれよ」とつけ加える。

ヨシは老婆らの中に戻る。老婆らは便所へ出たり入ったりし、それが一段落すると濡れたためすこぶる調子の悪い七輪を使って炭を起してオカイサンを炊き、食べ、それから無料休憩所でボンヤリする。ツヨシの坐ったレストランの窓からサンノオバが一人ふらふらと歩き、花壇に物を埋め込むのがみえた。ツヨシが指さして教えると、「死んだオバさんの種まいてるんだわァ」とタエコが言う。

「一宮からこっち、三人減ったたんねェ」

「代りに一人増えたんじゃ」

ツヨシが言うと、「ずっと従いていきたいけどねェ、雄琴にずっと居てくれたら、減る事もないけど」とタエコは胸にこみあがってくるものがあるというように声を落とし、唇を嚙む。タエコは沈んだ気持ちを払うように、「がんばらにゃ」と自分の膝をたたく。「ハンサムなポスト二人、この体にかかっているんだから。いいねェ、若いポスト、二人もいると思うと、働くのに張りが出てくるんだわ。一宮でトルコに行けば行けたけど、何となしに専門家になれないのね。フンギリがつかなくて、いいわ、好きなタイプとだけ寝てお金もらうんだから無理しなくていいんだわ、となっちゃうの。だから『ワコー』で、言ってたでしょう。若い男ばかり食ってるでいかん、て」

恵那で十二時になると思って、冷凍トレーラーは十時になって諏訪湖サービス・エリアを出発した。タエコと田中さんは冷凍トレーラーが動き出すとすぐ眠った。恵那で昼飯を食い、腹がくちくなると睡魔に襲われてたまらず、ツヨシは出発を二時と決めて運転台の上で眠り、そのまま寝入り込んでしまい、ふと眼ざめ、気づいたのは関ヶ原のサービス・エリアだった。三時間ほど時間がたっているのに気づき、「ここまで何回休憩した?」と訊くと、タエコはツヨシの心配事を見抜いたというように、「ちゃんとオバアちゃんらにお便所へ行く時間取ったし、お茶も飲ました」と言う。「恵那で眠って起きたら関ヶ原じゃ」

ツヨシは運転台の中で立ち上り、外に出る。老婆らはベンチに腰かけていた。日を背にして立ったツヨシをまぶしげにみて、サンノオバが、「来いよ」と手招きする。欠伸《あくび》を繰り返しながら、ツヨシが老婆らのそばに寄ると、サンノオバが体をずらし、一人分の席を空ける。

「何ない？」

「坐れよ、まァ」サンノオバはベンチを手で叩く。

「オバらに囲まれたら路地の悪《わる》の誰でもどうむしられるか、不安になるど」

空いたベンチに腰を下ろし、ベンチの背もたれに両腕を載せて広げるツヨシをみて、「むしる言うて、誰がおまえをむしろかい」とミツノオバが言う。「のう、わしらを伊勢に連れてくれたし、近江に連れてくれるんじゃのに」ミツノオバの問いかけに、ヨソノオバが、「そうや」と答える。ベンチの端にいたマツノオバが諏訪で買って与えたマフラーを首に巻き、大切な事を言おうとするように身を乗り出し、「もう秋もまっ盛りやだ。十月に入ったんじゃし」と言う。

「もう秋やだ。秋は萩の花咲くじゃろ、マンジュシャゲも咲くじゃろ。オバの家の前にどこから来たんか今ごろになったら、マンジュシャゲ咲いたんじゃわ。昨年どっさりあったさか、球掘ってキクノオバにやった。ほしたら、キクノオバは地面に埋めんと擦りつぶして足に貼ったんや」

マツノオバの言葉を受けてサンノオバが言うと、キクノオバが、「リウマチで足悪りさか」と言う。

「リウマチに効くんかん？」コサノオバが訊く。

「あれで貼っとったら脹《は》れ引くんや」キクノオバが言う。サンノオバが、「そうかん」と驚き、「それやったら、出て来る時、球みんな掘り出してきたらよかった」と悔み、ふとツヨシが自分の脇に坐っているのを思い出したように、「近江へ行たらマンジュシャゲ、みつけたら球掘り出したってくれよ。脹れも引くし、痛みも消えるんやったら、路地から出てきたかいもある」と言い、ツヨシの顔を見て、ふと路地の昔を思い出したように、「おまえら知らんが、キクノオバ、踊り上手やったんやァ」と言う。「足痛て、昔の事やァ」キクノオバが言われてまんざらでもないというようにつぶやく。「上手やった」コサノオバが言う。マツノオバが、「ワシ、ドッコイサノセ、はキクノオバから教えてもろたの」と言う。

「何ない、そのドッコサノセ」ツヨシが訊くと老婆の中から失笑と、「あかん者《もん》じゃね」とつぶやきがおこる。老婆らはツヨシの運転する冷凍トレーラーに乗ってきて高速道路のサービス・エリアにいる事を一瞬忘れ、路地にいて路地の中で取り交される符号のようなものを分からない若衆を小馬鹿にするように、「ドッコサノセはドッコイサノセやだ」と言う。

「ヨイトヨヤマッカ、ドッコイサノセ、と言うやよ」とミツノオバが苦笑をこらえて言って、ツヨシは、何となしに分かった気がする。

「あかん者じゃねェ」コサノオバが言い、ベンチから立ちあがり、「こうじゃがい」と身振りを入れ、ヨイトヨヤマッカ、ドッコイサノセと歌ってみる。

「ああ、あの盆踊りかい」ツヨシがうなずくと、コサノオバはベンチに坐り直しながら、「そうやだ」と言う。

「紡績へ行て、紡績で盆踊り習ろたさか、わしらきょうだい心中もすずきもんども、色々覚えていたけど。キクノオバが踊りも上手やったし、歌も上手やった。わしら唄たらすぐ、ドッコイ、チゴタ、マチゴタと声掛けやれるけど、キクノオバ、歌もすらすら唄うし、小柄で浴衣似合《にお》たさか、盆踊りの時期になったら男衆にもてるの」

「コササン、いっつも節、間違えるさかじゃわ。アニノモンテン、イモトニホレテというの、アアニ、と言うし、イイモトと言うやがい。兄と妹《いもと》の心中じゃのに、話、分からんようになる」ミツノオバが言うと、コサノオバが、きょうだい心中の一節を歌い、

「わし、近江でアアニと習ろたし、イイモトと節、習ろたで」と言う。ミツノオバが決着をつける為に歌の上手なキクノオバに一節歌ってみてくれ、と頼んだ。

「足痛いさか」キクノオバがつぶやくと、コサノオバが、「ほうほ、あかんわだ」とからかう。

「わし、踊りのふり入れなんだら、歌の節、出て来ん。足、踏んだら、こたむさか」キクノオバの言葉にじれたようにコサノオバがまた立って、〈さても珍《めず》らしきょうだい心《しん》中《じゅ》、兄《あに》がはたちで妹《いもと》がじゅうく、兄《あに》のモンテン妹《いもと》にほれて、ほれたあげくに御《ご》病《びょう》気《き》となりて〉と歌い、自然に体が動く。

公衆便所から出て来た田中さんが、「オバら、新し蒲団に寝たさか浮いとるな」と声

を掛けて歩いてくる。コサノオバが振り返って、「ミツノオバ、わしの歌、間違とると文句つけるんや」と田中さんに訴えるように言う。「文句、つけてない、間違とると言うとるだけ」ミツノオバが返すと、コサノオバは急に昂ぶったように唇を震わせ、「歌まで間違て覚えとるんやったら、わし、近江へ行ても何にもならんわ」と言い、しゃがみ込む。ひざの中に顔をうずめ、サンノオバが、「コササン」と呼びかけても、首を振るだけだった。

田中さんが老婆らに囲まれてベンチに坐ったツヨシに、冷凍トレーラーに行っていると無言で合図する。コサノオバは顔をあげる。

「わし、十三になったばっかしの時、サンノオバら行っとる紡績へ行たんやど。わしらオバらの後やったさか、別の工場へ廻されて、何遍も何遍も泣いたんや」

「わしら泣いた事ない。紡績におったら飯食べれたもん」ミツノオバが言う。

「わしかて、そうや。そんな事、言うてないわ」

「ほしたら、何で泣いたん？」

ミツノオバが突っ込むと、ツヨシの脇に居たサンノオバがムカッ腹が立ったように、ツヨシの体ごしにミツノオバを見て、「吾背《あぜ》もしつこい女じゃね。路地の女じゃったら、泣いた言うたら何で泣いたか分かるじゃろがい」と言う。ミツノオバはとぼけるように、「路地の女言うて、色々あるわだ。何で泣いたか言うてくれなんだら分からんよ」と言う。「わし、人の事、よう言わん」サンノオバが口をつぐむと、キクノオバが「コササン、わしと一緒に男親にお女郎《やま》に売られたんやァ」と言う。「わしの男親とコサンの男親、バクチの朋輩やったさか、二人で組くんで紡績へ来て、それで売られたんやァ」コサノオバはまたひざに顔を伏せる。「雄琴かい?」ツヨシは訊いた。「オゴト?」とキクノオバが訊き返し、「近江の紡績、よかったねェ」と誰に言うともなしにつぶやく。

老婆らに冷凍トレーラーに入れと合図してから、ツヨシは日の色がもうすでに夕方のものだと気づき、その関ヶ原のサービス・エリアにそのまま停めて、一泊しようか、それとも瀬田のインターチェンジまで一直線に走ろうか、迷った。老婆らを元の近江の紡績工場の近辺に運び、タエコをトルコ街で名高い雄琴に運ぶと言っても、氷を詰めた鮮魚を産地から市場へ、市場から大口の商店へ運ぶように日時を切られているわけでなく、諏訪の次は近江だと目的地が決っているだけで、あわてる事はなかった。老婆らを冷凍トレーラーの中に収め、扉を閉めて鍵をかけ、ふとワゴン車が周りから姿を消していた事に思い当り、まるで冷凍トレーラーそのものが、高速道路のサービス・エリアを渡り歩く女浮浪者のヨシと変らないように思えてくる。道がある限り、どこへでもいける。時間を切られていない旅だから、ぼんやりと目の前に浮上した目的地に向って最短距離を取らなくとも、どんな廻り道をしてでもいける。

ツヨシは冷凍トレーラーの運転台に戻り、田中さんから運転を代って発進させて、すぐに現われた出口を見て、眠っていた時間の進み具合を取り戻すように、「ちょっと降りよらい。この下に、トラック野郎のターミナルあったはずじゃ」と言う。「雄琴、すぐなんだわ」タエコは左にウィンカーを出したのを知って不満げだった。

「高速で行たらどこでもすぐじゃ。狭い日本じゃさか」

「いまからじゃ瀬田まで走りづめで三時間ほどかかるかい。夜の七時か八時になる」

「おうよ」とツヨシは田中さんに相槌をうつ。

「夜、町の中に入ったらえらい目に会う。なんせから、俺らは織姫のなれの果のオバらを抱えとるんじゃから。それに油も切れとるんじゃ。ターミナルで油入れて、ゆっくりしてそれから考えよらい」

「諏訪でゆっくりしたがね」タエコは笑う。「ゆっくりしたか？」ツヨシはタエコを見る。ギアを落とし、料金所に入りかかって、タエコが笑い出し、丁度職員が金の精算に運転台をのぞいたところだったので眼が合ってしまい、タエコは一層火がついたように笑う。料金所を出てトラックターミナルの方に曲がってから、「わたしは間合いが悪いんだわ。『ワコー』でも、いつも恥かくんだわ」と言う。

　大型トラックやトレーラーが何台も駐車したターミナルの中に入り、給油所の裏に廻って人目に立たぬように取り敢えず荷台の老婆らを降ろして、田中さんに頼んでターミナルに出入りする運転手向けの休憩所に老婆らを先導してもらい、油の給油にむかった。給油をはじめると、給油所の店員は手馴れた要領でフロントガラスを拭きにかかる。ツヨシは大雨にあって泥が取れたから要らないと断った。

　給油を終え、冷凍トレーラーをターミナルの一等端に停めて運転台から降り、続いて降りるタエコを抱きとめて助け、そこから老婆らの入っていった休憩所の方へ歩いた。口笛が二つ、飛ぶ。タエコは顔を上げ、停ったトラックの運転台の上からフロントガラス越しにのぞいている男を見て手を上げる。「なんじゃ、もう商売か？」とツヨシが言うと、タエコは自分が今、ツヨシのものだと男らに示すようにあわてて腕をからめ、「ヤキモチ焼いてる？」と訊く。ツヨシが首を振ると、「焼いてちょう」と駄々をこねるように立ちどまる。

エンジンの匂い、広いターミナルにどことなしに漂う排気ガスや油の匂いが、夕暮前のきらきら輝く青空のもののようだった。ツヨシは、自分がまだ運送会社の運転手で、産地から都市に冷凍トレーラーを運転して魚を運んできたような気がし、そう思うと、輝いている青空が路地と繋っているような錯覚をする。

ほんの三十分前にサービス・エリアを出たばかりだったので休む事にあいたのか、それとも休憩所の中にたむろしたトラック野郎らを敬遠したのか、ツヨシが休憩所に入っていくと、老婆らは居なかった。テーブルで二人のトラック野郎がさしている将棋を観戦していた田中さんに訊くと、「オバら、店屋へ食い物買いに行たんじゃ」と言う。「また」とツヨシが伊勢での事件を思い出して言うと、田中さんが「そう思うじゃろ」と相槌を打ち、傍に居たタエコが、「何？」と訊く。

「そう思たんで、後従いていていたら、オバらこの並びのドーナツ屋に入っていた」「ドーナツ」ツヨシは取り合わせが面白くて笑った。

休憩所の奥に十畳ほどの畳間があり、漫画本が散らかっている。長袖のアンダーシャツに腹巻をした、トラック野郎を絵に描いたような若い男が一人、寝そべり、漫画を読んでいる。顔見知りではなかった。将棋の二人の脇に坐った田中さんの隣にタエコは坐り、しばらく将棋をみつめてから、「風通し悪りで、いかんわ」と立ちあがりかかった時、コサノオバが、「ツヨシよ」と外から入ってくる。ツヨシが返事するより先に、田中さんが、「またかよ」と声を出す。

「なんなよ。またオバらが何したと言うんな」コサノオバはむくれてふくれっ面をした。

「さっき言うとったマンジュシャゲ、見つけたんや。ようけ咲いとる。掘るような道具、ないかん」

ツヨシは土をほじくる類の工具を冷凍トレーラーの中に積んでいたかどうか考え、ふと、そのトラックのターミナルの敷地は端から端までコンクリート舗装していたのに思い当った。コンクリート舗装は夏、日の照り返しで暑く、冬、冷えすぎて、ターミナルは運転手仲間に評判が悪かった。

「オバ、コンクリにマンジュシャゲ咲いとるんかい？　コンクリほじくるドリルら持ってないど」ツヨシが路地の若衆の口調で言うと、将棋を指していた男が不意に、「この建物の裏手の川の土手にどっさりあるんじゃ」と言う。

「そうかい」ツヨシは不意をつかれて言った。

「オバ、掘るやつない」そう言うツヨシに、畳間に寝ころんで漫画に夢中になっていた男が、身を起して、「スコップならあるぜ」と言う。「貸してくれるかい?」若い男は、「いいよ」と言い、読んでいた漫画本をパタンと閉じ、あっさりと立ちあがり、セッタをつっかける。その後にツヨシとタエコとコサノオバが従いて歩く。

ターミナルの入口付近から低いツツジの植え込みにそって若い男は歩き、二屯車の前に来た。荷台を見て誰よりも先にタエコが、「こんなにかわいいの」と声を出し、コサノオバに、「オバさん、みて、こんなにかわいいの」と教える。若い男が運転席の床からスコップを取り出すのに気を取られていたコサノオバが、「何なよ?」と訊くと、若衆は、スコップ二本取り出し、どっちを選ぶのかツヨシに訊きながら、「豚だ、豚、仔豚」と言う。「見てよ、これ。みんな桃色。ハイヒールはいて」タエコの言葉につられてコサノオバが、「どう?」と荷台の方に廻ると、スコップの一本をツヨシに渡し、一本を運転席の床に放り込んだ若い男はタエコとコサノオバの声に魅かれたように荷台の方に廻り、「まだ生れて一月ぐらいだな」と言う。

「自分のとこで生ませたんかい?」ツヨシが訊くと若い男は、「いや」と首を振る。「俺の兄貴なんかが共同経営で大きな養豚場持ってるからさァ、三月に一度ぐらい、このくらいの数、放出すんの」

若い男はタエコが、「かわいい」と言い続けるのに気をよくしたように、「どうせ一頭ぐらい、死んだって事にすりゃいいんだから、欲しけりゃ、あげるぜ」と言い出す。「くれるの?」タエコは眼を輝かす。「欲しけりゃ、あげるさ」若い男は笑を浮かべる。

「いいかなァ」タエコは独りごちる。「もらっていいかなァ」ツヨシは苦笑する。そのツヨシの苦笑をとがめるように、「どうせ雄琴で捨てられるから、ペットでも飼うしかないと思ってるこの気持ち、あんたに分からないんだわ」と言い、若い男に仔豚を一頭、外に出してくれと言う。タエコがそうまで言いはじめて、コサノオバは仲間の老婆らが土をほじくり返す道具を待っていると気づいたように、「はよ、オバらのとこへ行てくれこ」と言う。気のよい若い男のそばにタエコを置いておけば危険だと思ったが、コサノオバにせかされてツヨシはターミナルの建物の裏に向った。

建物の裏はすぐに小さな川の土手になり、一面に緋色のマンジュシャゲが咲いていた。土手のゆるい斜面にしゃがみ込んだ老婆らはスコップを手にしたツヨシが姿をみせると、「やっとアニが来てくれたァ」と言う。中でもキクノオバはその目にも綾な花の群がリウマチの特効薬でそれだけの群生を見つければ足の悪さは完治したも同然だと喜ぶように、「アニよォ、綺麗やねェ、お日様みたいじゃわ」と言い、何を思いついたのか、マンジュシャゲに向って手を合わせる。

ツヨシはそのキクノオバの姿を見ながら斜面をのぼり、土手の上に立った。そこから高速道路が見え、橋架の向うに山が見える。赫《あか》く色づきはじめた日は丁度、山の真上にある。「球を掘り出すんかよ」と訊いてツヨシがシャベルを花の根方に当てかかると、「日輪様の光が、球にたまとるんじゃわ」とサンノオバが言う。試しに力を込めずに腕だけでシャベルで土をすくうと、土は綿のように柔かく四本の花が球根ごとスコップの上に乗る。

「俺らみたいに、球に溜るんじゃ」ツヨシがそう言って、待ち受けてしゃがんだキクノオバの前に花のついた土のかたまりを置くと、サンノオバが身を起してキクノオバの脇により、防寒コートを上にたくしあげてしゃがんでから、「おまえ、赤子《ネネ》の時の球、豆ほどじゃったど」と指で輪をつくる。

「のう、キクノオバ。わしら、交替ごうたいに、おお、ちょっと大っきなってきたね、と触って言いおうたんじゃもの」

「水もやらなんだけど、大っきなったわい」コサノオバがマンジュシャゲの花冠に手を触れながら笑う。

「人を玩具にしたんじゃな」ツヨシが苦笑し、花の群生を狙って土ごとすくい取って、マツノオバとヨソノオバの前に置く。老婆らは手をのばして、花をいためないよう土を払い球根を取り出しはじめる。

　ヨソノオバが、「サンノオバが、赤子の球を、おお、小さい球じゃねェ、と吸うた」と手でサンノオバを指さして言う。

「何をするじゃら」ツヨシは赤子をあやし、赤子の小さな陰嚢に唇をつけるサンノオバを想像する。

「それで、癖がついて、女にしゃぶらせるの好きなんじゃ」ツヨシが花の球根を次々と掘り出しながら切り返すと、サンノオバが、土を払ったマンジュシャゲの花のついた球根を差し上げ、「ツヨシ、一人で大っきなったと思うなよ。オバらが大っきしたんじゃさか」と言って、愉快な冗談を言えたように、ひゃっひゃっと鳥のような声を立てて笑う。

「誰が、水やった、彼が日に当てた、と言わいでも、この花、こんなに大っきな球つけて、日の形して咲いとる。有難いもんやだ」サンノオバは独りごちるようにつぶやいた。「のう、路地の中でオバらも、それからわしらがまだひ若いイネで、夏芙蓉《なつふよう》の匂いぷんぷんさせとる時にオバやった女らも、その前のオバらも、みんなツヨシらみたいな若衆に、一人で大っきなったと思うなよ、と言いきかしたんじゃのに」

「アニやイネら、色恋ばっかしえらて、赤子つくっても、わしらのように物の道理をよう言うてきかさんけど」ミツノオバが言う。

六人の老婆らは、ツヨシが次々と土ごとスコップで掘り出すマンジュシャゲの花の球根を、土を払って、キクノオバの前に集めた。老婆らは互いに声を掛けあって確かめあわずとも、日輪のような姿形をした花の群を前にして、球根を掘り出す事を空にある赫い日そのものに命じられて、まるで路地で生れ落ちて以来する事と言えば、日の光を吸い込んだ球根を掘り出す事だったように、馴れた手つきで手早く根についた土をほぐしてゆく。サンノオバは路地を思い出したようだった。建物の方からねっとりとした排気ガスの混じった風が吹き、すぐ川の方から秋の野原を渡って来た風に混じり合い、ツヨシの掘り起している花の群が渦を巻くように揺れる。

「オバら、小っさい子おったら何人もで交替で負うたり抱いたりして育てたんやのに。十年一昔というけど、十年、二十年、あっという間や。赤子ら、あっという間に、若衆になったり娘になったりしとる。また、娘が赤子つくるんや。またそれも若衆になるサンノオバが土を払った球根を手に乗せ、球根からすくっとのびた茎の先の花を壊さないようにキクノオバの前に置く。サンノオバはノロノロとした仕種で土を払っているキクノオバをみる。

群生したマンジュシャゲの花の群から百本ほど花の球根を掘り上げた時、タエコが建物の裏手に顔を出した。ツヨシが仔豚をどうした？　と訊くと、タエコは土手を登り、よいしょとスカートをたくしあげてキクノオバの傍にしゃがみ、「さあ、どんどん、掘ってちょう」と構え、ツヨシが答を待つように見つめると、「色男がいかんと言うでよ」と言う。

「考えてみたんだわ。こどもの時は小さくてかわいいがおとなになると大きくなるでしょう。訊いたら、わたしの二倍ほどになるというんだわ。雄琴で、変な噂たって、客が減ったらケチくさいでしょう。それに、ただで仔豚、もらうの悪い気したんだわ」

ツヨシが花の球根を土ごとすくい取ってタエコの前に置く。タエコは土を払い、手早く球根を取り出し、花の茎を折る。「花、つけとかな」サンノオバが言うと、タエコの取り出した球根をかきよせながらキクノオバは、「花あってもなかってもええんや」と言う。日が山の向うに落ちかかってからマンジュシャゲの球根を掘り出すのを止めた。

日で連なった山々が大きく黄金に染った影のように浮きあがったのを見て、最初にキクノオバが手を合わせると、サンノオバもヨソノオバもミツノオバも、信心に何の関わりもないようなタエコまでも手を合わせ、綺麗だ、輝いていると口々に言う。

老婆らは夜に落ち込んでから冷凍トレーラーの荷台に入って思い思いの姿で坐ったり横になったりして落ちついてから、夕方、美しい日を拝めたのは、諏訪で暴風雨に会ったからだと言い合った。冷凍トレーラーから荷台を切り離して固定した諏訪のキャンプ場と、冷凍トレーラーが太いタイヤでしっかり踏んまえて停ったトラックのターミナルのことが、どのくらいの距離でどうつながっているのか、老婆らには分かりもしなかったが、路地でそうだったように、雨と風で何もかも洗ったみたいに空は美しかったのだった。ひとしきり老婆らは、自分の見た日の光り輝く美しさを述べ合った。

キクノオバが洗って納っていた球根を二個取り出しておろし金ですりおろし、ガーゼのハンカチにつけて足の裏に貼った。靴下を三枚重ねてはき、世迷言を言うように、

「若い時、路地の山に、ようさんマンジュシャゲの花咲いとったの」と言い出す。

「わしと同じように齢とってから足悪りなったイソノイネに取りにいかされてたさか、わし、この花がリウマチに効くと知ったんや」

キクノオバは顔を上げてサンノオバに、「イソノイネて知らん?」と訊く。

「知っとるよ。いっつもノロノロしとるのに、花の球取ったら、手際よう薬にして貼っとるさかみとれたんやのに」サンノオバが人を老ボケしたように言うなと軽口を言うと、

老婆らは笑う。ミツノオバが、「イソノイネ、いつまでも路地の中で、イネと呼ばして若衆がオバと呼んだら怒ったじゃがい」と言う。コサノオバが噴き出す。

「サンノオバら、昔から、オバと呼ばれたわだ。あのヨシさんだけと違うか、イネともオバとも言わんで、サンチャン危いよ、サンチャン、雨降ってるよ、と言うたの」

「わし、あの人がサンチャンと言うの、わしの事を言うたと思わなんだの」サンノオバが苦笑すると、靴下をはいた足の上に毛布を重ねて置いたキクノオバが、「まァ、分からん言葉やったわァ」と浮いた口調で言う。

「ちょっとずつの言葉じゃったら分かったけど、ペラペラ話し出したら、何言うとるのか一向に分からんの。わしら、いくらしゃべると言うても、あんな早口で難し事言わんやろ」

「ミツノオバやコサノオバでもかなわん」サンノオバがからかう。

「コササンにかなわん」ミツノオバが言うとコサノオバが、「ミツノオバにかなうかよ」と言い、ふと思い出して、「わしとこに薬売りが来てミツノオバから薬の代金もらわんと、札押しつけられたとこぼしとったど」と言う。昼間小競り合いをしたコサノオバにそう言われてミツノオバがふくれっ面をした。

サンノオバは二人が、冷凍トレーラーの荷台の中で小競り合いを再現し、路地でなく他所の名も知らぬ土地で眠るさみしさをまぎらわせてくれると期待したが、期待に反して、あっさりとミツノオバは、「札、押しつけたと言うて、売ったんでなしに、くどに貼る仁王さんの絵の札、一枚やったんやのに」と苦笑する。その仁王の絵が炎を吹き上げていた事から、話は路地のある熊野の三山と称される速玉や那智や本宮の有難い神仏の話になる。老婆らは今、自分らのいる場所が、熊野から遠いのか近いのか、皆目、見当がつかなかったが、冷凍トレーラーの荷台の中にいて扉を閉ざし、ほんのりと暖い中にいると、自分らが実のところ、熊野三山の真中の秘密の石室の中に籠っている気になった。

明け方になって、キクノオバが用足しに行くから従いて行ってくれと言ってコサノオバを起している声でサンノオバは眼をさまし、一緒に出かける事にして防寒コートをはおった。扉を開けると外は白んでいた。先にサンノオバとコサノオバが外に出て立って、後足で一歩一歩降りてくるキクノオバを待つ。下に降りた途端に、「サンノオバ、嬉しいよ。夢見もよかったし、わし、足、軽なっとる」と小声で言う。コサノオバがまだ眠っている老婆のために扉を閉めながら、「よかったねェ」と言う。「よかったわ、わし、これやったら近江へ行ても、あっちこっち歩いても足、こたまん」キクノオバはコンクリートの地面の上で二度三度足踏みをして、「軽なった、軽なった」と言い、便所のある休憩所の方へ歩き始める。片足を極度にかばいながらノロノロ歩くキクノオバの姿は、足が痛いと言い続けた伊勢や一宮での時とひとつも変っていなかった。しかしキクノオバは老婆らの足にしては結構かかる休憩所までの距離を痛いと言わず歩き続けた。

休憩所の前に駐車した大型トラックが潮鳴りの音のようにエンジンを空吹かしし続け

ていた。その脇を通りかかろうとして、突然、運転台のドアが開き、男が飛び降り、歩いて行く三人を見て驚いたように止り、三人が異界の者でもコンクリートの地面からわき出た亡霊でもないと見きわめがついたのか、小走りに駆けて休憩所の方に行く。休憩所の隣に便所があった。待ち合わせる事を約束して用を足して、人の二倍ほどの時間をかけるキクノオバを待って、手洗所の一枚かかっている鏡にそれぞれ顔をうつした。髪のほつれを直して、コサノオバが、「昔は男に振り返ってもろたら嬉しかったけど、今は、どうせヤマンバみたいじゃさかやと思うよォ」とつぶやく。コサノオバは鏡に映った自分に、「ねェ、齢にしたら悪り事ないのに」と語りかける。

そのまま冷凍トレーラーに戻りかかると、キクノオバが、休憩所で茶を飲もうと言う。

「あの人ら、眼さましてわしら三人おらなんだら、抜けたと思うで」

コサノオバが言うと、キクノオバが二人の防寒コートの袖を引き止めるというより倒れかかるのを支えたようにつかむ。

「夢見よかったのも、足、軽なったのも、昨日、お日さんに手をあわせて、お日様の根の薬、貼ったさかや。お日様の出、おがも。それまで、お茶、一杯、のも」

「そうじゃねェ」

サンノオバはいつになく積極的なキクノオバの顔をみた。キクノオバはサンノオバの心の動きを読み取ろうとするように見つめ返し、「そうじゃね、他の人ら寝とるさか、熱いお茶、飲んで帰ろか」と言うと、柔かい笑が眼の奥から口元にかけて日が射すように広がる。無料休憩所の引戸式の入口に三人が立つと、ひとまずツヨシらをさがした。ツヨシも田中さんもいず、中にいた運転手らが外に立った硝子越しに見える老婆らの顔が、一瞬他から紛れ込んできた場違いな人間だというようにみて動きを止めた。サンノオバは戸を開けながら、心の中でニヤリと笑い、おまえらだけが熱い茶を飲む人間ではないなどと独りごち、後から従いてくるキクノオバに不安を与えないよう、ゆっくりと深夜便の運転手らの中に入ってゆく。

高速道路のようにボタンを押せば熱いお茶が出て来る機械はなかった。その代りに大きなヤカンがテーブルごとに置いてある。休憩所の真中には、夜から朝にかけて、いつもそうするのか、エプロン姿の中年女が湯気の立つ関東煮の容器を置いて、たむろした運転手に売っていた。

ヤカンの置いてあるテーブルの空をみつけて、三人が坐ると、味噌のタレを垂らさないよう発泡スチロールの皿を左手に持ち、関東煮を食っていた男が、「ちゃんと閉めろ」と戸を教え、誰も閉めに行く者がないと知ると歩いていって足で閉める。

コサノオバが畳の間にたむろした男らが牛乳を飲んでいるのをみつけた。「まだ、あるかいの」と訊くので、サンノオバは防寒コートのポケットをさぐる。小銭はない。大きな金はスカートの腰廻りの裏にぬいつけた袋にあるが、人前で出したくなかった。コサノオバは立ちあがって背のびして関東煮の容器の中をのぞき、「ちょうど三本ある」と言う。「わし、朝、牛乳、飲んだら腹痛なってくるさか」サンノオバはそう言って大きなヤカンを持ちあげてみる。拍子抜けするほど軽く、蓋《ふた》を取ってのぞいた。「何にもない。カラじゃだ」サンノオバがつぶやくと、キクノオバが、「あァ」とあきらかに失望したと声を出す。

その時、外から赤い帽子を被った男が勢いよく戸を開け、「シシャモ、五箱、あるんだけど、誰か取っ換える者いないかァ」と大声を立てる。休憩所にたむろした男らが一斉に帽子の男を見る。「シシャモ、北海のシシャモ」と言うと畳の間にいた男らの中から、「海産物どうしじゃ、しょうがないだろうよ」と声があがる。「しょうがねえな」とつぶやき、帽子の男が舌打ちすると、足で戸を閉めた男が食っていた関東煮を皿の上に音させてペッと吐き出し、「よし、俺が乗ってやるよ」と帽子の男に向って言い、まだ幾つも残っていたのに皿ごとクズ籠の中に放り込む。「なんだよ」帽子の男が小声で訊くと、男は無料休憩所の中を見廻し、ヤカンの蓋がうまくしまらないので入れ直していたサンノオバと眼が合うと、「なァ」と相槌を求めるようにうなずき、「何でもいいの」と言って、帽子の男を押して外へ出てゆく。

コサノオバが立って、女から牛乳を三本買った。「熱いよォ」と女は言い、テーブルに坐ったままのサンノオバとキクノオバに手招きする。台拭き用の布を水に濡らして、わき立った湯の中で温められていた牛乳瓶をくるみ、一人ずつに渡す。「朝夕、冷えて来たからねェ」女は防寒コートを着た三人をみて言う。

老婆らが濡れた水を通して伝わってくる牛乳の熱さをさますように口もつけず、取り敢えずそばの男らの坐ったテーブルの空をみつけて腰をおろすと、「あんな人もいるんだから」と一等奥のテーブルで地図を広げて話し込んでいる上半身裸の男を教える。その男は一見してツヨシぐらいの年嵩に見えた。「わしらも、運転してくれるの、あんな若衆やが」サンノオバが言うと、女が訛《なまり》から所在を分かったというのか、「たいへんだねェ、戻るの」と言う。キクノオバが突然、何を思ったのか、「戻らせん」と断定した口調で言う。女は顔を上げて、キクノオバにその続きの言葉があるように見る。キクノオバが戸の硝子を通して日が登る時刻を調べるように白んでゆく外を見て、牛乳を一口すすると、女は急にとまどったように奥の上半身裸の男の方に眼をやる。

牛乳を飲み終え、腹の中が温ったので、キクノオバの提案どおり日の出を拝もうと外に出かかると、先ほどの関東煮の男が小さな平らなダンボール箱を一つ持って戻って来た。休憩所の中に入って行くのだろうと思い、男の邪魔にならないように身を脇に避けると、男は難癖をつけるように立ちどまり、「おい、バアさん」と聴く者が震え上るような他郷の訛で言う。ツヨシや田中さんや路地の若衆らに、どんな乱暴な物言いをされてもおびえないが、他郷の訛で、しかも若い男の声は耳になじまない。サンノオバが身をすくめると、男はダンボールの箱を突き出し、「これ、持っていけ」と言う。胸元に突き出され、思わず手で払おうとして、「十箱と一つと交換したのだから」と言う男の声を聴き、耳によく聞き取れなかったが男が悪さをしているのではないと思い、箱をつかむと、男はそのまま踵《きびす》を返して駐車しているトラックの方に歩いてゆく。箱には青い字が書いてあった。コサノオバに、「なんと読むの？」と訊くが、コサノオバは漢字を読めないので首を振るばかりだった。

男が歩いていったトラックの方を振り返ると、若衆の世界は老婆らの三倍の速さで動いているように、姿形はない。日が登る時間がさし迫っているとキクノオバにせかされ、土手にむかって三人で歩いた。一等気のせいているはずのキクノオバが悪い方の足をかばってトロトロ歩くので、三人がターミナルの建物の裏手に廻り込んで土手を這《は》い上ろうとした時、桃色から朱色に変っていた空が突然破け、眼が眩《くら》みそうな光が彼方に顔を出した。サンノオバもキクノオバもコサノオバも、立ちつくした。キクノオバが手を合わせるので、二人は見習った。後からサンノオバが体を支え、若いコサノオバが手を持って、登りはじめた日の光が射すのを待ちこがれたようなマンジュシャゲのそばに上ってから、キクノオバが思いついたように、「わし、父《オト》に、子供の時、日に手、合わせたら、一日ええ事あると教えてもろた」と独りごちる。荒い息を吐いていたコサノオバが胸が苦しくてたまらなくなったようにマンジュシャゲの掘りくり返した跡にしゃがみ、掘った数の二倍ほどの花の群が揺れるのを見て息を整える。

「博奕打ちのオト」コサノオバが笑う。

「そうやァ、博奕打ちのオト。コササンのオトと朋輩」キクノオバはしゃがむ。

「のう、コササン。わしら最初に紡績に行た時の金、母《オカ》や妹《イモト》や弟《オトト》らにも廻ったやろけど、あんたのオトとわしのオト、近江まで来てわしら売った金、弟らに行かんと、途中で二人、博奕でスッたんやァ」

「オトに訊いたん？」コサノオバが訊く。キクノオバがゆっくり首を振る。サンノオバが二人の真似をしてしゃがむと、コサノオバが、「わしのオトもええ事どっさり教えてくれたんじゃけどね、これが悪りの」と鼻を指ではじく。「なに？」とサンノオバが訊くと、「博奕よ、アホな人の血よ」と笑う。

すこし目を離したすきに日はぐんぐん上に昇る。黄金の光の束が日が昇るに従って周囲の山も建物も黄金色に塗り、ついに待ち受ける老婆らを黄金に染める番だというように、土手の上を光の束が進んで来る。蛇行した小さな川に沿って曲がった土手のはるか先のマンジュシャゲの群生に光が当り、輝き出した時、日の勢いにみとれていた三人は口ぐちに、「綺麗やねェ」と言った。さらに光の束が休む事なく近づいて来るのを見て、キクノオバが、「サンノオバ、こっちへ来やんし」と子供のように手招きする。「おお、そっちの方がええねェ」サンノオバが言うと、コサノオバが、「はよ、はよ」と自分とキクノオバの間の地面をたたく。日と鬼ごっこをしているようで、サンノオバは自分のすぐ後にせまった日の光の鬼に捕まらないよう素早く立つ。

「サンノオバ、はよ、はよ」キクノオバが言い、笑い入りながらサンノオバがキクノオバとコサノオバの間に入りあわてしゃがむと、コサノオバが、「もう来るど、もう来るど」と上ずった高い声を出し、「花の中にしゃがんどいた方がええもんねェ」と言う。日が三人の老婆の眼の前のマンジュシャゲの群に当り、朝露がきらめいた瞬間、キクノオバが、「来た」と声を出し、それから老婆ら三人が眩しい光に捕えられるのは一瞬だった。

サンノオバは息を詰めていたので息苦しさにあえいだ。キクノオバもコサノオバも息苦しかったらしく、三人で、「やれよォ」と大きく何度も深呼吸していると、タエコが建物の陰から顔を出し、「やっぱし、ここに居たんだがね」と言って、土手を駆け上る。「あの二人、おバアちゃんらを子供扱いするんでいかんわ。ちょっと姿、見えないと、人さらいにさらわれたみたいに心配する」

朝日に当ってきらきら輝くようなタエコはその日の光と今さっきまで三人の老婆らが若衆に追いかけられる娘のように鬼ごっこに興じていた事を気づかないふうだった。

「何なん?」とコサノオバが訊き返した。

「あの二人が、おバアちゃんらの姿が見えないと言うんだわ」

二度同じ事を言うタエコの言葉を耳にして、サンノオバは三人の老婆で若いタエコをからかっている気がした。「わしら三人、今さっき、ええ色男に言い寄られて、追いかけられたさか、本当は捕まりたいと心で思とるのに、かくれて逃げとったんじゃわ。息詰めとったさか、苦しいの」サンノオバはあきれ顔のタエコを見ながら立ちあがって、まるで本当に若衆に追いかけられたように笑い、防寒コートの裾についた土を払う。コサノオバが立つと、キクノオバがしゃがんだまま、「もう行くんかよ」と不平を鳴らす。

「いかいでよ。オバの若い彼氏、さみしがっとるのに」

サンノオバにコサノオバが、「ツヨシかよ?」と訊く。サンノオバはタエコをからかうのだと片目を瞑《つむ》って二人に合図を送る。「ツヨシも田中さんも、オバらの彼氏じゃだ。ええもんじゃど。齢取って若い彼氏に連れられて、あっち見たりこっち見たり出来るの、女の一番の幸せじゃど。若い時の道行きは勢いじゃさかね」キクノオバが立ちあがる。「手ェ引いてもらうだけで、嬉しんやァ」キクノオバはそう言ってずり落ちかかったスカートをたくしあげ、防寒コートの前をかき合わせる。それを見てコサノオバが、「色気ないなァ」とあきれ果てたという顔をする。

男にもらった魚をあぶり、後は塩昆布と梅干をオカズにしてオカイサンを食べた。空が高く青く、日がふりそそぐのでもったいない、とタエコが言い出したので、ツヨシと田中さんは、仮眠ベッドに突っ込んでいた毛布や蒲団を運び出し、ターミナルの端の金網のフェンスに干した。「朝から干しとったら、夕方には乾くわ」老婆の一人が言うと、「雨、吸い込んどるさか、二日ぐらい乾さな使えん」とツヨシは言う。ツヨシはついでだと言って、冷凍トレーラーの荷台から、まず仏壇を降ろし、床に敷いた新品のマットレスや蒲団まで金網に干し、冷凍トレーラーを動かして荷台を直接日にさらした。くすくす笑いながらコサノオバが小声でサンノオバの耳元に、「何ど羞かしなってきやへんか」と扉を大きく開いた冷凍トレーラーを指さして言う。「羞かし事、あるかよ。女、子供を産むとき、あんなにして股ひらくんやのに」そうサンノオバはコサノオバに切り返すが、何となく、羞かしい。運転台の後の仮眠ベッドの床にまるめて突っ込んでいた濡れたゴザを、土手に持っていって広げようとツヨシがかついで脇を通るので、サンノオバが老婆らの前でからかうつもりでとぼけて、「日の光、奥まで入るかァ」と言おうとして、笑ってしまうと、ツヨシが、「なんな」と不満げにみる。「サンノオバ」とヨソノオバが働いている若衆をからかっては悪いというようにたしなめると、ツヨシは何にたとえているのか気づいたのか、「自分らのもんじゃのにアホな事を考えとる」と苦笑する。「お日さんで身籠ったらえらい事じゃど」サンノオバが二の矢を放つと、ツヨシは馬鹿な事を言うなと手を払い、建物の裏の方に歩いてゆく。

十時になると、トラックのターミナルは急に混んだ。老婆ら六人で休憩所の奥のテーブルを陣取っていたが人の出入りが激しいので、一旦休憩所を出て、ドーナツ屋に入り、そこでは老婆らは窓際の席を陣取った。そのドーナツ屋の窓から外を見て、給油所に黄色いワゴン車が停っているのを見て、ミツノオバが、「マサオらは？」と訊き、諏訪を離れる時、ワゴン車から濡れた冷凍トレーラーに老婆らを移し、ワゴン車の荷物入れに入っていた荷を冷凍トレーラーに移した事を次々思い出し、マサオとテツヤがワゴン車ごと旅の列から離れたのだと言い合った。サンノオバも、キクノオバも、若衆の二人まで離れたさみしさは確かだったが、それを黙っているツヨシや田中さんをせめる気など毛頭ない。

「あれらもやさしかったけどの」マツノオバがぽつりと言う。「帰ったんかいの？」コサノオバが訊くとミツノオバが、「帰らせんじゃろ」と言う。

「マサオ、路地にもどったりしたら、月賦払う為に船にでも乗らんならんとわしに言うとったさか、まだまだ帰らんじゃろ。わし、金払わなんだら、警察に捕って二人共、ブタバコに放り込まれると言うたけど、あれら、音楽聴いとるふりする」

「あんなのが一番、聞き分け悪り。ツヨシぐらいの齢になったら、ちょっとは分かってくるけど」

老婆らはそこまで話して、何も注文せずただ席を陣取っているのは悪いと気づいて、後で昼飯代としてツヨシに言って醵出《きょしゅつ》しあった費用から払い戻してもらうと決めて、コサノオバが立て替えてドーナツを六個買った。

二度冷凍トレーラーで日を追うように方向を変えて荷台を干し、日が山の方に傾きかかってから、路地の若衆二人とタエコが干した物を中に取り込みはじめた。「雄琴まですぐなんだわ。もう少し近江の方に近づいて停るでよォ」とタエコは老婆らに弁解し、自分が早く心の決着をつけたいからトラックのターミナルを出発し、日のあるうちに西陣の手前のサービス・エリアに停ると言った。

田中さんが冷凍トレーラーの荷台に乗って、まず床に乾いたゴザを敷き、諏訪を出る時仕入れたマットレスをその上に敷きつめ、敷蒲団を広げてから、「オバ、小さいその仏壇、どこない」と中をのぞき込んでいたサンノオバに訊く。

「これ、わしら持って上るさか、先に蒲団や毛布を入れてくれ」サンノオバは答える。

タエコとツヨシがその言葉を待ち受けていたように毛布と掛け蒲団を中に入れ、残りの金網のフェンスに干していたまだ生乾きの蒲団を元の仮眠ベッドの方に運び、すぐ蒲団を抱えたまま戻り、今度は荷台の中に入れる。田中さんがけげんな顔をすると、ツヨシが、「仮眠ベッドはタエコのトルコ練習用にあけとくんじゃ」と言う。老婆らに見つめられ、タエコは顔を赧らめた。

何をせく事があるのか、老婆ら六人を乗せ扉を外から閉めると出発の合図のクラクションもなしに冷凍トレーラーはいきなり動き出した。一等奥の右端に置いてある仏壇の中の位牌《いはい》が倒れ、立ったまま防寒コートを脱ごうとしていたサンノオバとミツノオバが体の均衡を失くして、蒲団の上に坐ったばかりのヨソノオバに折り重なってしまった。ヨソノオバは悲鳴を上げ、苦しさにもがくし、サンノオバもミツノオバも起き上ろうともがくが、冷凍トレーラーが高速道路でなく下の道を通っているせいか、右、左とカーブを切るので、団子状になったまま、固定したはしご台の方まで転がった。団子状から解かれたヨソノオバの髪は藁のようにほつれていた。

高速道路に入ると、急に、荷台の中は安定する。轟音《ごうおん》が耳につくが、今、鋼鉄の冷凍トレーラーが高みに駆けのぼって山から山へついた天の道を翔けていると思い、もし一人で直に山から山への道を翔んだとしてその時の音や風を比較するならなにほどの事でもないように思えてくる。そのうち、キクノオバが御詠歌を鼻歌のように歌いながら、四隅をしばった風呂敷包みを取り出して宝物をみせびらかすように結び目をほどいて開き、中のマンジュシャゲの球根を見せた。「栗みたいじゃね」とコサノオバは言い、一つを取って噛もうとする。キクノオバがあわてて止める。「これ、食べたら、毒なんやァ」キクノオバが言う。「人生、わずか五十年やのに」コサノオバがからかったのだというようにとぼけると、キクノオバは、「返して」と球根を取って壊れ物のようにそっと上に積み上げる。

「これだけあったら百日ぐらい持つかいね」コサノオバが言う。キクノオバが身を屈め球根を身でまもるようにして、「毎日、貼っても百日やァ」と歌うようにつぶやき、球根を二つ摑んでみて調べ、ふと思い出したように顔を上げ、「わしら何にも知らんと、ついあのうたを、ええ歌やと思て一生懸命、習ろうて路地に来たんやだ」と老婆らの顔を一亙《ひとわた》り見廻す。キクノオバを真中にして思い思いに、敷いた蒲団に坐ってコサノオバとのやりとりを見ていた残りの老婆らが、謂《い》わく有りげな物言いに釣られたようにふうっと身を寄せキクノオバのおだやかな声に耳を傾ける。冷凍トレーラーの捲《ま》き起す轟音で、時に声が掻き消えそうになる。「アニがはたちでイモトがじゅうく、言うて、他所の人らもわしらも、あそこで、悲してきれいな文句やさか、あんた、こんなふうに足ふむんや、こんなにして手うごかすんや言うて」そう言って不意に、キクノオバは遠くから物音が聴えたように顔をあげる。冷凍トレーラーの立てる音以外はない。「習ろうてきて何人にも教えたんやァ。二十と十九じゃないけどトメとサチの兄妹みたいに、路地の中に何人もあんな事になるのあったさかアニイモトでなさぬ仲に落ちて、心中する筋書の音頭、みんな唄っとってても踊っとってても、他人事みたいに思われせんの。ねえ、わしら、若い時分にアニイモトで成っとるんやと、聞いた時、恐し気したねえ。オバと呼ばれる歳になって、路地の中で若衆や娘らの内でアニイモトで成っとるんやと聴いたら、もう何にもよう言わんと、ただじいっと耳立てて聴いとるだけやけど。眼はあかんの。眼で見える道理がない。寝屋の中にまで入っていって見なんだら見えん事なんやさか」

キクノオバは面白い事を言ったというように笑みを浮べ、顔を挙げてサンノオバを見る。サンノオバは不意を突かれたように柔かい笑みを返す。山の高みから高みにむかってついた天の道を冷凍トレーラーはひた走り、そのエンジンの音、コンクリートを噛むタイヤの音、風の音が重なった轟音が耳の内側で渦巻き、サンノオバはその轟音の間から透けてくるキクノオバの声を聴いて、自分ら六人の老婆が車座に坐ったまま宙を浮きながら、はるか遠く下界を覗《のぞ》き見ている気になる。

「歌の文句やさか、アニとイモトが何言うたか分かるし、瀬田の唐橋の上で、イモトが虚無僧姿で袈裟《けさ》がけに斬られて死んどっても、アニが橋の下で、イモト殺してしもたら生きてはおれんと自分で死んどってもああアニとイモトが死んどるんやと分かるんやが、路地の中で、アニイモトで成っとっても、分からんのやァ。アニの朋輩が気づいたり、イモトの仲間が気づいたりして、わしら、一等後になって耳に入ってくるしかないけど、親が気づくの、もっと後やァ」キクノオバはつぶやく。コサノオバがキクノオバにかくれるようにサンノオバの顔を見て、「もう済んだ事やさか、のう」と相槌を求め、六人の老婆、皆が皆、きょうだいや親子で成ってしまった事があったので慰め合うというように、「きれいなもんやだ」と言う。「綺麗言うて」ヨソノオバが異を唱えるように言おうとして言い淀むと、コサノオバが急に方向を変えるように、「ええもんやと。わし、サチから直に聴いたん」と声をひそめる。

「サチを皆な知っとるじゃろ。音頭の文句じゃ、アニが分別知らん者でイモトが、そんな事したら親に勘当されるし、人から犬畜生と言われると、身をまかさんと、自分からアニに斬られて死ぬんけど、サチは柄も大っきて、乳のこう張った娘じゃったから、サチのアニのトメが他所へ行てから、他の男と逢引に行くという時でも、アニと抱き合うた時、火みたいになったんやけどね、他の男は味気ないわ、と言うたんや」

「隠しもせなんだんやから」ミツノオバが苦笑すると、コサノオバは車座の中の話を自分が取ったように前ににじり寄り毛布をひざに掛け直して手を振り、「隠しなどするかして」と言葉をつぐ。

「目鼻立ちも大つくりで、髪にこう夏芙蓉の花でもさしたら南洋の娘みたいになっとるさか、コサらかわいそうなもんや、きょうだい言うたら女ばっかしやさか、と言われても、ただボーッとして、気遅《あと》れて、花、ええ匂いするねェ、という事ぐらいしか、よう言わんの。花か、これ、山の上の木から一つ取ってきたんや。やろか？　うん。わしボーッとして、サチが髪にさしてくれるの見とるの。アニの、よかったど。アニとやったら火みたいになってしまう。わしがボーッとしとるのをええ事に、そう言うん。サチが味気ない他の男に会いに行くと言うて行た後、髪にさした花、あの事の匂いみたいに匂うと思て、サチの火みたいな気持ち、染ってしまう気がして、わしばらく、オトのそばに寄れなんだん」「あの花、どこに植っとっても匂うんやねェ」ミツノオバが言う。キクノオバが、「その唐橋に行くんやさか」とつぶやく。ふうっと外から風が入り込んで来たように話の糸が途切れ、老婆ら六人、覗き見ていた下界から視線を戻したように、キクノオバがマンジュシャゲの球根を一個脇に取り置き、風呂敷包みを結ぶのを見ている。

　時間がどのくらい経ったのか分からなかった。冷凍トレーラーの薄明りの点《つ》いた荷台の中で交した話の量から、ほんの一時、小一時間にも満たない時間が、トラックのターミナルを出発してから過ぎたと思った。いきなりブレーキを踏めば、それぞれ坐っているとは言えつかまるところのない荷台で、もんどりうって倒れ、コロコロと転がる。それで冷凍トレーラーを運転する若衆らが細心の注意を払うのか、じょじょに、天の道から地の道に着いたなだらかな坂を降りるように轟音が漸減し、エンジンの音だけになって車が停った。高い気圧に体が馴れているせいなのか一瞬、体が浮きあがる気がする。「やれよォ」とサンノオバの口から思わず声が出た。「もう、近江かいの？」マツノオバが訊く。誰も答えない。タンタンと外から扉を開けるという合図が叩かれるのを耳にして、「近江かいね」とサンノオバが言い、立ちあがった。マツノオバが防寒コートを羽織り直し、冬物のマフラーを巻き直しながら、「近江にハツノオバも骨になって来たんやねェ」とつぶやく。「わしら七人やもん。たとえ姿、見えなんでも、ハツノオバの蒲団、ちゃんと敷いとるもん」ヨソノオバが坐ったまま言う。

　扉を開けて、ツヨシが顔を出し、素早く固定した木のはしご台を中から降ろして荷台の下に置き、「降りよよ。ここで夜、過ごして、明日の昼に瀬田で降りるんじゃさか」とひ若さが浮き上ったような声で言う。そう説明を受けても、いまひとつ心もとなかったが、そこは一等齢かさの者として、サンノオバは何の疑いも抱かないように率先して荷台から降りた。下に降り切って辺りを見廻し、そこがすでに何度も使った高速道路のサービス・エリアの一つだと知り、「近江に来たさか、停ったたんと違うんかよ」と思わず不満が口をついて出る。ツヨシは苦笑し、サンノオバの背に手を当て、「違うんじゃ。唐橋も眼と鼻の先じゃけど、いっぺんに近江に入って行かんのじゃ」と改めて説明する。「何でなよ」サンノオバは白い歯の見える爽やかな笑をむけるツヨシに、まるで子供か娘に戻ったように訊く。「何で、言うて」ツヨシはとまどい、それから本心を打ちあけるというように、サンノオバの耳元に顔を寄せる。

「オバ、唐橋からトルコ風呂のぎょうさんある雄琴まですぐなんじゃ。タエコが雄琴へ行てしもたら、一宮出てからこっち、毎晩毎晩したんじゃさか、肌ざみしいど」

「オバらの事より、自分らの事かよ」サンノオバがからかって頓狂な声を上げると、ツヨシは、「オバらもう終ったさか、柔かいもんに触れんと寝るさみしさ分からん」と言い、丁度冷凍トレーラーの運転台の方からやって来たタエコに手を上げる。他の老婆らがやっと観念したように、はしご台を降り出した。

　タエコが一言二言言った。サンノオバはその言葉を聴き取れなかった。タエコを見て笑っているツヨシに耳を寄せ、「何て？」と訊くとツヨシは、「夕暮のうすぐらいとこにおって、そばに寄りそって話しとったら、ただの仲とは思えんと、からかったんじゃ」と説明する。サンノオバは笑う。

「ただの仲じゃないどころか、ツヨシと道行きしとるんじゃに」サンノオバはそう言って薄暗がりの方から歩いて来るタエコに冗談のつもりで言葉を返した。自分の声を耳にして、さっきまでサンノオバの背に手をかけ話していたツヨシが、薄暮の中でまっ赤なスカートをはいたタエコの方に体をむけ、近寄るのをみて、妙なさみしさを感じ、キクノオバがはしご台から降りるのを手伝いに行く。下に降り立ったキクノオバの手を引き、そそのかすように耳元で、「わしら、ツヨシの引っかけた彼女のそえ物みたいに、近江に連れていかれるんやだ」とつぶやく。キクノオバは痛む足をかばって身を揺ってゆっくりと灯りの点いた休憩所の方に歩き出し、サンノオバの言葉ではなく、夕闇が降り切ったサービス・エリアの彼方に微かに見える黒い影の風景に気を取られていたというように、「近づいたと思たら、景色も見た覚えするねェ」と言う。サンノオバは心の中で、キクノオバはいつも話相手にするにも頼りない受け答えばかりすると独りごち、先に灯の方にむかって歩いていく老婆らにおくれないように歩を心もち早める。

　歩を早めたつもりでも、老婆の足ではさしたる効果はないが、キクノオバには充分こたえるらしく、「早よ歩いたら、こたむ」のサンノオバの手を払うように振り、ふと立ちどまって足元を見る。身を屈めて、足元の灯りの届かないコンクリートの暗闇に落ちていた物を拾い上げる。「何ないの」キクノオバはつぶやき、頭上に持ち上げて灯りに透かしてみて、サンノオバの目には明らかに売店で売っている布製の帽子をかぶった小さな人形だと見えているのに、「何ないの。人形かいの」と訊き、顔も体も泥でよごれているのを手で払う。サンノオバが腕をつかみ支えてやらないと、痛む足をかばったキクノオバの姿勢では前のめりに倒れてしまう。「車にひかれたんじゃわ」サンノオバはそう言って石鹼につけて洗いでもしなければ、車にひかれた為の泥は取れないと教えたが、キクノオバは動こうとしない。

「先に行くで。わし、小水したいし、熱い茶も飲みたいさか」サンノオバが不満げにキクノオバに言うと、人形の泥を手でこすって泥が落ちたかどうか灯りにかざして確めながら、キクノオバは「おうよ、綺麗になってきたわだ」と傍に居るサンノオバを相手にしていないというように、人形に語りかける。

「ねえ、わしみたいなアカンもんしか、おまえのつらさを分かるものか、ねえ。嬢さんも、坊ちゃんも、よごれたらポイと捨てたんやろが、わしらも、一緒やねェ。サンノオバ、小水したいんやと。わし、足痛いさか、歩くの遅いの。わしも、マツノオバやコサノオバみたいに、はよ、熱い茶、飲めるとこへ行て、茶飲み友だちになってくれるようなジイサさがして、そばに行て、マツノオバらみたいに話したいけど、足、リウマチやさか。今日は日輪様の球、足に塗らしてもろとるんや。日輪様の球、塗ったら、この齢で、子できた」

キクノオバは闇の中に溶け入りそうな笑をつくり、サンノオバに、「子、できたみたいなものじゃよォ」と一向に汚れの取れない、薄い灯りしかないサービス・エリアの駐車場の暗がりの中では汚物の塊のように映ってしまう人形を見せる。

キクノオバのその物言いにサンノオバは心を打たれた。「おうよ、日輪様の汁で孕《はら》んだ子じゃね」サンノオバはキクノオバから赤子を抱き取るようにして人形を受け取り、顔に近づけて目鼻立ちを確め、人形の泥が微かに自動車の油の匂いがするのを気づき、ふと、ひっきりなしに風のような音を立てて高速道路を走る車にも、生き物が必ずそうなように雄と雌があって、それらが孕んでいる事も産み落とした事も気づかないままこんな子を方々に沢山作っているのではないか、と考えた。昔から、路地にはそうやって産み落とされた子が何人も居た。白痴が孕み、産み落したままにされた子もいれば、男を追いかける為に放り置かれた子もいた。

小水を我慢していたがついにたまらなくなってサンノオバはキクノオバを置いて一人先に立って歩き、用を足してから手を洗って髪のほつれを直して外に出ると、人形を左手にわしづかみに持ち、その左手を大きく振りながら、キクノオバが、今やっと休憩所の石段の下に着く。「キクノオバに合わせとったら、わし、洩れてしまうとこじゃったわ」と声を掛けると、キクノオバが顔をしかめ、「ちょっと、この子、持っとって」と人形を突き出す。「生きとる赤子やったら、わしに振り廻されて、ぐったりしとるとこや」キクノオバは笑い、石段を一つ上にあがって立ちどまり、サンノオバが踏みはずさないように足元を見ながら下りて来るのを待つ。サンノオバが両の掌を受けて異様に小さな赤子を抱き取るように人形を取ると、「やれよォ。ひさしぶりに、子を持った女親のえらい目、味おたわよォ」と大仰に溜息をつく。

VI　唐橋―瀬田

ツヨシの運転する冷凍トレーラーが瀬田の料金所を出たのは、すでに朝の十時を廻った頃だった。タエコは運転台の上で、田中さんに鏡を支えてもらいながら口紅をつけ、小指で伸ばし、「いい?」と訊く。「ええじゃろ」田中さんが素気なく答えると、タエコは、信号待ちでブレーキを踏んだツヨシに、「化粧、綺麗《きれい》に乗っとるて言ってちょう」と言って腕をつつく。ツヨシが振り返り、「綺麗じゃ」と真顔でみつめると、タエコは、「まじめに言われると、羞かしいんだわ」と明るい笑をつくる。「さあ、稼いたるで。若いポストの為ならどんな事しても、我慢したるで」ツヨシはタエコの明るい笑に思わずつられて笑う。

後からクラクションの音が耳に届いたので信号機を見ると青に変っている。クラッチを二度踏み、ギアを入れて発進させてから、タエコが鏡を化粧バッグに納いながら自分の横顔を見つづけているのを知った。

「雄琴で稼ぐというの、本気かい?」タエコは化粧バッグを後の仮眠ベッドに置いてあるバッグの中に納い、「本気、本気」と運転するツヨシの脇に体を圧しつけるように坐る。

化粧の匂いが鼻についた。タエコは腕に腕を巻きつけ、「一宮一の織姫が雄琴に来たでよ」と鼻を鳴らす。ハンドル操作にタエコの腕が邪魔で、「もうちょっと走ったら、唐橋に出るんじゃさか、それまで田中さんと遊んどけ」と腕をほどこうとする。タエコはまた鼻を鳴らして、助手席側のドアに背をもたせかけて見ている田中さんののばした足に手を掛け、「あんたもこっちにいりゃあせ」と呼ぶ。「織姫を真中にはさんで、昨日も、その狭い仮眠台で三人で寝たんだわ」

田中さんはニヤニヤ笑い、タエコに誘われるまま体を近づけ、「俺は最後に弾き出されて、運転台に一人で寝たど」と言う。

田中さんが横に坐ると、タエコは運転している最中のツヨシの体にさらに身を寄せる。タエコが坐った側の左手は動かすことも出来ない。そのツヨシの股間に手がのびる。「運転も何も出来ん。もうちょっと向こうへ行け」ツヨシはひじでタエコを押した。「いいんだわ。こうやってるとさみしさが紛れるんだわ」手がズボンの上から性器をなぞりはじめた。

「さみしいんじゃったら、田中さんのをやれ、もう一本の方をやれ」ツヨシが言うと、タエコが、「あっ」と声をあげる。「田中さんが悪戯しとるんだわ」前方の信号が赤になりかかったのを見て、「ようし、田中」とツヨシはつぶやき、股間をこすっていた手をブレーキを踏むと同時につかまえ、その瞬間にそれが田中さんの物などでなく、紛れもなくタエコの手だった、と知った。タエコは声をあげ、「悪い奴じゃ」とタエコが離すと笑い入った。

正面に川が見え、そこにかかった橋が唐橋だと知り、唐橋の手前で信号を折れて裏道を行き、川に面した道路に出て、ツヨシは田中さんに言って、冷凍トレーラーが駐車出来る空地、あわよくば、そこで諏訪でしたように、荷台と運転台の二つに冷凍トレーラーを分け、老婆らの寝泊りする家として荷台を固定出来るような空地をさがした。川沿いの道は車二台辛うじて擦れ違えるほどの幅で、冷凍トレーラーは対向車が来るたびに道の隅にぴたりと身を寄せ、そろそろと前に進む。対向車は道に馴れた地元住民の運転するものらしく難なく通っていくが、決って、狭い道路に迷い込んだ大きな車が迷惑だというようにクラクションを鳴らす。

空地は唐橋のたもとまでなかった。ツヨシは唐橋のたもとの信号の手前で車を停め、逡巡した。老婆らに、路地の盆踊りでうたわれる「きょうだい心中」の中に出てくる唐橋がここだと見せる為、今、荷台の扉を開けて老婆らを降ろすか、それともワゴン車がない今、遠くにある空地をさがし、そこに駐車して、そこからここまで歩く事を強いるか考えた。ここで降ろしたなら、手間取りすぎて、通行の邪魔になるし、警察の目にもつき易くなる。そうかと言って離れた空地に停めたなら、足の悪いキクノオバが混じってもいるので、歩く事の苦痛は倍になる。

「何、考えてるの」タエコに訊かれてふと信号が変っているのを知り、ツヨシは判断つかないまま、川に沿った道から右折して橋を渡る流れの中に入る。左側にウィンカーを出して他の走っている車の半分ほどの速度で走り始めると、「どした？」と田中さんが訊く。左車線に寄って、さらに速度を落とし、後からやってくる車が冷凍トレーラーを避けて走るのをサイドミラーで確めて、ツヨシは冷凍トレーラーを停めた。

「唐橋じゃ」ツヨシが言うと、田中さんがああ、と声を上げ、振り返って窓の外を見る。浅い川の水が光っている。タエコが田中さんにつられて、「なに？」と外をのぞき込む。タエコには橋と変哲もない浅い川しか見えていないはずだった。「オバらをここで降ろしたろか、空地にとめてから、ここへ連れてきたろか、さっきから考えとるんじゃ」ツヨシが言うと、「どう」と田中さんが調べてやるというように窓をあけ、顔をつき出して後をのぞく。

田中さんが声を出すより先にツヨシは運転台のフェンダーミラーで近寄ってくる警官の白バイを捕えていた。あわててギアを入れたが、そのまま発進させると疑われると思い、床に転がったタエコのピンカールをひろってやろうとしていたのだというように身を屈め、白バイが運転台の脇に来て、「どうしました」と声を掛けるのにあわせて身を起した。

「ほら、ちゃんと持っとけ」とツヨシはタエコにピンカールを渡す。白バイの警官は何の為に冷凍トレーラーを停めたのか納得し、つまらない事で交通の流れを乱すなと言うように、「はい、走って、走って」と手を振る。ツヨシは頭を一つ下げ、法規どおりまず右にウィンカーを出して合図して、ゆっくりと冷凍トレーラーを走らせた。

　橋を渡り切ってから先ほどとは反対側の川ぞいの道に入り、空地をさがした。その道も同じように道幅が狭く、至るところで一方通行になっている。

　一方通行の指示通りに道を難儀しながらたどっていて、ふいに、だだっ広い道に出た。道の向うに枯草の茂った廃屋があり、その隣にスベリ台やブランコを置いた広い公園状のものがある。ただところどころ破られているといえ高く金網が張られているし、その金網の端に、スプレーで落書された立入禁止の看板がぶらさがっている。

「ここしかないな」田中さんが言うので、ツヨシは冷凍トレーラーを停めてエンジンを切ろうとしてみると、金網のむこうの砂場横に黒っぽいボロ布状の塊が微かに動いた。

「なんない？」タエコに指さして教えて黒っぽい塊をみつめ、それがあおむけに寝た浮浪者の動く腹だということに気づき、舌打ちした。「先にあいつら、占領しとる」ツヨシがそう言って他をさがそうと冷凍トレーラーを動かしにかかると、「ここが一等、いいわァ」とタエコが言う。

「あの人らとオバアちゃんら違うんだから、縄張りも荒しもしないし」タエコにそう言われ、ツヨシは一層、そこに冷凍トレーラーを停め、金網を張った立入禁止の公園状のところを老婆らの路地同様の生活の場所として仮設するのがはばかられる気がする。そこを瀬田の唐橋付近でみつけた路地として仮設するなら、老婆らは、何のこだわりもなく、浮浪者の寝入っているそばで、後にして来た山に囲まれた路地でしたと同様に嘘か本当か分からない噂話の類を語り、つなぎあわせ、時をすごす。オカイサンを炊いて食べるだろうし、そのうちその車座の輪の中に浮浪者も混じる。しかし、何となしに物哀しかった。老婆らは、冷凍トレーラーで旅をしているのであって、浮浪者ではなかった。ツヨシはそう思いながら、別の空地を求めて冷凍トレーラーをトロトロと走らせた。浮浪者には帰るところがないが、老婆らには取り敢えずツヨシの運転する車輪のついた鋼鉄のかたまりがある。

前方に段差があり、そこを越える為にさらに速度を落とした。それでも後部の荷台がバウンドした。荷台の中で驚く老婆らを想像しながら、ツヨシはゆっくりと加速し音が昂ってギアをセコに入れた。タエコが何事かを思いつめはじめたツヨシに不安になったようにそっと膝に手を置く。

「さっきみたいに、触れよ」ツヨシは不意に言う。「脹らんで来て、飛び出して来そうじゃさかい、触れ」ツヨシはハンドルにかけた左手を離してちゅうちょするタエコの手を掴《つか》む。タエコはツヨシの手を握り返した。そのタエコの、女にしては固い肌触りの掌を感じて、ツヨシは老婆らが頼りにする車輪のついた鋼鉄のかたまりとは冷凍トレーラーではなく、自分の性器そのものの事だと思う。

ツヨシは冷凍トレーラーを運転して昼の日の中を、しばらくうろついた。結局、そのあたりに駐車出来る空地はその公園状のところしかないと知って戻り、金網の破れ目が丁度、荷台の扉に重なるように、横づけした。ブレーキを踏むなり田中さんが助手席から飛び降りて荷台に廻り、扉を開けにかかる。

タエコはエンジンを切るツヨシの顔をみつめた。ツヨシが顔を上げると、「雄琴へ行くでよォ」と小声でつぶやく。

「まだ、ここは唐橋のそばじゃから、雄琴まで大分あるど」ツヨシが言うと、タエコは「いいんだわ」と背に置いていたショルダーバッグを引き寄せ、中を開けてサイフを取り出し、中から一枚の名刺を取り出す。

「このカワグチという人、電話したら来てくれるで。雄琴までこの車に乗って、スーコのお母さんなんかと一緒に行きたいけど、まだ行かれんでしょう。大事なおバアちゃん、わざわざ在所から連れてきて、近江に来たらしばらくおバアちゃんらの見物につきあうでしょう。だから、わたしが、ここから、カワグチという人に電話して、話を決めるまででいいから居てちょう。女一人だったらナメるで、いかんからァ」

タエコはそう言って名刺を見てみろ、とツヨシに渡す。名刺には阪神国際興業事業部といういかめしい漢字が並んでいる。

ツヨシが先に降り、ショルダーバッグ一つ持ったタエコの手を引いて運転台から降りるのを手伝い、ふと見ると、老婆らは公園の金網の方ではなく、ゾロゾロと枯草の茂みの方へ入ってゆく。小用をするつもりだと気づいて、公園の中に便所はないものかとさがした。公園の中に便所らしい建物はあった。だが、建物の入口にダンボールが貼りつけられていた。よく見ると、ダンボールは何枚も貼り合わされ組み合わされ、丁度、雀が雨樋《あまとい》の底の丸みを利用して巣をつくるように、コンクリートの便所の入口を利用してダンボールの家の入口がつくられている。ツヨシは苦笑した。

枯草の茂みで用を足してまっ先に戻って来たコサノオバに、「さっき唐橋、通って来たんじゃ」ツヨシは打ちあけるように言った。

「車、停めてくれんと」コサノオバが言い、その後から外套に枯草や種をいっぱいつけて戻ったマツノオバを見て、「もう唐橋、通って来たんやと」と憤懣《ふんまん》やる方ないように言う。マツノオバはコサノオバの憤懣に同調しないと言うように、「唐橋言うてもどうせカラハシじゃわい」と手をちょいとつき出してツヨシにからかうのだ、と合図し、「わしらカラハシの文句の出るきょうだい心中より、すずきもんどの方がええ」と言う。「マツノオバら、ヤブノナカ、ゴソゴソの口《くち》じゃさか」コサノオバが判じ物のように言い、スカートをたくし上げながら歩いてきたヨソノオバに、「のう」と相槌を求める。ヨソノオバは話の脈絡をつかめないまま、盆踊りの時、ヤグラの上に乗った歌い手らが間違えたりつっかえたりする時の掛け声を節をつけて歌う。ドッコイ、違ゴタ、間違ゴタ。音頭取リャ何処へ行タ。藪ノ中デゴソゴソ。早ヨ出テ音頭ヲ取リヤンセ。「ヤブノナカ、ゴソゴソ言うて何よ？」マツノオバがなお訊き返すと、今度は、コサノオバが、「ドッコイ、チゴタ、マチゴタ」と歌う。「何？」マツノオバが訊く。コサノオバはマツノオバに取り合わず、金網の破れ目を抜けて浮浪者のたむろする公園の中に入っていく。マツノオバは判じ物を解いてくれと言うようにツヨシを見た。判じ物に深い意味があるわけはないとツヨシは思ったが、「分からんなァ」とことさら首を振る。

　その公園状の空地から唐橋まで歩けばツヨシらの足で十五分、老婆らの足でゆうに一時間はかかる。ツヨシと田中さんと並んで歩くタエコは、まるで身も心もすっかり路地の女にでもなったようにはるか遠くをのろのろと歩いてくる老婆らを気の毒がり、冷凍トレーラーに乗せてせめて橋のたもとまで連れてきてやればよかった、と言い、川ぞいの道をタクシーが通りかかると、老婆らを乗せる為に停めようと言う。送り迎えするワゴン車がない今、老婆らには、土地勘を養う為に歩くのがよいのだ、歩く度に昔が戻ってくる、とツヨシが言うと、「雄琴で一ヵ月もしたら金出来るで、あんな車、買うたるで」と言い、今、金を自分が払うからタクシーに乗せようと言い張る。

「要らん、要らん」ツヨシは言う。

　橋のたもとに出る手前に長距離電話のかかる公衆電話ボックスがあった。

「電話、掛けたろか？」ツヨシが訊くと、タエコはあわててショルダーバッグを胸に抱えて中をひらき、名刺を取り出す。電話ボックスの扉を開け、中に入り、百円玉を三枚用意して受話器を取り上げて名刺を見せろと手を出すと、「いいわ。うちが電話するで」と受話器を貸せと言う。「ここに迎えに来てもらうで、その時、そばに居てくれたらいいで」

　ツヨシが百円玉三枚、料金入れの中に入れると、名刺を見つめ下唇を噛んでタエコはダイヤルを廻す。ツヨシが気を効かせて電話ボックスの中から出ようとすると、タエコは名刺を持った手でおしとどめる。外を指さして出ると合図すると、何を勘違いしたのか振り返って外に立った田中さんにも電話ボックスの中に入れと扉を開けにかかる。田中さんは半開きの扉から顔を突き出して受話器とタエコの押しあてた耳の間から微かに洩れ出る呼び出し音に耳を澄ます。呼び出し音が長びくたびにタエコは緊張し、次第にどこを見ているのか定かでないように寄り目になる。受話器を相手が取ったらしかった。「もしもし、国際」と言い出すと相手が自分で名乗ったらしく、タエコはあっと溜息のような声を出し、「カワグチさん？」と訊く。相手がそうだと答えたらしく、「うわァ、なつかしい」と、体から不安と緊張がけし飛んだように笑をつくり、受話器を持ったまま電話ボックスの中で踊るように体をねじる。

「誰か分からんでしょう。何人も彼女居て、行く先ざき、いい目させて喜ばせているから。わたしもそのいい目、味わった一人だわ。一宮の、織姫の、タエコ」タエコはそう言って、そばにツヨシと田中さんがいて自分を見つめているのを忘れたように相手の言葉に笑い入り、「そんなところにホクロなんかありゃせんがね」と言って、笑いすぎた為に目尻に滲《にじ》んだ涙を指の先でゴミを取るようにぬぐう。「それはカワグチさんだがね」また笑い入り、受話器が話し相手のカワグチという男の大きな男根だとでも言うように握り直し、ふとツヨシに電話を代われと言う。

電話を代わったと言うと、男は一瞬とまどい、それからツヨシをタエコのヒモだと思ったのか、「そこ、どこでっか？」と訊く。瀬田の唐橋のたもとの電話ボックスだと答えると、そこからさして時間かからないから、雄琴まで来てくれないかと言う。「あんさん、今日から連れて来てよろしか?」と訊く。

「まァ、そうじゃ。ここ離れてそこへまで俺も行くんかい」ツヨシがつぶやくと、タエコはツヨシの耳元で、「仕度金持って来てと言うてちょう」とささやく。ツヨシはその通り言った。男は渋った。

「これから、雄琴へ行って今日からこれ、店に出て稼いでええと言うとるんですわ。仕度した分、これの自前じゃったら割に合わんじゃろが」

そう言うツヨシを見つめていたタエコがツヨシの髪を手でときつけにかかる。ツヨシのジャンパーのポケットをさぐり、小声で、「ヘアバンドは」とささやく。ツヨシは胸の内ポケットを指さす。タエコがジャンパーのジッパーを下ろし、内ポケットに手を入れる。内ポケットから指に当る物を取り出したタエコが声を上げるので耳をふさぐ。タエコはコンドームの袋二つを笑いながらツヨシの鼻先にぶら下げる。ツヨシは顔をそむける。受話器の向うで、男が、もう女の顔もおぼろになっていると不満を言っていた。そのうち、「ええでっしゃろ」と声がする。男が電話を代わってくれと言うのでコンドームの袋を破こうとしていたタエコに受話器を差し出した。「どうするつもりじゃ。こんなとこで立って姦《や》ろと言うんかい」とタエコの手からコンドームの袋を取り上げた。

タエコは受話器を置くなり、ツヨシの体を自分の体で押えつけ、「なァ、ヘアバンドしてちょう」と言う。「うちが作ったヘアバンド、どこにある?」タエコが訊くので、ツヨシは、ズボンのポケットを教える。ツヨシが取ろうとすると、手をおさえつけ、タエコはポケットの中をさぐる。毛糸のドレスの紐を二つに切っただけのヘアバンドを取り出すと、タエコはツヨシの頭にグルグルと巻きつける。後でしばり、はみだした毛を手でときつけ、「似合うんだわ」と言い、唇に頰に音を立ててキスをする。

それが瀬田での生活の始まりだった。老婆らは川ぞいの道をたっぷり時間かけて唐橋のたもとまで歩き、歌にうたわれるような昔の面影など微塵も残っていない橋の上でたたずみ、橋の上をトロトロと歩き、橋を渡って向う岸に着く。

タエコは一人で雄琴へ行くのを渋った。

「行て来いよ。金稼いで、ここへ戻って来たらええ」老婆らが橋の向う側でたたずむのをみながら、そう言うツヨシに、「あんたら他所へ行てしまうんだがね」と言い、出来るなら雄琴へ連れて行って欲しいとせがむ。

「仕度金出すと言っても、あの男、ヒモがおると思ってそう言ったんだわ。仕度金、全部あげるがね。車、買えなくとも、おバアちゃんらの見物のタクシー代ぐらい出せるがね」

田中さんがそのタエコの申し出に心を動かされ、「ツヨシ、オバらに京見物さしたる事できるんじゃさか、行て来い」と言い始める。ツヨシが渋ると、タエコは涙を浮かべた。

その時、声がした。コサノオバが橋の向うで手招きしていた。田中さんが手を上げ、今、行くと言葉を返し、歩きかかって立ちどまり、年嵩の者が路地でするように、「ツヨシ、ちょっと来い」と呼ぶ。ツヨシが近寄ると、小声で、「俺がオバらのそばにおるさか、金稼ぐつもりで行て来いよ」と説き伏せにかかる。

「オバらの京見物させるんじゃったらレンタカー借りる金要るど。それに、タエコなかったら、俺ら今日からでも女さがさんならん。素人引っかけても玄人でも、どっちでも金かかるど」

「なんない、アニ。俺に雄琴へでも行て身売りせえと言うんかい？」ツヨシがからかうと、そばに来たタエコが、「わたしのポストでいてくれりゃいいんだわ」と言う。ツヨシは渋々決心した。

「俺は雄琴へ行たら、しばらく戻って来んど。オバらの金も田中のアニの遊ぶ金も残してくるものか。その仕度金も、オバらから預った金も壺洗いで飛ばしたってくる」ツヨシが言うと、田中さんは年少者の負けおしみだというように、「よっしゃ、よっしゃ」とうなずき、「帰ってくる道、忘れんなよ」と言って老婆らのたたずむ橋の向う側に行く。

　タエコが停めたタクシーに乗り込み、冷凍トレーラーに寄って荷物を取り、雄琴までそこから三時間、タエコは日ぐれはじめる外の景色に染って急に性格が変ったようにメソメソと涙を流した。髪を撫ぜつけると、タエコはツヨシの胸に顔をうずめる。

　だが雄琴の歓楽街に着いた時、タエコはまた人が変ったように陽気になった。タクシーでカワグチという男が指定した待ち合わせの場所に向う間、トルコ風呂や大人のおもちゃ屋の様々な形のイルミネイションを花火のように綺麗だと言い、運転手が仕事に来たのかと口を開くと、「根が好きだからいかんわ。一宮からずっとこの人らと練習して来たで腕も上っとるで」と冗談半分で打ち明ける。運転手の肩に手を掛け、「おニイさんも、顔みかけたら指名して、試してみてちょうね」

「俺という男がおるのに、もう客引きか」ツヨシが言うと、年端のいかない組みしやすい若衆だと思ったのか、運転手はニヤニヤ笑い、「やはりトルコは後くされのない元気な子の方がいいね」と言う。

待ち合わせ場所の喫茶店でカワグチという男は、ツヨシが席に着くなり、約束したタエコの仕度金だと祝儀袋に入った金を出した。ヒモとして当然の務めだというようにツヨシは祝儀袋をあけて調べた。金は五十万、一万円の新札だった。

ヒモ然としてツヨシがタエコに訊きもせずその金をポケットに納うと、男は一刻も早くタエコからヒモを切り離そうとするようにタエコにむかって、「準備やら店の様子やらを見せるから、一緒について来てや」と言う。タエコが、「腕が鳴るで」と軽口を言うと、男はよく言ったと笑をつくり、ツヨシの方に振り返って、「後で本人の方から連絡つけますさかい、今日のところはこれくらいで」と言い、立ちあがる。男がタエコの荷物を持つ。

「もう行くの?」タエコは言う。男は荷物を持って先に立って歩き出して玄関に向い、タエコが柔かい居ごこちのよいソファに坐ったままのツヨシにどう別れを言おうかととまどっているのを見て、せかすように立ちどまる。

「ここにしばらくおる」ツヨシは言った。タエコは物を言おうとして胸が昂って声が詰ったようにツヨシを見てから、「ヘアバンド、似合うよ」と言う。

玄関から、「織姫様、行きまっせ」と男の声が届く。

「待ってちょうね。二本持ってるの、この人だけだからァ、名残りおしいんだからァ」タエコが涙声で言うと、男は驚愕したような顔でソファに深々と腰かけたインディアンのようなツヨシを見た。

路地を出る前から長めだった髪に毛糸の紐を切ってつくったヘアバンドをしたツヨシは、雄琴の歓楽街を歩いていると、温泉地であり濃厚なサーヴィスで知られるトルコ街に来て体の淫蕩な血が沸き立って浮かれ、鉢巻でもつけていると思われるのか、トルコ風呂の呼び込みに、ひっきりなしに声を掛けられたし、道行く客らに振り返られた。

ツヨシが、雄琴からタクシーにも乗らず、トラックをヒッチハイクして瀬田に戻った頃は、夜が明けはじめていた。トラックの運転手は瀬田の唐橋に着いたと眠り込んでいたツヨシを起し、ツヨシが、「もうちょっと走ってくれるかい？」と頼むと機嫌よく、狭い道をたどって公園の前に横づけにした冷凍トレーラーの前までツヨシを送り届けてくれる。

ここだと言って、冷凍トレーラーの運転台の前でクラクションを一つ鳴らしてもらう。

運転台の上から田中さんがノロノロと身を起すのを見て、やっとツヨシが雄琴からヒッチハイクした理由を察したように、「トルコで帰りの金まで使てしもたんだ」と言い、田中さんの顔をあごで差して、「叱られるのか」と訊く。ツヨシがトラックの運転手の思い違いに苦笑し、「いや、おとなしいよ」とつぶやくと、運転手はツヨシと田中さんの二人を見比べ、「まァ、お前の方が気性が激しそうだな」と言う。ツヨシは礼を言い、助手席から降りる。鉄材を満載している四屯トラックはツヨシに合図するようにクラクションを鳴らして走り出す。

ツヨシは冷凍トレーラーの運転台に乗るや否やポケットに納っていたノシ袋を取り出し、「言うてみたら、タエコのくれた手切れ金じゃ」と言う。

「幾らあるんない？」田中さんは訊く。

「八十万あったんじゃけど、三十万、俺が約束通りに使た」

ツヨシが言うと、田中さんが、「ほんまか」と気色ばむ。

ツヨシがジャンパーを脱いで仮眠台に移る。仰むけに寝て女に壺洗いしてもらいたまらず腰を突き上げ奥に入れようとするように尻を浮かし、ああ、と女の声を真似した。「オバらどうなってもかまん。路地の田中のアニら、女つかまえられんともんもんとマスかいとっても知らん、ああ、と言うて、女に撃ち込んで三十万」

田中さんは本気にしたようだった。むらむらと腹立ち腸が煮えくり返り、爆発したようにいきなり、ノシ袋を破り真新しい一万円札の束をわしづかみにして、仰むけに寝てトルコ嬢との交接の真似をして腰を使うツヨシめがけて投げつけ、殴りかかろうとして運転台から仮眠台に身を入れにかかる。一瞬、起きあがり、まだからかうように、「アニ、俺をいじめるな。アニより、俺は若いし、女とやりたてうずく」と言うと、田中さんは増々本気にしたように、「何を、オバら歩き廻って足痛て苦しんどるのに」と言い、運転台からすばやく仮眠台に起き上ったツヨシの胸倉をつかみ、締めつけ、ツヨシが振り払いかかると、締めつけたまま図に乗ったのか、仮眠台に入ってくる。

「われ、冷凍トレーラー、調達して来たさか、タエコがオバらに寄こしたその金も、一人で使てええと思い腐るんか」ツヨシは噴き出したかった。だが首を締め上げられているので息も出来ない。

「アニ、怒るな」ツヨシは言う。「五十万もあるんじゃさか」

「金の額じゃない、一人で使てくるその性根が気に食わん」

「アニ、怒るな」ツヨシはまた言う。手を使って田中さんの手を離そうとすると、さらに締め上げる。のしかかってくる田中さんの腹に手をあて一挙に力を込め田中さんの体を弾ね飛ばそうと考えたが、そうすれば冗談からはじまった誤解が狭い仮眠台で本当の喧嘩になってしまうと思案し、ツヨシは腹に当てた手から力を抜き、それで下腹から股間をなぜる。田中さんは一瞬、妙な顔をし、ツヨシの手がゆっくり牛の乳をしぼるように股間を摑み撫ぜおろすのを感じてさらに腹立ちに火が点いたように、首を締め上げ、

「何しとるんじゃ。われ、人をナメとるのか」と歯をむき出してどなり、いきなり頰を

張る。痛みに目が眩んだ。ツヨシは抵抗しなかった。

「田中さん、冗談じゃ。俺が悪かった」

田中さんはツヨシが性器をなぶった事をわびたと思うのか、締め上げた喉首を離そうとしない。ツヨシは田中さんの眼を見た。

「五十万、手つかずじゃ。オバらの事も心配じゃったし、アニの事も心配じゃったさか、必死で乗せてくれるトラックさがして、今、戻って来たんじゃ」

ツヨシはあえぎながら言った。しかし、田中さんはツヨシの眼を見つめたまま、力を緩めようとしない。ツヨシは首を振った。こころもち締め上げる田中さんの力が緩んだのか首はシャツの襟にこすれるが、廻る。それでも息苦しくてツヨシは首を振る。

突然、田中さんが襟首を締め上げていた手を離し、尻もちをつくように坐り込んだ。途端に息が楽になったのでツヨシはふうっと大きく息をつぎ、首を振ると、髪に巻いていたヘアバンドがバラバラとほぐれ、肩に落ちかかる。そのヘアバンドの燃え上るような鮮やかなオレンジ色の毛糸を見て、不意に体の自由を奪われていた事が理不尽に思え、「ヘアバンド、元どおりに戻せ」と言う。田中さんはツヨシにからかわれていたと知って、自分の腹立ちにうろたえたように、「俺は好きでない」と言う。

「田中さんが好きであろと嫌いであろと、関係あるか。人のつけとったヘアバンドじゃ、締め直せ」

田中さんはヘアバンドをはずし、髪に巻き直す。

「人の頬を張りくさって」

田中さんは思いっきりきつく巻く。

「タエコのように愛情を持ってやれ」

ツヨシが言うと、ツヨシよりも不貞腐れた声で、「愛情持って二度とほどけんように、締め上げるんじゃ」と言い、荒い息をはきながらわざとぎりぎりと巻き、結ぶ。巻き終えてヘアバンドに触ってみると、切れ目から毛糸がほどけかかっている。

しばらくツヨシは不機嫌だった。田中さんはツヨシが仮眠ベッドから出ないのを見て、取りつくろうように荷台の方に行き、起き出した老婆らが公園の真中の水飲場の水道で水を汲むのを手伝い、それからサンノオバと話し込む。そのよく響くサンノオバの笑い声を耳にしながら眠りかかると運転台の下から、「ツヨシよ」と呼ぶキクノオバの声がする。「何ない?」と身を横たえたままツヨシは訊いた。

「あのイネ、帰ったんかい。マツノオバ、心配しとるんじゃけど」

「タエコか?」ツヨシが訊くと、しばらく間を置いて、「おうよ」と返事が来る。ツヨシは起き上った。起き上ったついでに機嫌直しの為に下着からジャンパーまで身につける物全部着替えようと思うが、コインランドリーをさがしてからにしようと決め、外に出た。

七輪に炭を起しているサンノオバと向いあって坐り込んだ田中さんが、ツヨシの顔を見る。

「スミコの連れのあのイネじゃけど、一宮へ帰ったんかいね」マツノオバが訊く。ツヨシが答えるより先にコサノオバが、「オバら、人の話をどう聴いとるんな」と言い、タエコは昨日、ツヨシに連れられて雄琴という場所にトルコ風呂の女として働きに行ったと正確に伝えた。だがたとえ正確に伝えようと、マツノオバもキクノオバも、サンノオバさえも、ツヨシが何故、わざわざ連れて行ったのか、腑に落ちない。

「売ったんか?」キクノオバは単刀直入に訊いた。

「まあ、そんなもんじゃ。オバらに使てくれと五十万、もろて来たんじゃ。どこそのアニが、ピンハネして俺が遊んだんじゃと疑てつるしあげにかかったんじゃ」

ツヨシが言うと、キクノオバが、「アホな女やねェ、ここまで従いて来て、五十万で売られたんかよ」と言い、ツヨシの顔を見て、「女に悪り事しとる男、ろくな事ないど」と脅すように言う。

「かまんわだ、キクノオバ」サンノオバが言う。「あの女、この路地の若衆ら、ええ男じゃさか一宮からフラフラ従いて近江まで来たんや。ええ男に売りとばされるの、本望じゃわよ。アニらを悪り者にしてくれるな。一宮から従いてきた女が悪りんじゃわ」

サンノオバはそう言って、ツヨシが老婆らになじられ立往生していると思ったのか、そばに来て坐れ、と手招きする。

「わしらこのアニらなかったら、どこもよう行かんと、ここで食うだけ食て、歌でも歌《うと》て死ぬの待つしかないんやから、仏壇も持って来とる、蒲団も毛布も、竹ほうきも、御詠歌の道具も、わしら路地で持っとった物、全部積んでもろて来とる。女の一人や二人、売りとばしたくらいで、言うてくれるな」

かたわらに来て立ったツヨシに木箱の椅子を一つ用意し、サンノオバは七輪に火がおこったから坐って手をかざせと言う。しかし老婆らの間から、ツヨシに売りとばされたタエコに同情する声が相ついだ。

そのタエコが一週間めに、仕事仲間だという若い女を連れて冷凍トレーラーにやってきた時、老婆らは初めのうち喜んだが、そのうち、マツノオバがミツノオバの耳に小声でささやき、波紋が広がるように小声でささやき、険しい目でツヨシをみ、田中さんをみ、けばけばしい服の二人の女を見るようになった。

ささやき合う波紋が破けるようにサンノオバがツヨシを呼び、「ツヨシ、女、一ぺんぐらい売ってもかまんけど、二へんも三べんもまた売りしたらあかんど」とたしなめる口調で言う。

「何ない？」ツヨシが訊くと、純なふりをする質《たち》の悪い若衆だというように、「鳩撃《はとう》ちじゃよ」と苛立つように言い、ツヨシが意味も分からずサンノオバの顔を見ると、「知らんのかよ」とコサノオバが横から口を出す。「コササンよ、ちょっと黙っといてくれ」サンノオバは男のような口調でコサノオバの口を封じ、一緒に冷凍トレーラーの裏に来いと腕を引く。裏につくなり、「女、一番つらい事じぇ」と言う。

「女、売りとばすのも悪りけど、鳩撃ちゃ一番悪り。路地で聴かなんだか。何人か、蛇《だ》蝎《かつ》のように嫌われとったオジがおったの」ツヨシが首を振ると、サンノオバは悲鳴のように、「つらい者じゃねェ」と天を仰ぎ、急に脈絡がつかなくなったように、鳩という鳥を知っているかという。鳩は飼主の元に戻る習性を持っている。その鳩のように、女を売って金を取り、その女に籠抜けさせてまた他で売って金を前借りさせる。

「売ったのと撃ったのと一緒じゃさか、そう言うんかい」ツヨシが訊くと、「そうじゃだ」とサンノオバは大仰にうなずいてから、「わしら神さんや仏さんにつかえとるんじゃさか、いくらお前が色男で、女、お前のゆいなりになると言うて、オバら六人、死んだハツノオバ入れて七人、ここにおるんじゃさか、酷い事するもんでない」とさとしにかかる。

ツヨシは苦笑し、「鳩撃ちか」とつぶやく。「オバ、もう昔の女郎の時代じゃないんじゃや、あれら男一人裸にして、二万も三万も取っとるんじゃ。考えてみ。一日五人の男とやったら一回二万で十万じゃし、十人じゃったら二十万じゃ。一日十万で一ヵ月三百万。一日二十万で一ヵ月六百万。男が一年かかってかせぐ金、あれら一月で稼ぐんじゃ。なにが、酷い事なものか。タエコとあの女、ここへ何しに来たと思う？　俺と田中さんの二人、自分らのヒモにでもしようと思て、雄琴へ行かんかと言いに来たんじゃ」

「オバらどうするんなよ」

「じゃから遊びじゃったら、二対二でつき合うたるが、オバら放っといてどこへも行けんと言うたんじゃ」

サンノオバはツヨシの言葉を聴き終らないうちにわなわなとふるえる。

冷凍トレーラーの前にタエコと今一人の女を待たせて、ツヨシと田中さんは、運転台の中に入っていそいそと他所《よそ》行きの服に着替えた。季節はすでに十一月に入ったので夕方になると冷え込むから、ツヨシはセーターの上にブレザーを着込んだし、田中さんは何のつもりか黒い流行《はや》らないドスキンの上下を着、ネクタイを締めた。

最初にツヨシが外に出ると、タエコが、「ほら、うちのポストが先だったでしょう」と女に言い、ツヨシに腕をからめる。続いて田中さんがとび降りる。田中さんは窓ふきの布で靴をみがいた。

老婆らは夕飯の準備にかかるため公園の水道に固まって、手分けして準備をしていた。他所行きの服を着こんで印象の一新した二人を見まいとするように老婆らが視線をはずしているのをみて、「今日は二人共、一週間ぶりに遊ぶんじゃさか」と弁解するように言う。老婆らは視線も上げず、何も言わなかった。

タクシーの拾える通りまでひとまず出ようと歩きかかり、先を行く田中さんと女がツヨシらのように腕を組んでないのを見て、タエコが、「ララちゃん、腕を組みやァ」と声を掛ける。ララと呼ばれた女は振り返り、「何かしらんドキドキするんだわ」と胸をおさえ、テレて素知らぬ顔で歩いていく田中さんのそばにハイヒールの音を立てて寄り、腕を取る。タエコはくつくつ笑う。「似合いだわ」タエコがそう言うと、ララと呼ばれた女は、振り返ってこづくように腕をつき出し、田中さんが腕に手をそえたので元にもどり身を寄せる。いかにもララの仕種は不自然で、その分、男心をそそった。

「俺もあいつも、オバらと一緒にトレーラーに寝起きしとるさか、一週間ぶりじゃ」ツヨシが言うと、「すぐは嫌」とタエコは言う。ツヨシがタエコらしくない物言いだと驚くように顔を見ると、「変ったと言いたいんでしょ」と一宮訛りでツヨシの耳元でささやき、「これから食事して、ダンスして」と言う。「ダンス？」ツヨシが訊き返すと気取っていたのに化の皮がはがれたと笑い入り、「チークダンス一つでいいんだからァ」と言う。


タエコの目論見どおり、食事をし、ダンスをし、酒を飲み、それでやっとツヨシと田中さんの二人、ララとタエコの共同部屋だというマンションの一室に連れ込まれた。タエコは冷凍トレーラーの運転台に二人が寝泊りしているから風呂に入っていないので臭いと言い、風呂場に湯を張った。

「トルコのテクニック披露してくれるんかい」田中さんがタエコに言うと、タエコは苦笑し、「何言ってるのう、田中さんがララちゃんにトルコやるんだがね」と真顔で言う。

「わたしが諏訪で、手取り、足取り、あそこ取り、仕込んで上げたがねェ」

田中さんは困惑げな顔をした。田中さんはララに言われるまま背広を脱ぎ出す。それに習って服を脱ぎはじめたツヨシの腕を引き、「こっちへ居りゃァ」とタエコが呼び、花柄のベッドの上に坐らせる。

裸の田中さんがララに連れられて風呂場に入っていくと、タエコはツヨシの胸に顔を埋める。ツヨシはそのタエコの髪に顔を埋めながら、腰に手をやり、ホックをさがして指一つでバチッと音させてはずす。今、取りあえず、欲しいのは下半身だった。ジッパーを下げ、胸にタエコを抱いたままベッドにゆっくりと押し倒し、ツヨシは手早く手品のようにスカートを取る。スカートを床に放り、ベッドの上にひざで立ってズボンを脱ぐ。タエコのシュミーズを上にたくしあげ、赤いパンティーを取り、ツヨシは上からは茂みの下方に微かに見えるそこに向って、ゆっくりとずり落ちる。女陰は充分開いていないので固く、ツヨシが力を込めて圧し入ろうとするのを受け止めようとして唇を噛んでいて、あし、性器は頭部の半分ほども入らない。タエコは大きく足を広げ腰を突き出る時からズルズルと入っていくのに合わせて、顔をしかめ、大きな声を立てる。奥まで入り切って、止まると、タエコは眼を開け、「さっきダンスをした時、かくれて指で触ったでしょう。その時、触られただけでイッたから固くなってたんだわ」と言い、ツヨシが動こうとすると、「駄目、駄目」と首を振り声を立ててツヨシの動きをとめようとする。

「すぐイクから、一日に十回も二十回も、お客さん喜んでくれるけど、きちんと洗ってやる事も出来ない」

風呂場のドアが開き、裸のララが首を突き出し、物を言おうとして、「あっ」と声を立てて、首をひっ込めてから、「タエちゃん、入る?」と訊く。蚊の鳴くような小声で、ツヨシに、「もう出たの、と訊いて」とタエコが言うので、「俺らと交替するんかい?」

と訊くと、風呂場から田中さんの声で、「せっかく二対二で来とるんじゃさか、一緒にやらんかと言うとるんじゃ」とどなる。

「駄目、二人だけで入って、わたしがあんたを洗うで」とタエコが言うので、「田中には興味ないが、俺を、ララとタエコの二人で洗いたいと言うとる」とどなる。

「嘘つき」タエコは眼尻に笑を残して言う。

中に入れたままタエコを起きあがらせ、ツヨシはタエコのブラウスを脱がせ、シュミーズ、ブラジャーを取る。乳房に微かに歯型のような青あざがついていた。羞かしいから乳房をかくすようにタエコは装ってその青あざを手でかくし、ツヨシが、シャツを脱ぎ、下シャツを脱ぐのを見つめている。ツヨシはタエコの手をつかみ自分の腕の筋肉を触らせる。

「俺とあのアニの二本でこのくらいの大きさじゃったじゃろ」

タエコは不意に両手で顔を伏せ、「嫌っ」と身を振る。

おーいと風呂場から田中さんの呼ぶ声が聴えた。性器を中に入れたままタエコを持ちあげて歩けないかと思い、顔をおおったままのタエコを抱きあげにかかったが、身を振って拒む。仕方なくツヨシは一旦体を離し、ベッドの下に降りて、タエコを抱きあげる。

風呂場の前に来て、「ドアを開けてくれ」とツヨシはどなった。タオルを胸に当てたララがドアを開けた。ツヨシは湯気の立つ風呂場の中に入り、そのまま田中さんのつかっている浴槽の中にタエコを抱えたまま入った。田中さんはあわてて外に出た。ツヨシとタエコの頭まで湯が勢いよくはねあがり、思わず二人は息をつめる。老婆らが泊った一宮のマンションの風呂場のようにクッションの入った床敷きを敷いていた。

タエコは風呂場の中で湯につかって気を取り直したように、ツヨシの体をくまなく手でなぜさすり、「ララちゃん、いりゃあせ、いりゃあせ」と呼んだ。ララは湯気の中を歩いて来て、ツヨシの前に立ち、「いりゃあせ」となお呼ぶタエコに合わせるように浴槽の中に入ろうとして、それまで胸をおおっていたタオルを落とした。

一瞬の幻覚のようにツヨシには見えた。確かめようと傍につかったララの胸元を見ると、それより先に、下を這ってきた手がやさしく勃起したままの性器をつかむ。その手がララのものかタエコのものなのか分からないまま、ララの体が眼の前にせまり、ツヨシは乳房を押しつけられる。左手でそのララの体を支え、右手でツヨシははっきりと乳房をまさぐり、数をかぞえ、まぎれもなく大小不揃いながら四つある事を確かめた。「泡踊り用に整形したんか」ツヨシが訊くと、ララは特別面白い事だというように笑い入り、「タエちゃんじゃないけど泡踊りする為に生れたんじゃないの」と言い、さっきまで隠していた胸を湯から出し、ツヨシの手をつかんで、乳房に当て、一つ二つ、と数える。田中さんが浴槽のそばに来て、「さっきちょっとやってもろたんじゃけど、ええもんじゃど」と言う。大きくよく張った乳房が左右に二つあり、その乳房の谷間に脹みはじめた少女のもののような小さな乳房が二つある。指で小さい方の桃色の乳房をつまみ弾くと、「四つともちゃんと感じて、ツンと立つんだから」とララが言う。ツヨシはその小さな乳首を舌でころがそうとした。ララがそれを拒んで不意に、湯の中にしゃがむ。湯が波立って顔を打ち、その顔を後からタエコがつかむ。タエコの乳房がツヨシの背に押しつけられる。今さっき逃げたララが湯の中でツヨシの手を取り乳房に押し当てる。ララは湯の中でツヨシが大小四つの乳房を触るのを拒まなかった。腕は二本だった。乳房は四つだった。左の大きい乳房と右の小さい乳房、左の小さい乳房と右の大きい乳房、と組み合わせて二本の手で嬲り、一瞬、そうやっていると、ララの体から何人も女が現われてくる気がする。

風呂場の床に敷いたマットの上で、ツヨシも田中さんも、一対一とか二対一とか考えられるだけの組み合わせをやって遊びたいと言ったが、「仕事してるみたいだわ」とタエコが言い、「せっかくシャボン玉と切れた休みだから」と言うララに押しきられ、タエコとララのベッドを二つくっつけ、部屋の中で遊ぶことにした。

田中さんがララと外に出てベッド作りをやっている間、タエコはツヨシを押え、「トルコ嬢のヒモが風呂も入らないで、垢《あか》臭いのはいかんわ」と液体石鹸をスポンジにつけて体をくまなく洗い、シャンプーをした。泡を洗い落とす為に、洗面器で浴槽の湯をすくいかかり、四人がそこに入っていたと気づいて、「穢《よご》れとるできれいなシャワーでヒモの体洗ってやらにゃあ」と湯をひねる。突然、冷水が出る。ツヨシは悲鳴を上げた。タエコは、「ララちゃん、切ったのォ」と声をあげる。反応がないので、外で田中さんとララが事をはじめているのだと気を廻したように、タエコは、「我慢し」と水のシャワーをツヨシの頭からかける。濡れた髪をタオルでぬぐっている間、タエコも水のシャワーをあびた。

田中さんとララがベッドの背に体をもたせかけて足を投げ出して坐り、互いに体をまさぐりながらキスをしていた。田中さんが風呂場から出てきたツヨシとタエコに気づいて、体を脇にずらしたので、ツヨシはタエコの手を引いて、ララの脇に入る。並んで坐り、ララの膝に手を置くと田中さんが、「冷たいじゃろよ」と手を払いに来る。

「冷たいか？」ツヨシが訊くとララは首を振る。

「さっき湯のぼせしてたから」

ララは洗い髪のツヨシに魅かれたように顔を見、ツヨシが乳房を触りにかかる。田中さんがララの顔を自分の方に向けようとする。ツヨシは意地になったように、「ララ、俺はおまえのヒモになったるど」と四つの乳房にすがりつくように顔をうずめた。ツヨシはララの左の乳首を二つ交互に吸い、右の小さい方の乳房を揉《も》みしだき、掌にあまるかさの大きい方の乳房に移ろうとした。そこはすでに、深々と舌をからめてララとキスをする田中さんの手におおわれている。その手を払おうとすると、田中さんは一層、指に力を込め、包み込むようにして揉む。

ツヨシの股間をゆっくり力を込めて撫ぜおろしていたタエコが、ツヨシの体にのしかかるようにして、耳元で、「ララちゃんと二本でやりゃあせ」と優しい声でささやく。タエコは握っていたツヨシの性器を離し、「ほらァ」と耳元でささやいて、結局小さい方の乳房の乳首を転がしていたツヨシの手を取り、ララの心もち開いた股間の茂みの中にそっと当てる。乳房が四つあるように女陰も二つある、と思い、ツヨシはまさぐり、ララがツヨシの動きに反応して腰を浮かし微かに廻すのを気づいてたまらず顔をあげ、「アニ、俺、先にやらせてくれ」と言う。タエコが切羽つまって言うツヨシの声を笑うので、「二つ、あれあるんかい？」と訊く。タエコはあいまいに笑ってうなずく。

「ララちゃん、トルコ嬢になるために生れてきた天使だわ、あんたらしたい事なんでもさせてくれる」

それから男二人のどちらが下になるか争いになった。田中さんはまた下になるとツヨシが悪戯をすると言い、ツヨシが下に寝ころぶ事を言い張ったが、ツヨシは聴かなかった。

「田中さん、上手に動いてないと、あれ、痛いんだわ。この前、田中さん乱暴に早く入れてきたからしばらく痛くて」とタエコが救け舟を出したので、田中さんは渋々下になる事を承知し、尻に手を当ててあおむけに寝る。ツヨシが、見られた格好ではない、手をどけろ、と声を掛けると、田中さんはタエコに、ツヨシのその凶器のようなものをおさえといてくれと言う。ララはベッドの上にひざで立ち、どうすればよいのか迷ったように見て、「こう」とタエコに訊いてから、田中さんの屹立《きつりつ》した性器の上にまたがり、ゆっくりと腰を下ろす。声を立てながらそれでも奥まで納めて尻をつき出すように前のめりに倒れるので、ツヨシが応じて行こうとすると、タエコがおしとどめる。「綺麗よォ」タエコは言う。

田中さんが腰を廻し衝きあげ、乳房をもみしだきはじめると、ララは余った乳房を自分の手で摑み、下から上に持ちあげるように揉む。ララは身もだえ、「なあ、早くして」と身をよじってツヨシを呼ぶ。タエコはツヨシをおしとどめた。タエコがツヨシの首に腕を巻きつけ、耳元で、「ララの後で私にして」と言い、床にひざまずき、性器に舌を這わした。

ツヨシはララを見ていた。四つの乳房を持つララの姿はこの世にありえない物のように見えた。田中さん以外の二本の腕がララの持っている二本の腕だと分かっているのに、空中から腕が二本現われて乳房を揉みしだいているように見えるし、田中さんの性器を咥えた女陰が、熱を持ち桃色に染まりはじめた肌と相まってまるで女そのものの女陰のように誘う。口をひらきはじめた女陰のうごめきの卑わいさと較べれば、タエコが性器にそって唇を走らせ舌でなめる音などものの数に入らない。

ララが誘うように大きく前かがみになったので、ツヨシはタエコに合図して、二本の性器を納めても充分耐えられる昂りがララに来たと言う。

田中さんが果ててしばらくしてツヨシがララの中で果ててから、ララは二本の性器を受け入れた事より二人に前と後から四つの乳房を揉みしだかれた事が羞かしい事のように、「獣みたいだから」とつぶやく。

ツヨシはララを後から抱いたままベッドに横たわる。ララはタエコとツヨシの真中にはさまれている具合になった。一人残された形の田中さんが起きあがって風呂場に入り、水のシャワーを浴びて出てくる。

「お客さんがこのあたりに、キツネが人間と夫婦になったという伝説があると言って、その子供の子孫じゃないか、と言うの。だからァ、そうよ、唐橋でわたしに合う人、来るから、とタエちゃんに言って、二本あるハンサムな人がいると聴いて唐橋の方へ行ったのォ」

「おばあちゃんらが行ったり来たりしてた橋が唐橋だと思いついて、行ったんだわ」

シャワーの滴《しずく》をぬぐわず田中さんが戻ってきて、ララの足元のベッドの縁に腰かける。ツヨシとタエコと田中さんの三人に囲まれ、ララは四つの乳房を見せ、同じように見える大小二つずつの乳房がそうではなく、右半分の大小の乳房は左半分の大小の乳房とすこし形が違うのだと言う。言葉に言い難いが、感じ方も違う。

ツヨシが手をのばして右の小さな乳房の乳首をつまんだ。ララはあっと声を出し、瞬間に軽いあくめを感じたようにツヨシの手を押え、「色が違う？　何で分かるの？」と訊き、それが四つの中で一等感度のよい乳房だと言う。

その四つの乳房のララの話を田中さんがどう話したのか、老婆らが食料や炭の買い出しに行きたいと言うので買い出し担当のコサノオバとヨソノオバ、ミツノオバの三人を冷凍トレーラーに乗せて、瀬田の繁華街に向うおりに、「ツヨシらキツネの女と出来とるんじゃてね」と訊かれた。

コサノオバは真顔で、「あれらわしらが年寄りばっかしじゃさか、わしらから気に入った色男引き抜いて、淫行の相手させるつもりじゃだ」と言い、そばににじりより、皺だらけの手でツヨシの頬を撫ぜ、「こんな若い色男が好きなんじゃだ」と言う。

「キツネの気配みせへんか」ヨソノオバが訊くので、「何にも」と首を振る。

「そうかい。わしら心配しとる」ヨソノオバが言うとコサノオバが、「ツヨシよ」と呼びかける。

「オバらは、あんまりお稲荷さんら信心せん。サンノオバら山の方の血混じっとるさか、キツネも神様の一人じゃと言うが、わしらそう思わんわ。キツネの女、血の濃い男の匂い知ってかぎわけて、寄ってきたんじゃわ」

唐橋の上を冷凍トレーラーで走りながら、ツヨシは血の濃い男、と自問した。アニは二十でイモトは十九、と路地で歌われる兄妹姦の音頭の場所はここだった。その音頭の人物も歌う者も踊る者も血が濃い。

「タエコや連れがキツネじゃと言うんか」ツヨシは黙り込んでいた口を開いて訊いた。

「田中さんがオバらにキツネじゃと言うとったど」ツヨシはその言葉からララの不思議な四つの乳房を思い描き、ことさら陽気に笑う。「田中がキツネに惚れられたんかい?」

ツヨシは老婆らの話を混ぜっ返した。

スーパーマーケットの前でトラックを停め、買い物に出かけた老婆らを待ちながら、ふと路地で歌われるきょうだい心中の歌の場所だから、四つの乳房のララはキツネかもしれないと考え直した。ララが、キツネから人間になろうとするのか、人間からキツネに変ろうとしている最中、間違って出て来たのかどちらかだと思った。ツヨシはララに惚れたと思った。

その日、田中さんがツヨシに無断でワゴン車を借りてきた。唐橋のあたりをうろつくだけで毎日が終ってしまう老婆らが可哀そうだからと老婆らを乗せて、老婆らのうろ覚えの地理を頼りに昔の紡績工場跡をたずねて行きはじめた。ツヨシは一人残った。ララの部屋に電話を掛けようと電話ボックスまで歩き、ダイヤルを廻しはじめてボックスの透明なプラスチックの板に映った自分が田中さんやマサオやテツヤにどことなく似ながら、まるで違う異人のような顔をしていると思い、ふと女親が自分を路地に置き去りにしたのはアニイモトの仲だったからだろうと考えた。淫行の血は甘やかに匂い立つ。ツヨシは笑を浮かべた。ツヨシはララの四つの乳房が揺れるのを思い描いた。

日のある間、老婆らが田中さんが調達して来て運転するワゴン車に乗り、近江や西陣の昔の工場跡を廻り戻ってきてみると、ツヨシは居なかった。田中さんがそのツヨシとどんな打ち合わせをしていたのか老婆の誰一人、サンノオバでさえ分からなかったし、訊いても、「さあよ」としか田中さんは答えなかった。朝方戻ってくるのだろうと言い合って待ったが、ツヨシは戻って来ない。

三日経って田中さんが、「女のとこに入りびたりじゃよ」と言い出し、老婆らは難なく安堵した。

「年寄りらより若い雌《メン》の匂いプンプンする方がええじゃろねェ」「雌キツネ言うたら、わしらもそうやけど」サンノオバが言うとコサノオバがそのサンノオバに逆らうように、「キツネらに化かされたらあかんど。路地の若衆の意地みせて、化したって来いと尻叩いたんや」と棘《とげ》のある言い方をした。田中さんはツヨシが何をしているのか、ありありと眼に浮かぶように、「くそ」と声に出し、たちまちコサノオバの棘にひっかかる。「ツヨシと張り合うてもあくかよ。オバら何人も路地の若衆みとるさか、よう知っとるんじゃわ。ツヨシら一時代前じゃったら、鳩撃《はとう》ちの名人になる。おまえに、オバ、と呼ばれても、なんな、と思うだけじゃけど、ツヨシに、オバ、と呼ばれて、見られてみ。わし、口説かれるんかいの、とつい思てしまう」

コサノオバの言葉をサンノオバもキクノオバも、「若いわだ」とからかうのだった。

ツヨシが女の元に走っているなら、その間に京見物に連れていくと田中さんが言い出すと、老婆らは身仕度し、次々とワゴン車に乗り込み、ツヨシが居ないので田中さん一人に世話になると分かっているのに浮かれたコサノオバは運転席の田中さんの顔まで撫ぜて、「ツヨシとどう違うというわけじゃないけど、ツヨシじゃったら、こう触ったりしたらビクッと電気来る気するんじゃわ」と、ツヨシに置いていかれた田中さんの不満をあおるように言い出す。「クソッ」と田中さんは声を出す。「唐橋の上から放り込んだるど」「しょうないわだ」間髪を入れずコサノオバは言い、もっと面白い悪戯を思いついたように、「どお?」と田中さんに寄り、「ここ触ったら田中さんでも電気来るかも分からん」と股間に手をのばしかかり、田中さんに払われる。老婆らは笑い入った。

田中さんは老婆らの笑い声を耳にして、路地の老婆らが自分らで手塩にかけて育てたも同然のツヨシをかわいくてたまらないのだと納得し、老婆らに無理に従う事はないとはしゃぐにまかせ、ワゴン車に全員乗り込んだかどうか確かめた。キクノオバが居なかった。「どした?」と田中さんが訊くと、老婆らは口を閉ざす。田中さんはワゴン車の運転台から降りて行って、公園の中に入った。

キクノオバは水飲み場に洗面器を持ち出して小さな台に坐り、マンジュシャゲの球根をすりつぶしてつけるガーゼのような布を洗っていた。浮浪者が脇にしゃがみ、あれこれと訊ねている。田中さんが近寄ると、キクノオバは顔を上げ、「わし、そんなにいっぱい見たないの。唐橋見るだけでええんやァ」と自分から言い出す。「みんな足早いさか、わし、みんなの倍かかる」

田中さんはそうか、と思った。キクノオバ一人、空地に置いておく不安も感じたが、元気な他の老婆らと違って足の悪いキクノオバにしてみれば、マンジュシャゲの球根をすりおろして足に張り、痛みが軽くなってからゆっくり時間をかけて唐橋まで歩き、ぼんやりたたずむ方がよほど楽しいのだと思い、田中さんはあっさりと、「そうか」と言った。夕飯の準備に入る頃、戻ると言いおいて、ワゴン車を走らせた。

日暮れかかったので京見物を切り上げ、キクノオバに西本願寺の前で買った土産の餅を持って戻ると、キクノオバの姿はどこにもなかった。田中さんは老婆らをワゴン車に乗せ、唐橋まで行って捜した。

「ツヨシが戻ってきて、キクノオバ、甘えぼしじゃさかツヨシにうまい事言うてどこそへ連れてもろたんじゃわ」とサンノオバが心配する事は要らないと言うので、田中さんは空地の冷凍トレーラーに戻った。

空地の中でツヨシが毛皮のコートを着たララと立って浮浪者と話をしていた。ツヨシはワゴン車が近づくなり、手を上げて金網の破れ目から身を屈めて抜け出て来て、後のドアを開けてコサノオバに、「オバの言うとおり、キツネを化かして連れて来たんじゃど」と言う。「また一緒に行くんかよ」サンノオバが不安げに言うと、ツヨシは、「俺が他所へ行こうと言うたら従いてくる」と笑う。

コサノオバがワゴン車から降りるのを待ってツヨシは内緒話をするように、「三日三晩、店にも行かさんとあの女と腰抜けるほどつきおたんじゃ」とささやく。コサノオバは話を聴いてムッとしたようにツヨシを見て、「キクノオバは?」と訊く。ツヨシは訊き返した。コサノオバはツヨシの顔を見て、ツヨシが本当にキクノオバの事を知らないのだと気づいたように驚き、「サンノオバ、つらいわよォ」と悲鳴のような声をあげる。老婆らはコサノオバの声を耳にして、「一緒と違うんか」「おらんのかよ」と口々に言い、「つらいわよォ」「足悪りのに」とかたまり合い、サンノオバが、「アニら、キクノオバ、道間違ごて、よう戻って来んのじゃわ。さがしたってくれ」と叫ぶ。

ツヨシは浮浪者が話していた言葉を思い出した。水飲み場の脇に、いつも老婆が椅子代わりに使う木の台に腰かけ、ボロ布をつなぎ合わせた服を誇示するように股を広げた浮浪者は、老婆らはどこへ行ったのか？　と問うツヨシに、陽気な老婆が一人居て、歌をうたい、上手だとほめると、踊りながら歌ってみせてくれたと言った。その浮浪者に訊きただせば、どっちの方向にキクノオバが行ったのか分かるとララと話している浮浪者の方へ向うと、田中さんが腹立ったような顔で冷凍トレーラーの荷台に入ってゆく。浮浪者は、さあと答えるつもりもないように言って、歌をうたいながらキクノオバは裸になって水で体をふいたと言う。ふと不吉な感じがし、「われ、その年寄りに悪さしたんじゃないじゃろな」と足で浮浪者の足を小突くと、浮浪者は不意に憤然とした顔で胸をそらし、黙ったまま公衆便所のダンボールの小屋の方へ歩く。

「どうしたの？」ララが訊いた。自分がララに夢中になっている間に、老婆の一人が居なくなったのだと言った。ララは、「可哀そう」とつぶやき、ツヨシの胸の中の不安や心配が可哀そうなのだというようにツヨシの腕に手を当てる。

冷凍トレーラーの荷台から田中さんが顔を突き出し、互いに抱えあうようにかたまって立った老婆らの方に、「オバァ、来てくれ」と声を掛ける。老婆らは振り返る。

「サンノオバでもマツノオバでも、誰でもかまんのじゃさか来てくれ」

サンノオバが先に歩き出し、つられたように老婆らがゾロゾロ歩き出す。

「オバらの荷物、どれで、キクノオバの荷物、どれない？　キクノオバの花の球の入った風呂敷、ここにないど」

サンノオバとコサノオバが冷凍トレーラーの中に入ってキクノオバの衣類の風呂敷包みと大事にしていたマンジュシャゲの球根やオロシガネが消え、サンノオバの風呂敷包みが異様に脹らんでいるのを見つけた。開けてみると、キクノオバの衣類が折り畳まれて入っていた。サンノオバの風呂敷包みを外のあかりに出して調べてみた。

「キクノオバ、手に持つのえらいさか着込んで、残りサンノオバにくれたんやわ。オロシガネもないし、ようさん持ってきとった靴下もないし、アニらに買うてもろたマフラーもないし」コサノオバが言う。マツノオバが、「他所へ行たんかいの?」と訊く。「他所へ行たんやろねェ」とサンノオバがつぶやく。

足の悪いキクノオバが車に拾われない限り遠くに行くはずがないと田中さんに言い、ツヨシは捜し出して来るからワゴン車を貸せと言うと、田中さんはツヨシの手を払い、「われは俺のせいじゃと言いたいんじゃろ」と怒鳴る。

「自分じゃったらキクノオバ一人残して京見物らに行かん。キクノオバ、一人残ってさみしなって、ここから離れて行たんじゃと言いたいんじゃろ」

「違うど」ツヨシは言う。田中さんはツヨシの声を聴いてさらに逆上した。

「キクノオバはキクノオバの考えあるんじゃ。われが勝手に他に行っといて、女と乳繰《お》り合うとったんじゃから、何にも言えん」

サンノオバが小声で、「アニら、いがみ合うてくれるな」と言う。

ワゴン車に田中さんは乗り、ツヨシと老婆らは歩いてキクノオバを捜す事になった。

公園の裏側に廻って捜してくるという老婆らに、捜しに行った者が道に迷ってしまうとかなわないから、五人一かたまりになって歩けとツヨシは言った。老婆らはキクノオバの失踪を覚悟の事だと知って安堵したような気配さえ見せて、「キクノオバ、ネネひろたと言うて喜んどったさかね」とか、「上手に人と仲良うなれるもん」と言い、物陰や小さな道の奥まで入り込んで確かめてくるツヨシに、「いまごろキクノオバ、人の家で、足痛いふりして上がり込んどるわ」と言い、深刻に心配するなと言う。ララは五人の老婆らから一歩離れ、ツヨシが建て込みはじめた古い小さな家と家の狭い道に入って行くと従いてくる。

「警察に届けたら？」ララはつぶやく。ツヨシは頭を振る。狭い道が奥で四つ辻になりその角に老婆の姿が見えた気がして歩き出し、道の脇に苔が生え目鼻が欠けた地蔵に真新しい赤いよだれ掛けと切り花がそなえられているのを見、ツヨシは一瞬路地に居るような錯覚にとらえられた。ツヨシは振り返りはるか先に五人、次第に周りに立ち込めはじめた薄暮の中にたたずむ老婆らを呼んだ。老婆らはトロトロと歩いてくる。薄暮の中の老婆らに目をこらしていると、子供の声と犬の吠え声が響き、一瞬、熊野から瀬田のここまで冷凍トレーラーで走った道などなく、熊野から瀬田に直にすべり落ちて来たように思う。ツヨシはそこが瀬田の路地だと確信した。つい目と鼻の先なのに時間をかけてトロトロ歩く老婆らをせかすように、「オバ、オバ」とツヨシは呼ぶ。体の中心が昂ぶりに震え、声が上ずる。

「ここに地蔵さんある。きれいな花あげてもろて、信心されとる地蔵さんおる」

「どこによ。暗なってきて、分からんよ」コサノオバの声がする。

「信心深いんじゃ」ツヨシは言う。

その夜、瀬田に着いて初めて冷凍トレーラーの飾りの照明をつけ、万一、キクノオバが戻ってくる事を考えて老婆らは遅くまで外にいた。公園が冷え込むので田中さんはバツの悪さを自分で救うように公園の隣の枯草の茂みから木切れを拾い出して集めて火をたき、公園の裏手に行くと路地のような一郭があると聞いて出かけ、酒と肴《さかな》を調達しツヨシに強いて酒盛りをはじめた。老婆らは最初、拒んだが、冷酒をあおり酔いはじめた田中さんが、「オバら俺の事をひとつも気にかけん」とクダを巻く気配だったので、意を決したように、サンノオバがコップをあおると次々と飲んだ。

田中さんはララにも酒を飲めと言った。ララはツヨシの許しを受けるように見つめて酒を飲み、悪酔いをはじめる気配の田中さんを避けて老婆らが冷凍トレーラーの中に入ると、「入っていいかなァ」と訊く。ツヨシはララの耳元に口をつけ、「オバらの蒲団に入っとけ」と言う。

酒が切れ、用意した薪も切れたのでツヨシは、酔った田中さんをワゴン車の中に寝かして、冷凍トレーラーの荷台にララを迎えに行った。扉を開けると、裸電球一つのほの暗い中でララがブラウスの前をはだけ、廻りを取り巻いた五人の老婆らに大小四つの乳房を見せている。老婆らは心の奥から驚き魅入られているように扉を開けたツヨシに気づかず、「ララ、ヒモになれる時間が来たど」とツヨシが声を掛けてやっと振り返り、「アニかよ。来いよ、まァ」と声をひそめて手招きする。

ツヨシは扉の前に立ったままだった。

「オバらに見せても猫に小判じゃ。俺にしか値うちが分かるもんか」

「分かるよ。仏さんじゃだ」サンノオバがつぶやく。

「来いよ、まァ」コサノオバが蒲団をたたく。ツヨシは冷凍トレーラーの荷台にあがった。

「ツヨシや田中さんらはキツネじゃと言うけど、乳四つもあるの、仏さんじゃど。オバらずっと路地の昔からの事知っとるけど、乳四つある女、聴いた事ない」

「ブラジャーだって出来ないから羞かしいの」ララがはだけたブラウスをかき合わせて乳房をかくそうとすると、サンノオバが、「そんな事あるものか」と憤然とした口調になる。「キクノオバも一日待っといたらよかったのに」マツノオバが言う。

瀬田を出る時は唐突に来た。七つの蒲団を敷いた荷台の中で五人で眠るのはさみしいからと言って、あけすけに運転台の仮眠ベッドに仏さんを喜ばす勤めがあるというツヨシとララを引きとめた。「一回ぐらいせんでも」とか、「オバら、目も耳もふさいで寝るさか」と言って、五人の老婆らは二人をキクノオバの蒲団に寝かした。

枕を並べて寝て指でくじろうとするツヨシの手を払いながら、ララはトルコ風呂の話を語ってきかせていた。そのうち寝入ってしまい、明け方、小水にたったマツノオバとミツノオバが戻ってきて、「警察やさか、かくれなァれ」と切迫した声で言った。誰かがツヨシの頭に蒲団をかけた。すぐ扉が勢いよくバタンと開かれ、「何人乗ってるんだ」「改造車か」と声がし、老婆らに、「出て、出て」と命じる声がする。「わしら、病気なんやァ」マツノオバがいかにもつくった声で答えた。「さあ、出て、出て」警察官はうんざりした口調で言い、「わしら、腰痛いし、目悪りし」と今度は本心で苦しさにあえぐように言うと、「運転手はどこだ」と背後から違った声がする。警察官同士のやり取りがあり、不意にパタンと音がして声が聴えなくなる。

蒲団を被ったまま横に寝たララに、すぐ冷凍トレーラーを運転して、取り敢えず他の県に逃げるが、従いてくるか、と訊いた。ララはツヨシに唇を重ね、「タエちゃん、わたしが一人占めにしたとヤキモチ焼く」と言う。「俺もおまえを一人占めしたい」ツヨシが手をのばして乳房を触り、指でゆっくり乳首を転がすと豆ほどの男根のようにむくむくと立つ。ララはまるで廻りに誰もいないように声を上げた。

しばらく経って小水をよそおってサンノオバとミツノオバが外に出、すぐ、「ツヨシ」と外から呼んだ。

「田中さん、車に乗せられていたど」サンノオバが言うので、ツヨシは起きあがった。サンノオバが驚いたように見る。はだけたズボンの前があき勃起した性器が飛び出ていた。「怖しほどじゃね」と言うサンノオバのからかいを腹立たしげにチャックを締めながら、「すぐ乗れよ」と言い返して、ツヨシは外に出る。霧雨が降っていた。中にララが居るのにかまわず、手早くはしご台を中に納い、扉を閉めて外からロックした。霧雨に濡れた炊事道具やら、七輪やらなにもかもかまわずひとまとめに持ちあげて運転台に納い、ツヨシは飛び乗った。エンジンをかけ、クラクションを二度鳴らし、金網の前につけたレンタカーのワゴン車の中に、マサオらからもらった田中さんのカウボーイハットがあるのをみつけ、田中さんの事だから置き忘れてくるだろうと思いながら、唐橋の方に向けて発進した。唐橋の上に微かに虹が出ていた。

Ⅶ　月の塵―出羽

高速道路の入口で冷凍トレーラーは、躊躇《ちゅうちょ》した。警察に連行されてしまえば取り調べは一、二時間で済むだろうが、その後改造した冷凍トレーラーの元に行き、そこにあった冷凍トレーラーが跡かたもなくなっているのに気づき、警察官は田中さんのしおらしさが、本当の運転手と冷凍トレーラーを逃がす為だったと知り、激怒する。運悪ければ、三日、泊めおかれる可能性があった。高速道路の入口で田中さんを待ちつづける事は不可能だった。

考えがまとまらないまま高速に入り、すぐに京都・大阪方面、名古屋・東京方面のどちらかを選ばざるを得ず、ツヨシは迷った。田中さんと次の予定地を相談していなかった。イチかバチかで田中さんならそう考えるだろうと、ツヨシは来た道を引き返すように、名古屋・東京方面を選んだ。夜、しかも反対車線のサービス・エリアに入ったのだから、老婆らは記憶していないはずなのに、冷凍トレーラーを停め、扉を開け、もう大丈夫だろうと降ろすと、「ここかよ」とサンノオバが言う。

一等最後に、荷台から降りたララは、「逃げて高速道路にまで入ったの」と言い、霧雨を含んだ風に乱れる髪を押えながら、「中でどんな風にしたら、居なくなったおバアサンをさがせるか、考えてたの」と言い、字を読めないのだろうと訊く。ツヨシはうなずく。絵なら分かる。ララは思いついたように、「ああ」と言い、コートのポケットをさぐり、小さな口紅を取り出し、「紙、紙」とさがす。植え込みの脇のゴミ籠に走り、折り詰の弁当の紙をひろい上げ、三角を口紅で描く。「何に見える?」ツヨシに訊くので、「乳じゃの」と答えると、ぷっとふくれ、「やめた」と紙を放る。「何で怒るんじゃ、乳の形に見えるさかそう言うたんじゃのに」ツヨシは自分もふくれっ面をした。「ええ加減にしいや」ララは関西弁で言った。「おっ」とツヨシが声を出すとララは気が急くように、「なあ、早い話が、おバアちゃんとあの兄ちゃん、このまま放っとかれへん」と言い、二人を救い出す手だてを考えてやろうと言う。

ツヨシは売店に行って真新しい包装紙を分けてもらってきて、まずオバらに、「ここ」で「とまれ」の二つの動作をやってもらった。絵文字で伝える内容は、公園に居ろ、タエコにさがしに来てもらう、という内容だった。老婆ら五人、まちまちの動作をやり、結局、中を取って、公園に居ろ、という絵文字は、まず人間が両手両足をひろげた形を書き、その下に、大きな人差し指が水道と公衆便所のある丸い輪を指さしている図になったし、タエコにさがしに来てもらうは、小さな男の顔二つと髪のちぢれた大きな女の顔一つをハートの中に入れ、その女の手が、外套を着てコロコロした老婆に手を差し出している姿になった。ツヨシはその絵を四枚描いた。さらに一枚に、柔かい三角の山並みを背に冷凍トレーラーの絵を描き、次に山に太陽を配し、大きなハートの印で囲んだ。

「なんな?」コサノオバが訊いた。ツヨシは胸が詰って、何を描いたのか答えられなかった。

老婆らに夜までに戻ると言いおいてツヨシとララはサービス・エリアの職員らだけが使う通用路を通って下に降り、途中、文房具屋をさがして雨でも破れないように透けたビニールケースに入れ、紐をつけ、五枚のスティッカーにつくり、タクシーで元の唐橋の公園に戻り、一枚を公園の金網に張り、三枚を公園の裏側の狭い道が交錯した路地のような一帯に貼って廻った。キクノオバがその絵文字のスティッカーを目にする確率も少ないし、その絵文字が他の誰にでもなくキクノオバ自身に向って書かれたものだ、と気づく確率も、さらにそれを解読する確率も入れると、空地に冷凍トレーラーを駐車出来ない今、キクノオバが戻る可能性は皆無に近かった。

狭い道の、切り花を供えられた地蔵の前に来て、ツヨシは一枚、手に残った勝手に思いを込めて描いた絵文字を地蔵の横の板べいの飛び出したタル木に結びつけ、地蔵に手を合わせた。

いつかタエコが雄琴のカワグチという男にかけた時の公衆電話でララがタエコに電話し、ツヨシが代ると、田中さんからレンタカー会社の前の喫茶店にいると連絡があったと言う。それからタエコは泣いた。

「何でそんな早く他所へ行くの。せっかく一日何人もお客にサービスして、お金を稼いでるのに」

タエコは近江に来て心変りしたのかと訊いた。ララに心が移ったのか、と訊き、ツヨシが曖昧な返事をすると、タエコは激昂し、自分も従いていくから待っていてくれと言い出した。

泣き声が耳に痛いので電話を切ると、ララが話の内容を察したように、ツヨシの腕を掴み、「タエちゃん、背が高くて若くてハンサムな恋人いると自慢にしていたから」と言い、腕をふっと離す。「一人で行って」とララはつぶやく。

タクシーに二人乗り込み、レンタカー会社の前の喫茶店でララが降り、中から田中さんを連れてきて、「タエちゃんのかわりに私が休み毎に公園へ行くから、電話ちょうだい」とツヨシに言った。「行かんのかい?」田中さんが訊くと、「タエちゃんここで待って雄琴へ帰るでよ」とタエコの口真似をする。

走り出したタクシーに高速道路のサービス・エリアまで頼み、振り返ってララが手を振り続けるのを見て、ツヨシは女を一度に二人も失ったと思い落胆し溜息をついた。田中さんがトントンとツヨシの背を叩いた。

サービス・エリアの無料休憩所で老婆ら五人、こぢんまりと身を寄せあうようにしてそれぞれ湯呑みに無料の茶を汲んで坐っていた。田中さんが現われた事を喜んだが、ここまで一緒だったララもいなければ、キクノオバもタエコもいないのを知って、今さらながら自分らが寄る辺のない身の路地の老婆らだと気づかされたように沈んだ。

　喉が乾いたと自動販売機で田中さんが買ったドリンク剤を一本もらい飲んでいると、茶の入った湯呑みを持ってサンノオバが傍にやって来て、「アニら、疲れてないかい？」と訊く。

「このアニは下の方、疲れとるじゃろけど」田中さんがツヨシをからかう。サンノオバは片目をつぶり、「あれが疲れとる者の物であろかよ」と言い、ツヨシが苦笑すると、キクノオバの事を気に病むな、と言った。キクノオバは着込めるだけの物を着てリウマチの薬だというマンジュシャゲの球根とオロシガネを持って、旅の一団から離れた。

「いま言うとったんや、ハツノオバは一宮離れとないし、キクノオバ、近江を離れとない、よっぽど昔、ええ事あったんじゃねェと言うて」

　サンノオバのその言葉に、歌をうたい踊りをおどり水で体を洗っていたという上機嫌のキクノオバを思い出した。

　老婆らが休んでいる間、これからどこへどの道を通って行くのか二人で決める為、ツヨシと田中さんは、地図と有り金を持って、レストランの中に入った。老婆らの醵出しあった金と、タエコがよこした五十万からワゴン車を借りた金を引いた残りの金は余分はないが、充分、節約すれば、青森を廻って熊野まで戻るガソリン代くらいはある。そのままつき進んで東京に入り、青森へ抜けられたが、同じ道を走るのも能がないからと、二人はまず日本海に抜ける事を計画した。

　老婆らに食事を急がせ、きっかり正午に日本海に向けて発つ為に冷凍トレーラーに乗った。冷凍トレーラーの荷台に積んでいる荷が魚や冷凍食品の類であったなら、ツヨシと田中さんという二人の運転手で昼夜二交替制にして走れば、日本海沿岸を抜けて青森に抜ける道は訳ないが、積んでいる荷が人間である為に、老婆らが便所へ行ったり、水を飲んだり、間食をしたり飯を食ったりする時間を取る必要があった。それで一回四時間ずつの運転をする事として、二時間毎の休憩を入れ、まず富山まで運転する事にした。富山に何があるというわけではなかった。ただサービス・エリアに置いてある高速道路のパンフレットで見ると、富山の滑川で北陸自動車道が途切れていた。富山まで単純計算で五時間、まず四時間、田中さんが運転して休憩し、その後、交替の時間が近づき、丁度老婆らの夕飯の時間にさしかかった。

数時間前、ツヨシと端数まで計算して予算を立てたのに、田中さんは、ハンドルを握った者の強みのように、

「一晩ぐらい、オバら連れて温泉へでも入ってうまい魚食おらい」と片山津のランプの標識が出ると、返事も聴かずウィンカーを左に出しはじめる。「ちょっとぐらい遊んでもかまうか」田中さんが言うので、ツヨシは苦笑する。

「田中さん、俺やりすぎて、骨痛いぐらいじゃ」

「わりゃ、そうじゃろよ」

気分が浮いた田中さんは路地の荒くれ者同士の言葉づかいになる。田中さんは有無を言わさないという顔で片山津の出口を下りはじめた。料金所で高速料金の精算を田中さ

んは自分の保管している分の金からやり、ツヨシが不承不承だと思ったのか、「昔から悪り事あったら、パッと厄落しやるもんじゃと相場が決っとるんじゃ」と言う。

「オバらの話、耳にしたか？　オバら、荷台の中で、キクノオバ、死ぬ覚悟じゃ言うてメソメソしとる。俺も分かっとったんじゃ。じゃから火焚いて燃やして酒くばったんじゃ」料金を払ったのに田中さんは話に気を取られ発進しない。

「何でもかまん、金足らんようになったらアニを売りとばすだけじゃさか、はよ温泉に走れ」と言う。

片山津に宿を取り温泉に入り、老婆らは路地を出て初めて自炊以外でうまい物に出くわしたと料理に箸をつける前から言い、田中さんが呼んだ芸者二人の踊りに白けた手拍子を叩き、芸者が帰ると口々に「オカイサン食べたいね」と言った。

ツヨシはタエコとララに電話した。あれからもう一度あたりをさがし公園に行ったが、キクノオバはみつからなかった、と言った。

老婆らを連れてストリップを見にゆき、一場が終っただけで外に出て、退屈さに欠伸を噛み殺すツヨシの元にコサノオバが来て、「ゆんべの方がもっと面白かった」とささやく。さして景気のよい厄落しにならなかったので後悔したのか田中さんはツヨシの言うとおり山形県の酒田まで、きっちり判で押したように四時間ずつの運転の交替を守った。

片山津を発って十二時間、夜の一時に酒田の駅に着き、仮眠台で寝入り込んでいる田中さんをそのままにして、エンジンをかけたまま運転台を降り、ツヨシは冷凍トレーラーの荷台の扉を開けた。

「オバ、もう酒田についたど」

ことさら寝入っている老婆らを起さないように声をひそめると、うつらうつらしていたのかサンノオバが、「どこなよ?」としゃがれ声で訊き返す。「越後を越えたむこうでオバらの知らんとこじゃ」そのツヨシの物言いをとがめるように、「オバらの知らんとこがこの世にあるかよ」と言い、蒲団の上に起きあがり、髪のほつれを整えるように両手で撫ぜつけてから、蒲団の上に被せていた防寒コートを取って肩にかける。

「オバら地の果てまで知っとるんじゃのに。地の果ての淵にでも来たと言うんか、どうれ、オバが淵に小水でもひりかけてどのくらい深いか見たろ」サンノオバが立ちあがりかかると、隣の蒲団で寝ていたヨソノオバが、「小水に行くんかん」と訊く。「行かへんか?」とサンノオバが訊くと、「夢、見とったさかなんど甘い物、食べたい」とつぶやく。

ツヨシは冷凍トレーラーを離れて駅前の広場を見廻した。明るい照明の繁華街ははるか先にあった。冷凍トレーラーを停めたあたりは暗く、十一月の半ばだというのに寒々としていて、まだ灯りのついている店はラーメン屋しかない。そのラーメン屋から奇妙な音楽が流れていた。

老婆ら二人が荷台の上で靴をはき、防寒コートをはおっている為、まるまった影になって下に降り、甘い物を売る店などないと言おうとするツヨシを見て、「寒うて凍って霜柱立っとるんやわ」と言う。二人は、冷凍トレーラーの陰に行った。老婆の小用の音が立った。サンノオバとヨソノオバが外気の冷たさに震えながら冷凍トレーラーの荷台に戻ったので、酒田に着いて、取りあえずする事は終ったと思い運転台に戻ろうとして思いついて、音楽の洩れ出てくる「天狗屋」とのれんの下ったラーメン屋に向った。

戸を開けて赤いセーターを着た客が出てくる。客は不思議そうにツヨシを見た。入れ代わりにテレビの音が耳につく店に入り、テレビが大写しにした顔を見てツヨシは驚き、戸を開けたまま冷凍トレーラーの運転台に走り、何の夢を見ているのか、丸まって手を膝の中に入れて寝返りを打ったばかりの田中さんを、「アニ」と起した。

田中さんは渋々起き出し、ツヨシの後に従いて「天狗屋」に入り、似合わないカーリーヘアの少年がほとんど裏声とまがうような高い笛のような声で、「皆なジュース、甘いジュース」と歌っているのを見る。「あいつか？」田中さんが訊いた。店の主人が顔を見つめているので、ツヨシは曖昧にうなずく。

少年歌手は皆なジュース、甘いジュースと繰り返し、後にひかえた同じような齢格好の楽器を持った少年らが、サンドもジュース、ヤスエもジュースと、いずれも聴いたような名ばかりを上げて奇妙な抑揚のないコーラスをつける。タナカサンもジュース、と奇妙な節のコーラスが歌った途端、田中さんが、「あの半蔵の奴」と思わず声を上げる。その声の中に微かに名を読み上げられた嬉しさが混じっているのを察知したように、「えれえもんだ。かわいい顔して得なもんだ」とラーメン屋の主人がツヨシの顔を見て、言い、京都の方から来たのか？　と訊く。

「俺ら熊野じゃけど」ツヨシが答えると、「よく似ているから京都だと思った」と言う。

「あれが京都と言うんかい？」田中さんが訊き返した。店の主人がとまどうのを見てツヨシは田中さんの足を足で突ついて余計な事を言うなと合図した。冷凍トレーラーに七人の老婆らを乗せて走りはじめて十一月の半ばの今まで、はるか彼方の熊野の路地で何が起っているのか、ツヨシも田中さんも知らなかった。ツヨシが冷凍トレーラーを持って路地に戻ったとき、路地中に奇妙な音をまき散らして朝から晩まで練習していたロック狂いの少年が、京都出身だと偽ってテレビで歌っている。

歌い終えて司会者と話をする少年歌手を喰い入るようにみつめていた田中さんがツヨシの耳元で、「えらい奴じゃ、あれは訛まで京都弁にしとる」と感心してつぶやく。

北陸自動車道の片山津で降りて旅館に一泊するという予定外の行動があったから日本海の港町を走るおり、その都度市場で新鮮な魚を仕入れて老婆らに食べさせる腹づもりが崩れ、食って排泄するという二つ以外、充分な暇を与えずに走り続けてきたので、出羽三山のここではのんびりとかまえるつもりだった。

老婆らは酒田が月山、湯殿山、羽黒山という出羽三山のそばにある町だというと、その三山をおがみたい、帰命頂礼の一節でも唱えたいと心はやるふりをしたが、「いくら俺のように、天狗の孫じゃとて、雲かき分けて走り続けたら息切れするど」と言って、取り敢えず港町まで行って態勢を整えると言った。港の魚市場のそばの水産会社の駐車場に冷凍トレーラーを停めた。

駐車場の脇に朝市があった。老婆らは五人、二人減った為に意見がまとまり易いのか、それぞれ防寒コートにマフラーという同じ出で立ちで、頭からネッカチーフをかぶった女らが海岸に面した道端に並べたカニやイカ、ホッケの類をのぞき込み、値段を訊く。その向うに朝市に来た客を狙って八百屋や雑貨屋、荒物屋や服屋が朝市のように売り台を道に突き出し品物を並べていた。

ツヨシも田中さんも、自分らが冬の準備が皆無なのを気づいていた。老婆らはメリヤスの肌じゅばんや腰巻のたぐいを多めに持ってきていたが、一年に霜の降りる日が一度か二度あるくらいの南の熊野で、十一月の半ばに霜柱が立ち冷え切った北の冬は想像がつかない。老婆らにしばらく買物をしていろと言いおいてツヨシと田中さんはまず雑貨屋に行って、老婆らの長靴を五足買った。男物の長靴を出させ、ツヨシと田中さんは逡巡した。

「ブーツはないんかい?」田中さんが訊いた。

「ブーツ?」年寄りは訊き、これだけしかないと言った。田中さんが渋々買おうとするのを長靴をはいて女捜しをするのかと止めた。次に老婆らに毛糸の手袋を買った。

「冷え込んだら、荷台の中、大丈夫かい」と田中さんが訊いた。

「ちょっとぐらいじゃったら夏でも走る冷凍トレーラーじゃさか断熱材で寒さ防ぐじゃろけど、運転台のヒーターは荷台に廻らんから寒いじゃろ」と考えながら答え、極寒の土地を走った事もないし、人間を乗せて試した事もないと不安になる。

カイロはないか、と田中さんは訊いた。いまあまり使わないから調べないと、と言って年寄りは店の奥に入って、戻って来て、棚の上からダンボール箱を取り出し開け、「これが流行りだな」と小袋を取り出す。「あの市の人らも皆、これだな」揉みほぐせば温かくなる使い捨ての紙の中に粉末が入ったカイロだった。田中さんは一人当り五袋ずつ買った。

ダンボールに買った品物を詰めてもらい、ダンボールを抱えて駐車場に戻ると、老婆らは魚の木箱を椅子がわりにして、朝市の女らの特別の親切で買ったばかりの二はいのカニとイカをゆでてもらったと、食っていた。

「うまそうじゃね」とツヨシが言うと、「アニらの分、残しとる」サンノオバが言う。

「塩もなにもないけど、甘いの」ミツノオバが言う。

「寒なったら足元凍って危ななるさか長靴買うてきたったんじゃ」ツヨシは老婆らの脇に、長靴と手袋と使い捨てのカイロを置く。カイロの説明書を読みあげようかと思ったが、老婆らには実際が分かりやすいと思い、封を切って紙袋を取り出してまずコサノオバの頰に当て、それから、「こうするんじゃ」とおもむろに揉みしだいてからまた頰に当てる。

「ほんと、温いねェ」コサノオバはカニを食って浮かれ、それに長靴や手袋を買ってもらったから気分がよくて手品のサクラに変じたように言う。

朝市で魚を売っている女が、立って駐車場の老婆らの方に瓶をさし出した。「オバ、何ど言うとるど」ツヨシが言うと、マツノオバがカニの足を持ったまま立ちあがってみて、「あの人に買うた」と言う。

女は瓶を差し上げたまま見ていて、らちがあかないと思ったのか立ちあがり、歩いてくる。声が届く距離まで来て、「酢はいらないかねェ」と訊く。

物を食い終えると、水産会社の駐車場の端の手摺りまで行って、老婆らは海を見た。「青て綺麗やねェ」ミツノオバが言った。

海辺の町に四日いて酒田の町から月山にむかって走りはじめた時、空がおかしいのに気づいた。

「山道行くんじゃけど、上に上り切るまで何とか持つかいの」ツヨシが不安になって訊くと、田中さんは、「平気、平気」と空を見上げもしないで答え、知りあった女が具合よかったとニヤニヤする。

「アニら、女の股の具合で天気分かるんじゃ」ツヨシがからかうと、「おうよ」と言う。

「おととい、きのうで、俺は自分の実力分かった。路地の男で、一番から十番まで順番つけたら、俺はええとこに行く」

「アニ、俺を忘れとるんでないか?」ツヨシが訊くと、「おお、おまえもええとこに入る」と機嫌よく答える。

村役場の前を過ぎる頃から雪が降りはじめ、ほんの五キロほどの距離を走っただけで、フロントガラスにこびりつく雪はワイパーを使っても間に合わないほどになった。

「初雪じゃろか」ツヨシが訊くと、田中さんは黙り込み答えない。ツヨシが物を言いかけようとすると、田中さんが静かにしろと言う。信号で停り、微かに物をたたく音が聴えた。ツヨシが窓を開け身を乗り出して荷台を見ると、開いた小窓からのびた手が長靴を握りしめ、それで車体をペタペタと打っている。すぐに降りていって扉を開けようと思うが、後続車が三台あるので仕方なく、前方の山菜そばの看板をかけた店があるのを見て、取り敢えずそこまで走った。駐車場の中で二度切り返し、運転台を道路に向けてから扉を開けた。

「おお、痛いよ、弱り目にタタリ目じゃわよ」と車の中で転がったらしくコサノオバは腰をさすり、起きあがって、「ヤケドしたんじゃ」と言う。コサノオバは何枚も着込んだ衣服をたくしあげ、腹を見せる。乳房の下方、臍《へそ》の上に二つ、赤い四角形の火脹《ぶく》れが出来ている。

「何でそんなに直に当てとったんなよ」ツヨシがあきれて訊くとマツノオバが、「こんなん温いか」と手に持った使い捨てのカイロをツヨシに渡す。

「もめと言うたじゃろ」「寒いさか、もんどったらいつの間にかヤケドした」

「もみまくったんじゃろよ」ツヨシは、下手なトルコ嬢のように、と冗談を言おうとして、老婆らが真顔なのを知って黙り、老婆らに、雪が降ってもきたから、取り敢えず荷台から降りて名物の山菜そばでも食え、と言う。

「そばかよ」マツノオバが言う。「あんなん、ひとつもうまい事ないわだ」

「文句、言うな」ツヨシは命令口調で言った。老婆五人、ツヨシを見た。

「オバら、文句言わんと、これからやれと言われた事をやって、やるなと言われた事をやるなよ」

　まるで老婆ら五人に誓約をさせるように山菜そばを取り、二人で薬局をさがして、ヤケドの薬を買って来るし、山道を登る為にチェーンを巻くからおとなしく食べて待っていろと言った。ツヨシに言えば叱られると思ったのか、外に出ようとする田中さんをつかまえ、マツノオバが、使い捨てのカイロ五つを、「これ返す」と渡す。ツヨシが苦笑する。

　タイヤにチェーンを巻く前に行って来ようと町役場の前の薬局まで出かけた。ヤケドの薬を買うついでに昔ながらの白金カイロを仕入れてやろうと思って訊くと、通りのプロパン屋に行けと言う。老婆らの数だけ新製品で長時間もつという白金カイロを仕入れ、ベンジンを一缶買い、ついでに炭を一俵、煉炭を十個買った。田中さんは中のすけてみえる灯油入れを水入れ用に買おうと言い出し、砂漠の中を走るわけではないから要らないと反対するツヨシを押し切って代金を払わせた。

　ツヨシは荷物をこれだけ買ってきたと見せつけるように、荷台の中に入れた。コサノオバはそば屋の中でさっそく腹を出し火脹れに薬をつけた。店の女が驚き入ったように老婆らをみていた。

仮眠台の下に道具入れがあり、いざという時の為にチェーンを用意していたが、元々、冷凍トレーラーが極寒の地を走っていたわけではないので、チェーンは二本しかない。あきらかに不足なのは分かり切っていた。というのも、冷凍トレーラーは運転台部分にタイヤが六つあり、荷台部分に八つある。

「こりゃ、うしろがすべり始めたらもたんど」田中さんはチェーンをつけ終るなり言った。

「まあ、うしろに乗っとるのが、紙のカイロでヤケドしたと騒ぐオバらじゃさか軽いじゃろけど。それでも凍結しとったら、自分の重さでズルズルすべるじゃろから」

「イチかバチかじゃの」ツヨシが同感だとうなずくと、「バチの方じゃ。十中八、九、すべる方に賭ける」と言う。

田中さんは前輪に二つずつあるタイヤに巻いたチェーンを蹴って張りを確かめつくづく感心するというように、「大きな車じゃ」と言い、チェーンや車輪についていたグリスで汚れた手をウェスでぬぐっているツヨシに、「ようこんな車、持ち込んで、路地に来たな」と言う。

「おうよ。今は図体がでかすぎて、役立たん一歩手前じゃ。売りとばしたろかいの」ツヨシは思いついた。七人から五人に減った今、ワゴン車で充分旅は出来る。「盗難車じゃとバレたらやばいが、ワゴン車とこの冷凍トレーラーと今、何にも言わんと黙って替えてくれるんじゃったら、喜んで替えるけどの」

ツヨシが泣き言を言うというように田中さんは肩をひとつ叩き、「女を相手にして比べたみたいに、これから、交替で雪の山道でテクニックの競争じゃだ」と言う。

雪は道を行くに従い、風に乗っていったが、降り出して時間が経っていないせいか、それとも地表の草や土が冷え切っていないせいか、辺りに積もらなかった。舗装された道に舞い降りた雪は通る車に踏まれて溶け、泥になって流れている。

走り出してから小一時間経って湯殿山ドライブウェイの標識が出はじめてから雪は小降りになり、広々とした山並みが広がりはじめてからは止んでしまった。田中さんが窓から外の景色をのぞき込み、「えらい深い谷じゃ」とつぶやく。「大分、うえに上って来たんじゃろ」ツヨシは言い、ヒーターを入れた。

後から来る車がライトを点滅し、クラクションを鳴らした。サイドミラーで見るとまた小窓が開かれ、長靴を車体に叩きつける老婆の手が見える。右側に一台キャンピングカーの停った空地があった。そこに冷凍トレーラーを入れようとウィンカーを出し曲りにかかると、キャンピングカーの中から男が飛び出て来て、駄目だと手を振る。ツヨシは制止を振り切って、冷凍トレーラーを空地の中に入れた。男が運転台の下に小走りで歩いてきてふりあおいで、「ちょっと悪いけど観察中だからどけてくれないか」と言う。「どける、どける」ツヨシは言葉とは裏腹に運転台を飛び降りて、急いでいる仕事の最中のように車体を駆け上るような勢いで荷台の扉のカンヌキをおろし、開ける。途端にむっと温まった空気と煉炭のにおいが押し寄せる。老婆は五人うずくまって力ない眼で扉の外に立っているツヨシを見た。閉め切った荷台で、寒くなったから、ツヨシが買い与えたばかりの煉炭をおこして暖を取ろうとし、一酸化炭素中毒にかかった事は確かだった。マツノオバ一人、小窓から手に長靴を持って突き出して救けを求めて症状は軽かった。

「何をするんじゃら」ツヨシは荷台に土足のまま上り、いこり続ける煉炭の入った七輪を外に出し、それから荷台の下に立った田中さんに抱き受けてもらって一人ずつ外に出した。

空気を入れ替える為に冷凍トレーラーの荷台の扉を開けたまま固定した。ヨソノオバが崖の端に立って何度も嘔吐を繰り返した。他の者はうつろな眼のままだったが、外の空気を吸い込んでじょじょに元気を取り戻した。サンノオバは息を深く吸い込んで咳込み、ミツノオバは声も立てないまま溜息をついた。

「頭、痛い」サンノオバがつぶやき、吐く物が胃の中になくなってしゃがんだヨソノオバの脇に歩き、「大丈夫かん」と訊く。「大丈夫やァ」ヨソノオバは言う。

「よわったなァ、せっかく買うたんじゃさか、ポリ容器に水を詰めといたらよかったなあ」田中さんはツヨシの脇に立って言う。

「さっそく役に立つと言うんかい?」ツヨシは得意げな顔をする田中さんを見、ムカッ腹が立つ。「アニの考えも、カイロを直に腹に巻いてヤケドしたり、中で火を起して煉炭にくすべやられるのと変らんど」

田中さんはツヨシが何故自分にまで突っかかってくるのか分からないという顔をして、「オバ、水欲しか？」とヨソノオバに訊く。ヨソノオバはうなずき、見つめているツヨシの眼を避けてサンノオバを見、サンノオバは、やっとそのあたりが出羽三山と呼ばれる霊場だと気づいたように周りを見る。サンノオバもツヨシと眼が合うのを避けていた。田中さんがキャンピングカーに水をもらいに行って、水の持ち合わせはない、ただ向うに清水が湧き出していると教えられたのか買ったばかりのポリ容器を持って歩いていきはじめて、サンノオバはツヨシに弁解するように、「こうやって寒い外におっても死ぬ気せなんだけど、車の中で寒なって来たら、だんだん凍って死ぬような気したんじゃわ」と言う。

「見てみよ」ツヨシはあごで教えた。外に出した七輪の中の煉炭が今を盛りと赤くいこりはじめている。

「頭痛なってくるし、もう温もったさか、火落として消そと思ても消せなんだの」

何枚も服を着込み防寒コートを着てダルマのように丸まったコサノオバがふらふらと歩いて来て、「火、もったいないねェ」と、世迷い言をつぶやく。「オバらの相手出来ん」ツヨシは苦笑する。

水を汲みに出かけた田中さんが戻らないので、水を飲みたいというヨソノオバの為に、最前、男が冷凍トレーラーをどけてくれと言いに来たキャンピングカーに、交渉に出かけた。キャンピングカーの中に男が三人、一羽一眼で猛禽類と分かる鳥をはさんで、地図を見ていた。先ほどは済まなかった、水をもらえないか、と言うと、髭面の男が顔を上げ、「すぐそこにある」と言う。そのすぐそこの水を汲みに行った者がもどらないと言うと、冷凍トレーラーをどけろと言いに来た者が無言のまま魔法瓶を渡し、「お茶だけど、かまわねえだろ」と訊く。

ツヨシはヨソノオバを呼んだ。寒さですでに気分を回復したようにヨソノオバはふらつきもせずキャンピングカーの方に歩いて来て、ツヨシが差し出すカップに受けた茶を飲む。カップを返し、ヨソノオバはキャンピングカーの中をのぞき見て猛禽類を見たらしく、小声で、「なんな?」と訊く。

「さあよ」ツヨシは言う。車の中に無線機を積み込んでいるらしく、「そろそろ始めます。そこからだったら姥ヶ岳の方の角度に、何匹か確認してますが、勾配がきついので、追うのが難かしいと思います」と声が入る。

中に一人残り、ジーパン姿の髭面の男と冷凍トレーラーを制止した男がキャンピングカーの外に出る。雑音の混じった無線が、いつでもどうぞ、と言うと、中に残っていた男が、無線を切り、外に出る。見とれていたツヨシの手から、「もういいですね」と魔法瓶を取って納い、猛禽を止まり木ごと運び出す。髭面の男は左の腕と手の甲をすっぽりとつつむ柔かい皮の袖をつける。ジャンパーのポケットからビニールにつつんで入れていたらしい肉の切れはしを取り出し、猛禽に与えた。

「何ない?」ツヨシは訊いた。

「訓練ですわ」魔法瓶を受け取った男が答える。

「鷹《たか》かい？」髭面の男はうなずく。肉を一口で飲み込んでしまった猛禽が腕に乗り移ると、髭面の男はまた右手でポケットから肉の切れはしをつかみ出し、与える。

ヨソノオバがいこり続ける煉炭の入った七輪の周りに集まって暖を取っている老婆らに見てみろというように大きく腕を振って手招きした。老婆らが鷹に気づいて、ゾロゾロ歩いてくるのを避けるように三人の男は、空地の柵をまたいで、一本下の森の中につづいた草が踏みしだかれた小さな道に立ち、そこを降りてゆく。胸の高さまでの草の茂みをしばらく降りて、森の中に三人が消えてから、田中さんが手ぶらで戻ってきた。

「水そこに汲んで置いてあるんじゃけど、もうちょっと行たら、店もあるし、家もある。山伏みたいな格好の者らが歩いとった」田中さんはそこの空地にまで移動しないかと言う。「どうする」店屋や山伏よりも老婆らは垣間見た鷹狩りが気にかかり、動きたくないようだった。

「キツネやウサギ獲るんじゃろか」サンノオバは他所へ動かないというかわりにそう言った。「せっ生する怖し者おらなんだらキツネも鳥狙ろたりするじゃろがの」サンノオバは何を思いついたのか手を合わせる。「このあたりの人、キツネやタヌキ獲って暮らしたんじゃろの」

小一時間ほどして一人が細い道を駆け上って戻って来て、狩の成果を訊く間もなくキャンピングカーに乗るとあわただしく出ていった。老婆らがいこり続ける煉炭がもったいないから煮物や仕入れたジャコで保存用に佃煮のたぐいをつくっておくと準備しはじめたので、水を汲んで置いたままのポリ容器を取りに行った。

田中さんが仮眠ベッドを先に取ったので、ツヨシは運転台に寝た。いつになく寝苦しく何度も狭い座席の上で寝返りを打ち、明け方になって冷凍トレーラーのかけた低いエンジン音とヒーターの音以外に、波のような音が入り混じるのをうつらうつら聞き、老婆らがツヨシの眼を盗んで波の音を立てながら冷凍トレーラーの荷台を飛びながら出たり入ったりしている夢を見た。

目覚めて、波のような音が老婆らの唱える御詠歌だった事に気づき、あわてて運転台のドアを開けて外に出る。まだあたりは暗かったが、空は前日とは打って変って光の粒まで見えるような青空だった。老婆らが御詠歌をあげる前方の空にひときわ抜きん出た白い雪が光る山が見えた。

老婆らが空を飛行していたわけではないと安堵し、山を振りあおぎながらツヨシが小便をしかかると、マツノオバが歌いながらツヨシを見、バチが当るというように顔をしかめる。歌い終えるのを待つように、「ツヨシ、知らんわ、おまえの、腐って溶けるわ」とコサノオバが路地にいて若衆をからかうような口調で言う。

「要らん心配じゃ。紙のカイロで腹あぶったオバが、かかってもない人の病気、心配するな」

「わざと小便らして、あんなに神々しいの分からんのかよ」コサノオバが御詠歌をやって急に元気を取り戻したように言い募る。「神仏畏れん者は、それ相応の目に会うんじゃ。連れた牛ごと投げとばされた者おったし、体二つに裂かれた者もおったど」サンノオバが脅すようにつぶやく。

「俺がヤツ裂きにしたるわい」ツヨシが返すと、老婆の何人も小馬鹿にしたように、「ほうほ」と声を出す。コサノオバがマツノオバに耳うちするように、「女のマメくじるのえらても、神仏に会うたらあくかよ」と言う。小便一つして老婆らに寄ってたかって脅され、その老婆らの言葉が、せっかく姿を見せてくれた神々しい山に路地の若衆の犯した不謹慎をわびる方便だと分かっているのにツヨシはムカッ腹が立ち、「クソッ」とどなった。「神さんや仏さんの何がおとろしんな」

港町の朝市の記憶が生なましいのか老婆らはナベに水を張って七輪にかけ、湯がわいたら茶袋だけを入れておいてくれと言って、前日に田中さんが行った店のある方に山で獲れたものを仕入れに行くと、五人連れ立って歩き出した。冷凍トレーラーを動かしてもよい、と言うと、歩くのは一つも苦にならないと断る。

茶袋を入れ、さらに時間が経ち、これ以上火にかけていると茶が濃すぎてオカイサンがにがくなると気づいたので火から降ろしかかると、ランドクルーザーが一台入ってくる。窓を開け口髭を生やした男が七輪を見つめ、「アウトドアに便利だな」とつぶやく。

ツヨシは茶のナベを地面に置き、ランドクルーザーが品川ナンバーなのを見て、「そこまで乗せてくれんかい？」と訊く。「先に店あるとこ」

男はああ、とうなずき、助手席のドアを開ける。

店屋の前で降り、店の中をのぞいても、老婆らの姿は見えなかった。ランドクルーザーの男が運転台から、下にある村の店屋ではないかと言い、もういちど車に乗れと言う。二股道を左に取り、山際に沿って走ると、道は自然に元の道と立体交差になるらしく、気づいて振り返ると道が山の雑草にかくれているため宙に浮いたように空地に置いた冷凍トレーラーが見える。そこに行かずとも老婆らの足の速さと距離を考えれば下の村の店屋に老婆らはいないと分かった。山道を円を描いて曲がり見通しのよい橋の上からのぞくと冷凍トレーラーは小さくさらに高く宙に浮いたように見えた。

橋を渡り切ってカーブを切った途端、ツヨシは声を上げた。後から車が来たというのに避けもせず道いっぱいに広がって歩いていくのはツヨシが熊野から連れて来た五人の老婆らだった。男にクラクションを鳴らしてもらい、窓を開けて顔を突き出しツヨシが、「オバらこんなとこまで来て、オカイサンどうするんな」とどなると、道をどけろと言われたように五人の老婆らは二手に分かれて端に寄り、振り返る。

「オバ」ツヨシが呼ぶと眩しげな顔をして目をこらし、「ツヨシかよ」と言う。ツヨシは車を降りた。

「何でこんな遠いところまで来とるんな」サンノオバが答えずに、「漬物をもろたんじゃよ」とビニールに入った青い菜を見せる。ミツノオバが新聞紙にくるんだネギとサラダ菜を広げ、コサノオバが、「わし、アニらにシシ肉もろて来た」と包みを取り出す。

「ここらの人、わしら方々廻ってここへ来たと言うたら、やさしにしてくれるんじゃわ」コサノオバが言うのでそんなことは訊いていないと、「誰そに車に乗せてもろてきたんかい？」と訊くと、サンノオバが宙に浮いたように見える冷凍トレーラーを指さし、「翔んで来たんじゃよ」と言う。

「そこからここやのに、ひととびくらいせいで。のう、コサノオバ、腹にヤケドしとっても、風にひりひり痛む間もなしに翔んで来たのォ」

「サンノオバ、腰巻きめくれ上ってズロースはいてなかったさか、ここの男衆らにおとろしがられたけど」

「わがもはいてないのによう言う」サンノオバがボヤくと、コサノオバは競り勝ったというように、「オバら齢取って術を上手によう使わんさか、わしが号令して、畑のとこに降りたんや」と言い、漬物をくれた女も、畑にいて野菜をくれた男も、村の者らは皆、空中を難なく歩き廻っているという。

「アホな事を言うな、ここまで車で来たんじゃろ」ツヨシが言うと、「見せたろかよ」とコサノオバが、防寒コートをなびかせて空を翔ぶのだというように、ボタンをはずし、マツノオバに、「行くで」と声を掛ける。マツノオバがおろおろすると、「ミツノオバ、マツノオバ空翔ぶの上手やさか、荷物持ってもらえ」と、ミツノオバの手の中にあった新聞紙のつつみを取ろうとすると、「そんなん」とマツノオバがふくれっ面をする。

車で上まで送ってもらい、空地にもどると、晴れていた空がくずれ、日をあびて宙に浮いていたような山の頂きが消えている。

　昼をすぎた頃雪が降りはじめると老婆らは、「オバら、もう空翔べんさか」と言って、山の上の方に冷凍トレーラーで連れて欲しいと言う。雪が積り切らないうちに動くのがよいと田中さんも言うので、ツヨシは空地を発って湯殿山ドライブウェイに入った。つづら折りの道を雪に前方の視界を遮られながらのぼり、仙人沢に冷凍トレーラーを停め、荷台の扉を開けると、老婆らは待ち焦れていたように早くはしご台をつけてくれと言う。

　老婆らは真新しい長靴をはいた。老婆らは雪の中に降りると、白一色の雪の上についた自分の足跡が面白いというのか、「綺麗やねェ」と周りを歩いてまわる。雪が風に乗り、老婆らの防寒コートも頭と耳を包んで頰かむりしたマフラーも吹きつける雪がつき、たちまち白くなる。

「こりゃ、ヘタしたら下に降りていけんど」田中さんがドアを半開きにして運転台の上から言う。ツヨシが雪玉をつくり、投げると、あわててドアを閉め、窓硝子を開けてそこに口をつけ、「オバ、熊野の車じゃさか、雪に弱いんじゃ」とどなる。ツヨシはその空いた隙間めがけてまた雪玉を投げる。

　雪に足跡をつけ、コンクリートの建物の方へ歩いていきかかったサンノオバが、「オバらに従いてハツノオバもキクノオバも来とるんじゃのに、何が雪に弱いものか」と怒ったように顔をむけ、アカンタレが、とつぶやく。「何にも見えんじゃろ?」ツヨシが訊くと、サンノオバは顔にとび込んで溶ける雪をぬぐい、「こんなんじゃよ」とますます怒ったように言う。先を行くミツノオバが建物の横手を通って行きかかり、足をすべらせて雪の中に尻餅をついた。ヨソノオバがミツノオバの手を取って助け起し、サンノオバの方に戻ってくる。

運転台から田中さんが呼んだ。ツヨシは聞えないふりをした。「ツヨシ」とドアを田中さんが開けたので、それを待っていたようにツヨシは雪の塊を素早くつかみ、放り投げた。雪の塊は田中さんの顔に命中する。田中さんはムカッ腹が立ったように見て、いきなり飛びおり、身を躱《かわ》して逃げようとするツヨシの体をタックルして押え込もうとする。雪の中で倒れながら最初は逃げようとし、そのうち逃げれば不利になると思い、反対に押え込む事にした。力も敏捷さも若いツヨシが立ちまさった。田中さんは押え込まれると、一瞬力を抜き、荒い息を吐き、観念したようにツヨシを見、不意にツヨシをはねのけようとする。ツヨシは力をゆるめなかった。

「わかった、わかった」田中さんは言った。「おまえの方が図体おおきいし、強い」

荒い息を吐きながらツヨシが、弱音を吐くのか、と笑いかかると、体中を弾機にしてはね起きようとする。ツヨシはそれをも押えつけ、耐えた。田中さんの顔色が変り腹立ちが限度を越えたように、「離せ」とどなった。

「われ、目下のくせに、アニに向ってそん事してええのか」

ツヨシは田中さんを押えつけていた体を離した。田中さんは体中についた雪を払いもせず起きあがり、運転台に乗った。バツが悪いままツヨシは立ってジャンパーやズボンについた雪を払い、老婆らがひとかたまりになって見ているのを知って、雪だからこれ以上、山の上に長居は出来ないから荷台に入れと勧め、はしご台の上に降り積った雪を老婆らがすべらないように払い、老婆らが全員中に入ってから、はしご台を中に納めて固定し、扉を閉めた。

ツヨシが運転台に上ると田中さんはツヨシを避けるように仮眠台に移り、仕切りのカーテンを閉めた。

「怒るな」ツヨシは言った。

「雪でベタベタじゃ」田中さんは独り言をつぶやく。そのうち、服を脱ぎ着替えはじめたのかベルトの音がし、物が勢いよくぶつかる音がする。

Ⅷ　蝦夷—恐山

湯殿山のとば口の仙人沢から元の宙に浮いたような空地まで冷凍トレーラーが手さぐりで夜道を行くようにそろりそろりと降りていく間、サンノオバは体の芯から冷え上っていく気がした。瀬田を出て、温泉地の片山津までほの温かった冷凍トレーラーの中も、今は死んだ女の子宮の中のように冷え、ツヨシが朝つくってくれたカイロを腹に入れていても、容易に温らない。

「寒いもんじゃねェ」コサノオバは蒲団を被り込んだまま言う。「もっと寄りなぁれ」コサノオバはマツノオバとミツノオバに手を出して招く。

「サンノオバ、さっき死んだ者らこの山にも、青森の巫女《イチ》おる山にも吹き寄せられるんやと言うたが、こんなんやったら、わしら死んで焼かれる時、何枚も服着せてもろて焼かれなんだら、寒さになれんさか人の倍ぐらいつらいね」

「サンノオバも震えとるで」マツノオバが言う。サンノオバは笑う。笑い声が凍りつきもせず、生きている証拠のように思え、微かに温もりがよみがえる。突然、冷凍トレーラーがズンと胴震いするように震動し、停った。蒲団を亀の甲のように被ったままマツノオバとミツノオバがあおむけに倒れ、サンノオバとヨソノオバが前につんのめった。若いコサノオバ一人が平気で、若い時分に魚市場で働いていた時にそうやって威勢よく若い者を叱ったように、「なんな、下手くそな運転して」と言い、立ちあがって小窓から外を見る。小窓から雪と風が入り込む。

「開けんなん。寒いのに」ヨソノオバが言う。コサノオバはヨソノオバの声が聞えないように、「怖しよ。谷、すぐ下じゃわ」と言う。「閉めよよ」サンノオバは言った。「谷みたら落ちる心配のない者でも誰でも、怖しよ、落ちたらどうしようと思うんじゃわ」

天の高みにのぼった冷凍トレーラーが、手さぐりで降りるのだから、蟻《あり》の運ぶ糸ほどの道を踏みはずさない道理がない。サンノオバがつぶやくと、コサノオバは小窓から外をのぞいてよほどすくんだのか、「そうじゃねェ」と素直に相槌をうつ。

冷凍トレーラーがそろそろと前に動きかかり、一旦、停る。また動きはじめたらしく、単調な低い音が床から伝わってくる。

しばらく走って平坦地に出たらしく冷凍トレーラーの巻き起す音が高まり始め、老婆らは自分らの乗った冷凍トレーラーが元の山から山へついた天の道をさぐり当てたように安堵した。その安堵も加わって、蒲団を被ったまま、路地から出た二人の若衆が土地を転々としながら次から次へと女を物にしてゆく話に興が乗り、ツヨシや田中さんが路地に名が残ったどの男よりも色恋にたけた者になり、最後には二人は擦火《マッチ》一本で路地を開いたアホな人の血を一滴の混ぜ物なしに受けついだ若さの盛りに居る人間になる。

冷凍トレーラーが停り、扉が外から開かれて雪を髪や肩にくっつけたツヨシが明るい雪の空の外に立っていた。そのツヨシが、「オバら、小便近いじゃさか、今のうち行けよ」と声を掛けた時、五人が五人共、胸にひじ鉄を喰ったように失望の声を出した。「何なよ」ツヨシは訊く。冷凍トレーラーの密閉された暗がりに居て話に話を重ね、老婆らが皆、足の裏までも拝みたいほど神々しい若衆になっている自分に気づかずに、ツヨシははしご台を取りつけ、「十二月の半ばに、青森出るくらいに走るんじゃさか」と言い、防寒コートを着てトロトロと外に出ようとする老婆らに、「ボケんと、しっかり歩け」と言う。

そのツヨシに手をそえられ先に降りたコサノオバが、「いままでの女でどこの、一番よかった？」と訊く。はしご台の順番を待っていたマツノオバが、「まあよ」と呆れたという顔をする。ツヨシはその声を耳にして羞らうように微かに笑を浮かべ、「何を言うんじゃら」とかわす。

ツヨシや田中さんに命じられるまま外に降りてそこが給油所だった事に気づいた。

老婆らが寒いドアのうまく閉まらない便所を使って用を足している間、二人は、「道が凍りついとるんじゃ」と給油所の店員から買ったチェーンを外側のすべてのタイヤに巻き、給油し終え、「これでもうすべるような事ない。どこへでも走っていけるど」と胸を張る。

「さあ、北の端までじゃ。行くど」ツヨシが言うと、田中さんは最前不機嫌だった事が嘘のように、「俺は一遍、青森まで働きに行こと思た事あるんじゃ」とツヨシに言う。「チェーン四つも買うたし、金足らんようになったら、オバらの為に土方でもしに行こらい」

その田中さんの言葉にサンノオバが、わしらも飯炊きする、と半畳を入れようとすると先に、ツヨシがサンノオバにウィンクを送り、「アニ、いまさらそんな事せいでもトルコじゃ。トルコの女、鳩撃ちじゃ」と言う。サンノオバから見れば、習い覚えた言葉を使って悪ぶろうとするそのツヨシの物言いが、大人になり切らない若衆の柔かい肉のような気がし、ツヨシが一層好男子に映る。

「さあ、うちのトルコ嬢ら、乗った、乗った」ツヨシの言葉に給油所の店員が笑う。マツノオバもミツノオバも、ヨソノオバも、コサノオバさえも、トルコ嬢という言葉が何を意味するのかボンヤリとながら分かっているのに、はしご台の脇で見守るツヨシの眼の術にかかったように文句も言わず浮かれたように冷凍トレーラーの荷台に入ってゆく。

扉が閉められ、ロックがかけられ、すべてよしと確認するようにタンタンと外から叩く音がし、クラクションが鳴らされて発進すると、そこがどこであれ、どこへ向って走るのであれ、冷凍トレーラーの荷台の薄暗がりは路地になる。エンジンの音、チェーンが凍りついた雪道を嚙む音が巻き起る風に混じって、長旅になりそうだからと横になった老婆らの耳に響くと、また空を翔んでいるような音に変る。サンノオバは音でわき返った路地いは空を翔んでいるか、そうでないかの違いだった。サンノオバは音でわき返った路地を思い出した。

ツヨシと田中さんは二時間毎に冷凍トレーラーを停めた。昼間は四時間おきに自炊の時間を取ったが、そのうち外があまりに寒かったし、冷凍トレーラーの音を耳にし揺られ続けていたので、サンノオバは外に出て茶を飲んでいる時も耳に轟音が響きはじめ、物も食べたくなくなった。「オバら休憩じゃど」とツヨシの声がしても、ウツラウツラした眠りから覚めず、頭のどこかに、冷凍トレーラーの荷台の扉を開けてツヨシが声を掛けていると分かっているのに、路地の家の土間に立ち障子を開けて仏壇の間に寝ている自分を、「オバァ、オバァ」と呼んでいる気がする。

能代を過ぎ岩崎というあたりで、他の老婆らに物を食わないと体に悪いからと蒲団から起された。その日は雪が止み、よく晴れた日だったので、ツヨシが通る道から脇に入り、海の見える岬まで連れていってくれたが、サンノオバは、冷たい雪のきらめく外に出ても、青い透き通った海を見ても、ウツラウツラする気分が取れず、ただボンヤリと田中さんと二人で犬が互いに噛み合うように取っ組み合い、ツヨシの若いしなやかな体が、跳ねたり走ったりするのを見つめ、そのうちそれがツヨシにどことなく面影の似ている生きていればサンノオバと同じ齢格好の男衆の姿になって、「何をボンヤリしとるんな」と語りかけて来る。ウツラウツラの間にふと目覚め、ツヨシも田中さんもその男衆もよく似ているのは、体を流れる血の根元がアホな人だからだと今さらながら感じ、路地には常時、熱い炊きたてのオカイサンのような香ばしいえもいわれぬ味わいがあったと思う。

ツヨシが、そこを立待岬だと聞いてきた。明るい海を見つめていると、路地が夢だった気がする。だが、冷凍トレーラーに乗ると、海を見た事が夢だった気がし、また路地の家でウツラウツラしながら御詠歌の練習に誘いに来た連れの老婆らが土間でサンノオバを待ちながら話しているのを聞くとはなしに耳にしていると思う。

エンジンの音が低まり、急に停って扉が外から開かれ、「眠っとるのか」と田中さんの声がし、また扉を閉められるのを耳にして、サンノオバは目が覚めた。立待岬から二時間経って次の休憩所に来たのだとサンノオバは思い、小用に行こうと起きあがり防寒コートをはおり、扉を開け、いまさっき、きらきら光る一面の白い雪と目に滲み込むような青い海が見えた昼だったのに、急に夜に落ち込んでいると驚き、「もう夜になっとるわだ」と声を上げると、コサノオバが枕から頭を上げ、「小用かん」と言う。

「小用したいと思て起きたら夜になってしもとるよォ」

「当り前や。夜、来なんだら朝も来んわ」コサノオバはサンノオバを小馬鹿にしたように言い、ふとエンジンが切られている事に気づいたように、「どこないね」と言う。コサノオバがはしご台をはずした。二人がかりで下に置く。

外へ出て、「オカイサン食べたいね」とどちらからともなしに言葉が出た。水はポリ容器に入れてある。コサノオバが使用を禁じられた煉炭に火をつけ、七輪に入れ、子供の時のように二人並んで小用をし終えて、湯をわかしはじめた。扉を開けて荷台の中の薄暗い明りを頼りにしていたので、寝入っていた老婆らが寒さで目を覚まし、次々と小用に立った。風が吹きつける外で、七輪にかけたナベに湯が張られているのを見て、ミツノオバが、「もうオカイサンつくるん?」と訊く。「サンノオバがしゅんときなしに寝て皆な寝入っとる時に起きて腹減ったというさか、いっぺんわしが塩入りのオカイサンをつくって食わしたろと思て」「塩入れるん?」サンノオバが味気なさそうに訊く。

その時、運転台のドアが開いた。田中さんが顔を出し、闇の中に立っている老婆らをしばらく確かめるように見て、「何しとるんな」と運転台から飛びおりる。サンノオバは田中さんに、何処だと訊いた。タッピ岬。サンノオバは昼間、海を見た同じ岬だと思い、「ああ」とうなずき、気を利かしたつもりで、自分が眠っている間に紅い灯や青い灯のついた女のいるところに行ってきたのか、と訊いた。田中さんはけげんな顔をし、「白状せえよ」とからかうサンノオバの言葉に笑い出して、サンノオバの額に手をやって熱をはかる。

「オバ、俺ら雪道でスピード出せんさか、交替でずっと走り続けてこのタッピ岬まで来たんじゃ。ツヨシと相談して、あんまり走り続けたらオバらの体ガタくるじゃろというんで、ここで三日ほどおろ、と相談したばっかしじゃよ」

「ツヨシは?」

「あれは、寝とる」

サンノオバはキツネにつままれた思いがする。

龍飛岬での三日間はサンノオバにはそうやって始まった。寒風が吹きつける灯台まで五人の老婆らは若衆らに連れられて行って、海の向うに眼をこらし、知らないうちに背をまるめて身を寄せ合う老婆らの脇で、所在なさに身をもてあまして、兄弟のように遊び、小用に行きたくないか、熱い茶を飲みたくないかと気を使う若衆を見て、サンノオバは皆が皆、兄弟以上の兄弟であり、親子以上の親子だと思い、涙を流すのだった。

龍飛岬に泊って二日目、ツヨシや田中さんは初めて町に出かけた。日のあるうちに買い物をしておこうと、老婆らが近くの店に煮炊き用の野菜や魚を仕入れに行き、それぞれ手分けして持って、冷凍トレーラーの前まで来ると、子供の声がする。サンノオバが顔を上げると、冷凍トレーラーの扉がいきなり左右に開き、「乞食《こんじき》ィァ来たァ」と口々に言いながら荷台の中から子供がバラバラと飛び出て来る。

泥まじりの雪の上に飛び降りた子供らは駆け出してとまり、最後の子が、「乞食《こんじき》ィァ来たァ」と飛び降りるのを待って、相手が老婆五人しかいないのを見て、乞食、乞食、と口々にはやし立て石を投げ、雪球を投げる。コサノオバが、「われらァ」と荷物を放り置いて追うと後に逃げ、追うのを止めると、子供らは石や泥のついた雪をかき集め、投げる。

コサノオバにバラバラと石がとんだ。石のひとつが当ったように、「痛いよ」とうずくまると、子供らは一等元気なコサノオバを倒したというように図に乗った。じりじりと近づき、石をひろいあげ、投げる。マツノオバが突然、泣き出した。ミツノオバが、

「オバらにこんな事したら末代までたたるど」とどなり、ゆるい弧を描いて飛んできた雪球を胸に受け、あっけなくあおむけに倒れる。近寄ってくる子供の一人の手に棒切れがあるのを見て、サンノオバは恐怖にかられて、「何するんなよォ」と思わず怒鳴った。子供らは、サンノオバを指さして乞食、オニ、オニコジキとはやした。うずくまっていたコサノオバがいきなり立ちあがり、一等小さな子供をつかまえた。子供は手足をふってもがき、難なくふりほどいてするりとコサノオバの手から逃げ出す。

　子供らが去った後、老婆らは泣いた。子供らが荒した荷台の中を見てサンノオバは声を上げた。蒲団が散乱し、風呂敷包みの中味がぶちまけられ、仏壇が倒されている。サンノオバはあきれ返った。小さな子供らがよくこれほどの悪さが出来たものだ、と感心さえし、その鬼の子のような連中がオニコジキと自分を指さして言ったと思い、笑った。

「何、笑ろとるん？」コサノオバが訊く。

「あれら、わしの事を上手に言うたと思て」サンノオバは言う。「考えてみたらわしらどこでも乞食みたいじゃしオニみたいじゃしと見られとるんや。そらそうじゃわい。家に住みもせんとこんな車の中に住んどるんじゃし、人が寝とる間もわしら動き廻っとるわだ」

　ヨソノオバがサンノオバに同感するように、「ヤマンバみたいに」と言う。

「オバら二人、見とったらそうじゃねェと思うけど」コサノオバが棘で突き刺しにくる。

　老婆らは風呂敷包みをほどいてぶちまけられた衣類を、これはサンノオバ、これはミツノオバと選り分け、持ち主の名乗りがない物を一宮で死んだハツノオバと近江で旅の群から離れたキクノオバの物としてひとまとめにした。名乗りのない衣類が集まると、普段、ハツノオバの霊魂がそばに在る、キクノオバの温もりが在ると言っていても、七人の体が五人に減ったのだという事実がありありと浮かび、衣類の分だけすっぽりと冷凍トレーラーの中に穴があいてさみしさが滲み出して来る。

龍飛岬から野辺地に入り、すぐ若衆らは老婆らの為に海そばの木賃宿を取った。

「しばらくゆっくりしたろらい。オバらずっと屋根のあるとこで泊ってなかったんじゃ」

田中さんはツヨシに念を押して言い、長居をすると暗に言うように木賃宿の下働きの女に手伝わせて前に停めた冷凍トレーラーの荷台から衣類や蒲団を降ろし、「金、足らんようになったら、俺が働きに行たる」と言う。ストーブのついた玄関の土間にある電話に金を入れてツヨシは番号を廻そうとして、青森のそこから雄琴は、熊野までと変わらない距離にあり、手持ちの金では、受け付けに、タエコを呼んでくれないか、ララを呼んでくれないか、と話すだけで切れてしまうと気づいた。

木賃宿はアパート式になっていて、玄関の土間から土足のままそれぞれの部屋の前に行き、靴を脱いでドアを開けてハコ型の部屋に入る。老婆らは、当てがわれた部屋の中に、玄関でたくストーブのパイプが通っているので、温い、と言い、部屋の入口に待ちうけて一組ずつ蒲団が運び込まれる毎にかいがいしく隅に運んだ。

木賃宿は長期滞在する者が多いので自炊の設備は整っている。土間に沿って溝のような大きな流しがつくられそれぞれ部屋数ほど水道があり、ガスコンロがある。「ガスは使わんなァ」田中さんは老婆に聞かず、電話のそばに立ったツヨシに訊いた。「ガスも上手に使えるよ」サンノオバが口をはさむと、田中さんは、「七輪二つあるんじゃし、炭も煉炭もあるんじゃさか、それ使え」と言ってガスコンロを奥にどけ、七輪をそえる。足元に袋に入った炭とダンボールに入れた煉炭を置く。

老婆らの暮らしの段取りがすんでから、ツヨシと田中さんは二人に割付けられた一つ隣の部屋に荷物を運んだ。

「蒲団いりやんすか？」と下働きの女が訊く。「要らん、要らん」と田中さんが言う。

「まだまだ車の中にどっさり蒲団あるんじゃ。蒲団、置くとこないさか、何枚も蒲団重ねて敷いて寝とったんじゃ」

老婆らは木賃宿で落ちつくなり、人の部屋の前の流しまで占領して、五人並んで洗濯しはじめた。「オバらのんびりしたらええのに」田中さんが言うと、

「気色悪りわだ。路地で毎日、ちょっと垢ついたら洗濯しいたんやのに。車に乗って動いとったら苦にならんが、停ったら自分でも垢で気色悪り」と言い、洗い物があるなら出せという。「俺ら、風呂屋で金入れてやるさか」ツヨシは言った。老婆らを木賃宿に移し、積み込んでいた老婆らの質素極りない所帯道具一式を降ろして、冷凍トレーラー

を運転すると、気のせいか大きな図体が軽々と疾駆するように思う。

「アニ、この車、喜んで、加速ののびが良うなったみたいじゃわ」田中さんは、「貸してみ」と助手席からハンドルに手をのばして運転させろと言う。ツヨシに代わって雪道を野辺地の駅に向って走らせ、ギアをトップまで入れてから、「この車が一番よう知っとるんじゃで」と言う。「瀬田から毎日休みなしに走って来とったじゃろ。ここで主人のツヨシ様がオバら宿に置いといて何しようと狙ろとるのか」「何ない？」ツヨシはニヤニヤ笑いながら訊いた。田中さんはアクセルを踏み込む。日が昇った為にぬかるみはじめた雪が撥《は》ね飛ぶ。「お、いきり立ってきた」田中さんは言う。

駅前で冷凍トレーラーを降り、ツヨシは繁華街の靴屋でブーツをさがした。値段を聞いて田中さんは、「金ないんじゃから長靴でええど」と渋ったが、長靴は雪の日くらいしかはけないが、ブーツなら雪がなくともはけるとツヨシは言い、それぞれ一足ずつ買い、はいた。ヒールがついているので、ツヨシも田中さんも、身長がのびた。

古い靴を新聞紙に包み、冷凍トレーラーの運転台に入れて戻ってくると、靴屋の前で田中さんが、制服着た二人連れと立ち話している。ツヨシを見ると、「三沢に自衛隊あるらしいんじゃ」と田中さんは言う。「何ない？」ツヨシが訊くと田中さんが素早く、女の事だというように小指を突き出す。「どっさり群っとるらしい」制服の男は苦笑し、「あんまし荒すなよ」と声を掛ける。「面白いとこ、どこない？」田中さんは訊く。自衛隊員は好き者が迷い込んできたというように笑い、リスボン、シャノアール、さつき、と名を挙げる。

「リスボンさ行ったら、金木ど藤下に紹介されだど言《へ》ってみろや、リスボンの二人ァ酔ったらたまげた事やるすけな」

田中さんが野辺地ではどこが面白いのか、と訊いた。二人は顔を見合わせて給料日のたびに飛んで行くやつが居るから駅裏のキャバレーだろう、いや女二人でやっているスナックだろうと言い、ついに、「どごさもねべなァ」と意見が一致する。田中さんは失望したという顔をし、自衛隊員二人に礼を言い、駅前のビルにサウナとあるのを指さして、「仕方なしに、サウナにでも入って体洗て、女現われるの、待つか」と言う。

ツヨシと田中さんは冷凍トレーラーからそれぞれバッグを取り出し、サウナに入るなりすぐに受け付けの女に、洗濯のサービスを受け付けているかと訊き、仕上りの時間と値段を訊いた。夏物と秋物の衣服は洗って別のバッグに入れてあったので、汚れたズボンやシャツは瀬田を発ってから以降にたまった冬物ばかりだった。二人分の下穿きからシャツまで一切合財だったので、仕上りが午後の六時になり、それまで五時間もあると知った。

田中さんはサウナの中で眠っているというので、ツヨシは一旦外に出て、同じ階にある理髪店で散髪をした。

「お客《ぎやぐ》さん、京都?」理髪店の若い男は訊いた。「似でやんすねェ」若い男は鏡の中のツヨシの顔を人形のように動かしながら独り言をつぶやくように言い、「誰にじゃよ」

と言うと、「あれェ」とツヨシの顔を鏡の右脇に貼った少年歌手の大きな写真に向ける。

一瞬でツヨシは眼をそらし、少年歌手と向い合わせに面したような自分の顔を見る。どう血が繋《つな》がっているのか定かでなかったがうり二つというほど似ていた。ツヨシは路地を思い出した。目を閉じた。

洗い立ての下穿きをはき洗い立てのジーンズをはき、上も寒さを防ぐ為に下着を三枚重ねてシャツを着、ジーンズの上を着、マサオらにもらったカウボーイハットをかぶると決まりすぎだった。ブーツのチャックを締めていると、ツヨシに倣《なら》ってカウボーイハットをかぶった田中さんが、「われ、そんな格好しようと狙て、ブーツを買おらと言うたんじゃな」と言う。

「アニ、若いもんは長靴らはかん」路地の中と違うと言おうとしてツヨシは黙った。

ボストンバッグを冷凍トレーラーの中に放り込み、ツヨシと田中さんは灯りのついた繁華街で女の子にせっせと声を掛けた。声を掛けるたびに女の子はうつむいて無言で通りすぎるか、厳しい目でにらみ返す。「あの」と声を掛けた途端、悲鳴を上げる女の子までいた。ツヨシは腹立ちのあまりカウボーイハットを地面にたたきつけた。田中さんがけたけた笑い、泥のついたカウボーイハットをひろってツヨシの頭に乗せ、「決めすぎとるさか、チンドン屋じゃと思たんじゃで」と言う。ジャンパーの代わりにジーンズのチャンチャンコのように短い上着だったので冷え込んで体が震えた。田中さんが笑っていた。

田中さんがふと自分のカウボーイハットを取ってツヨシに渡し、大売り出しのノボリを立てた店の前にいた女の方に歩く。女は驚いたように田中さんの顔を見、話し、笑い出す。女は繁華街の奥の方を指さし、田中さんと一緒に歩き出す。田中さんはズボンのポケットをさぐり、振り返ってツヨシの方にうまく行ったと合図する。田中さんのカウボーイハットを自分のカウボーイハットに重ねて被り、ツヨシはついていない時はしょうがないと、冷凍トレーラーの方に歩いた。

どうせ田中さんは女としけ込むのだからこのまま宿に帰ろうかと運転台に乗り、エンジンをかけてしばらく思案し、あと一回試してみようと思い、自分の帽子だけ持って外に出た。声を掛ける者がいたので振り返ると、先ほどの自衛隊員が居る。自衛隊員はツヨシが一人なのを不審がり、ツヨシが女を引っかけた田中さんに置いていかれたと知ると、野辺地一の面白いところに連れて行ってやると先に立って歩き出す。

駅の裏手に廻り込み、降った雪を両脇にかき上げて歩く道をつけた暗い通りに出て、小さな道を曲がる。さらにその道を曲がると、薄明りの照明をつけた小さな飲食屋がつづく。奥の方から歌が聴えていた。自衛隊員は一軒の店に入り、すぐに出て来て、隣の店を開けて中に入り、戸を閉めてしばらくしてからまた出てくる。ツヨシの顔を見て首を振り、「全然駄目だ」とつぶやく。

「女、おらんのかい?」

「寒いすけ、呼ばっても出で来ねって言《へ》ってる」

自衛隊員はしばらく考え、コートのポケットに両手を入れて左右を見、ふと思いついたというように袋小路になった道の一等奥の歌が聴えてくる店に入る。歌声が止り、自衛隊員が、ツヨシに入れと合図する。カウンターと横に二人坐ればいっぱいの小さなソファを差し向いに置いただけの店に入り、自衛隊員に勧められてソファに坐ると奥のカウンターに坐っている男を取り巻いていた女ら三人が来て脇に立った。一人がツヨシの隣に坐り、のろのろとした仕種の女が、「へんだば、わだすは」と言ってツヨシのひざの上に乗り、しなだれかかる。いきなりツヨシの唇に唇を押しつけようとするのでのけぞって避けると首筋に唇をつけ、「この男、風呂《ふろっこ》の匂《かまり》するぅ」と言う。「湯っこさ、へえってきたのが、あ?」と子供に訊くように言い、ツヨシが聞きとれずにいると、「チャップチャップ」と手に波打たせる。

ツヨシに絡みつく二人の女よりはるかに齢下で化粧っ気のない若い女がそばに立ったままだったので、自衛隊員の隣が空いているから坐れと言うと、自衛隊員は犬を威嚇するように声を出し坐りかかった女を払う。

「何ない、女はあかんのかい」ツヨシが言うと、自衛隊員は、「俺は今日は見に来た」と言う。

ひざに乗った女がツヨシのカウボーイハットを取った。つばを折りまげてかぶり、ツヨシのひざを馬がわりにしてパッカパッカとやり出し、自衛隊員がそのカウボーイハットを取り上げ、自分の隣に置いた。ツヨシの隣に坐った女がひざに乗った女の足の間から手をのばし、ツヨシの股間に手をのばしていた。

「酒も飲まんとこんな事やるんかい」と言うと、ひざの上に乗った女が、「サゲェ」とカウンターにいる女に言う。「はいと」とカウンターの女が答えすぐに酒が出てくる。隣に坐った女の手がジッパーをさぐり当て、そろそろと下しにかかった。ひざに乗った女がそうやってツヨシのひざを使って独り歓喜を迎えるのが趣向だというように、馬に乗り続けているように前後にパッカパッカと身を揺すり、酒を口に含み、いきなりツヨシの唇をふさぐ。飲むまいと歯を喰いしばると、鼻をつまむ。その時、ジッパーが開き、性器に汗で湿った手がさしのべられるのが分かり、思わず声が出かかり、女の口から酒が流れ込んだ。ツヨシが咳込むと自衛隊員は笑い、「我慢すべゃあと思ったんだども」と言って隣に置いてあったカウボーイハットを取って立っていた女に渡し、コートを脱ぎ、女をそばに坐らせる。自衛隊員と女は坐るとすぐに互いに股間に手をやる。女がカウンターに置いたカウボーイハットを歌をうたっていた客が手に取り、つばをたわめ、被った。「俺の帽子」と言おうとすると女がパッカパッカとひざで股間をこすりながら、酒をラッパ飲みして口に含み、また首を振って逃げようとするツヨシの顔を追い、のけぞったところに唇を重ね飲ませる。

　股間を攻撃しつづけていた女の手は下穿きの中にまで入り、性器から陰嚢をつかみ、さらにその下にまでむずむずと這う。ひざに乗った女が新しい酒を口に含み、ツヨシに飲まそうとして、ふと思いついたように口の中の酒を飲み込み、「ズボン、脱げェ」と言う。脱がないと、痛いだろう。自分も下が濡れて来た。女はツヨシに言い、ツヨシの腕を取って濡れている股間を触って確かめてみろと言う。そのねじった横顔は白目が大きいので女が盲目のように見える。

自衛隊員は平然とズボンを股間まで脱ぎ、口に含ませ、尻を突き出した少女のような女のスカートをめくりあげて丸まった女を抱え込むようにして後から指でなぶっていた。「ぱっぱど、脱げェ。お母《か》っちゃも、そのぐれだば知《す》らぬ振りっこするすけ」女は言う。ツヨシは渋った。「こったになってるでばァ」女は声を荒げ、いきなりわしづかみにした。自衛隊員が顔を上げた。

その時カウンターの中から女が煮物の具合に気を取られているのだというように顔も上げず、「トミサ、フキサ、そのぐれでエ、酒《さげ》っこ三本だすけ、終《やめ》どけ」と声を掛ける。ひざに乗っていた女は、「ほらァ」とツヨシの首を抱え、「上さ、行ぐべ」とささやく。「続き、上でやるのだば自由恋愛で別だべ、おらどの店っこァそっだら商売《あぎない》してねェすけなァ」

カウンターの女が言うと、三人の女は、一斉に、「上さ、行ご」と言う。自衛隊員は坐ったまま身仕度をし、どうするのだと見るツヨシにむかって声も出さず駄目だと合図してから、「勘定してもらるべ」と立ちあがる。

野辺地で老婆らは満ち足りているように見えた。老婆らは、昼間ぐずぐず寝ているツヨシや田中さんらと違って、熊野でも伊勢でもそうしたように、朝早く起きて手分けして食事の仕度をして、食事をし終ると木賃宿の周りにある地蔵や野仏に参りに行き、帰って来て昔事や今の話をして昼までの時間を過ごす。昼飯を食べ終ると、また野仏に会いにゆく。帰って来てぬい物をしたり、手のすいた木賃宿の下働きの女と話をする。木賃宿の女は老婆らの知りたい巫女《イチ》の話をよく知っていた。

或る時、木賃宿の女が、ツヨシが部屋に巫女のような女を三人も連れ込んでいたと言った。老婆らは固唾を飲んで聴き耳を立てコサノオバが思わず、「田中さんは？」と訊きただした。

女の声は三人聴えたが、男の声は一人だった。柄の大きいのろまの方が眼が微かにしか見えないのか、帰り際、玄関の敷居に蹴つまずき、戸に手をついて危うく硝子を破るところだったし、他の二人も、歩き方が目の見える尋常な者のようではなく、蹴つまずかないように足を高く上げ、音を頼りに歩くようなところがあった。

「巫女かいの？」そうサンノオバが訊くと、野辺地に沢山、正式の巫女は居るが、ちゃんと口寄せで食っている、売春をするような者はいないと言い、マツノオバが自分の彼氏を自慢するようにツヨシの事を、「金ら払わんでも、女ついてくる色男じゃのに」と言うと、巫女の見習いの身かもしれないと言う。

三人の嬌声が深夜から朝まで続き、二階の客からも老婆らの隣に部屋を割り振った薬の行商人からも苦情が出たと言った。

「わしら知らなんだわ」とミツノオバが言うとコサノオバが、「一目その巫女を見たかったねェ」と言う。老婆らはツヨシが相手をした三人の若い巫女の話をしつづけ、そのうち三人の巫女は、老婆ら五人を地の果てまで連れてきた労苦に報いる為に若衆に天から授けた労《ねぎら》いの為の贈り物で、一夜をあかした木賃宿の玄関を出るとたちまち日のわきたつ天の方へ飛翔したという筋になる。朝洗濯して干した物のほころびをぬい、静まり返った昼に外から時おり聞きとれない異郷訛の声が響くのを耳にしながら、若衆らに連れられて労苦とも愉楽とも判別のつかない旅をしている自分ら老婆も、あと一回野仏か神かそれに参れば、ついに満願成就して天に飛来する衣裳をつけた元の身に戻るかもしれないと考える。

野辺地でツヨシと田中さんはバラバラに行動しているようだった。田中さんが居る時はツヨシが居なかったし、ツヨシが居る時は田中さんが居なかった。最初不思議がり、心配したが、そのうち、田中さんが居る時もツヨシが居る時も女の笑い声や愉悦の声がするので、一つしかない部屋を互いに譲りあって上手に女を引っ張り込んでいるのだと分かり、二人がどんな女を連れてくるのか、顔を見るのが楽しみにもなった。二人も老婆らの楽しみを心得ていて、夜使う時は外で物を買って来たと戸を開け、明け方部屋に来たなら、朝になって女を送って帰ろうとする時、熱い茶を一杯くれと立ち寄る。朝晩、固い飯を炊く時も炊かない時もオカイサンをつくるので、茶を飲む習慣など路地の老婆らにはなかった。ツヨシも田中さんも熱い茶などないのを知りながら、自分の女を見せ、前の女よりよいか、もう一人の若衆の連れ込んだ女よりよいか、比べてくれというようにそうする。コサノオバは、「あれら、色気の事しかないいんかいの」と感じ入ったように言ったし、ミツノオバは、「色欲で頭いっぱいなんやわ」と悪く言った。

止んでいた雪が降り出した日だった。朝の十時にツヨシは冷凍トレーラーで戻り、「えらい雪じゃ」と玄関に立ってしばらく土間のストーブに当り、それから歩いて部屋の方へ行きかかった。老婆らは部屋の中で声をひそめ耳をそばだて音から推察してツヨシが一人で部屋に戻って来たと思った。部屋の方へ土間を歩き、立ちどまって引き返し、「オバら、おるかい。えらい雪じゃ」と戸を開けた。

ツヨシ一人と思ったのが、後に三人の若い女が立っている。その三人の若い女の後の戸が開けっぱなしの為に、吹雪が勢いよく玄関の土間に入り込み、ストーブにかかり、チュンチュンと溶ける音がする。三人は醜くはなかったが、どことなく尋常ではなかった。

「奥から三番目の部屋、いっぺん来た事あるさか、知っとるじゃろ」ツヨシがそう言って、女らを先に部屋に行かせるのを見て、老婆らは三人が、木賃宿の下働きの女が見たという巫女のような女らだと分かり、驚き、目を皿のようにして一挙手を見つめた。先に立った年上の女はツヨシの後を通りかかって、胸のあたりまで上げた手でツヨシの背に触れそうになってふっと下におろし、そのまま真っすぐ歩いていく。やせた若い女も、少女のような体つきの女も、よく見ると年上の女と同じ歩き方をして部屋の方へ行く。「巫女かん?」コサノオバがこらえきれなくなったように小声で訊いた。「眼、悪りんかん?」

ツヨシはコサノオバに答えず、「あれら東京へ行きたいんじゃと言うんじゃけどの」と世迷い言を言う。

「巫女かん?」またコサノオバが訊く。ツヨシは部屋の方を見、「おお、そこじゃ、入って待っといてくれ」と声を掛け、部屋から顔を突き出しのぞき込む老婆らに、「東京へ行たら電話一本で商売すると言うんじゃ」と言い、老婆らの顔を見て、五人から三人増えて一挙に八人で冷凍トレーラーの荷台に乗るのは苦痛かと訊く。「蒲団七つ分しかないで」とヨソノオバが言うと、ツヨシは、寝小便をした跡のように暴風の雨を受けて乾いた跡がついているが、七組の蒲団がある、と言い、東京へ連れて行く事が決りだと言う。

老婆らは不満だった。

「アニ、待ってくれよ。アニが決めたら、オバらアニに頼るんじゃさか、その通りじゃが、オバらあの子らの名前も知らんわだ」

「ハツとキクとララじゃ」ツヨシは言う。「タエコでもええが」

「何なん?」サンノオバが訊く。

「ハツノオバとキクノオバとララじゃ、と言う」ツヨシは言い、土間にしゃがみ、「減った者がまた元に戻ったんじゃよ」と言う。

ツヨシが三人の女が待つ部屋に行ってサンノオバは、一宮で死んだハツノオバがハツとしてよみがえり、瀬田で神かくしに会ったように姿の消えたキクノオバがキクとして現われ、一緒に旅をしてくれると約束した仏の乳を持ったララが冷凍トレーラーに乗ると考え、ひょっとするとこの事が満願成就の意味かも知れないと思って、身震いした。

その日から雪は降り続いた。その雪の勢いに押されたのか、雪で若い体の内に夜叉のように湧いて出る淫蕩の血のざわめきが鎮められたのか、ツヨシや田中さんは土地の女らをかどわかすように誘いに行く事もせず、部屋に居る事が多くなった。

老婆らはそろそろ次の土地に向って発つ頃だと、衣類を風呂敷に納った。案の定、雪が降りはじめて三日目になって、止みそうにないから二日後に発つ、という。それで準備に大わらわになった。三度の食事に使う米やオカイサン用の粉茶や、倒れても割れないパック入りのしょうゆ、味噌、塩、を買いそろえた。砂糖は多く使う事はなかったし、油もそうだったので出発時のままでよかった。チリ紙、マッチ、炭に火をつける時使うから大量の古新聞、欲しい物は沢山あった。田中さんが部屋から出て来て、老婆らの部屋をのぞき、紙に書いた物を読みあげ、他に欲しい物はないかと訊いた。「オロシガネ、要るね。キクノオバ持って行たさか」コサノオバは思いついた事が自慢げに鼻をひこつかせて笑い、「いまごろ、せっせとマンジュシャゲの球、すっとるわい」と言う。「おうよ、ツヨシとそう言っとったんじゃ」田中さんが言う。

木賃宿の女から寺の御堂で上人の講話があるから行かないか、と誘われ、女に連れられて老婆らは雪の中を出かけて行った。上人の話はさっぱり分からなかったが、皆と一緒にうなずき、皆と一緒の時に笑った。帰り道、木賃宿の女は、老婆らにすっかり感心したと言う。面白いが、難しい話をよく呑み込んでいた。老婆らは木賃宿の女の誤解を訂《ただ》さずに、ただこれも野辺地での記念だと互いに顔を見あわせて苦笑しあった。

出発の前の日の晩、巫女のような女らはそれぞれ小さなバッグを持ってツヨシらの部屋に来た。朝、老婆らが木賃宿での最後の食事を終え、使ったばかりの食器やナベを洗って箱に納い、それを待っていたように、玄関の前に停めた冷凍トレーラーに若衆らが運び、荷台に荷物や蒲団を積みはじめると、初めて三人は用払いされたようにツヨシの部屋から老婆の部屋に移って来た。「何ない」と訊くと、手伝って来いと言われた、と年上の女が言うので、箱を持たそうとすると、受け取ろうとしてちぐはぐな位置で手を差し出す。三人共、辛うじて薄っすらと物が見える程度の視力だとはっきり分かった。「ええわ」コサノオバがかんしゃくを起した。「つらいもんじゃよ。わしら我が身でさえ気ィ張ってなかったらよう従いていかんと抜け落ちるかも分からんと心配しとるのに、いくらかわいそうじゃ言うても」

コサノオバがそう言うと、年上の方が、「恐山越えて行ぎやんすと言《へ》ったすけ」とつぶやく。「むつでもいがべし大畑でもいいすけって、あの人《すと》に言《へ》ってる」年上の女がつぶやくと不意に少女のような女がひざまずいて坐り、両手をついて頭を下げ、「東京さ行げば、お母っちゃに叱《すか》られる」と涙声で言う。

「あの人《すと》さ、言《へ》ってけせっ。三沢かむつか、大畑で降ろしてけせって」少女のような女は両手をついたまま義太夫を唸るように泣き入る。「あの人《すと》ァ本気で、おらんど三人ば東京さへ連《で》くって言《へ》るどもォ、おらんどお母っちゃながったら生ぎらいね」

老婆らは三人が何をしゃべったのか、訛で分からなかったが、心からどうか助けてくれ、と頼んだのだと思い、同情して涙を流した。涙をぬぐいながら、「そんなんやったら東京まで行て、稼いだらええわだ」とコサノオバが言うと、両手をついて頼んでいた少女は手をあげ、考えるふうに首をあげ、コサノオバを目で捕えようとしてから、「怖《おつか》ねぇっ」とつぶやく。「オニだァ」

コサノオバが「なにをえ」と今、涙を流した事を忘れて声をあらげる。「タミコサァ」と年上の女が少女のような女を涙を流してたしなめる。

コサノオバが嫌ったので巫女のような三人の女はツヨシや田中さんと共に運転台に乗り、荷台は五人の老婆だけが乗った。むつの繁華街まで約一時間半かけて雪道を走り、雪の降りしきる恐山の山道を冷凍トレーラーが登り切り、大太鼓橋に着いた時は、三時になっていた。

老婆らは雪が風に乗って吹き上ってくる外に降りて、すぐ恐山の山門の方に向って手を合わせた。運転台から降りた少女のような女が、山門の方に駆けのぼってゆくのに従いて登りはじめる。サンノオバは山門をくぐり、正面に見える堂の後の雪に白くかすんだ三角の山の方に向って、ここまで自分を連れてきてくれた大きなものの加護に感謝して手を合わせる。ツヨシが後から呼んだ。「オバ、向うに休憩所あるさか、中見るの、明日にしようら」

サンノオバは手を合わせせつづけた。

そのうち、老婆らが言い出し、五人それぞれ首に巻いたマフラーをはずして左手に持ち、それぞれ右手で前に歩く老婆のマフラーを持って縦一列になり、危いと言いつづけるツヨシが一番後を、身の軽い少女のような女が前に立って雪の中を歩くことにした。少女のような女が目が悪いのでツヨシに大丈夫かと訊くと、「大丈夫じゃないわい」と言う。ツヨシは恐山を廻るのをまだ反対していた。「あれが先に立つと言うんじゃけど、大丈夫かいね」サンノオバがなお訊くと、「母親につれられて何遍も来とるんじゃと」と言い、老婆らを説きふせる事をあきらめたように、手を上げて先頭の女に歩きはじめろと合図する。

雪は容赦なく顔に当った。三十分もすると、先頭に立った女がマフラーをはずし、雪が小石のように痛く当る顔をかばっておおい、立ちつくしてしまった。老婆らも次々とマフラーをはなし、自分のマフラーで顔をおおう。息が切れ、雪で息が出来ないままへタリ込んでしまう。

ツヨシが頭に被ってきたカウボーイハットに積った雪をはたき、被り直す。

「オバ、雪の中で集団心中じゃねェ、もうちょっとここにおったら、雪に埋って死んでしまう。俺も死んだるど」と軽口を言う。

積った雪に穴をあけて硫黄がぶすぶす音を立てて流れ出る岩の上に立って、ツヨシは、

「もうちょっとここにおったら、死ねるんじゃどォ」と言う。

「何を言いんなよ」コサノオバが冗談を言われてムカッ腹が立ったように起きあがり、スタスタと元来た道に向って歩き出す。

「オニ」と少女のような女が、サンノオバのすぐ後で大声を出す。

「オニィ、オニィ」女は岩の上に立ったツヨシとも下に一人で降りてゆくコサノオバとも取れる方向をむいて、声を上げた。音は雪の音でかき消された。少女のような女の声を耳にしながら、サンノオバは一人で起きあがると、ヨソノオバもミツノオバもマツノオバも、自分らがどこにいるのか急に気づいたように起きあがり、一歩一歩滑らないよう足で踏みしめながら歩き出す。御堂の脇を通り抜け、山門の方に向って、一寸先も見えない吹雪の中を身を小さくして歩いていくと後から従いて来たツヨシが、耳元で、「オバ、死にたないんか?」と訊く。吹雪が直に顔面に吹きつけて皮の肌がひび割れてしまいそうなので声が出ず、サンノオバは黙っていた。

「オバァ、死なんのかよ」耳元でまるで女を口説くような優しい声でツヨシはささやく。

恐山の山頂で二泊し、老婆らは寒さに震え上った。ツヨシがそれ以上居続けると道が雪で埋まって下に降りられなくなると判断して大畑に出た。その間に三人の女はツヨシをどう説得したのか、大畑の橋のたもとで降りた。

大畑で一泊した後、冷凍トレーラーはそのまま雪道を東京にむかって走ったのだった。どこをどう走っているのか、分からなかった。雪道を進む為か、それとも北の果ての恐山で、ツヨシと五人の老婆らが雪に埋まって凍ってしまう瀬戸際から辛うじて抜け出て来たので、それを察して車体が重く、どんよりと冷たいままなのか、床に敷いた蒲団に耳を当てても冷凍トレーラーは低空飛行で音が高まらず、高い天の道を勢いよく翔んでいる気配はない。

冷凍トレーラーの中で、話相手の一人でも同じように眼覚めていたなら、吹雪の向うから死んだ者の声がした、死んだ者が親しげに呼びかけたと話したが、それもなく、寒気と眠気に響き合うような低空飛行のトロトロした音を耳にしていると、夢と現《うつつ》のあわいに居て、夢と現のあわいに架けられた道を長い時間かけて冷凍トレーラーが走っていると感じ、そのうち、まだ恐山の吹雪の空をぐるぐる廻っているだけではないかと思いはじめる。眼を閉じていると仁王立ちになったツヨシが吹雪の中で呼びかけている姿が浮かんでくる。

途中から急に吹雪が晴れたように冷凍トレーラーの音が高まり、風の音が強くなる。冷凍トレーラーが停った。扉が開かれ、ツヨシの取りつけたはしご台から降りてみて、老婆らはそこが案の定、山の上を走る高速道路のサービス・エリアなのを知り、住みなれた路地に戻ったように口々に安堵の声を洩らした。老婆らはツヨシや田中さんに教えられずとも便所に行き、充分サービス・エリアの機能を熟知した者として休憩所に入り、無料の自動給茶器から湯呑みに茶を受けて、こぼさないように席に坐る。

雪の心配がなくなったのでツヨシと田中さんが二人がかりでタイヤからチェーンを取

りはずしている間、老婆らは席に坐って、それぞれが近江を発ってから今まで夢を見つづけていた気がしているのを確かめた。

チェーンを取りはずした冷凍トレーラーは足枷《かせ》をはずされたように一気に高みに舞い上る。風は逆まき、空にある雲がその風の逆まきに吸い込まれるように渦巻をつくり、稲妻と共に雷が走るように冷凍トレーラーは轟音を巻きたてる。老婆らはただ強い男の性に組み伏せられてなすがままにされるしかないと、頬ずりするように蒲団に身を横たえた。

Ⅸ　婆娑羅―東京

冷凍トレーラーは朝の九時になって東京駅の丸の内口についた。恐山から直線にして七八二キロ。途中で時間を長く取り過ぎ休憩が何回か重なった為に、ラッシュに巻き込まれて予定より時間が遅れた。

ツヨシはエンジンを切らず、仮眠台で眠っている田中さんを起しただけで外に降りて様子を見た。駅頭に人はあふれ、道路は車で埋まり、音がわき返っていた。

これでは老婆らを降ろして駅の公衆便所に小用に立たせるどころか、自分らさえ出来ないと思ったが、埼玉の川口から赤羽に抜けたあたりから身動きつかない車の渦の中にいて休憩を一度も取ってやらなかったと思い、意を決して荷台の扉を開けにかかった。

一眼で服を着たまま眠ったと分かる姿で運転台を降りた田中さんがツヨシを見て、やっと東京に着いたというようにのびをしかかり、ふとツヨシが何をしているのか気づいたように、「あかんど。ここまで来て、一網打尽じゃど」と言う。

「この中に入っとるの、生き物じゃよ」ツヨシはかまわず扉を開けた。

老婆らは案の定、小用をこらえ、扉が開かれるのを今か今かと急いて待っていたように、「やれよお、地獄の苦しみじゃったわ」と一斉に立ち上り、ツヨシがはしご台を降ろすのも待ちかねるというように下に降りはじめる。老婆らが五人共長靴をはいているのを見て、「オバ、東京は雪降ってないど」と言うと、コサノオバが、「苦しい時に衣裳らかもておれるか」と切り返す。老婆らはひゃっひゃっと鳥のような声を立てて笑う。駅の改札口から出てくる通勤客が、冷凍トレーラーの荷台から降り立って、ツヨシに便所へ行くのはあっちかこっちかと訊いて前に立ち、駅の横だと教えられ一かたまりになって歩き出す老婆の姿を見ていた。

「えらい人数じゃねェ」田中さんは言い、ふと水滴が冷凍トレーラーの車体から伝い落ちているのを見つけて後にさがって屋根の上をのぞき込み、「まだ雪、積んどるんじゃ」と言う。「あんだけの雪に会うたらもう見たもない気じゃけど」

田中さんの笑顔を見てツヨシは黙っている。

何枚も重ね着をして丸まった上に防寒コートをはおり、マフラーを巻き、長靴をはいたサンノオバが、同じような姿の老婆らの先に立って早足で歩いてきて、冷凍トレーラーの脇にいるツヨシと田中さんに声が届くか届かないかの距離から、「吾背《あぜ》ら、おおきに」と言った。サンノオバはさらに近寄り、けげんな顔のツヨシを見てふっと笑い、「礼を今、言うとかなんだら、皇居見て嬉してポックリ行た時につらいさか」と言う。「大仰に言う」ツヨシがつぶやくと、サンノオバは、「オバら皆なの意見や」と言う。その言葉が聴えたのか、老婆らが口々に、「おおきに」と頭を下げる。

「車の扉、開いて、地面に降りて、天子様のおる東京の土、踏んで、皆なで若衆らにここまで来れた礼を言おと約束し合《お》たけど、小水に行きたいし、ツヨシがからかうさかつい忘れた」コサノオバが言う。そう言ってからコサノオバは緊張し不安でしようがない顔になって皇居は遠いのだろうかと訊いた。

「オバら荷台に乗っとる時にここに来よと思て道間違て皇居の前を行たり来たりした」と言うと、ああ、とコサノオバは失望の声を出し、「皇居の前で降ろしてくれたらよかったのに。わざわざ来んでも」と言い、口をつぐみ、あらぬ方をみていたマツノオバに、「もう通ってしもたんやと」と言う。マツノオバは、「二重橋は？」と訊く。

「そこも通ったんじゃ」事もなげに言うと、「ここから遠いんやろか？」と訊く。

「後で朝御飯、食べたらそこまで連れて欲しんや」

「車に乗ったらすぐじゃさか、いまからでも連れたるど」

　本音半分からかい半分でツヨシが言うと、年長者らしくサンノオバが、「オカイサン食べて、もちょっと綺麗な格好していく」と言い、朝食のオカイサンを作る場所はないかと訊いた。ツヨシはうろたえた。伊勢から始まった旅の土地、土地でオカイサンをつくる事と東京でオカイサンをつくる事は、意味が違っているような気がした。「オカイサンかァ」ツヨシがつぶやくと、田中さんも同じ思いだったらしく、「オバ、東京はうまい物、何でもあるど。何でもかんでもここに集まるんじゃさか、もう自炊らやめて、俺らと一緒に食べよら」と言う。

「オバらの食う物、あるか？」サンノオバが訊く。「オバら、おまえら若い者らが食っとる油でベタベタしたのあかんのやど。海の物や山の物、上手に混ぜて、砂糖やしょうゆぎょうさん使わんとおかずつくってくれるとこあるか」「ある、ある」ツヨシは言う。

冷凍トレーラーの荷台に老婆らを乗せようとして、ふと、立話して立っているだけで老婆らと二人の若衆は人目を引いているのを知り、冷凍トレーラーの荷台に乗せなどしたらどんなに物珍しがられ、興味を引くか分からないと思い、躊躇した。思いついて、ツヨシは運転台の仮眠台に四人、前の助手席に田中さんと並んでサンノオバに乗ってもらい、冷凍トレーラーを走らせた。

丸の内側を日比谷公園の方に向って走り、老婆らはたちまち、その正面にあるのが皇居だと見つけた。驚き、気が急いて、「早よ言うてくれたらよかったの」「こんな泥々で」とツヨシらに不満が続出し、どこかで冷凍トレーラーを停めてくれ、手早くオカイサンをつくって腹を満たし、手を合わせにだけでも行ける、と言いはじめた。仕方なくビル街の一方通行に入り、自炊の場所をさがして流し、人通りのないクラブの看板のかかった銀座の小さなビルの前に冷凍トレーラーを停めた。

オカイサンを作る為、炊事道具を降ろした。まるで銀紙でつくったようなシャレた金属と硝子の組み合わせのビルが、人目を引かずにひっそりとオカイサンをつくろうとする老婆らにはあつらえむきだった。きらきらした金属は風よけ、人目よけになるし、多用した硝子はまだ灯りの入っていないビルの入口の自然な照明になり、手くらがりになりやすい炊事場としては申し分ない。老婆らのおこした煉炭の煙がきらきらする金属と硝子のモザイクに映り、天井を伝って奥の方へ流れてゆく。

夜になって出入りする女も客も、熊野から旅をしてきた老婆らがここでオカイサンを作ったとは思わないだろうと思い、「オバら、そうやっとったら、店で働いて、合い間にオカイサン作っとる気せんかい？」と訊くと、サンノオバが、「べっぴんじゃてかい？」と言う。「べっぴんじゃよ」田中さんが冷凍トレーラーの運転台から言う。

野辺地でつくってすぐ食べられるようにビニール袋に入れてきた白菜の漬物をママゴトのようなまな板と包丁で切りながら、「伊勢の神さんにも参ったし、唐橋も、北の果ても行たし、これで天子様と会うたら三国一のべっぴんじゃよ」とサンノオバがつぶやく。

「まだ五人おるのに、その中で誰が一番な？」コサノオバが合の手を入れる。

「五人の中で一番が誰かと言うても、ここで一番やと人かきわけて前に出よと思う者おるか？」

「おらんわァ」ヨソノオバがつぶやくと、「おる。五人が五人共そう思うとる」とコサノオバが言いはじめ、沸騰した湯に茶袋を入れるのを見て、ツヨシは老婆らに飯を食堂で食べてくるから冷凍トレーラーの周りを離れるなと言いおいて、田中さんと新橋の方にむかって歩いた。四つ辻を曲ろうとして、冷凍トレーラーの反対側の往来に出したゴミのポリバケツの山を、遠目には老婆らとさして違った姿に見えない浮浪者がかきまわしていることが見えた。浮浪者と老婆らは冷凍トレーラーにさえぎられ互いが見えない。しかし、遠目には老婆らが冷凍トレーラーに跳ねた日を集めて明るい日だまりでくつろいで湯をわかし、その仲間でたった一人の男浮浪者が、食い物を漁っている姿に見えた。

ツヨシや田中さんの食事は簡単至極だった。街頭のスタンドでスポーツ新聞をまとめて買い込み、喫茶店でモーニングサービス付きのコーヒーを飲み、腹が満たされないと思うならトーストを取る。ツヨシと田中さんは求人欄を丁寧に見た。田中さんはタクシー運転手をさがし、ツヨシは大型トラックの運転手を見た。二人の手取りを併せると五十万近くになり、それなら老婆ら五人を食べさせる事は出来る。

ツヨシが、「アニ、これどうない」とホストクラブの広告を見せた。若いホスト一万五上他収入多寮有24受アンデルセン。若いホストを求めている。日給一万五千円以上確実で他に客からのチップや店からの賞与が多く見込める。寮があるので地方から来た者や出奔して来た者には便利。二十四時間、申し込みの受け付けをしている。

「一月に二十日ホストに出て三十万稼げるんじゃの、田中さん、どうない？」ツヨシが訊くと、寮に老婆らを連れ込めるだろうか、と言う。

「あかんじゃろ、女の一回や二回じゃったら飯場と同じで大目に見てもらえるじゃろが、あのオバらじゃさかい」

「母親じゃというたら」とツヨシが言うと、秘め事を言うように小声で、「二本、持っとる者ら母親も五人おると言うんかい」と笑う。

小一時間して老婆らのオカイサンを喰う儀式も終っただろうと戻りかかると、冷凍トレーラーの脇すれすれを清掃車が通り抜けようとしていた。その脇に立った浮浪者がしたのか、ポリバケツが倒れ、路上にゴミが散乱していた。作業員が老婆らと口論していた。夜はにぎわうクラブ街を昼間まばらにしか通りかからない通行人が立ちどまり、興奮した老婆らの口調に唖然とした顔で見ていた。老婆らの後に、自分は老婆らの味方だというようにゴミをあさっていた男浮浪者が立ち、タンカを切るサンノオバの言葉にうなずいている。

「オバ、どうしたんない」とツヨシが声を掛けると、サンノオバは高い声で、「まァ聞いてくれ、わしらをいきなり、屑扱いする」と言い、皇居に行くので気持ちが昂ったのがありありと見て取れる口調で、熊野から巡礼に廻るように方々の神仏に祈って来たのに、一等心づもりにしてきた天子様のおられる東京でのっけから邪険に扱われると言う。作業員は、浮浪者に苦情を言う調子で物を言って、信仰心厚く天子様のおられる皇居を一目拝みに行くという心の昂りに満たされた老婆らの神経に触れてしまったという後悔と困惑がありありと出た顔をしていた。ツヨシは苦笑した。オカイサンを腹に収めて、腹が熱い茶で温って、老婆らは突然、今まで眠っていた天子様と路地のかかわりを思い出す。特にサンノオバは、本宮の血を受けていたから、代々天子様の毒味役で、宮中に召されたのが明治の頃まであったのを知っていて、頭の中で畏れ多いと分かっているしそんな事は決してしないと思っていたのに、育つのか育たないのか分からなかった赤子のツヨシに豆や芋を口で噛んで擂《す》りつぶして食べさせたように、天子様にも毒味役としてそうしてきた気がしているので、天子様の為ならいつでも矢盾になって犠牲をいとわない誇りがむくむくと湧き出てくる。

老婆らをなだめ、清掃車の作業員に詫びを言い、老婆らの仲間だというようにそばから離れようとしない男浮浪者を追い、ツヨシは老婆らを冷凍トレーラーの運転台に乗せた。

荷台から皇居ではくように靴を運んでやると、老婆らはきかえた。老婆らは途端に黙り込んだ。皇居前の広場に入り、客待ちのタクシーの脇に冷凍トレーラーを停め、エンジンを切って先に降り、黙り込み前方をみつめたままのサンノオバに、抱き降ろしてやるから手を出せと言うと、サンノオバは涙をためた眼でツヨシを見、唇をわななかせ、「ツヨシよい」と蚊の鳴くような声を出し、降ろしてくれと力が入らないというふうに両腕を出す。ツヨシはその腕をたぐり首に巻きつけさせて、衣類でかさばった体を引き寄せて抱えて降ろす。

田中さんが助手席からヨソノオバとミツノオバを降ろし、ツヨシがマツノオバとコサノオバを降ろす。田中さんがヨソノオバに、「久しぶりに若い男に抱いてもろたらええもんじゃがい」と軽口を言うと、ヨソノオバは皇居まで来てそんな男と女の話などしたくないと言うようにきつい眼で田中さんをにらみ、「なんでお前はそんな事ばっかし言うんな」と言う。「時と場合を考えんと、そんな事ばっかし言うて。じゃから路地の者は、アレばっかしじゃ言うて嫌われる」「ほうほ。オバらいままで鶯《うぐいす》みたいな声、出した事なかったみたいに言うわだ」ツヨシは田中さんの口調が、路地を網の目のように走る細い道や三叉路で出喰わしたイネやオバを悪がからかう口調なのを知り、田中さんもまた皇居に来て心が昂っているのだと思った。

心ゆくまで楽しめと言って、ツヨシと田中さんは芝生の中に入り、枯れた芝生に寝そべり、またスポーツ新聞を拡げ、東京で何が面白いのか調べてみる事にした。船橋で入れポンのマナ板ショー、歌舞伎町でのぞき部屋、吉原、堀ノ内、錦糸町でトルコ、六本木で夫婦交換、ツヨシがそのうち一等若いコサノオバでも連れて秘密クラブに夫婦だと称して電話して交換パーティーに出るかとつぶやくと、「オバら連れて行てもあくものか」と真顔で言い、「女つくって行たらええんじゃ」と勧める。

田中さんがふと前方を指さすので見たら、皇居の堀にかかった橋の手前まで歩いていった老婆らの先頭のサンノオバが、ゆっくりと身をかがめ、先ほど長靴からはきかえた平底の靴も不誠心だというように脱いで坐りかかる。

「何するんな、あのオバ」田中さんはそこまでしなくてもよいというように、「止めてくる」と起きあがりかかるので、「さしたいようにさせよらよ」とツヨシはとめる。

サンノオバは玉砂利の中に坐り込み、気を落ちつかせるように、橋の向うの閉じた門を見る。すこし遅れていた老婆らが傍に立つと顔をねじって、老婆らに一言二言言って、また門の方に向き合い、心を統一するように手を合わせている。老婆らはサンノオバの後に四人、同じように靴をぬいで素足になって、横一列に並んで正座する。タクシーの運転手らが、老婆らを物珍しげに見ていた。老婆らをからかうように往来からクラクションが鳴る。サンノオバは澄《すず》やかな顔の警察官が護衛のために立った門を見つめ、お堀の水に反射して宙に浮いた白い光のゆらめきを見極め、門の向うに日より眩しい人が居て、サンノオバが見聞きしたものを鉄さびてしゃがれてしまった声で話し出すのに耳をそばだて待っていてくれる気がする。サンノオバは胸がいっぱいになる。まるで年若い頃男に捨てられた時の気持ちのように、熊野の一等低い山の裏の路地に何千年も棲んで味わった悲しさ、ただ日の温もりを恋うて、日の為なら矢盾ともなり命の一つや二つの犠牲など厭わない気持ちを抱きつづけて来た、と直に訴えたかったが、声が長旅で鉄さびて、言葉が物重く、くだくだしく物語ってしまうと畏れ、ただ幸《さき》くとしかつぶやけない。手を合わせると、ぶるぶる震えが来る。

後から、「オバ」と呼んだ。サンノオバは声に振り返り、日を背にしたツヨシの顔が眩しいとすが目にして見てから、ゆっくりと立ちあがり、「やっぱしええねェ、天子様ここにおってくれるさか、わしらクズのような者が、生きておれるんやねェ」と言う。「クズてかい？」ツヨシが訊くと、サンノオバは玉砂利の上で靴をはき、「おうよ、わしら、クズ、クズじゃだ。チリ、アクタじゃだ、天子様の他、誰が上で誰が下という事などあるもんか。皆なクズじゃだ」と言い、ツヨシがそれなら俺もそうかと訊くと、天に太陽が二つあろうはずがないと笑う。

次の日から老婆らは早朝に起きて、竹ほうきを持って、皇居前の玉砂利や芝生を掃除に行きはじめた。冷凍トレーラーを停めたのが日比谷公園の脇だったから、老婆らは朝から夜まで皇居を眼で見、天子様の体温の伝わる距離に居つづけられると喜び、早朝集まってきてジョギングをしたり体操をしたりする者らの脇を抜けて掃除をし、心の底から満ち足りているようだった。

逆に、ツヨシらが苦しんだ。東京の都心の真中に位置するところだったので、タイヤだけで十四個ある大型の冷凍トレーラーは人目につきすぎ、老婆らを荷台から降ろすのも上げるのも、人の視力が効かなくなった夜か物陰をさがしてやらなくてはならないし、第一、駐停車厳禁の聖域なので、一ヵ所に長く停めていると警告が来て、辺りをぐるぐる流して廻らなければならない。

二日間、老婆らにそうやってつき合い、三日目に、「オバ、俺らの事もちょっと考えてくれよ」とツヨシが言って、東京は単に皇居だけでなしに、他所の土地で見られないような繁華街があるから面白いのだと説明し、このままではラチが明かないと思ってツヨシは十二時きっかりに強引に老婆らを冷凍トレーラーの運転台に乗せた。

「どこへ行くんな」コサノオバが訊くので、「これからが本当の東京見物じゃ」と田中さんが答えた。「わしらまだ昼、食べてない」「オカイサンかよ」ツヨシが訊く。「オカイサン」コサノオバが言う。「自慢するな。あんな物、何がうまいんな」ツヨシが言うと、コサノオバは、「ええもんじゃど」と言う。「天子様のそばにおってオカイサン食べとると、皇居の中で天子様までオカイサン食べてる気して、音聞えてくるかも分からんと言うたの。サンノオバにわしが、天子様のオカイサン塩、入れとる、と言うたら、掃除する間中、叱っとる。わしがそばに寄ったら、天満はもっとハズレの方にあるんやさかハズレの方掃けと言うの」「今でも怒っとる」サンノオバが言う。

ツヨシは冷凍トレーラーを運転し、老婆ら五人の為というよりむしろ自分ら二人の為に、スポーツ新聞の広告欄や㊙レポート記事で頭に入った売れないテレビタレントが体を張るという赤坂の秘密ＳＭクラブ、夫婦交換の名所青山、ルックスがよければ声一つで従いてくる地方出の娘が往来で待っている原宿を廻った。

老婆らはただ、「どっさり人がおる」とか、「えらい髪の毛じゃね」と女の子の髪型に対して言ったりするだけだったが、田中さんは何をかき立てられたのか、「ええねえ。金欲しねェ」と言い、最後に行きついた渋谷では休憩の為に入ったファッションビルの二階のカフェテラスから、老婆らに聴えているのに、広告にあったホストクラブに電話して、何時から何時までなのか、休みは何日になるのか、給料は前借り出来るのか、と訊き、他の客がじろじろ見ているのに、「相談して貸すというんじゃ、行かんか？」とツヨシに訊く。「要らんよ、アニや」ツヨシは断わる。

一等最後にカフェテラスを出たツヨシを待って田中さんが皇居前に戻らず、この近辺に冷凍トレーラーの駐車場を見つけ、二人は面白いことをさがしに外に出ようと言った。

冷凍トレーラーは渋谷の駅から真っすぐ登った坂の左手の小路に置いてあったので、

老婆らを先導するようにツヨシと田中さんは先に立って、女の子を観察し、成功しても老婆らが居るから逃がすだろうと端《はな》からあきらめながら、「どう、つきあわない？」と声を掛けて廻っていた。女の子は、「えーっ」と驚き、とまどった声を出す。「ええんじゃ」ツヨシは女の子に手をふり、急に熱がさめたから先に行けと手を振る。田中さんが、「もったいない」と言う。

「まァ、みとけ、十回やったら五人はひっかけたる」ツヨシは言い、先に小走りに歩く女を追い、後から、「ねえ、遊ばない」と声を掛ける。一瞬、女はツヨシを見上げ、くすっと鼻で笑い、「いいわよ」と手を拡げる。

「話は決った」ツヨシが言うと、女はまた笑い、「どこから来たのォ」と笑い声を出す。ツヨシは女に笑われてとまどい、バツ悪げに、南の方を指さしかかり空を指さす。女は笑い入る。「イー・ティーなのォ」女はツヨシがひっ込めようとした指に指を当て、「面白い人ねェ」と笑いすぎて眼にたまった涙をぬぐう為、ハンドバッグからハンカチを取り出してぬぐい、後から田中さんが、「うまい事いったかい」と声を掛けて近寄ったのを見て声を上げて爆発するというように笑う。笑い入ってしまった女を見て、「どしたんない」と田中さんが心外でならないという顔をする。田中さんの顔を見て、ツヨシも心外だと思った。

「俺が声を掛けたら笑《わろ》て、田中さんの顔見たら笑たんじゃ」ツヨシが女の笑いにつられて笑うと、女は胸をおさえ笑いを殺そうとしながら、「二人とも、真夜中のカウボーイなの？」と訊く。

「帽子はもろたんじゃ、似合わんのかい」女は首を振る。真っすぐのばして切りそろえた髪が動く。

「似合ってる。とっても似合ってる。だけど、変」女は笑い入りはじめる。田中さんが物を言いかけるようにツヨシを見るので、ツヨシは田中さんを見た。田中さんは女を東京での手はじめとして姦ってしまおうかというようにツヨシを見る。ツヨシはうなずいた。

或る日、ツヨシは、決心して老婆らに電車の乗り方を教えた。

「オバ、見よよ、国電は赤い電車に乗ったら、終点が皇居のある東京駅じゃ」ツヨシは線を一本書いて教えた。「皇居へ行くのは一番簡単じゃ。赤い電車の一番前に乗って、一番前から降りたらええんじゃ。百二十円入れて、灯りのついたとこのボタンを押すと券が出る。その券持って改札口の方へ行て、皇居どこなと聞いたらええ。むこうから出よと言われたらむこうへ行って、こっちからじゃと言うたらそこで、切符見せて金払たらええ」

田中さんはツヨシの教え方に笑い入り、実際に電車で行ってみようといい出すと、「危いもんじゃど」と言う。老婆らがいそいそと服を着替えるのをみて、「電車で行く方法覚えたら、俺ら大分、自由になるど」とツヨシはつぶやく。

まずツヨシは新宿駅に連れていった。老婆らが道に迷っても何とか思い出すように、東口から中央口、南口、西口の順番で歩き、周りの景色を頭に入れろと言い、それから、東口から地下に降りて、ごった返す人の中をかき分けて、販売機の前に立った。サンノオバに切符を買えと言うと、サンノオバはまず百二十円区間の切符の前で「これ？」と訊き、ツヨシが黙っていると自信を失くしたのか百七十円区間に金を入れてしまう。子供用の切符の灯りのついたボタンを押そうとするのであわてて止める。コサノオバが、「これじゃのに」と隣の販売機を示すので、サンノオバは間違ったのに気づき、「ええわ、わしらコササンに買うてもらう」と不貞腐れた顔をする。

五人の老婆に自分の手で切符を買わさせ、駅には必ず公衆便所があるから、と教え、赤い電車に乗る。電車が東京駅に着き、老婆らは駅員に一人一人百二十円の切符を渡し、差額を払った。駅員はつきそっているツヨシが楽しんで老婆らを使って無理難題をふっかけている張本人だというようにねめつける。改札口を出た途端サンノオバは最初の日に着いたのがここだったと思い出したのか、「あっ本当やァ」と感嘆の声を出した。その声を聞いてツヨシは息をつく思いをした。

東京はどこにも冷凍トレーラーを長時間停めておく空地はなかった。老婆らがそこを拠点にして、出たり入ったり、寝たり起きたり、炊事をしたり洗濯をする路地のような場所、それがなかった。拠点が定まれば、虫がすこしずつ葉を食ってゆくように次第に老婆らは自分と同じような体臭の物をかぎ分け、集め、自分の世界をつくってゆく。

ツヨシは他の土地で見えなかった老婆らの特質が、二日と同じ所に居続ける事が不可能な東京ではっきり分かる気がした。ツヨシらは六本木で遊ぶ時は冷凍トレーラーを船が停泊するように六本木まで乗りつけて街路に夜間だけ停める方法を取ったし、新宿をブラつく時は新宿に停めたが、老婆らは、少い時間でいつの間にか、そこで虫が仲間をかぎわけるように神仏の話をしたり病気の話をしている。

新宿で老婆らが朝から昼までいた喫茶店は『ワコー』とは似ても似つかない都会風なシャレたアールデコを模した調度を置いた喫茶店なのに、そこでもいつの間にか客の一人が足腰の冷えと生理不順を言いはじめ、店の女は、胃が痛い胃が痛いと言っていた知人が実のところ、盲腸が化膿して膿が洩れ出していたと分かり、開腹手術を受けたという話になっている。サンノオバが女らをはげます言葉をかけると、コサノオバが合の手を入れる。マツノオバがぽつりと間が抜けた事をつぶやき、皆が笑い、相手が訴えるように言うとミツノオバとヨソノオバが相槌役としてうなずく。時々、ツヨシは五人が上手く組み合わさったものだと感心し、その五人に、「もう行くぞ、乗れ」と命令したり、「オバらちょっとここにおれよ。俺ら、ちょっとディスコに行て、一発、女、引っかけて抜いてくるさか」とあけすけに言う自分は何なのか？　とツヨシは考えるのだった。

老婆らに皇居へ曲がりなりにも行き着く事が出来るすこぶるインチキな電車の乗り方を教え、ツヨシは東京での暮らし方に踏ん切りが着いたのだった。冷凍トレーラーを長期に停める空地も要らなければ、澱んだ温い、いつも千年一日のような愉悦に波立つような路地も要らない。ただわき立っていればよい。

老婆らに電車の乗り方を教えてすぐに、その日が土曜日だった事もあってツヨシは冷凍トレーラーを新宿西口のビル街の道路に停めた。

「えらい高い雲突くような建物じゃね」サンノオバは荷台から降り立つなり言い、次々と降り立つ他の老婆らを見て思いついたように、外へ出かける為にすでに上衣を着ネクタイを締めたツヨシをおどろかすように、「オバら、この高さくらい昔じゃったら易々と翔べたんじゃけど」と言う。ツヨシは上機嫌になって笑う。

「オバら俺が覚えてないと思とるのか。オバらが次々路地の山に舞い下りた時、ひろわれて腕の中に抱かれとったの俺じゃのに」

「違うんや。オバ、ここへ来て言うんじゃけど、わしらその時、悪戯盛りやったさか、ひろて来たんでなしに盗んで来た」

サンノオバは田中さんの外出仕度を待つ手持ちぶさたのツヨシにまるで本当の出生譚を明すように上手に嘘をつく。ツヨシには、サンノオバの考える事もコサノオバの考える事もことの始めから、理解出来た。都会は路地の中に広くあった話の世界によく似ていた。ビルもディスコも硝子と金属で多くつくられているというなら、光り物を好み銜《くわ》え弄ぶ話の中の鴉天狗《からすてんぐ》が雲突くビルもきらきらと金属的に光る物がまき散らされたディスコも作ったのだった。ツヨシら子供に鴉天狗の話をしたのがオバらなら、ビルの真上から怪我ひとつせず舞い下り舞い上る事が出来ても一向に不思議ではなかった。

ツヨシと田中さんがめかし込んで出かけてから、老婆らは買い出しに出掛ける事にした。

「オバ、道、知っとるんかん」コサノオバが先に立って歩くサンノオバを危なっかしいものだというので、「そこからそこへ歩くんや」とロータリーになっている駅前広場のむこうの一角を指差した。

サンノオバが道を渡ろうと左右を見て歩きかかると、「どこを渡るんだよ」と男の声が飛ぶ。後から、「サンノオバ、こっち、ここから、入って行かなあかん」とコサノオバが地下道を指差す。

「どこへ行くんですか」男が身をおりまげ、子供にするように耳をサンノオバの口元に近づけて訊く。

「そこからそこへ行くんやよ」サンノオバが言うと、コサノオバはそれでは何も言った事にならないというように、「煮付けの野菜、切れとるさか買いに行くんや」と言う。

サンノオバは腹の中で、人がせっかく秘密にしてかくしたのにと思った。男は、それならなおの事、この近辺で買い物するなら地下道を通って、デパートの地下か二幸の地下に行け、と言う。

「どう行くん?」マツノオバが訊く。先に言葉を取られたコサノオバが、ムッとする。男は地面の下を指差し、右へ行って左とか、左に行ってまた左、と説明し、老婆ら五人、洗いこざっぱりしているが、防寒コートを着、マフラーをし、手袋をつけているのを見て奇異に感じ、説明するのにあきらめたように、「連れてってやるよ」と言う。

男は五人の内で一等年嵩がサンノオバだと見抜いたように地下道の階段で手を引く。バツが悪くサンノオバが顔を上げ他の老婆らを見ると、案の定、コサノオバがきつい目で見ている。男は老婆らに道に迷ったのかと訊いた。

「道に迷わせんけど若衆らにおいて行かれた」とマツノオバが言うのでサンノオバが、煙幕を張るように、「かまんのやよォ、わしらはわしらやし、若い者は若い者」と言うと、マツノオバが男にこびを売り何とか自分の方に注意を向けさせようとするように、「若衆らつい置いて行くんやのに」と言う。男は歩きながら、あれこれ考えたように、「宗教の団体？」と訊いた。地下道を人ごみに紛れて男にまかせっきりで従いて歩きながら、「そうなんやのに、わしら信心の仲間やのに」と言う。

男に案内されて食料品売場の野菜の前に着き、男に礼を言って別れ、煮物用の品物をさがしながらほんの十分ほど経って、マツノオバとコサノオバが最前の男を、「ええ男前じゃった」「仏さまみたいな人じゃわ」と話している。

会社に勤める女の通勤の途中に立ち寄る店なのか、すでに出来上ったウノハナや、アブラアゲとヒジキの煮物など老婆らが自炊でつくる物まで売っていた。売り子がサンノオバに試食を勧め、食ってみて、可もなし不可もなしという味だと思ったが、「おうよ、都会でも上手にオカズ作っとる」とうなずくと、コサノオバもマツノオバも、「わしにも味見させて」と言う。可もなし不可もなしの味を本当にうまいと思うのか、それともサンノオバのようにお世辞のつもりか、「上手やねえ。うまいわだ」と老婆らは言う。

そうやって褒め言葉を並べたので食料品売場にいる五人は売り子らから白い眼で見られる事もなく、「どこから来たの？」「皇居、綺麗だった？」と声を掛けられ、小一時間もブラブラする事になった。そのあげく、食料品売場の閉店になり、帰り道が分からなくなった。シャッターが他は閉まり一ヵ所だけ開いたドアも、男が連れてきてくれた時のドアではなかった。それまで陽気にクリスマスの歌を流していた店内には蛍の光のメロディーが繰り返して流れ、客が外に出はじめている。

仕方なしにその人の流れに従いて歩きかかると、ケーキ売場の女が、「オバアチャン」と呼び、サンノオバが一瞬、タエコかララか顔見知りの者に出喰したのだろうか、と振り返る。女は人混みの中からサンノオバに赤白のストライプの包装紙でつつんだ小箱を渡し、「また来てね」と手を振る。

地下道を歩き廻り、やっと地上に出て、サンノオバは、そこが元の冷凍トレーラーを停めた西口のビル街とまるで違う繁華街だと気づき、声をあげた。ゲームセンターの前の壁面は電光で字や絵が現われ、通りの奥の建物の上にはクリスマスツリーがきらきら光る電気で描かれ、赤や青の光が星のようにまたたく。街は電気の光る色彩の渦だった。大きな音でジングルベルやら讃美歌が流されている。コサノオバがサンノオバの耳元で言った言葉も聴えない。

「綺麗やねェ」とサンノオバが言う。光の束が耳元で鳴る女声の合唱に合わせて点滅し、字や絵を書いている気がし、サンノオバは心の中で、東京の人間は信心深く無学の者にでも分かるように、神様の名前を書いたり、讃美歌を流しているのだと思い、サンノオバは辛うじてカタカナの読めるコサノオバに、何と字を書いているのか読んでくれと頼んだ。ケ、ム。二文字を読み取る間に、火を吹くロケットがどんどん空を飛び、次に円盤の襲来があり、弾が飛ぶ。また字になる。「ゲーム」コサノオバは何の事やら分からないと言う。戦争にせんと平和にさせるように信仰を持てと言っているのだと思ったが、サンノオバは黙っていた。

その讃美歌の流れる町をサンノオバら老婆らは、歩き、結局、映画館やパチンコ屋の集中する繁華街だと失望したが、客引きする男らの立った一本隣の道にある小さな教会の前で、白い服を着た少女らの聖歌隊が歌をうたっているのを見た。その聖歌隊を見て、ヨソノオバが電撃を受けたように、「サンノオバ」とスピーカーを指差して教え、「何ないね、あっちでもこっちでもかけとる、と思たら、神さんの御詠歌じゃわ」と言う。

歩き廻り、くたびれ、それでも裏道でしゃがみ込むより、往来の方がツヨシや田中さんに出くわす事もあると思って繁華街の角の電話ボックスの前にしゃがみ込んだ。すぐ電話を使わせてくれないか、と言われ、五人はその前の、ゴミ箱を置き、ダンボールを積みあげた方に移った。スピーカーで流され続ける讃美歌を耳にしながら、老婆らは御詠歌をうたう。

「ツヨシらここ通ったらええんじゃけど」

「通っても、地面に落ちとるみたいじゃさか分からんわ」そう呟き、マツノオバが顔をあげた時、讃美歌のひびき渡る明るい繁華街の方からケタケタ笑いながらやってきた二人の女の子が、「あっ」と指差す。

「イー・ティー、五匹もいるう」

「ほんとだァ。イー・ティー、五個」

女の子が、マツノオバの前に来て、「見て、嘘みたい、このイー・ティー、手袋してるうっ」とマツノオバの手袋を指差す。何を言っているのかさっぱり分からないマツノオバは、手袋を指差され、キョトンとしたまま手袋の手をあげる。

「このイー・ティー、嘘みたい。わたしのしゃべってる事わかる。まるで映画みたい」

女の子はマツノオバが手袋はめた腕をゆっくりと上にあげるのをみて、感に入ったように、「すごいー」とつぶやき、手と手が触れ合う位置に来て、不意に、小馬鹿にしたように、「よくやるよ、プータロが」と笑い入り、このヤロ、このヤロと、ふざけてマツノオバの手をはたく。

「なんな」コサノオバが言うと、「プータロはきたないんだよ」とどなる。

ツヨシと田中さんは、夜になるとディスコのハシゴをした。諏訪で別れたマサオやテツヤに行き合うかもしれないと思い、新しいディスコに顔を出すたびにマサオとテツヤの性格の特徴を言うが、決ってそんな奴は掃いて棄てるほど居るという返事になった。思いついて、「俺に似てる奴」と言うと、女も男も、少年歌手の名を言った。

ツヨシはふと気づいた。京都出身だと言うその少年歌手の周りに、マサオやテツヤはいる。ツヨシは田中さんに耳打ちした。

「田中のアニよ、もし俺が歌手になって北海道の出身やと偽って、アニやオバら、そんな者ら知らん、見た事ない、うっとうしい事ぬかすな、と言うたら、どんな気持ちする?」

田中さんはツヨシの昏い眼が奥の方で自分を捕えているのを見る。

「おまえがか?」

「おお、アニと若衆宿で、互いにチンポまさぐり合うた仲じゃ。俺が、田中など知るか、われみたいなの見た事ないと言うたら」

「まァ、ムカッと来て、バシまくったろか、と思うじゃろよ」

「バシまくるだけかい、アニ。昔から朋輩の仲、嬶との仲より強いもんじゃと路地で言うたど。女、いろいろ欲持ちじゃが男は欲得なしにつきあえるじゃがい。アニとオレとは朋輩の仲じゃ。その俺が、他所で歌手になったさか、皆な捨て、田中さんが会いに来ても、ちょっとうるさいさかつまみ出せとボディガードに言うんじゃ」

「そんな事があろかよ」田中さんの言葉にツヨシは苦笑し、それから、マサオとテツヤの二人は京都出身だと偽る少年歌手のそばに居るはずだと言った。諏訪から東京に入ってマサオとテツヤの二人は大々的に売り出した少年歌手を知って驚き、少年歌手の元に行ったのだった。ボディガードに叩き出されたか、それとも会って、今もその歌手の周りにいるか。

「アニ、俺は分かるんじゃけど、テツヤとマサオの二人は脅迫に行ったんじゃで」田中さんはツヨシの眼の中をのぞき込む。

「俺ならそうすると思うもの」ツヨシは田中さんを見つめ、田中さんの眼の奥にも鋭くとがったようなものが形を取って出てくるのを知る。

ツヨシと田中さんは早朝に冷凍トレーラーに戻り、外に出て話し込んでいた老婆らから、買い物に出かけて長い時間、道に迷っていたときかされた。妙にそれは予兆めいていた。

「気ィついてみたら、すぐそこの繁華街やったんじゃわ。夜は灯りがまぶして見えなんだが、空白んできたら、すぐ上にここの雲突くようなビルあったんじゃさか」

コサノオバが、「やれよォ」と溜息をつき、東京はひとつ道をへだてるとまるで違う貌《かお》を持つ不思議な町だと言った。

「飛び降りたり上ったりして遊んだというオバらでも、道に迷うんじゃ」ツヨシは言い、日がビルの窓硝子に当りはじめるのをみた。老婆らは一群りになって七輪に手をかざしながら、日を受けるビルを見、路地を思い出すように、「面白かったねェ」とささやきあう。路地は日の塊のような場所だった。三叉路に出した台に誰かしら坐り、冬は温かさにトロトロ眠るように、夏は日陰に引き込み風に当りながら、話していた。裏山に風が吹く。路地の中にこもった音に、裏山で風を受けた椎《しい》や櫟《くぬぎ》やぶなのざわめく音が混じり、血管に直接流れ込むように淫蕩に響きが起る。

ビルの硝子に当る日が下まで届く頃、向うの道路の端に、一台マイクロバスが停った。バスから目のさめるような青ともえぎの韓国の民族衣裳を着た女が降りて来て、韓国語で呼び、やはり白い民族衣裳を着た男が降りてくる。民族衣裳を着た男は、手にドラのようなもの、鉦《かね》のようなもの、太鼓のようなものを持ち、後からノボリを持った者が降り、さらに一人、太鼓を持った者が降りると、ふざけ合うように、掛け声を掛け、首を振り、帽子についた長いヒモをクルクル廻しながら太鼓をたたく。

老婆らは眼をまるくし、互いに顔を見合わせ、「何？」と訊き、四人がとび跳ねるのを止めると、立ちあがって、「何ないね？」と訊く。

一等最後にバスを降りた男が、冷凍トレーラーの周りにいる老婆やツヨシの方に頭を下げ、耳をおさえ、また頭を下げる。老婆らは同じように耳をふさいで頭を下げる。「何ない？」ツヨシが訊くと、「おはようさんと言うたんじゃよ」とサンノオバが解説する。

「オバら、あの人らを知っとるんか？」田中さんが不審がって訊くと、「知らんけど、わしら昨夜もあんなの見たど。アーメンの歌うとったけど。わしらも歌うとたんや」と言い、四人の男らが早い拍子で太鼓や鉦をたたき、悪戯っぽく左に右に跳び尻から浮き上って一歩も足が地面に落ちつかないように老婆らの方へ歩いてくると、サンノオバが、突然自分の乳のあたりに両手をやり、「乳やろか」とおどける。

四人の白装束の男らは勢いづいたように、サンノオバの前で輪になると、輿に乗ってサンノオバは右の乳、左の乳と次々とおさえ、サンノオバにも真中にあと二つ乳房があり、それを自慢するように手で中の乳房を押える格好をして、四つの乳房を持っている事が至福の事のようにしばらく体を左右にゆすり、太鼓を打っている男に右乳を、ドラのようなものには左乳を、あとの二人には処女のような小さな乳を、それぞれにやるというように指差す。四人は一つずつ乳房をもらって勢いづいたようだった。サンノオバはくすくす笑った。マイクロバスが入って来て四人はバスの方にもどった。

昼になって、田中さんと一緒にツヨシは少年歌手が所属するプロダクションに出かけていった。プロダクションの事務の女は少年歌手に面会したいという田中さんに、面会に応じる時間などない、まるっきりこの世界の常識に疎い人間だとなじり、田中さんが、「十月のはじめごろ、二人連れの男の子がやっぱり会わしてくれと言うて来なんだかい」と訊くと、「そんな人、何人も、何十人も、何百人も居るのよねェ。大の男が、少年歌手に会いたいというの、ヘンよ」と言う。

「ヘンじゃろ」田中さんが言うと、「ヘン」と顔を見る。

「似とるじゃろ、俺もこの男も」

女は「そうですかァ」と言い、二人の顔を見比べ、「そう言えば似てるけど」と言って、「でも似てる人、どっさり居ますよ。似てもいいじゃない、でもどうして会いたいの?」と訊く。

「あいつ、京都の出身じゃないど」ツヨシが言うと、女は、「うん、それはいいのよ」

と言う。「京都であろうと、東京であろうと、どこでもいいのよ。たぶん熊野って言うより京都って言う方がフィーリングがいいからそうしたのね。芸名だってそう、本名なんかどうでもいいじゃない。あんた名前何て言うの?」と女は訊き、名を聞くと笑い、「だから、ヨワシが芸名でもいいの。ヨワシだから、ツヨシって本名の強い、強くあってほしいというの消えると思う? だから、京都じゃなくっても京都って言っていいじゃない」

「あれは、仲間を見殺しにして、逃げたんじゃ」

「どうして?」女は訊く。ツヨシは女にむかってうまく説明するのは無理だと思う。女に、人と立ち会いでよいから、少年歌手と会わせてくれないか? と田中さんは訊いた。女は駄目だと首を振った。

ツヨシは日だまりの路地を思い出し、味の濃い愉悦感を思い起し、女に少年歌手が逃げ出した、見殺しにした、と言っても何の事かさっぱり分からないはずだと思った。先に諏訪から東京に入ったマサオやテツヤも、少年歌手に会いに行って、自分らを他人にはさっぱり通じない感情の持ち主だと気づいたはずだった。

その日の夜に日比谷野外音楽堂でコンサートを開く事を知り、ツヨシはそこが皇居と目と鼻の先でもあるのを知って、冷凍トレーラーに引き返した。

「オバ、また皇居の方へ移るど」ツヨシが言うと、老婆らは、心の中で思い続けていた事が急にかなうというように、「また連れてくれるんか」と顔を輝かせ、手早く外に出していた七輪やナベの類、腰掛けを納い、「わしら、それやったら着くまでの間に羞かしないように着替える」と言い出す。

冷凍トレーラーの荷台に乗り込もうとするサンノオバに、「オバよ、半蔵というの知っとるかい?」と思い切ってツヨシは訊いた。

「知っとらいでよ。早死した若衆じゃのに」ツヨシはその半蔵の子か孫かヒ孫に当る半蔵二世と名乗る少年歌手の事だと言い、路地で若衆らと『死のう団』というロックバンドをつくって騒いでいたのが、それが突然一人、クリスマスの日に日比谷の野外音楽堂でコンサートをやるほどになっていると説明した。サンノオバは心の中から喜ぶように、

「よかったねェ。あれらに似合とる」と言う。

「半蔵ら後家やら人の嬶やらいそがしかったさか、女の子わかすの、血じゃわい」とミツノオバが言い、はしご台をのぼりながらコサノオバが、「おまえもやらんのかよ」とツヨシに訊いてからかう。

「半蔵とこへ行て、入れてもらえ。おまえも、路地にほっといたら、娘やら人の嬶や後家やら手当り次第にしてそのうち朋輩のカカとも出来て、騒ぎつくる男じゃわ」

ツヨシは田中さんの顔を見る。田中さんはツヨシが嬶の間男の相手だと知ったとでも言うように見て、「ツヨシがそばにおったら、嬶ももらえんのかよ」と言う。

「盗ったらええんじゃわ」コサノオバが言う。

「ツヨシの嬶をかい?」

「おうよ、たとえ身籠っても、嬶、黙っとったら、どれがツヨシの子でどれが田中の子でと誰も分かるか。よう似とるんじゃのに。皆な同じじゃのに」

ツヨシは苦笑し、「早よ、車に乗れ」と手で煽った。「そのコンサートに、マサオやテツヤが来るかもしれんのじゃ」

冷凍トレーラーを公園の入口に停めようとし、警察官に注意され、ツヨシは仕方なく、そこなら人の視界の盲点だとも思って東京に最初に着いた時に停めた場所に行き、扉を開けて、はしご台を取りつけ老婆らを降ろした。サンノオバはツヨシに手を支えられながらはしご台を降りて、駅の建物やクリスマスとおし迫った年末でぎっしり道路を埋めた車や乗降客で混雑する道路を見て、「やっぱし同じとこじゃねェ」と言う。その声を耳にしてツヨシは一瞬、冷凍トレーラーに乗って東京に着いて以降、水の中を漂っていた気がする。

「オバらここじゃったら、日のあるうちに皇居で遊んで、日暮れて帰って来ても道まちがわんとたどりつけるじゃろ」ツヨシが言うと、マツノオバが、「アニらどこへ行くん?」と言う。

「俺ら、コンサート始まる前に、あそこに並んどる奴らの中にマサオやテツヤおらんかさがして、おったら、オバらとこへ連れてきたろと思う」

マツノオバが、「そら、ええわ」と愛想を言うように言って、小声で、「どうせ女さがしに行くんじゃろけど」とヨソノオバに合図して言う。コサノオバがそれを受けて、

「オバらに、乳四つあるあんな娘さがして来てくれ」とぶっきら棒に言う。「マサオもテツヤも、オバらネネの時からみとるさかかわいけど、アレら年寄りを労る事、知らんさか、会うたら何言うてくるやらと思て、ドキマギするよ」

「やさしいわだ」サンノオバが言う。

コサノオバがマサオやテツヤの態度を思い出したように、「何があれらがやさしいかよ」と言い、路地を出てから取った二人の態度を言おうとしてサンノオバを見、サンノオバはコサノオバと諍う気がないというように、幅が老婆らの背丈ほどもある冷凍トレーラーの大きなタイヤを手で撫ぜ、「大っきいねェ」と讃めるように言うのだった。

サンノオバは冷凍トレーラーを見上げ、「オバら、また、天子様のそばに連れてきてもろたよォ」とつぶやき、山から山にかかった天の道を翔んでいまここに至った冷凍トレーラーに礼を言うように、「おおきによ」と言うと、コサノオバも、ミツノオバも、同じ言葉をつぶやく。老婆らは冷凍トレーラーのタイヤを撫ぜ、風を受けて微かに扉が開閉すると、翼を休めた鳥のように荷台を見上げる。それがツヨシが老婆らの姿を見た最後だった。

ツヨシと田中さんはその時限りで老婆らと別れてしまう事も気づかず、諏訪で別れたマサオとテツヤをさがしに、野外音楽堂に行き、開演前の行列の一人一人をのぞいていたのだった。マサオとテツヤが混じっていないのを知り、二人は楽屋の入口で、少年歌手を待つ事にした。開演時間ぎりぎりになってマイクロバスが停り、バサバサに立てた髪をまっ白に染め、眉毛をそり、紅を唇に引いた少年歌手が降りて来る。集まった人をかき分け、ツヨシと田中さんが時間がない為駆け抜けようとする少年歌手に声を掛けようとすると、ツヨシより先に、「アニ、何ない」と少年歌手が声を掛ける。周りにいた者らが振り向いた。

「オバら、おるんじゃ」ツヨシが言った。

「オバ？」少年歌手は言い、後からせっつかれて、あとでというように、手を上げ、行きかかると、田中さんが、どう言葉を聞いたのか、「われ、知らんじゃと」といきなり少年歌手に飛びかかろうとして、逆に、取り巻いていた男に突かれ、顔面を殴られた。ツヨシは条件反射のように、その男の鼻柱を我流の拳法の突きで叩き、さらにその男をかばって二人を人数にまかせて取りおさえようとする者らを殴った。少年歌手は騒ぎの輪からすり抜け、そのまま舞台に向ったらしく、ほどなく拍手と歓声が響いた。

ツヨシは田中さんの腕を取り、ビル街の方に走り出した。唇が切れた田中さんは不機嫌なまま、「あれは知らんふりしくさった」と言う。「オバらは知らんじゃと」田中さんは血の出る唇をなめ、血の混じった唾を吐く。ツヨシは日比谷公園を一廻りする形で駅の方に歩きながら、マサオもテツヤも、少年歌手に会いに行ってこんなスレ違いで会わずじまいになっているのだろうと思った。

冷凍トレーラーに戻り、日が落ちたのに皇居へ出かけた老婆らが戻ってきていないのを知り、胸さわぎがしたが、一日中、日と遊んでいる老婆らとて、夜の闇の中でも遊んでみたくなるだろうと思い、二人は冷凍トレーラーの満艦飾の明りだけを点けて老婆らの帰路の目印にし、繁華街へ遊びに出かけた。ディスコで、不機嫌なままの田中さんを、美少年にフラれたからだとツヨシは言って、「へえ、そうなの」と女の子が田中さんをからかうのを見た。「そうなんじゃ、俺らおかしいんじゃ」田中さんは言う。

老婆らは朝になっても冷凍トレーラーに戻っていなかった。

「どしたんじゃろか。皇居からここへ戻ってくるんじゃさか、そこからそこじゃのに」田中さんは不審がり、ツヨシにさがしに行こうと言った。

「オバらの事じゃさか、ここで待っとったら、なんとか戻ってくるというのと違うど。オバら道に迷とるんじゃ。オバら、字も読めんし、人と話しても、他所の訛はほとんどよう聞き取らんど。ここへよう戻ってこん」

ツヨシが冷凍トレーラーのエンジンをかけた。田中さんが車を使わないと合図し、「オバらここへ戻ってきたらどうする」と先ほどと反対の事を言うのでツヨシは一瞬ムカッ腹が立ち、「人に兄貴面して言うんじゃったら、ちゃんと筋の通った事を言え」と怒鳴った。「オバら自力で戻って来るんか、俺らさがし出さなんだら、都会の真中で、迷子になったままじゃというんか。車をここへ置いておいたるんか。それとも車使てさがしたるんか」

田中さんはツヨシの剣幕に意気をくじかれたようだった。ツヨシは田中さんの意見をきかず、エンジンを切り、冷凍トレーラーの運転台から飛び下りた。

正面に皇居があった。老婆らが空に日の在る間中、ゴミをひろったり持ち込んだ竹ほうきで玉砂利を掃除したりして、日の温もりとひがな一日遊んでいた広場に、観光客の一団や、ジョギングする者や体操をする者らがいた。

「オバら、まさかあそこへ入り込んでいたんと違うじゃろね」田中さんが日の当った皇居を指差した。橋から奥の建物まで随分距離があるように見える。田中さんがツヨシの背に手を掛け、耳に口を寄せ、「オバら、あんまり信心深いんで神さんに神隠しに会うたんと違うじゃろか」と言う。

二人は皇居の周りを歩き廻り、公園の中をさがし、日を深く追いすぎた為に方向を間違えたのだと、映画館の方に行き、ガード下の暗がりまでさがした。誰に訊いても、誰も知らないと言った。まる一日、皇居前の広場を拠点とした老婆らが歩いて迷い込みそうなところをさがし、後は聖域に迷い込んだと取るしかないと考え、ツヨシと田中さんは冷凍トレーラーに戻った。

思いついて荷台の扉を開けてみて、ツヨシは老婆らの持ち物を調べてみた。着物を包んだ風呂敷包みがなかったし、一枚ずつ毛布がなかった。

「田中さん、ちょっと来てくれ」ツヨシは呼び、老婆らが残した小さな仏壇を膝の上に持って中を開けて見せた。位牌はなかった。鉦や小さなローソク立てがなかった。ツヨシは愕然とした。

「こりゃ、オバら、出て行たんじゃ」

「皆なでかよ」

「皆なで」

ツヨシは冷凍トレーラーのエンジンをかけ、田中さんに助手席に乗れと言った。

それから、冷凍トレーラーで入っていけるところならどこでもツヨシは都内の繁華街と言わず住宅地もゴミゴミした細い道の錯綜する工場街までもさがした。老婆らが独得の嗅覚を持っていて、病気に苦しんでいる者を見つけてあきもせず、病気の話をしたり、神仏の信仰を持っている人と、仏の名を呼び神の名を呼べば救かると語りあったのを思い出し、街の板壁や掲示板に宗教の臭いを見つけようものなら、人の家の戸口に立ち、「信心深い五人の老婆を見なんだですか」と訊いた。老婆を記憶しているものは誰もいなかった。老婆は忽然と消えていた。

ツヨシは丸五日間、冷凍トレーラーに乗って、老婆をさがしながら、東京のどこもかしこもサンノオバやコサノオバ、マツノオバらが一かたまりになって歩いていても不思議ではない気がし、何度も、「オバらか？」と他の老婆と見間違い、胸つかれる思いを重ね、そのうち、サンノオバらが失踪したのをそう心配する事でもないと思い直した。東京はどこでも生きられる。いや、東京が、日がな一日、信心の事を考えている老婆らを必要とする、ツヨシは、そう考え、冷凍トレーラーでさがすのをあきらめ、老婆がいなければ冷凍トレーラーも意味もないから手放そうと思い、最初に停めた場所に停車したまま、老婆らが帰ってきても住めるように荷台の扉のロックを閉めず、はしご台を取りつけたままにした。運転台には、ツヨシの分と田中さんの分の二本の鍵をつけたままにした。老婆らが帰ってくるはずがないのは分かっていた。

停車している冷凍トレーラーは車体が大きすぎて、低い気圧に押し込められて身の苦しさにあえいでいるようだった。ふと顔を上げ、冷凍トレーラーの扉が、退化した翼のように揺れ、軋《きし》む音を立て、語りかけてくる気がして、ツヨシは運転台を見る。ツヨシは胸がつまった。ビルとビルの間を通ってくる風の音が耳についた。

「アニ、後の扉、閉めてくる」と言って、後に廻り、さっき開けた荷台の扉を閉め、ツヨシは運転台に飛び乗り、まだ旅は終っていないのだと思い、ビルの屋上から次々と老婆らが荷台の後に音もなしに舞い降りてくる気がしながらエンジンをかける。

「アニ、乗らんかい？　これからまた、俺ら旅じゃ」ツヨシが声を掛けると田中さんは躊躇し、一人で行けと手を振りかかり、ツヨシが日を受けたビルディングにクラクションを鳴らすのを見て不意に決心したように、「行くか」と飛び乗った。

解説　移動のサーガ／サーガの移動

いとうせいこう（作家・クリエーター）

　御存知のように、中上健次は実在する被差別部落から「路地」という魅惑的なサーガ空間を構築した。しかし、中上の大きさはその実際の「路地」が再開発されたのち、新たなサーガを希求し始めた苦闘の中にこそある。

　そして、路地を後にした七人のオバと彼女らを改造冷凍トレーラーに乗せた主人公ツヨシの旅をめぐる『日輪の翼』は、そうした路地解体以後の作品群の中で最高傑作の名にふさわしい。

　冒頭、「ここが境目なんかいね」とオバの一人が言う。高速道路の路肩に〝今まで眼にしたものの丁度三倍もの背丈〟の夏芙蓉が咲いており、冷凍トレーラーのヘッドライトに照らされて強く香っている。「境目と言うて何の境目じゃろ」とツヨシははぐらかすのだが、それが作家中上の路地との訣別、新たなサーガ空間構築への宣言であることはむろん明らかだ。だからこそ、中上／ツヨシはかつての「路地」の象徴であった想像上の植物、夏芙蓉の巨木から〝甘いとけるような〟匂いのする花を取り、七人のオバらに捧げる。

激しく身を責めたてる郷愁。それを振り切るために、やがて冷凍トレーラーは〝空の道なりに翔け上って飛行しはじめ〟る。かつてない哄笑と移動を主軸とした決定的なロードムービー・スタイルをたずさえて。〝路地から外に出た途端、道は果てがなくなる〟のだから、彼ら新しい主人公たちはひたすら移動し続ける以外にない。

だが、振り切りきれない郷愁は〝路地に一人居た産婆のオリュウノオバのように〟といった表現の中ににじみ出てきてしまう。「路地」の神話性をになってきたオリュウノオバを捨てるためにこそ七人に分裂させたオバらが、また元のように路地のサーガ空間へと還って行ってしまう。だから、中上はオバらそれぞれにしゃべり続けることを乞い、神話を馬鹿話に変え、批判させ、また別な神話の断片の方へとうつろわせる。

そんなオバらの中で新たな主導権を握るのはサンノオバである。土地に根付いたオリュウノオバを批判的に、つまり移動的に乗り越えるために召喚されたサンノオバは例えば伊勢で神の光を見ながらも、「本当は伊勢の神さんより熊野の神さんの方が偉い」と言い出すのだし、太陽を崇めながらも「(冷凍トレーラーが)お日さんで身籠ったらえらい事じゃやど」と卑わいな冗談を放ちもする。物語を相対化し、笑い飛ばし、また中心化するのが常にこのサンノオバなのだ。

「天子様の他、誰が上で誰が下という事などあるもんか。皆なクズじゃやだ」とサンノオバは言う。そしてツヨシが「それなら俺もそうか」と聞くと、「天に太陽が二つあろうはずがない」とすかさず切り返す。この会話のズレにこそ、サンノオバの両義性が最もよくあらわれている。ツヨシは〝俺もクズか〟と聞いたはずなのである。だが、サンノオバはツヨシが〝俺も天皇か〟と聞いたかのような答えをしてしまう。

ツヨシはこの時、否定されながら天皇の位置を一瞬襲うことになる。伊勢で「勃起した股間を神の石垣に押しつけ」たツヨシ、「神さんや仏さんの何がおとろしんな」と言いながら出羽の山を振りあおいで小便をかけるツヨシは、まさにサンノオバが伊勢の神より偉いと暗示した熊野の神スサノオとなる。

ツヨシは何も考えていない。ひとりサンノオバがその思想水準の揺れ、二律背反を同時に呑み込む複雑性によって、彼を否定的な過程の中でヒーローの座に押し上げてしまうのである。

そもそも、サンノオバは「SUNのオバ」とも取れる。日輪がサンノオバのことならば、ツヨシはその翼であるに過ぎない。主人公だったものが劣位に移動するわけだ。だが、当のサンノオバも、〝一等年嵩〟とは書かれながら他のオバと同等の地平に置かれたままだから、中上は主人公の確立さえも脱構築するつもりだったことがよくわかる。

こうした脱中心化の機構は、小説全体に横溢している。冷凍トレーラーは男性器とも女性器ともたとえられ、「一宮と諏訪が上下に合わせ鏡になっている気がし」（これもサンノオバの内面においての比喩だ）、四つ乳房のあるララがいて、ツヨシらは二本ペニスがあるとからかわれる。物語のひとつの母体であるサンノオバはサムルノリを思わせる韓国の音楽団の前で犬のようになり、四つの乳を与えもする。のちに『軽蔑』の主題となる鏡像的分裂、いや『異族』にあらわれる水平的な分裂の始まりがすでにここに生じている。

ちなみに冷凍トレーラーが蛇と比較され、蛇行を続ける点にも注意しておきたい。オバらにとって空を飛ぶための翼があるトレーラー。それが蛇ならば、つまり蛇＋翼という式が成り立つ。そして、蛇＋翼＝龍。そもそも二つの体に引き裂かれたオリュウノオバに乗って、彼ら分裂した主人公たちは移動しているのだ。龍の痛みをあえて愉悦として引き受けながら物語は加速してゆくのである。

かつて「全集」十二巻において、私は『異族』の解説を書いた。幸いこの文庫シリーズ〔小学館〕の既刊ともなっているから、その異様な作品を是非読んでいただきたいのだが、私が『異族』の中に見たものこそ〝土地なきサーガ〟への欲望であり、〝平面的分裂を基盤とするサーガ〟を求める闘いなのであった。

サーガ空間の根本となるのは当然土地である。だが、それら安穏な土地を追われることが必然となった現代の都市化社会において、作家はいかなるサーガを構築しうるか。そのひとつの解答が徹底的に過去を捨象し、平面を移動し続けながら〝青アザを持った者〟たちの虚しい王国作りを描くことだったのだ。

私も以前、作家として土地なきサーガの方法論を考え続けた時があり、解決のひとつは「一定の物が現れる場所に生まれる物語を織ってゆくこと（人物さえも変動するサーガ）」であり、もうひとつは「同一集団が場所を移り住んでいくスタイル」だといったんは結論づけざるを得なかった。

中上はもちろん、その両者を路地解体以後の小説群に組み込んでいる。まず、あらゆる場所に夏芙蓉や金色の小鳥が出現するようになる。それがあらわれるところに点々とサーガを築いていこうというわけだ。同一人物群の移動もまた、本作に見られる通りである。

だがしかし、これらの考えの内部では三島の『豊饒の海』が最も新しく最も過激なサーガとなってしまう。主人公は同一物ともそうでないともつかぬ〝ホクロ〟を持って生まれ変わり、つまり同一性の揺れの中にあって人物の特定さえまぬがれながら場所を移動し、大きなサーガを構築するからだ。観察者本多のみは同一なのだが物語には手を出せない。

したがって中上は『豊饒の海』以上のラディカルなサーガを思い描いた、というのが私の推論である。事実『異族』からは『豊饒の海』が物語の基本とした「時間」さえ奪われている。あえて平面的に主人公は分裂し、〝青アザ〟を持ったヒーローたちが水平的に集結していく。夏芙蓉や金色の小鳥さえも軽くあしらい、〝青アザ〟という空虚な同一物をもってサーガを縫うこと。土地ばかりでなく、そこに沈殿した記憶さえも封印することは、本多的な人物を置かぬという決意でもある。

本作『日輪の翼』もまた、その歴史上最も先端的なサーガを探し求める戦いの中にあって、しかし他作品には見られない伸びやかさに満ちている。『異族』において否定した〝妹の力〟がここには生きているからだ。オリュウノオバを乗り物にしてしまったことによって、作家は女性に乗りながら女性に運ばれてしまう。七人のオバらに主導権を握られ、いなくなったオバの分身のように出現するタエコやララ、はたまた巫女たちに翻弄される。

少なくとも『異族』にある〝男の世界〟はここでは成立しない。なにしろ、オリュウノオバたるトレーラー、『異族』が依拠した「八犬伝」ならば八房でもあるようなトレーラー自体がすでに両性的なのであり、ついには雨の中でウロボロスのように円環を描いて走り出してしまうのだ。自らの尾をくわえる蛇、ウロボロスがどしゃぶりの中に現れるのは、ツヨシがタエコの中に射精した直後である。つながって粘液にまみれた二つの性器がそのまま水をはね上げて回るトレーラーと重なる以上、ここにあるのはまさに「二つに分離したものが元にもどった」喜びであり、男性女性を分ける思考への身体的な否定である。

先に〝妹の力〟と書いたが、したがって本当は〝両性具有の力〟というべきかもしれない。いや、〝性の同時的転換〟、どちらからどちらへともつかぬ変容、つまり激しい移動の力だ。それが中上の真骨頂でもあり、新しいサーガを追い求める苦しい闘いをいきいきとさせてしまうのである。ツヨシはやがて『讃歌』の世界の中で、まさにその男女問わない性交の連続を味わう。しかし、ついに〝雨の中で「二つに分離したものが元にもどった」喜びを得る〟ことはない。

こうして『日輪の翼』の中では、常に分裂したものがまた溶け合う。結び合って引き裂かれる。郷愁のねっとりと甘い世界に引き戻されながら、それを乗り越えるために移動する。ツヨシとオバらは、だからいつまでも物語の運動を続けることになる。

ひょっとすると、この運動こそが「移動」と呼ばれるべきものなのではなかったか。戻っては進み、進んでは戻る。そのねちっこさにこそ「移動」の持つ真の力があったのではなかったかと私は『日輪の翼』を読む度に思い、中上さんにこう呼びかけたくなる。戻ることは決して悪ではなかったのです、と。あなたは絶対にとどまらないのだから。

移動し続けることをテーマとした他作品群は『日輪の翼』の「移動」を超えることがついになかった。それは中上健次という作家が厳密に「路地」という世界を抜け出ようと模索したためである。還ってはならないと自らを戒め続けたためである。

そう思うと、『日輪の翼』を自由自在に書いていたはずの作家の喜びが想像され、「二つに分離したものが元にもどった」瞬間の切なさが胸を打つ。

「移動」の持つ力を存分に描ききったラディカルなサーガの到達点は実はここにあったのだと声をかけたくなるが、その時すでに中上健次は我々にその大きな背中を向けている。

そして、こう言い放ったまま消えている。

「これからまた、俺ら旅じゃ」

中上健次略年譜

1946–1992

高澤秀次・編

一九四六年（昭和二十一）
八月二日、母・木下ちさとの第六子として、和歌山県新宮市新宮六七五六番地に生まれる。父は鈴木留造《とめぞう》。母ちさとと先夫・木下勝太郎（一九四四年病死）との間に異父兄二人（次兄太三は四四年病死）と異父姉が三人、他に異母妹が二人、異母弟が二人いる。

一九五三年（昭和二十八）七歳
四月、新宮市立千穂小学校に入学。間もなく母ちさとが中上《なかうえ》七郎と同棲、このため春日地区に居住する兄姉と別れ同市野田に移り住む。

一九五九年（昭和三十四）十三歳
三月三日、異父兄木下行平《いくへい》（一九三四年生まれ）が自殺。同月、新宮市立千穂小学校を卒業。四月、新宮市立緑丘中学校に入学。学校では木下姓から中上姓となる。

一九六二年（昭和三十七年）十六歳
一月二十九日、母ちさとと中上七郎との婚姻入籍にともない、正式に木下姓から中上姓になる。三月、新宮市立緑丘中学校を卒業。四月、和歌山県立新宮高校に入学。

一九六五年（昭和四十）十九歳
二月、卒業を前に上京。三月、和歌山県立新宮高校を卒業。四月、早稲田予備校に入校するが、授業にはほとんど出席せず。親から三万円の他、姉からも仕送りを受けながら、新宿での〝フーテン生活〟に身を投じる。歌舞伎町の「ジャズ・ビレッジ」などモダン・ジャズ喫茶に通いつめ、ジョン・コルトレーン、マイルス・デイヴィスらに心酔。ハイミナール、ドローラン、ソーマニール等の薬物を試みる。この年の秋、書店で保高徳蔵主宰の同人誌「文藝首都」（一九三三年創刊）の規約を見て入会。

一九六六年（昭和四十一）二十歳
「文藝首都」投稿第一作の小説「俺十八歳」が、同誌三月号に掲載される。同誌編集委員となる。四月創刊の週刊日曜版新聞「さんでージャーナル」ほか、この年から、地元の誌紙に頻繁に詩・エッセイを投稿。

一九六七年（昭和四十二）二十一歳

三月、山本太郎の推薦により、詩「歌声は血を吐いて」が「詩学」に掲載される。十一月十二日の第二次羽田闘争以降、王子野戦病院反対闘争、成田空港反対闘争のデモに参加。

一九六八年（昭和四十三）二十二歳

「日本語について」が、第十一回群像新人文学賞の最終予選を通過。この年、「三田文学」（遠藤周作編集長）を介して柄谷行人と知り合い、交友が始まる。柄谷行人のすすめでフォークナーを耽読。この頃、地元の郷土史家・清水太郎を通じて雑賀《さいか》孫市伝説を知る。

一九六九年（昭和四十四）二十三歳

名古屋の同人誌「作家」の新人コンクールで、「日本語について」が第五回作家賞の該当作なしの次席となる（同誌三月号発表）。「一番はじめの出来事」が「文藝」八月号に掲載され、文壇デビュー作となる。

一九七〇年（昭和四十五）二十四歳

一月、「文藝首都」が終刊記念号を発刊。保高みさ子らとともに編集を担当。五月、日野自動車羽村工場に臨時期間工として勤務。七月、「文藝首都」同人の山口かすみと結婚（入籍は九月十日）。挙式は柄谷行人夫妻の媒酌で明治記念館で行う。八月、全日空の子会社・国際空港事業株式会社（I・A・U）に勤務。その後、フライングタイガーという貨物専用航空会社で貨物の積み降ろし業務に従事。九月、東京都国分寺市西町のアパートに転居、同時に本籍地を同所に変更する。

一九七一年（昭和四十六）二十五歳

一月二十九日、長女・紀誕生。四月十七日、国分寺市西町の借家に転居。

一九七三年（昭和四十八）二十七歳

一月十日、次女・菜穂誕生。六月四日、東京都小平市小川町へ転居。七月、「十九歳の地図」が第六十九回・昭和四十八年度上半期芥川賞の候補作となる。

一九七四年（昭和四十九）二十八歳

八月、羽田での仕事を辞め、以後二年間、文筆のかたわら築地魚河岸の軽子、東村山の運送会社でフォークリフトの運転手などをして生計を立てる。

『十九歳の地図』河出書房新社

一九七五年（昭和五十）二十九歳

一月、「鳩どもの家」が第七十二回・昭和四十九年度下半期芥川賞の候補作となる。七月、「浄徳寺ツアー」が第七十三回・昭和五十年度上半期芥川賞の候補作となる。

『鳩どもの家』集英社

一九七六年（昭和五十一）三十歳

一月、「岬」で第七十四回・昭和五十年度下半期芥川賞を受賞。戦後生まれで初の受賞者となる。

四月、「PLAYBOY（日本版）」連載の「町よ」のため、初めて香港、マカオに取材旅行、写真家・中平卓馬が同行。

『岬』文藝春秋／『蛇淫』河出書房新社／『鳥のように獣のように』（エッセイ集）北洋社

一九七七年（昭和五十二）三十一歳

野間宏、安岡章太郎との鼎談「市民にひそむ差別心理」（「朝日ジャーナル」三月十八、二十五日号）で、初めて差別問題に言及。三月から十二月にかけて、ルポルタージュ「紀州　木の国・根の国物語」（「朝日ジャーナル」）のため、紀伊半島全域を旅行。六月、中上かすみとともに「文藝首都総目次」の編集に協力。十月、『枯木灘』で第三十一回毎日出版文化賞を受賞。十二月二十五日から翌年一月二十二日まで、ロサンゼルス経由でニューヨークへ入り、ウエストサイドのハーレム近くのアパートメントホテルに滞在。

この年、新宮市の同和対策事業として、生家のあった春日地区の改良事業の基礎調査始まる。

『枯木灘』河出書房新社／『十八歳、海へ』集英社／『覇王の七日』（版画集、版画＝中林忠良）河出書房新社／『中上健次 vs 村上龍――俺達の舟は、動かぬ霧の中を、纜を解いて、――。』角川書店

一九七八年（昭和五十三）三十二歳

二月、故郷和歌山県新宮市で「部落青年文化会」を組織。同市の春日隣保館で、十月まで八回にわたってゲスト講師を招き公開講座を開く。三月、『枯木灘』で第二十八回芸術選奨文部大臣賞（文学評論部門）新人賞を受賞。十二月十九日、長男・涼誕生。

『化粧』講談社／『紀州　木の国・根の国物語』（ルポルタージュ）朝日新聞社／『中上健次全発言1970〜1978』（対談・座談集）集英社

一九七九年（昭和五十四）三十三歳

八月三十一日、ロサンゼルス着、九月から家族とともに一年間の予定で、カリフォルニア州ロサンゼルスの郊外に移り住む。

『水の女』作品社／『夢の力』（エッセイ集）北洋社／『破壊せよ、とアイラーは言った』（エッセイ集）集英社／『小林秀雄をこえて』（柄谷行人との対談集）河出書房新社

一九八〇年（昭和五十五）三十四歳

一月十六日、アメリカでの生活を打ち切り帰国。一月二十四日、熊野市新鹿町の借家に仮転居、有機農法で畑などを作って約半年間居住する。八月十三日、和歌山県東牟婁郡那智勝浦町大字勝浦にマンションを購入、一時移り住む。この頃、アルコール性肝炎治療のために同町の日比記念病院に三日間入院。八月二十七日、東京都小平市小川町の自宅に戻る。

『鳳仙花』作品社／『中上健次全発言Ⅱ１９７８～１９８０』（対談・座談集）集英社

一九八一年（昭和五十六）三十五歳

一月六日付「朝日新聞・和歌山版」朝刊のインタビュー記事「ふるさと私考　２――どうする和歌山第一部」で、新宮の被差別部落の出身であることを表明。二月から七月まで、韓国ソウルに単身居住。金芝河《キムジハ》ら多くの文学者と交流。六月、韓国の「文藝中央」（中央日報社）に、『地の果て　至上の時』の一部が長篇連載小説第一回（掲載はこの回のみ）として韓国語（李浩哲《イ・ホチョル》訳）で発表される。十月、東京都小平市小川町から八王子市谷野町に転居。

一九八二年（昭和五十七）三十六歳

九月、アイオワ大学のインターナショナル・ライターズ・プログラムに客員研究員として招かれ、三カ月間滞在。

『千年の愉楽』河出書房新社

一九八三年（昭和五十八）三十七歳

この年、東京都新宿区西新宿のマンションに仕事場を構える。

『地の果て　至上の時』（書き下ろし）新潮社／『風景の向こうへ』（エッセイ集）冬樹社

一九八四年（昭和五十九）三十八歳

一月八日から十五日まで、『物語ソウル』の取材で、写真家・荒木経惟と韓国へ。俗離山《ソンニサン》での祭事を見学し、サムルノリのリーダー・金徳洙《キム・ドクス》と合流。二月、『輪舞する、ソウル。』の取材で、写真家・篠山紀信とソウルへ。

『中上健次全短篇小説』（著者自筆年譜付）河出書房新社／『日輪の翼』新潮社／『物語ソウル』（荒木経惟との共著）ＰＡＲＣＯ出版／『熊野集』講談社／『紀伊物語』集英社

一九八五年（昭和六十）三十九歳

六月十一日、ベルリン自由大学主催の芸術祭・第三回世界文化フェスティバル参加のためドイツへ。急性肝炎（Ｂ型）のため十九日に急遽帰国。帰省し、和歌山県那智勝浦の日比記念病院で二カ月ほど通院治療。

『火の文学』（談話・シナリオ集）角川書店／『週刊本16　都はるみに捧げる』朝日出版社／『America, America　アメリカ・アメリカ』（エッセイ・インタビュー集）角川書店／『輪舞する、ソウル。』（篠山紀信との共著）角川書店／『俳句の時代　遠野・熊野・吉野聖地巡礼』（角川春樹との対談集）角川書店

一九八六年（昭和六十一）四十歳

一月、「火まつり」の脚本で毎日新聞映画コンクール脚本賞を受賞。

七月、劇団はみだし劇場が熊野本宮大社旧社地・大《おお》斎原《ゆのはら》で中上原作の野外劇『かなかぬち―ちちのみの父はいまさず』を公演、この年、コロンビア大学の客員研究員として渡米。

『野性の火炎樹』マガジンハウス／『十九歳のジェイコブ』角川書店／『スパニッシュ・キャラバンを捜して』（紀行エッセイ集）新潮社／『On the Borderオン・ザ・ボーダー』（エッセイ・対談集）トレヴィル

一九八七年（昭和六十二）四十一歳

八月十五日、新宮高校の同窓生を中心に地元で「隈ノ會」を結成。

九月、東京六本木のサントリーホールで行われた韓国サムルノリのコンサートで、エグゼクティヴ・プロデューサーを務める。

『火まつり』文藝春秋／『天の歌　小説　都はるみ』毎日新聞社／『アメリカと合衆国の間』（石川好との対談集）時事通信社

一九八八年（昭和六十三）四十二歳

二月二十日、東京都八王子市谷野町の自宅が火災で全焼。新宿区新宿の仕事場を仮住居とする。妻と長男は和歌山県那智勝浦のマンションに仮転居の後、十二月五日、東京都府中市栄町に転居。六月、三島由紀夫賞の創設にともない選考委員となる。

『昭和文学全集　29』（「岬」ほか短篇六篇を収録）小学館／『重力の都』新潮社／『時代が終り、時代が始まる』（エッセイ集）福武書店／『バッファロー・ソルジャー』（エッセイ集）福武書店

一九八九年（平成一）四十三歳

一月六日、新宮市で「熊野大学」設立の構想を固め、「熊野大学準備講座」を発足させる。速玉神社双鶴殿での連続講座で、山本健吉『いのちとかたち―日

本美の源を探る―』を毎月一章ずつ講読。三月、東京・中野にマンションを借り、単身生活が定着。

『奇蹟』朝日新聞社

一九九〇年（平成二）　四十四歳

五月五日、柄谷行人、筒井康隆らと新潟市における「安吾の会」で講演。それをきっかけとして、日本文芸家協会の永山則夫死刑囚入会拒否に抗議し、同協会を両氏とともに脱会。六月三日、新宮市に市民大学「熊野大学」が正式発足。「建物もなく、入学試験もなく、卒業は死ぬ時」を合言葉に、熊野とは何かを問い続ける自主公開講座が誕生。九月、新宿区西新宿の仕事場を、㈲中上健次事務所とする。

『讃歌』文藝春秋／『南回帰船』（劇画原作、画＝たなか亜希夫）第一巻～第三巻（最終第四巻は翌年刊）、双葉社／『20時間完全討論　解体される場所』（吉本隆明、三上治との共著）集英社

一九九一年（平成三）　四十五歳

二月二十一日、柄谷行人、津島佑子、高橋源一郎、田中康夫、島田雅彦、いとうせいこうらとともに記者会見を行い、日本が湾岸戦争および今後ありうべき一切の戦争に加担することに反対すると声明。八月四日、本宮大社旧社地大斎原での奉納コンサート「都はるみ　in　熊野神社」（熊野大学主催）をプロデュース。十二月、熊野大学連続講座で『「いのちとかたち」を読む　二十三章、終章』を講読、最後の講義となる。

一九九二年（平成四）　四十六歳

一月十八日、ハワイの仕事場で血尿をみたため、直ちに帰国。検査の結果、腎腫瘍によるものであることが判明。一月二十四日、和歌山県那智勝浦の日比記念病院で再度受診、腎臓癌の肺への転移が認められる。病院側は直ちに腎臓摘出手術の必要を説く。かすみ夫人の判断により、新宮高校の同期生・日比紀一郎同院理事長が本人に癌を告知する。一月二十九日、新宿区信濃町の慶應義塾大学付属病院で初診。二月三日、同病院に入院。六月十六日、慶應義塾大学付属病院を退院、府中市栄町の自宅に戻る。七月七日、病状の悪化に伴い、新宮市野田の実家に帰る。七月二十日、那智勝浦の日比記念病院に入院。八月二日、家族とともに四十六歳の誕生日を祝う。八月十二日、午前七時五十八分永眠。戒名は「文嶺院釋健智」。

『軽蔑』朝日新聞社／『鰐の聖域』集英社／『問答無用』（人生相談）講談社

＊中上健次の作品中には、人種差別及び社会的差別にかかわる用語が使用されている場合があります。
しかし本文庫では、中上健次文学の本質が差別構造の矛盾をテーマにしたものであり、社会と時代の差別意識を糺す作者の姿勢を了とし、原文のまま収録しました。

＊本作は、第一部が『新潮』'84年1月号に、第二部が同年3月号に発表された。同年5月、新潮社より単行本が、その後文春文庫（'92・9）、小学館文庫（'99・5／いとうせいこう氏解説収録）が刊行された。『中上健次全集』（集英社）には第7巻（'95・12）に収録。

日輪《にちりん》の翼《つばさ》

二〇一二年 九 月二〇日 初版発行
二〇二一年 二 月二八日 2刷発行

著　者　中上健次《なかがみけんじ》
発行者　小野寺優
発行所　株式会社河出書房新社
〒一五一-〇〇五一
東京都渋谷区千駄ヶ谷二-三二-二
電話〇三-三四〇四-八六一一（編集）
〇三-三四〇四-一二〇一（営業）
http://www.kawade.co.jp/

ロゴ・表紙デザイン　粟津潔
本文フォーマット　佐々木暁
本文組版　株式会社創都
印刷・製本　中央精版印刷株式会社

Printed in Japan ISBN978-4-309-41175-0

河出文庫

枯木灘
中上健次
40002-0

自然に生きる人間の原型と向き合い、現実と物語のダイナミズムを現代に甦えらせた著者初の長篇小説。毎日出版文化賞と芸術選奨文部大臣新人賞に輝いた新文学世代の記念碑的な大作!

千年の愉楽
中上健次
40350-2

熊野の山々のせまる紀州南端の地を舞台に、高貴で不吉な血の宿命を分かつ若者たち——色事師、荒くれ、夜盗、ヤクザら——の生と死を、神話的世界を通し過去・現在・未来に自在に映しだす新しい物語文学!

香具師の旅
田中小実昌
40716-6

東大に入りながら、駐留軍やストリップ小屋で仕事をしたり、テキヤになって北陸を旅するコミさん。その独特の語り口で世の中からはぐれてしまう人びとの生き方を描き出す傑作短篇集。直木賞受賞作収録。

ポロポロ
田中小実昌
40717-3

父の開いていた祈祷会では、みんなポロポロという言葉にならない祈りをさけんだり、つぶやいたりしていた——表題作「ポロポロ」の他、中国戦線での過酷な体験を描いた連作。谷崎潤一郎賞受賞作。

さよならを言うまえに　人生のことば292章
太宰治
40956-6

生れて、すみません——39歳で、みずから世を去った太宰治が、悔恨と希望、恍惚と不安の淵から、人生の断面を切りとった、煌く言葉のかずかず。テーマ別に編成された、太宰文学のエッセンス!

新・書を捨てよ、町へ出よう
寺山修司
40803-3

書物狂いの青年期に歌人として鮮烈なデビューを飾り、古今東西の書物に精通した著者が言葉と思想の再生のためにあえて時代と自己に向けて放った普遍的なアジテーション。エッセイスト・寺山修司の代表作。

著訳者名の後の数字はISBNコードです。頭に「978-4-309」を付け、お近くの書店にてご注文下さい。